HarperCollins | ya!

Brigid Kemmerer

Worte, die leuchten wie Sterne

Roman

Aus dem Amerikanischen von
Henriette Zeltner

HarperCollins | ya!

HarperCollins YA!®
Band 200048

FSC
MIX
Papier
FSC® C014496

1. Auflage: August 2018
Deutsche Erstausgabe

Originaltitel: »More than We Can Tell«
erschienen bei: Bloomsbury Children's Books, New York

Umschlaggestaltung: Formlabor, Hamburg
Umschlagabbildung: suns07butterfly, pimchawee, Kuryanovich Tatsian, Binkski,
Muamu / shutterstock
Satz: GGP Media GmbH, Pößneck
Printed in Germany
Dieses Buch wurde auf FSC®-zertifiziertem Papier gedruckt.
ISBN 978-3-95967-216-0

www.harpercollins.de

Für meine Mutter,
die mich dazu erzogen hat, stark und –
was noch wichtiger ist – liebenswürdig zu sein.

1. KAPITEL

Emma

>>>

OtherLANDS Player Dashboard
USER NAME: Emma Blue (PRIVAT)
USER LEVEL: Admin/Developer
SPIELERNAME: Azure M
NEUE NACHRICHT
Donnerstag, 15. März, 17:26:00 Uhr
Von: N1ghtmare
An: Azure M

Du bist scheiße.
Und genau das werde ich dir ins Gesicht sagen, wenn ich ihn dir ins Mundloch stopfe.

Widerlich. Wenigstens hat dieser Kerl nicht auch noch ein Foto von seinem Penis mitgeschickt.

Mein Finger verharrt über dem *Spieler sperren*-Button.

Ich sollte es tun. Ich weiß, dass ich es tun sollte.

Nightmare ist angepisst, weil ich ihn aus einem Team gebootet habe, nachdem er einen anderen Spieler belästigt hat. Das war am Ende der Mission, und weil ich ihn rausgeworfen habe, hat er alle XPs verloren, die er bis dahin verdient hatte. Zwei Stunden Gaming für die Katz.

Allerdings hat OtherLANDS nicht die größte Fanbase. Vielleicht zweihundert Spieler an einem guten Tag. Ich habe das Game als Teil eines Schulprojekts entwickelt. Danach lud ich einen Link ins 5Core-Forum der Bezirksschule hoch, weil ich ein paar Spieler brauchte, um es zu testen. Nie hätte ich gedacht, dass es irgendjemand wirklich *spielen* würde.

Aber genau das ist passiert. Und jetzt … habe ich tatsächlich Spieler. Ich habe eine Community geschaffen. Und ein einziger Idiot, der mich auf 5Core trollt, könnte genügen, um alle anderen zu verscheuchen.

Jetzt sehe ich seinen Post.

Azure M ist sauer wegen ein bisschen Trashtalk und hat mich gesperrt. Deshalb haben Mädchen beim Gaming nichts zu suchen.

Ich bin mir absolut sicher, dass es ein Er ist. Denn finde mal eine weibliche Person, die »ihn dir ins Mundloch stopfe« sagen würde.

Seufzend lösche ich seine Nachricht.

Dann klicke ich auf iMessage und schicke Cait Cameron eine Nachricht.

Emma: Irgendein Typ hat mir gerade geschrieben, er will »ihn mir ins Mundloch stopfen«.

Cait: Mundloch? Ist das nicht irgendwie doppelt gemoppelt?

Emma: Ja, oder?

Cait: An manchen Tagen bin ich echt froh, dass mir die Leute schlimmstenfalls sagen, ich sei hässlich.

Cait macht Make-up-Tutorials, die sie auf YouTube stellt.

Sie ist nicht hässlich. Kein bisschen.

Doch ihr Make-up ist schon exzentrisch. Sie steht auf Cosplay und die Nachbildung irgendwelcher Figuren. Ich bin nicht Geek genug, um da mitzuhalten. Ihr wahres Talent sind ihre eigenen Kreationen. Einmal tauchte sie mit winzigen glitzernden Schuppen auf den Wangen wie bei einer Meerjungfrau im Unterricht auf.

Ein andermal war sie geschminkt, als hätte sie ihre Haut mit einem Reißverschluss geöffnet – ein Lehrer zwang sie, das gleich wieder abzuwaschen.

Ich hab es nicht so mit Make-up, aber letztes Jahr ließ ich mich einmal von ihr schminken, nachdem sie ewig lang gebettelt und mir versichert hatte, sie hätte die perfekte Idee für mich. Schließlich trug sie dieses durchscheinende Zeug von meinen Schläfen bis zum Kinn auf, sehr dezent, dann kam noch ein dunkler Lidstrich und silberner Lidschatten dazu. Ich fand, dass es ziemlich cool aussah, bis diese Idioten in der Schule anfingen mich zu fragen, ob ich darauf programmiert sei, anderen Lust zu bereiten.

Noch während der ersten Stunde ging ich aufs Klo, um alles zu entfernen.

Cait hat es seither nie mehr erwähnt. Ich auch nicht.

Jetzt schreibe ich ihre eine weitere Nachricht.

Emma: Ich gehe gleich online. Lust zu spielen?

Cait: Kann nicht. Habe gerade alles vorbereitet, um einen neuen Winged-Eyeliner an meiner Mom auszuprobieren.

Würg. War ja klar.

Kaum habe ich das gedacht, fühle ich mich wie eine echte Bitch. Früher waren Cait und ich quasi siamesische Zwillinge, aber irgendwann zu Beginn des Schuljahrs fingen wir an, uns voneinander zu entfernen. Ich weiß nicht, ob es am Gaming oder am Make-up oder sonst was liegt, allerdings passiert es immer öfter, dass eine von uns etwas anderes zu tun hat. Ich wünschte, ich wüsste, wie wir das wieder hinkriegen. Aber wenn Fischschuppen und durchscheinender Puder die Lösung sind, wird daraus wohl nichts.

Seufzend kehre ich zu OtherLANDS zurück und logge mich als Spieler statt als Admin ein.

Sofort erhalte ich eine Teamanfrage von Ethan_717.

Lächelnd setze ich mir das Headset auf. Vielleicht wird der Nachmittag doch nicht total blöd.

Keine Ahnung, wer Ethan in Wirklichkeit ist. Er geht auf die Highschool, weil in seinem 5Core-Profil steht, dass er an der Old Mill ist. Aber das grenzt die Möglichkeiten nicht gerade stark ein. Ethan könnte ein ausgedachter Name sein, wobei Ethan_717 nicht nach einem Rollennamen klingt, also vielleicht doch echt ist. Im Spiel sieht er wie ein Krieger aus, in schwarzer Rüstung und mit rotem Cape. Eine Maske verbirgt die untere Gesichtshälfte, und er hat zwei elektrische Schwerter. Wenn er sie im Kampf zieht, zischen blaue Blitze an den Klingen entlang – eine meiner besten Leistungen als Designerin.

Er weiß kaum etwas über mich, auch wenn er einer der wenigen ist, denen ich verraten habe, dass ich OtherLANDS entworfen habe. Für alle anderen im Spiel und auf 5Core bin ich einfach Azure M, irgendeine Spielerin oder ein Spieler. Und niemand hier verbindet Azure M mit Emma Blue.

Sobald wir ein Team gebildet haben, können wir uns über die Headsets unterhalten.

»Hey M«, sagt Ethan. Sein Avatar winkt.

»Hey E.« Mein Lächeln wird breiter. Er hat eine nette Stimme. Ein bisschen tiefer, als man erwarten würde, und ein klein wenig heiser. Irgendwie sexy.

Okay, ja, vielleicht steh ich ein bisschen auf Ethan. Es schwirren zwar keine animierten Schmetterlinge in meinem Bauch herum, aber trotzdem.

Dabei ist das lächerlich. Die Old Mill liegt fünfundvierzig Minuten von mir entfernt. Ich habe keine Ahnung, wie er wirklich aussieht. Meine Güte, er könnte ein Neuntklässler sein.

»Ich wollte noch ein paar andere Leute dazuholen«, meint er. »Lust, eine Mission zu erfüllen?«

Das ist die andere Sache, die die Schmetterlinge im Zaum hält: Er ist zwar witzig und nett, redet allerdings immer nur über das Spiel.

Seufz.

»Klar«, antworte ich.

»Was ich dir noch sagen wollte: Es gibt da in der Elfenwald-Grafik ein Loch. Ich schicke dir auf 5Core einen Screenshot, wenn wir fertig sind, damit du es reparieren kannst.«

»Lieb von dir. Danke.«

Wie schon gesagt. Nur Gaming. Nur Computerzeug.

Was in Ordnung ist. Ich denke, ich sollte sogar dankbar sein, dass Ethan mich noch nicht nach meiner Körbchengröße gefragt hat.

Einen Augenblick später taucht ein weiterer Spielername auf der Teamliste auf. GundarWez. Sein Avatar gesellt sich auf dem Bildschirm zu uns. Er ist riesig und komplett schwarz gekleidet – da kommen mir all die Individualisierungsmöglichkeiten, mit deren Programmierung ich so viel Zeit verbracht habe, wie die absolute Verschwendung vor. Ich habe noch nie mit ihm gespielt.

»Hi Gundar«, spreche ich in mein Mikro.

»Hey«, sagt Ethan.

»Hi Azure. Hi Ethan.«

Ich muss ein Lachen unterdrücken. Wegen des riesigen Avatars hätte ich eine tiefe Stimme erwartet. Doch Gundar klingt, als wäre er neun.

Noch ein Spieler taucht auf. Der Name erscheint auf der Teamliste, und mir vergeht das Grinsen.

N1ghtmare. Mr. Mundloch höchstpersönlich.

Sein Avatar ist weiblich. Logisch. Brüste so groß, wie mein Coding es erlaubt – was zum Glück nicht allzu ordinär wirkt. Winzige Taille. Breite Hüften. Die Kleidung und den Ton seiner Haut hat er so eingestellt, dass alles einheitlich beige ist, deshalb sieht sein Avatar nackt aus. Am liebsten würde ich die Farbe aus meinem Coding entfernen.

Ich erstarre, bin zwischen Ekel und Verwirrung hin- und hergerissen. Es kommt mir wie Absicht vor, aber ich weiß nicht, inwiefern. Er kann erst gesehen haben, dass ich auch im Team bin, als Ethan ihn hinzugefügt hat.

Vielleicht ist es ja in Ordnung. Ich weiß, dass viele Leute Dinge in eine Privatnachricht schreiben, die sie niemals in ein Mikrofon sagen würden.

»Sorry«, meint er, und seine Stimme klingt rau und hart. Eine halbe Sekunde lang glaube ich, dass er sich tatsächlich *entschuldigt*. Doch dann sagt er: »Ich dachte, das wäre hier ein echtes Team.«

»Ist es auch«, erwidert Ethan. »Wir sind zu viert. Wollen wir eine Mission …«

»Nein. Nur wenn du die Schlampe bootest.«

Anscheinend sagen manche Leute auch Dinge in ein Mikro, die eigentlich nicht laut ausgesprochen werden sollten. Mein Ekel verwandelt sich in Wut – und Scham.

»Nur zu.« Meine Stimme klingt gleichgültig, obwohl mein Herz hämmert. »Boote dich doch selbst, Nightmare.«

»Kommt gar nicht infrage. Ich bin hier, um zu spielen. Ich will nur nicht mit irgendeiner Drecksschlampe spielen.«

»Tja, und ich will nicht mit einem Arschloch spielen«, gifte ich zurück.

»Leute«, sagt Ethan. Er seufzt. »Da ist ein Kind im Team.«

»Ich bin kein Kind!«, meldet sich Gundar.

Ich zucke zusammen. Ihn hatte ich ganz vergessen.

»Alter«, stößt Nightmare hervor. »Kannst du sie mal booten? Sie kann nicht spielen. Die wird nur die ganze Mission versauen.«

»Alter«, sagt Ethan, und in seiner Stimme schwingt Ironie mit, »sie hat das Spiel gebaut.«

Ich zucke zusammen. Eigentlich versuche ich, das keinem zu erzählen.

»Ist es deshalb so scheiße?«

»Was ist denn dein Problem?«, hake ich nach.

»Ihr seid mein Problem«, antwortet Nightmare. »Dämliche, weinerliche Bitches, die glauben, sie verstünden was von Gaming, nur weil sie ein paar Programmierkurse belegt haben. Dabei sind sie in Wirklichkeit einfach nur *scheiße*. Und jetzt halt dein Mundloch, sonst mache ich mein Versprechen wahr und stopf dir da was rein …«

Ich knalle meinen Laptop zu und reiße mir das Headset herunter. Mein Herz rast. Meine Augen fühlen sich irgendwie heiß an.

Das ist nichts Neues. Ich sollte mich gar nicht aufregen.

Ich bin gut. Ich habe dieses Spiel gebaut. Ich weiß, was ich tue. *Es gibt da in der Elfenwald-Grafik ein Loch.*

Okay, es ist nicht perfekt. Aber ich kann es *reparieren*. Und was hat dieser Nightmare-Kerl? Einen Komplex? Eine überstrapazierte rechte Hand?

Igitt. Ich kann nicht glauben, dass ich das gerade gedacht habe.

Ein Kratzen an meiner Zimmertür. Bevor ich aufstehen und sie öffnen kann, hat meine gelbe Labradorhündin Texas sie schon mit ihrer Schnauze aufgestoßen. Heftig wedelt sie mit dem Schwanz und stupst mit ihrer schnüffelnden Nase gegen meine Hände.

Das klingt super, doch tatsächlich ist das ihre Art, mir mitzuteilen, dass sie mal raus muss.

Gut. Ich brauche sowieso eine Ablenkung. Ich fahre den Rechner runter, stopfe mir mein Handy in die Tasche und laufe die Treppe runter.

Alle Lichter brennen, aber es ist keiner da. Texas springt herum und starrt eindringlich auf die Hintertür.

Ich schnappe mir ihr Halsband und spähe in die Dunkelheit hinaus. Mom steht mit einem Glas Wein in der Hand auf der Terrasse. Sie trägt dunkle Jeans und eine schicke Jacke, ihre Haare sind hochgesteckt. Kein Make-up. Das hält sie für Zeitverschwendung. Sie ist Kinderkardiologin, deshalb könnte man meinen, sie läuft über vor Sensibilität und Mitgefühl, aber vielleicht braucht sie das alles bei der Arbeit auf. Hier ist sie nämlich zugeknöpft und kritisch.

Verglichen mit ihr sieht Dad aus wie ein Kiffer. Er hat sich seit Tagen nicht rasiert und trägt ein Sweatshirt mit Reißverschluss und Jeans. Er fläzt sich in einem der Adirondack-Sessel und balanciert einen Laptop auf seinen Knien. Auf dem Boden neben ihm steht eine offene Bierflasche.

Auf beide fällt das Licht der Feuerschale. Ich kann nicht hören, was sie sagen, doch in Anbetracht ihrer gereizten Mienen, würde ich darauf wetten, dass Mom ihm mal wieder irgendeinen Vortrag hält.

Dann schnappe ich das Ende eines Satzes auf: »… gefällt nicht, was das für eine Wirkung auf Emma hat.«

Gaming. Sie jammert übers Gaming. Wie immer.

Da entdeckt sie mich, und ihr Gesichtsausdruck wird wütender. »Das ist ein Vieraugengespräch!«, ruft sie.

Es sind die ersten Worte, die meine Mutter heute zu mir gesagt.

Ich schiebe die Tür ein Stückchen auf. »Der Hund muss raus.«

»Dann geh mit ihr.« Als ob ich nicht schon im Begriff wäre, genau das zu tun. Sie nippt an ihrem Wein. »Du musst hin und wieder raus aus deinem Zimmer. Um ein bisschen Zeit in der echten Welt zu verbringen.«

Das ist ein Seitenhieb auf meinen Vater. Er verbringt sein Leben vor dem Computer, in virtuellen Welten. Er ist Game-Designer.

Apfel, Stamm. Jaja. Ich weiß.

Man kann sich ja vorstellen, wie gut das meine Arztmutter findet, die mich bestimmt schon mit fünfundzwanzig eine so renommierte Klinik wie die Johns Hopkins hat führen sehen. Würde ich mich mit einem Biobuch in mein Zimmer verkriechen, hätte sie bestimmt kein Problem damit.

Dad streicht sich seufzend mit der Hand übers Gesicht. »Lass sie in Frieden, Catharine.«

»Ich würde es begrüßen, wenn du mich in diesem Punkt unterstützt, Tom.« Sie macht eine tödliche Pause. »Wenn du nicht zu beschäftigt mit deinem Spiel bist.«

Ich schiebe die Tür wieder zu. Den Rest dieser Auseinandersetzung brauche ich nicht mehr zu hören. Ich könnte den Dialog auswendig niederschreiben.

Niemand in diesem Haus würde jemals »Mundloch« sagen, aber der Ton ist genauso gehässig.

Seufzend greife ich nach der Hundeleine und laufe nach vorn zur Haustür.

2. KAPITEL

Rev

Happy Birthday, mein Sohn.
Ich hoffe, ich kann stolz auf dich sein.
Robert.Ellis@speedmail.com

Die Nachricht war im Briefkasten. Der Umschlag ist an mich adressiert.

Nicht an mein *heutiges* Ich. Er würde mich niemals Rev Fletcher nennen. Vielleicht weiß er nicht mal, dass ich inzwischen so heiße.

Er hat den Brief an mein Ich von vor zehn Jahren adressiert. Es steht kein Absender drauf, aber auf dem Poststempel ist *Annapolis* zu lesen.

Ich kriege keine Luft. Ich fühle mich verletzlich und ungeschützt, als würde ein Scharfschütze sein Gewehr auf mich richten. Ich warte darauf, dass eine Kugel meinen Hinterkopf trifft.

Lächerlich. Ich stehe auf dem Gehweg in unserem Vorort. Es ist März. Die Luft ist noch kühl. In der Ferne geht die Sonne unter. Zwei Mädchen im Grundschulalter fahren auf der Straße Fahrrad, singen ein Lied und lachen dabei.

Mein Vater braucht keine Kugel. Dieser Brief genügt.

Er brauchte ja auch vor zehn Jahren keine Kugel.

Manchmal wünsche ich mir, ich hätte damals eine Waffe gehabt. Eine Kugel wäre eine schnelle Lösung gewesen.

Er kennt meine Adresse. Ist er hier? Könnte er hier sein? Flackernd gehen die Straßenlaternen an, und ich lasse den Blick noch mal die Straße hinunterschweifen.

Da ist niemand. Außer mir und diesen Mädchen, die jetzt Achterfiguren fahren.

Als ich meinem Vater zum ersten Mal weggenommen wurde, konnte ich monatelang nicht schlafen. Ich lag im Bett und wartete, dass er mich in der Dunkelheit schnappen würde. Um mich zu schütteln, mir Verbrennungen zuzufügen und Vorwürfe zu machen.

Als ich dann schlafen konnte, träumte ich, das alles würde passieren.

Jetzt fühle ich mich wie in einem Albtraum. Oder als hätte ich eine Panikattacke. Die restliche Post habe ich zusammengeknüllt.

Dieser Brief muss verschwinden.

Bevor ich selbst begreife, was ich da tue, bin ich im Garten hinter dem Haus. Flammen lecken an einem kleinen Haufen Stöckchen und Blätter in einer von Moms feuerfesten Glasschüsseln. Gekräuselter Rauch steigt auf. Der süßliche, schwere Duft erinnert mich an den Herbst. Ich halte den Umschlag über die Schüssel, und die Flammenzungen lecken daran.

Das Papier fühlt sich an, als wäre es Hunderte Male zusammen- und wieder auseinandergefaltet worden. Erst in drei Teile und dann noch einmal in der Mitte. Die Falten sind so ausgeprägt, dass das Blatt möglicherweise zerfällt, wenn ich nicht aufpasse. Als hätte er die Worte vor Jahren geschrieben, aber bis jetzt gewartet, um sie mir zu schicken.

Happy Birthday, mein Sohn.

Ich bin vor drei Wochen achtzehn geworden.

Das Papier riecht irgendwie vertraut, eine Spur Eau de Cologne oder Aftershave, die an alte Erinnerungen rührt und mir die Anspannung wie ein Messer zwischen die Schulterblätter rammt.

Ich hoffe, ich kann stolz auf dich sein.

Die Worte sind auch vertraut, so als würden die zehn Jahre, die vergangen sind, seit er das zuletzt zu mir gesagt hat, nichts bedeuten.

Am liebsten würde ich meine ganze Hand in das Feuer halten.

Dann denke ich daran, was mein Vater mir regelmäßig angetan hat, und mir wird klar, dass es ihn wahrscheinlich erst recht stolz machen würde, wenn ich meine Hand in eine Schüssel mit Feuer steckte.

In meinem Kopf flackert die E-Mail-Adresse auf wie eine kaputte Leuchtreklame.

Robert.Ellis@speedmail.com
Robert.
Ellis.
Robert Ellis.

Die Flamme erfasst das Papier. Es brennt und zerfällt an einer Ecke.

Ein erstickter Laut dringt aus meiner Kehle.

Bevor mir bewusst wird, dass ich es dort hingeworfen haben muss, liegt das Blatt auf dem Boden, und ich trete die Flamme aus. Nur die eine Ecke ist verbrannt, der Rest unbeschädigt.

Ich schiebe mir die Kapuze meines Sweatshirts vom Kopf und fahre mir mit der Hand durch die Haare. Meine zitternden Finger bleiben in den zerzausten Strähnen hängen. Meine Brust schmerzt. Ich keuche, als sei ich tausend Meter gerannt.

Ich hoffe, ich kann stolz auf dich sein.

Es kotzt mich an, dass ein Teil von mir das auch hofft. Das sogar braucht. Ich habe ihn seit zehn Jahren nicht gesehen, und eine kleine Nachricht bringt mich dazu, nach seiner Anerkennung zu lechzen.

»Rev?«

Mein Herz explodiert fast. Zum Glück habe ich blitzschnelle Reflexe. Ich stoße die Schüssel mit einem Fuß um und trete mit dem anderen auf den Brief.

»Was?«

Es klingt eher wie eine Warnung als nach einer Frage. Meine Stimme drückt Wut aus.

Geoff Fletcher, mein Dad – nicht mein Vater –, steht an der Hintertür und schaut zu mir hinaus. »Was machst du da?«

»Schulprojekt.« Es ist offensichtlich, dass ich lüge. Ein kleiner Brief zwingt mich dazu.

Er mustert mich sichtlich besorgt und tritt auf die Veranda hinaus. »Alles in Ordnung?«

»Ja. Mir geht's gut.«

Ich klinge nicht so, und er ist kein Idiot. Er kommt an den Rand der Veranda und schaut zu mir herunter. Das lachsfarbene Poloshirt und die gebügelte Kakihose sind sein Lehrer-Outfit. Er ist letztes Jahr fünfzig geworden, aber das sieht man ihm nicht an. Er ist sportlich und fast ein Meter neunzig groß. Als mich eine Sozialarbeiterin mit sieben Jahren hierherbrachte, fürchtete ich mich vor ihm.

»Hey.« Inzwischen sieht er besorgt und alarmiert aus. »Was ist los?«

Meine Gedanken sind ein einziges Chaos.

Ich sollte den Fuß von dem Brief nehmen, ihn aufheben und ihm geben. Er könnte sich darum kümmern.

Ich denke an meinen Vater. *Ich hoffe, ich kann stolz auf dich sein.*

Fast zittere ich vor innerer Zerrissenheit. Ich will nicht, dass Geoff davon erfährt.

Geoff. Nicht *Dad*. Mein Vater hat mich schon im Griff, obwohl sein Brief gerade mal seit fünfzehn Minuten in meinem Besitz ist. Nachdem ich einmal gelogen habe, muss ich jetzt weiterlügen.

Ich mag das Gefühl nicht.

Ich kann Geoff nicht ansehen. »Ich habe gesagt, mir geht's gut.«

»Du siehst aber nicht so aus.«

»Mir geht's aber gut.« Meine Stimme klingt harsch, fast wie ein Knurren. »Okay?«

»Ist irgendwas passiert?«

»Nein.« Ich bohre die Fingernägel in meine Handflächen, und mein Herz rast, als müsse es vor etwas davonlaufen.

»Rev ...«

Endlich heb ich ruckartig den Kopf. »Würdest du es einfach *lassen*?«

Er wartet einen Moment, und meine Wut bleibt einfach in der Luft zwischen uns hängen. »Warum kommst du nicht rein und redest mit mir?« Seine Stimme ist leise und sanft. Geoff ist der Meister im Chillen. Das macht ihn zu einem guten Stiefvater. Zu einem guten Dad. »Ich wollte gerade anfangen, das Abendessen vorzubereiten, damit wir essen können, wenn Mom heimkommt.«

»Ich gehe zu Declan.«

Eigentlich rechne ich damit, dass er es mir verbietet. Ich merke erst, wie sehr ich es mir gewünscht hätte, als er sagt: »Ist gut.«

Das ist keine Zurückweisung, fühlt sich aber trotzdem so an. Ganz plötzlich möchte ich um Verzeihung bitten. Für die Lüge, die Wut, dafür, dass ich etwas tue, was meinen Vater schützt.

Aber ich kann nicht. Ich setze meine Kapuze wieder auf und lasse mir die Haare ins Gesicht fallen. Meine Stimme klingt reumütig, als ich sage: »Ich räum das hier erst noch weg.«

Er schweigt ziemlich lange, also bücke ich mich, klaube die Schüssel vom Boden auf und schiebe die angekokelten Sachen hinein, während ich mit dem Fuß auf dem Brief stehen bleibe. Meine Bewegungen sind angespannt und ruckartig. Ich kann ihn immer noch nicht ansehen.

»Danke«, sagt er. »Bleib nicht zu lange, ja?«

»Ja.« Ich drehe die Schüssel in meinen Händen und halte den Blick darauf gesenkt. Ein Windstoß zerrt an meiner Kapuze, aber sie hält und verbirgt mein Gesicht. »Tut mir leid.«

Er antwortet nicht, und wieder spüre ich die Anspannung zwischen meinen Schultern. Ich riskiere es, hochzuschauen. Er steht nicht mehr auf der Veranda.

Da höre ich, wie sich die Schiebetür aus Glas bewegt. Er hat mich nicht mal mehr gehört, ist wieder reingegangen und hat mich mit meinem Problem hier draußen gelassen.

Mein bester Freund ist nicht zu Hause.

Wie ein Einbrecher habe ich im Dunkeln gewartet und mich auf den Asphalt in der hinteren Ecke von Declans Einfahrt gehockt. Zuerst kam mir die Luft nicht so kalt vor, aber inzwischen ist sie mir in die Knochen gekrochen, und ich fühle mich wie festgefroren.

Aus den Küchenfenstern fällt Licht nach draußen, und ich kann seine Mutter und seinen Stiefvater drinnen herumgehen sehen. Sie würden mich natürlich reinbitten, wenn sie wüssten, dass ich hier draußen bin, aber ich bin zu panisch und unentschlossen. Ich fische mein Handy aus der Tasche und schicke ihm eine Nachricht.

Rev: Arbeitest du?

Dec: Nein. Kino mit J. Was gibt's?

»J« ist seine Freundin Juliet. Ich starre auf mein Handy und konzentriere mich aufs Atmen. Mir war gar nicht klar, wie sehr ich mich darauf verlassen hatte, dass er hier sein würde, bis ich einsehen musste, dass er es nicht ist.

Ich stehe auf, trete aus dem Schatten und gehe los. Nach Hause kann ich nicht, aber ich kann auch nicht hierbleiben – außer ich möchte erfrieren. Ich sollte zum Sport gehen, aber donnerstags trainieren sie mit den Anfängern, und wenn ich mir einen von denen heute Abend vornehmen würde, könnte das böse ausgehen.

Mein Schweigen muss zu lange gedauert haben, denn schon schickt Declan die nächste Nachricht.

Dec: Bist du okay?

Meine Finger schweben über dem Display. Ich wäre bereit gewesen, ihm von dem Brief zu erzählen, aber jetzt ... kommt es mir nicht richtig vor.

Ich zwinge mich zu antworten.

Rev: Alles okay. Viel Spaß, Gruß J.

Mein Handy klingelt fast sofort. Das ist er.

»Was ist los?«, fragt er eindringlich flüsternd. Ob er mich schon aus dem Kinosaal anruft?

»Nichts. Mit geht's gut.« Meine Stimme klingt rau und dumpf.

Er schweigt lange. Declan kennt alle meine Geheimnisse. Und normalerweise bin ich nicht so zugeknöpft.

»Brauchst du mich zu Hause?«, fragt er leise.

Sein Tonfall erinnert mich an Geoff. Als müsse man behutsam mit mir umgehen. Vielleicht stimmt das ja, aber ich werde nicht gern daran erinnert.

Ich zwinge mich, locker zu klingen. Fast gelingt es mir. »Klar. Und kannst du mir noch eine Packung Schokoladeneis mitbringen, Alter? Nein. Du bist doch im Kino.«

»Rev.«

»Es ist nichts, Dec.«

»Irgendwas ist passiert.«

»Nichts ist passiert. Wir unterhalten uns später, okay?« Mit einem Tastendruck beende ich das Gespräch.

Irgendwas ist definitiv nicht in Ordnung mit mir.

Mein Handy summt sofort wieder.

Dec: Was ist mit dir los?

Mein Vater hat mir einen Brief geschickt, und ich weiß nicht, was ich tun soll.

Das kann ich nicht schreiben. Selbst es nur zu denken, kommt mir schon schwächlich und unreif vor. Ich habe einen lila Gürtel in Brasilianischem Jiu-Jitsu, aber ich komme nicht mit drei auf ein Stück Papier gekritzelten Zeilen zurecht, die für mich im Briefkasten lagen.

Rev: Es ist nichts. Mir geht's gut. Sorry, dass ich euch gestört habe.

Er antwortet nicht. Vielleicht ist er sauer. Oder vielleicht bin ich es.

Gut. Keine Ahnung, warum mich das glücklich macht.

Ich greife wieder nach meinem Handy. Beginne eine neue E-Mail. Füge die E-Mail-Adresse meines Vaters hinzu.

Dann schreibe ich in die Betreffzeile: *Lass mich in Ruhe*.

Ich schreibe keine Nachricht.

Drücke nur auf *Senden*.

Und dann gehe ich weiter, lasse mich von der Dunkelheit verschlucken.

3. KAPITEL

Emma

Die Abendluft ist frisch, nur eine Spur zu kalt, sonst wäre es perfekt. Wenn wir Glück haben, lauert der Frühling schon hinter der nächsten Ecke. Texas trottet neben mir her und wedelt dabei ein bisschen mit dem Schwanz. Wir spazieren schon eine Ewigkeit. Eigentlich sollte ich die Ruhe, die Stille und die frische Luft genießen, aber stattdessen geht mir die Auseinandersetzung mit Nightmare durch den Kopf.

Sonst halte ich mein Versprechen, dir da was reinzustopfen.

Sie kann nicht spielen.

Du bist scheiße.

Meine Augen werden wieder heiß, ohne dass ich darauf gefasst bin. Ich hole schluchzend Luft und reiße mich dann zusammen.

Mein Telefon meldet den Eingang einer E-Mail. Ich wickle mir die Leine ums Handgelenk und fische das Handy aus meiner Tasche.

Es ist eine Nachricht über 5Core. Von Ethan.

>>>

Donnerstag, 15. März, 18:46:00 Uhr
Von: Ethan_717
An: Azure M

Hey, hier ist der versprochene Screenshot.
Und der Typ ist ein Arschloch. Ich habe ihn gebootet. Tut mir echt leid. Schreib mir eine Nachricht, wenn du wieder online bist.

Die Nachricht lässt meine Tränen versiegen. Ich lächle.

Dann öffne ich den Screenshot, den Ethan geschickt hat. Ich brauche einen Moment, um zu erkennen, was ich da sehe, aber dann muss ich lachen. Sein bulliger Avatar wird von einem Bergrücken zerteilt, wobei ein Arm mit Schwert in typischer Haltung erhoben ist. Es sieht fast aus, als würde er um Hilfe winken.

Ich bin an der Ecke der katholischen Kirche St. Patrick's angekommen, wo sich vor dem Parkplatz eine riesige Grünfläche erstreckt. Als ich noch klein war, gingen wir als Familie hier regelmäßig zur Messe, bis Mom und Dad es eines Tages einfach bleiben ließen. Es kommt mir fast gehässig vor, dass wir den Hund jetzt auf diesen Rasen machen lassen. Immerhin haben wir eine Plastiktüte dabei. Zählt das dann?

Die Straße liegt völlig verlassen da, also bleibe ich unter einer Straßenlaterne stehen, lasse Texas von der Leine und ihr Geschäft erledigen. Während ich warte, schreibe ich eine Antwort.

Emma: Danke. Ich werde es reparieren, wenn ich mit dem Hund wieder zu Hause bin. Gegen 9?

Er muss gerade online sein, weil seine Antwort sofort folgt.

Ethan: 9 ist gut. Diesmal ohne A-Löcher.

Ich strahle das Handy an. »Komm, Tex. Wir haben ein Date.«

Texas kommt nicht.

Ich hebe den Kopf. Der Rasen ist leer.

Ich blicke mich um. Die Straße ist leer. Ein schwacher Lichtschein dringt aus der Kirche.

Ein Windstoß fährt durch die Bäume und durch meine Jacke, sodass ich erschauere. Es riecht, als würde es bald regnen.

Ich lausche, um Texys Steuermarke klimpern zu hören. Nichts.

»Tex!«, rufe ich. »Texy! Komm!«

Wie kann ich einen neun Jahre alten Hund in weniger als dreißig Sekunden verlieren?

Lass doch mal die Finger von diesen technischen Geräten.

Mom bringt mich um.

Dann höre ich es. Das leise Klimpern ihrer Steuermarke in der Ferne. Sie muss um die Ecke des Gebäudes gelaufen sein. Ich jogge los und entdecke sie auf der Rückseite der Kirche unter einem bunten Glasfenster. Inzwischen ist es schon fast stockdunkel, aber sie sieht aus, als würde sie irgendwas fressen.

OMG. Wenn sie da ein totes Tier gefunden hat, kotze ich.

»Texas!«, schreie ich und sprinte in die Dunkelheit. »Tex. Geh da weg!«

»Ihr geht's gut«, sagt eine männliche Stimme. »Ich habe ihr das gegeben.«

Ich stoße einen spitzen Schrei aus, rutsche übers Gras und falle hin.

»Tut mir leid«, sagt der Kerl mit leiser Stimme. Jetzt sehe ich ihn: eine dunkle Gestalt, die an der Kirchenwand kauert. Er trägt dunkle Jeans und einen Hoodie, dessen Kapuze groß genug ist, um sein ganzes Gesicht zu beschatten. Ich komme mir vor, als würde ich mit einem Sith-Lord sprechen.

»Sorry«, entschuldigt er sich gleich noch mal. »Ich wollte dich nicht erschrecken. Ich dachte, du hättest mich gesehen.«

Taumelnd komme ich wieder auf die Füße. Mein Handy ist irgendwo ins Gras geflogen, und ich habe nichts, um mich zu verteidigen.

Unglaublich, dass ich mir zuerst Sorgen um mein Handy mache.

»Wer bist du?«, frage ich atemlos. »Was machst du mit meinem Hund?«

»Nichts! Das sind Chicken Nuggets.«

Texy ist total begeistert, das muss man dem Typen lassen. Schwanzwedelnd schaut sie zu mir hoch und kaut glücklich.

Mein Puls ist noch nicht bereit, ihm das alles abzukaufen. »Dann hockst du nur ganz zufällig neben einer Kirche und futterst Chicken Nuggets?«

»Ja. Also das mit dem zufällig stimmt. Aber dein Hund futtert.« Seine Stimme klingt ironisch und ruhig. Er hat sich nicht von der Stelle gerührt.

Ich schlucke meine Panik runter. »Die sind aber nicht mit Rattengift gespickt oder so was?«

»Natürlich nicht.« Er klingt gekränkt.

»Was machst du denn hier?«

»Mir gefällt's hier.«

»Ein guter Ort, um eine Leiche zu verbuddeln.«

»Was?«

»Nichts.«

Texas frisst die Nuggets auf, läuft zu ihm und stupst gegen seine leeren Hände. Verräterin. Er krault sie hinter den Ohren, und sofort lässt sie sich neben ihm auf den Boden plumpsen. Irgendwas an ihm kommt mir vertraut vor, aber ich weiß nicht genau, was.

Ich beuge mich ein bisschen vor. »Sag mal … kenne ich dich?«

»Ich glaube nicht.« So wie er das sagt, klingt es fast, als würde er sich selbst kleinmachen. »Oder vielleicht. Gehst du auf die Hamilton?«

»Ja. Du auch?«

»Ich bin in der Zwölften.«

Er ist ein Jahr über mir. Ich mustere seine dunkle Gestalt.

Und dann weiß ich es. Zwar kenne ich seinen Namen nicht, aber ich weiß, wer er ist. Der Hoodie hätte mich auch gleich darauf bringen können, weil er immer so einen trägt. Ich habe schon gehört, dass die Kids ihn den Sensenmann nennen, aber keine Ahnung, ob er davon weiß. Er hat nicht den Ruf, gefährlich zu sein, sondern gilt nur als ein bisschen freakig. Ich kenne ihn nicht wirklich, aber ich habe ihn bemerkt, so wie Außenseiter einander immer bemerken.

Meine Furcht von vorhin ist verschwunden, und ich beginne zu überlegen, warum ein Teenager wohl hier in der Dunkelheit hockt.

»Geht es dir gut?«, frage ich.

Er schüttelt den Kopf. »Nein.«

Er sagt das so nüchtern, ohne viel Emotion, dass ich einen Moment brauche, um zu begreifen, dass er *Nein* gesagt hat. Seine Hände sind in Texys Fell vergraben, und sie drückt sich gegen ihn.

Ich schaue zu meinem Handy, das im Gras liegt. »Soll ich jemanden für dich anrufen?«

»Ich glaube nicht.«

Ich setze mich ins Gras. Es ist kalt und ein klein wenig feucht. »Ist dir irgendwas zugestoßen?«, frage ich leise.

Er zögert. »Das ist eine heikle Frage.«

Ist es das? »Bist du dir sicher, dass ich niemanden anrufen soll?«

»Bin ich.«

Wir sitzen eine Weile schweigend da. Texy legt ihren Kopf in seinen Schoß und schiebt ihren Hals unter seinen Arm. Er hat die Hände immer noch in ihrem Fell vergraben, und es sieht aus, als wäre sie ein Rettungsring, an den er sich in höchster Not klammert.

Schließlich schaut er hoch. Ich weiß gar nicht genau, woran ich das erkenne – die Kapuze bewegt sich nur ein bisschen. »Glaubst du an Gott?«

Dieser Abend könnte echt nicht surrealer sein. Ich befeuchte meine Lippen und antworte ehrlich. »Ich weiß nicht.«

Er stellt mir keine Fragen, wie ich befürchtet habe. »Da gibt es diesen Vers, den ich mag«, sagt er. »›Wer zweifelt, gleicht den Wellen im Meer, die vom Sturm hin- und hergetrieben werden.‹«

Ich kneife die Augen ein wenig zusammen. »Zitierst du das aus der Bibel?«

»Ja.« Er sagt das, als wäre es das Normalste von der Welt. »Weißt du, was mir daran gefällt? Dass es den Zweifel unvermeidlich scheinen lässt. Es ist in Ordnung, unsicher zu sein.«

Ich blinzle und lasse die Worte auf mich wirken. Es sollte eigentlich abschreckend sein, doch irgendwie ist es das nicht. Es fühlt sich an, als würde er mir etwas von sich anvertrauen.

Ich wünschte mir, ich würde seinen Namen kennen.

»Mir gefällt es auch«, sage ich.

Er schweigt noch länger als davor, doch ich spüre, wie er versucht, mich einzuschätzen. Ich starre zurück – also, ich schaue da hin, wo ich seine Augen vermute. Schließlich habe ich ja nichts zu verbergen.

»Bist du draufgekommen, woher du mich kennst?«, fragt er.

»Ich hab dich an der Schule gesehen.«

»Weißt du irgendwas über mich?«

Die Frage kommt mir hintergründiger vor, als sie es sollte. Daraus folgere ich, dass hinter seiner Geschichte mehr steckt, als dass er immer Hoodies trägt. »Bis jetzt weiß ich nur, dass du gern neben Kirchen sitzt und aus der Bibel zitierst«, sage ich. »Und das habe ich in den letzten zwei Minuten erfahren.«

Er lacht leise, aber es klingt überhaupt nicht amüsiert.

»Warum hast du gefragt, ob ich an Gott glaube?«, frage ich.

Er verzieht das Gesicht und blickt woandershin. »Ich vergesse immer, wie sehr ich nach einem Freak klinge, wenn ich so was sage.«

»Du klingst überhaupt nicht nach einem Freak.«

Er greift in seine Tasche und holt ein gefaltetes Stück Papier heraus. »Ich habe diesen Brief mit der Post bekommen, und eigentlich sitze ich hier, um zu entscheiden, was ich jetzt tun soll.«

Er hält mir den Brief nicht hin, also warte ich, ob er noch mehr sagen wird. Als er es nicht tut, frage ich: »Willst du mir was darüber erzählen?«

Er zögert, dann reicht er ihn mir doch. Ich falte das Blatt auseinander, und dunkle Flocken fallen ins Gras. »Jemand hat dir einen angekokelten Brief geschickt?«

»Das hab ich gemacht. Ihn angebrannt.«

Ich fahre mir mit der Zunge über die Lippen. »Warum?«

»Weil der Brief von meinem Vater stammt.« Pause. »Ich habe ihn seit zehn Jahren nicht gesehen.« Wieder eine Pause. Sie lastet noch schwerer. »Es gab Gründe dafür.«

»Gründe«, echoe ich und mustere ihn, während ich versuche, das Gefühl in seiner Stimme zu identifizieren. Ich versuche zu verstehen, was jemanden dazu bringt, einen Brief anzuzünden, nachdem man den Verfasser zehn Jahre lang nicht gesehen hat. Zuerst denke ich, es wäre Wut, weil seine Stimme so etwas Drohendes hat. Aber das ist es nicht.

Als ich es weiß, bin ich überrascht. »Du hast Angst«, flüstere ich.

Er zuckt zusammen – aber er widerspricht mir nicht. Seine Finger sind in Texys Fell verkrampft, die Knöchel treten weiß hervor.

Ich denke an meine überkritische Mutter, meinen lässigen Vater. Wir haben auch schon gestritten, aber ich hatte noch nie *Angst* vor ihnen.

Es gab Gründe dafür.

Abrupt steht er vom Boden auf. Er ist größer, als ich gedacht habe, groß und schlank mit breiten Schultern. Seine geräuschlosen, fließenden Bewegungen erinnern mich an einen Ninja.

Wenn ich ihn so ansehe, kann ich mir gar nicht vorstellen, dass er vor irgendetwas Angst hat.

Dann meint er: »Ich muss nach Hause.«

Er klingt ein bisschen erschrocken, umso mehr erstaunt es mich, dass er die Hand ausstreckt, um mir hoch zu helfen. Er ist kräftig. Sein Griff gibt mir das Gefühl, federleicht zu sein.

Sobald ich vor ihm stehe, bewegt er sich nicht mehr. Licht fällt von irgendwoher in seine Augen und lässt sie unter der Kapuze glitzern. »Ich danke dir.«

»Wofür?«

»Dafür, dass du mich gesehen hast.« Dann dreht er sich um und joggt über die Straße, bevor er in der Dunkelheit verschwindet.

4. KAPITEL

Rev

>>

Gesendet: Donnerstag, 15. März, 19:02:08 Uhr
Von: Robert Ellis robert.ellis@speedmail.com
An: Rev Fletcher rev.fletcher@freemail.com
Betreff: RE: Lass mich in Ruhe

Wie kommst du denn auf »Rev Fletcher«?
Egal, ich bin jedenfalls froh, von dir zu hören. Wenn du wirklich in Ruhe gelassen werden wolltest, hättest du mir keine E-Mail geschickt.

Da hat er natürlich recht.

Du hast Angst.

Auch sie hat recht. Diese E-Mail scheint die Angst noch zu verdoppeln.

Ich kann nicht glauben, dass ich ihr den Brief gezeigt habe. Erst als ich schon auf dem halben Weg nach Hause bin, fällt mir ein, dass ich sie gar nicht nach ihrem Namen gefragt habe. Sie geht zwar auch auf die Hamilton, aber ich weiß nicht mal, in welchem Jahrgang sie ist.

Nicht, dass das eine Rolle spielen würde. Die Hoffnung auf eine Beziehung mit einem Mädchen habe ich schon lange aufgegeben.

Ich muss dauernd an ihre Augen denken. Wie sie durch meine Wut und Verunsicherung einfach hindurchgeblickt und mich mit drei Worten treffend charakterisiert hat.

Du hast Angst.

Das habe ich dann gleich unter Beweis gestellt, indem ich weggerannt bin.

Ich bin so ein Idiot.

Mein Handy meldet den Eingang einer Nachricht. Von Kristin. Ich zucke zusammen. Von *Mom*.

Ich rechne damit, dass sie wissen will, was mit mir ist, denn bestimmt hat Dad ihr schon erzählt, dass ich nach der Schule den launischen Teenager gegeben habe. Zu meiner Überraschung tut sie das nicht. Also nicht wirklich.

Mom: Kommst du bald nach Hause? Wir bekommen ein Notfall-Pflegekind. Ich bereite gerade alles vor.

Ich bleibe mitten auf der Straße stehen.

Ein Notfall-Pflegekind bedeutet, dass ein Kind sofort aufgenommen werden muss. Geoff und Kristin sind für die Betreuung von Babys und Kleinkinder mit besonderen Bedürfnissen zertifiziert, daher kriegen wir viele von ihnen. Manche bleiben auch nur kurz – vielleicht weil die Eltern einen Autounfall hatten oder es einen medizinischen Notfall gab –, manchmal dauert es dann einfach etwas, bis rechtlich geklärt ist, wer die Vormundschaft übernimmt. Manche Kinder bleiben auch länger – etwa weil die Mutter verhaftet wurde oder eine Entziehungskur macht. Das letzte Baby blieb neun Monate bei uns. Das extra dafür reservierte Zimmer stand nicht mal eine Woche leer, aber das tut es sowieso nie lange.

Normalerweise würde ich mich jetzt beeilen, nach Hause zu kommen, um zu helfen.

Heute Abend stehen mir jedoch meine eigenen komplizierten Gefühle im Weg. Ich mache mir Sorgen wegen meines Vaters und frage mich, ob irgendwann etwas in mir umschnappen wird. Ich frage mich, wann ich so bösartig und grausam werde wie er.

Am liebsten würde ich Declan eine Nachricht schreiben und fragen, ob ich bei ihm pennen kann, aber als auf dem Display unsere letzten Nachrichten erscheinen, zieht sich alles in mir zusammen. Ich kann ihm nichts erklären, ohne meinen Vater zu erwähnen. Doch dazu bin ich noch nicht bereit. Was auch an Declans Persönlichkeit liegt. Er ist jemand, dessen Zorn lodert, ich bin eher der Typ, der alles erstickt.

Wahrscheinlich ist das ihm gegenüber nicht fair. Alles steht irgendwie Kopf.

Vielleicht ist das einfach eine Überreaktion von mir. Ich kann ja nach Hause. Kann auf der Couch sitzen und für ein Baby lustige Gesichter schneiden.

Ich kann meinen Vater für eine Weile vergessen.

Einmal bekamen wir ein vier Tage altes Baby – das jüngste Kind, das ich je auf dem Arm hatte. Seine Mutter hatte bei der Geburt einen Schlaganfall erlitten und war einen Tag danach gestorben. Wir behielten das kleine Mädchen sechs Monate lang, während die Großeltern sich vor Gericht um die Vormundschaft stritten. Wir sahen ihr erstes Lächeln, gaben ihr den ersten Löffel Brei.

Kristin weinte, nachdem das Mädchen wieder fort war, tagelang.

Sie weint immer, wenn sie wieder weg müssen. Selbst wenn das schon nach vierundzwanzig Stunden der Fall ist.

Dann legt sie die Arme um meine Schultern und sagt, was für ein Glück sie und Geoff haben, dass sie mich behalten dürfen.

Das hat mir bis heute nie Unbehagen bereitet. Doch jetzt wird mir klar, was für ein Riesengeheimnis ich vor ihnen habe.

Der Brief meines Vaters brennt ein rot glühendes Loch in mein Gehirn.

Ich hoffe, ich kann stolz auf dich sein.

Das kann ich ihnen nicht sagen.

Als ich um die Ecke biege, steht vor unserem Haus ein Streifenwagen. Das ist nicht ungewöhnlich, vor allem nicht, wenn es um ein Notfall-Kind geht. Als ich durch die Haustür trete, erwarte ich, ein Baby oder Kleinkind schreien zu hören, aber es ist seltsam still. Vielleicht ist es ein richtig kleines Baby, das in einer Babyschale schläft.

Oben im Flur, vor dem Schlafzimmer von Geoff und Kristin, höre ich flüsternde Stimmen. Ich gehe die Treppe hinauf.

Da taucht Geoff auf. »Rev«, sagt er leise. »Komm mit runter. Wir wollen reden.«

Ich zögere, weil ich an unsere Auseinandersetzung wegen des Feuers in der Schüssel denken muss. Der Brief meines Vaters brennt in meiner Tasche. »Tut mir leid, dass ich laut geworden bin.«

»Ist schon okay.« Er klopft mir sanft auf die Schulter. »Du darfst ruhig ein Teenager sein. Ist jetzt alles in Ordnung mit dir?«

Nein. »Ja.«

»Dann komm mit. Ich muss mit dir reden.«

Er geht an mir vorbei, aber ich bleibe auf dem Absatz stehen und starre ihm nach. Plötzlich bin ich wieder sieben und starre eine andere Treppe hinunter, ohne zu wissen, was mich an ihrem Ende erwartet.

»Rev?«

Ich blinzle und bin zurück in der Gegenwart. »Sorry.«

Ich habe von oben immer noch kein Baby gehört – und es muss ein Baby sein, weil Kleinkinder schon längst einen Riesenkrach veranstaltet hätten. Geoff setzt sich auf die Couch und winkt mir, es ihm gleichzutun.

Er sieht so aus, als habe er ein ernstes Gespräch im Sinn.

»Ich werde dir ein bisschen Zeit sparen«, erkläre ich. »Ich weiß bereits, was Sex ist.«

Er lächelt. »Du bist lustig.« Pause. »Bonnie hat angerufen. Sie brauchten einen Platz für einen Notfall.«

Bonnie ist Sozialarbeiterin und eng mit Kristin befreundet. »Mom hat mir schon geschrieben. Außerdem habe ich den Streifenwagen gesehen.«

»Er heißt Matthew.«

»Okay.« Ich warte darauf, dass die Bombe platzt, denn dass ein neues Kind ins Haus kommt, das ist normalerweise kein Anlass für ein ernstes Gespräch. Das bin ich gewohnt. Eigentlich mag ich es sogar.

»Matthew ist vierzehn.«

Ich erstarre kurz. »Oh.«

Keine Ahnung, wie ich darauf reagieren soll. Noch nie haben sie einen Teenager aufgenommen. Das älteste Kind, das wir je hatten, war neun. Es blieb für eine Nacht, weil der Vater eine Kellertreppe runtergefallen war und die Großmutter in Baltimore nicht sofort einen Flug bekommen konnte. Ich drehe und wende die Sache in meinem Kopf und überlege, dass ich mich eigentlich freuen sollte, weil ich dann keine Windeln wechseln muss.

Ich habe nichts dagegen, wenn ältere Kinder hier wohnen. Zumindest denke ich das. Außerdem liebe ich es an Geoff und Kristin, dass sie jeden willkommen heißen.

Aber kaum habe ich das gedacht, machen sich Zweifel in mir breit. Noch ein Teenager bedeutet, dass da jemand ist, der Fragen und Ansichten zu unserer Familie hat. Über mich. Den Gedanken hatte ich auch in dem Moment, als das Mädchen bei der Kirche mich erkannt hat. Jeder an der Schule weiß, wer ich bin, selbst wenn es nur ein Eindruck aus der Ferne ist. Man kann seinen Status als Freak schlecht verbergen, wenn man im Hochsommer mit langärmligen schwarzen Hoodies rumläuft. Und noch schwerer lässt sich verbergen, dass man adoptiert wurde, wenn man selbst weiß ist und die Eltern schwarz sind.

Nicht, dass ich das jemals verheimlichen wollte. Aber die Leute reden eben.

»Matthew war im letzten Jahr schon in vier verschiedenen Pflegefamilien«, sagt Geoff. »Heute Nachmittag hat er eine Prügelei angefangen, irgendwann hat die Familie dann die Cops gerufen. Es wurde keine Anzeige erstattet, aber sie wollten ihn dort nicht mehr haben.«

Vier Pflegestellen im Laufe des letzten *Jahres*? Ich bin mir nicht sicher, was ich dazu sagen soll.

»Was passiert, wenn er nicht hierbleibt?«, sage ich.

Geoff zögert. »Er müsste nach Cheltenham. Er hat es auch schon zweimal in Gruppenunterkünften probiert.«

In die Jugendstrafanstalt. »Wow«, sage ich leise.

»Bonnie glaubt nicht, dass es da ein Problem geben wird«, fährt Geoff fort. »Und du weißt ja, dass Kristin jedem Kind im Bezirk die Tür öffnen würde. Aber ich will sichergehen, dass das für dich in Ordnung ist.«

»Ist es.«

Geoff beugt sich vor. »Bist du dir sicher?«

Ich habe keine Ahnung. Ich weiß ja noch nicht mal, was ich von den Gedanken und Gefühlen halten soll, die in mir toben.

»Er kann bleiben.« Meine Stimme klingt rau.

»Rev. Es ist wichtig, dass du ehrlich zu mir bist.«

Er spricht über Matthew, nicht über den Brief, der in meiner Tasche steckt. Trotzdem zucke ich zusammen.

Ich muss etwas sagen, um es zu kaschieren, weil ich schon sehe, wie Geoffs Gesichtsausdruck sich verändert. »Es ist in Ordnung«, füge ich rasch hinzu. Ich muss mich räuspern. »Es wird anders sein, aber okay.«

Dann schaue ich hoch. »Wo wird er schlafen?« Das Extra-Zimmer ist für kleinere Kinder vorbereitet. Es gibt darin ein Kinder- und ein Gitterbett, eine Kommode, einen Wickeltisch und einen Schaukelstuhl. Es ist farblich in Weiß und einem Pfirsichton gehalten. Mit Schablonen sind Buchstaben an den oberen Rand der Wände gemalt. Außer dem Schaukelstuhl und der Kommode gibt es darin kein einziges Möbelstück, mit dem ein Teenager etwas anfangen könnte.

Geoff seufzt. »Das ist die andere Sache, die ich mit dir besprechen muss.«

Es ist nicht das erste Mal, dass ich mein Zimmer teile. Declan übernachtet andauernd hier. Geoff und Kristin haben sogar einen Futon extra für ihn reingestellt. Geoff meinte, es sei nur bis Samstag, dann könne er ein großes Bett kaufen, aber von Gesetzes wegen braucht Matthew ein Bett, deshalb liegt er jetzt hier.

Es ist schon nach Mitternacht. Er schläft nicht.

Ich auch nicht.

Er ist kleiner, als ich dachte, aber ziemlich kräftig. Geoff erzählte, Matthew habe die Schlägerei angefangen, doch beendet hat er sie sicher nicht. Seine ganze linke Gesichtshälfte ist geschwollen und von der Schläfe bis zum Kinn mit blauen Flecken übersät. Aus einem Kratzer an der Wange hat er geblutet, wahrscheinlich wäre es zu schmerzhaft, die Krusten zu entfernen. Seine Bewegungen sind steif und vorsichtig. Ich frage mich, mit wem er sich geprügelt hat.

Wahrscheinlich kann ich mich das noch länger fragen. Bis jetzt hat er nämlich genau zwei Worte mit mir gewechselt.

»Hey«, als Kristin uns vorgestellt hat.

Und »okay«, als ich ihm sagte, wo er seine Sachen hintun kann, die er in einem weißen Müllsack bei sich trug.

Und das war's. Er putzte sich die Zähne und legte sich ins Bett. Komplett angezogen. Mit Jeans und allem.

Aber mir steht es nicht zu, über andere zu urteilen. Schließlich trage ich selbst lange Ärmel und Jogginghose.

Nach Geoffs Beschreibung hätte ich erwartet ... jedenfalls etwas anderes. Angriffslust. Wut. Trotz. Angeberei.

Matthew ist still, aber wachsam. Er beobachtet mich aus dem Augenwinkel, obwohl sein Gesicht auf die Zimmerdecke gerichtet ist. Anspannung liegt wie eine zu schwere Decke über dem Raum.

»Schlaf ruhig«, sage ich leise. »Ich tu dir nichts.«

Er antwortet nicht und rührt sich nicht. Er blinzelt nicht mal.

Mein Handy macht *ping*. Declan.

Dec: Wie ist dein neuer Mitbewohner?

Ich habe ihm früher am Abend geschrieben, damit er von dem Pflegekind weiß, aber auf seine erste Nachricht, in der er fragte, was mit mir los sei, habe ich nicht geantwortet. Noch immer steht sie wie ein riesiger Elefant im Raum. Oder auf dem Display. Egal.

Ich konzentriere mich auf die aktuellen Gegebenheiten.

Rev: Still

Dec: Wie heißt er?

Rev: Matthew

Dec: Geht er morgen mit uns zur Schule?

Das ist eine gute Frage. Ich fahre immer zusammen mit Declan zur Schule. Das muss ich Kristin fragen.

»Sind wir hier eingesperrt?« Matthews Stimme klingt rau und tief.

Ich schaue zu ihm hinüber. Endlich hat er das Blickduell mit der Zimmerdecke aufgegeben.

Seine Frage verstehe ich nicht. »Eingesperrt?«

»Im Zimmer.« Sein Blick geht kurz zur geschlossenen Tür. »Werden wir hier über Nacht eingesperrt?«

Ich brauche eine Sekunde, um zu begreifen, was er meint. Dann lege ich mein Handy weg. »Nein.«

»Darf ich aufs Klo gehen?«

»Ja.« Ich versuche, meiner Stimme nicht anmerken zu lassen, was für eine ungewöhnliche Frage das ist. Außerdem soll es so klingen, als würde ich nur seine Frage beantworten, und nicht, als wolle ich ihm die Erlaubnis erteilen. Ganz schön viel verlangt von einem Wort mit zwei Buchstaben.

Während er weg ist, schaue ich noch mal auf mein Handy.

Rev: Er hat mich gerade gefragt, ob Mom und Dad uns nachts im Zimmer einsperren.

Dec: Ach du Scheiße

Genau.

Ich beiße mir auf die Lippe und studiere unsere Nachrichten. Vielleicht bilde ich mir die Distanz zwischen uns auch nur ein, aber ich hasse es, etwas vor ihm zu verheimlichen. Es ist schon schwer genug, das bei Geoff und Kristin zu tun.

Doch nachdem ich dieses Riesengeheimnis nun mal in die Welt gebracht habe, weiß ich nicht genau, wie ich es lüften soll.

Während ich noch überlege, wird mir bewusst, dass Matthew schon eine ganze Weile weg ist. Ich habe kein Wasser fließen und auch keine Toilettenspülung gehört.

Also schiebe ich das Handy in meine Hosentasche und tappe barfuß aus dem Zimmer. Die Badezimmertür steht offen, das Licht dahinter ist aus. Die Schlafzimmertür von Geoff und Kristin ist zu. Im ganzen Haus ist es dunkel.

Die Stille um mich herum scheint mit Händen greifbar. Ich gehe den Flur hinunter Richtung Küche.

Dann entdecke ich ihn, unten am Treppenabsatz, wo er die Haustür anstarrt. Sie ist mit einem doppelten Zylinderschloss verriegelt. Man braucht einen Schlüssel, um sie von innen zu öffnen.

Ich bleibe oben an der Treppe stehen. »Wir sind im Haus eingeschlossen«, flüstere ich.

Er wirbelt herum und lehnt sich mit dem Rücken an die Tür. In der Hand hält er ein Messer.

Ich muss zweimal hinsehen.

Da ist ein *Messer*. In seiner *Hand*.

Es ist nur ein Gemüsemesser aus dem Küchenblock – aber immer noch ein Messer.

Ein Kleinkind hat sich bei uns noch nie eine Waffe geschnappt.

Das war heute wirklich ein harter Tag. Ich will ihm das schon sagen, aber dann sehe ich in sein Gesicht und erkenne, dass seiner noch härter war. Ich habe einen Brief gekriegt. Er was auf die Fresse.

Ich habe keine Ahnung, was ich tun soll. Nach Geoff und Kristin rufen? Würden sie ihn in den Jugendknast schicken? Soll ich nachsichtig sein oder der Sache gleich ein Ende machen?

Ich überlege, was er gerade tun wollte, als ich ihn überrascht habe. Er hat sich das Messer genommen und wollte zur Haustür raus. Er hatte es nicht auf mich oder jemand anderen im Haus abgesehen.

Als Nächstes hätte er es wahrscheinlich an der Hintertür versucht – einer Schiebetür mit einfachem Riegel – und wäre weg gewesen.

Ich lasse mich auf der obersten Stufe nieder. »Ich hab dir doch gesagt, ich tu dir nichts.« Die Worte sollen ihn beruhigen, aber ich will mich auch selbst daran erinnern. Denn ich könnte ihm was tun. Viel mehr als derjenige, der das mit seinem Gesicht angestellt hat.

Diese Gedanken sind wie eine Verbindung zu meinem Vater, und ich zwinge sie, aus meinem Kopf zu verschwinden.

»Leg das Messer weg und geh wieder ins Bett, dann können wir so tun, als wäre das hier nicht passiert.«

Matthew starrt zu mir herauf und sagt nichts. Seine Brust hebt und senkt sich rasch.

Ich rühre mich nicht. Ich kann warten.

Er anscheinend auch.

Zehn Minuten vergehen. Zwanzig. Ich lehne den Kopf an die Wand. Sein Atem geht jetzt langsamer, aber er hält das Messer immer noch genauso fest umklammert.

Dreißig Minuten. Er rutscht an der Tür runter, bis er auf der Fußmatte sitzt. Ich ziehe die Augenbrauen hoch, aber er hält meinem Blick stand und das Messer fest.

Schön.

Eine Stunde vergeht. Die Stille lastet schwer. Unwillkürlich werden meine Lider schwer.

Seine offenbar auch.

Denn genau so findet Kristin uns um sechs Uhr am nächsten Morgen, beide fest eingeschlafen.

5. KAPITEL

Emma

>>

Freitag, 16. März, 03:28:00 Uhr
Von: N1ghtmare
An: Azure M

Bring mich nicht dazu, dich zu suchen, Schlampe.

Ihm auch einen guten Morgen.

Ich lösche das nicht. Und ich sperre ihn auch nicht. Keine Sperren vor dem ersten Kaffee.

Als ich herunterkomme, ist Mom schon in der Küche. Sie steht an der Küchentheke und isst eine Mischung aus Obst und Hüttenkäse. Es ist noch nicht mal halb sieben, aber sie ist schon geduscht und für die Arbeit angezogen. Sie läuft auch jeden Morgen acht Kilometer. Der Inbegriff von Selbstdisziplin.

»Du siehst müde aus«, sagt sie zu mir.

Ich überlege, ob ich das schlimmer finde, als wenn mich irgendein Irrer im Internet eine Schlampe schimpft.

Achselzuckend nehme ich mir einen Becher. »Erzähl das dem Bezirksschulamt. Ich lege die Stundenpläne nicht fest.«

»Wie lange warst du auf?«

Bis zwei. Ich habe mit Ethan Missionen erfüllt, bis ich nicht mehr scharf sehen konnte. Cait gesellte sich zu uns, nachdem ihre Mom im Bett war und niemand mehr den Familiencomputer bewachte. Wir fingen bei OtherLANDS an und wechselten dann zu Battle Guilds, nachdem er fragte, ob wir mal was Neues ausprobieren wollten. Das ist ein Spiel, das ich nicht oft spiele, weil es ein Konkurrent von Dads Firma erfunden hat, aber so eine Einladung konnte ich nicht ablehnen. Das war nämlich noch nie vorgekommen. Normalerweise verabschieden sich Jungs, um mit jemand anderem zu spielen.

Schulterzuckend hole ich die Kaffeesahne aus dem Kühlschrank. »Weiß ich nicht mehr. Ich hab gelesen.«

»Ich hab dir schon mal gesagt, dass ich es nicht mag, wenn du Kaffee trinkst, Emma.«

Und ich habe gar nicht richtig hingehört und schaufle Zucker in meinen Becher. »Entschuldige, was?«

Sie verzieht den Mund. »Ich weiß, dass dein Vater ewig aufbleibt, aber er muss auch nicht um halb acht im Unterricht sitzen.«

»Er hat eben Glück.«

»Er ist eben erwachsen.« Sie schweigt kurz. »Oder zumindest tut er so.«

»Mom.« Ich werfe ihr einen wütenden Blick zu. Sie weiß, dass ich es nicht mag, wenn sie stichelt.

»Ich weiß ja, dass du an Computern und Spielen Spaß hast, aber ich hoffe, dir ist auch klar, was für eine umkämpfte Branche …«

»Weil du direkt in die Medizin eingestiegen bist?« Ich nippe an meinem Kaffee und marschiere Richtung Treppe. »Ich habe vergessen, wie problemlos du es in die Columbia geschafft hast.«

»Emma. Emma, komm wieder her.«

Ich bin schon halb die Treppe hinauf. »Ich muss duschen.«

Dankbar für das Rauschen der Lüftung und das laute Prasseln des Wassers stelle ich die Temperatur so heiß ein, wie ich es gerade noch aushalte, und steige in den Dampf. Es brennt auf meiner Kopfhaut.

Bring mich nicht dazu, dich zu suchen, Schlampe.

Meine Augen brennen, und ich drehe das Gesicht in den Wasserstrahl. Ich hasse es, dass es Leute wie ihn gibt. Ich hasse es.

Dad hat eine Mitarbeiterin, die noch viel schlimmere Sachen erlebt. Todesdrohungen. Vergewaltigungsdrohungen. In der Branche geht es rabiat zu. Ich muss jetzt lernen, damit umzugehen, wenn ich das später beruflich machen will.

Aber trotzdem. Die Worte haben sich in meinem Kopf festgesetzt wie ein ständig dröhnendes Warnsignal. *Bring mich nicht dazu, dich zu suchen.*

Dann ermahne ich mich selbst: Wahrscheinlich ist er dreizehn und langweilt sich.

Der Türknauf klickt. »Emma. Ich will mit dir reden.«

»Mom! Du meine Güte, ich stehe unter der Dusche!«

»Dir ist schon klar, dass da ein Vorhang ist. Außerdem bin ich deine Mutter. Und Ärztin. Ich habe schon …«

»Mom!«

»Emma.« Ihre Stimme kommt näher. »Ich habe kein grundsätzliches Problem mit Computern oder dem Programmieren. Ich hoffe, du weißt das. Aber ich mache mir Sorgen, dass die Gewohnheiten deines Vaters falsche Erwartungen bei dir …«

»Mom.« Ich ziehe den Vorhang ein Stück beiseite und spähe hinaus. Sie sitzt auf dem geschlossenen Toilettendeckel. Der Dampf hat bereits die Strähnen gelockt, die aus ihrem Pferdeschwanz gerutscht sind. »Dad arbeitet genauso viele Stunden wie du. Ich weiß, dass das nicht alles nur Spaß und Spielen ist.«

»Ich will nur sicher sein, dass dir bewusst ist, dass kreative Berufe immer kompliziert sind. Wir würden die gleiche Unterhaltung führen, wenn du Malerin … oder Schriftstellerin … oder Schauspielerin werden wolltest« Sie klingt mit jedem aufgezählten Beruf verärgerter.

Shampoo rinnt in meine Augen, und ich kehre unter den Wasserstrahl zurück. »Wow, danke für die aufmunternden Worte zur Verwirklichung meiner Träume.«

»Träume bezahlen keine Miete, Emma. Ich will einfach nur sicher sein, dass du dir objektive Gedanken machst. Du gehst in die elfte Klasse der Highschool.«

»Mom, ich bin mir ziemlich sicher, dass es mir helfen wird, einen Job zu finden, wenn ich programmieren kann.«

»Das weiß ich. Bis zwei Uhr morgens am Computer zu spielen und dich danach durch den Tag zu schleppen wird dir allerdings nicht dabei helfen.«

Dagegen kann ich nicht viel vorbringen. Sie gibt mir das Gefühl, eine absolute Null zu sein.

Zusammen mit der E-Mail von heute Morgen sorgt das dafür, dass meine Augen schon wieder brennen.

»Hast du deine Hausaufgaben fertig?«, fragt sie.

»Natürlich.« Meine Stimme bricht fast, und ich hoffe, die Dusche verhindert, dass man mir das anhört.

»Emma?« Sie klingt erstaunt. »Bist du traurig?«

»Mir geht's gut.«

Langsam zieht sie den Duschvorhang beiseite.

Ich packe ihn und schließe ihn wieder. »Mom! Ist das dein Ernst?«

»Ich wollte nur sicher sein …«

»Würdest du jetzt bitte rausgehen? Ich muss mich für die Schule fertig machen.«

Lange Zeit sagt sie nichts.

Inzwischen muss ich an all das denken, was ich ihr gern sagen möchte.

Weißt du, dass ich mein eigenes Spiel geschrieben habe? Ich hab das ganze Ding programmiert. Und Leute spielen es tatsächlich. Hunderte von Leuten. Ich hab das gemacht. ICH HAB DAS GEMACHT.

Aber ich fürchte, dass sie es für bloße Zeitverschwendung halten würde.

Und dass sie mich zwingen würde, es zu löschen, damit ich mich auf etwas »Produktiveres« konzentrieren könne.

»Emma«, sagt sie leise.

Ich wische mir das Wasser vom Gesicht. »Mom, es ist gut. Mir geht's gut. Geh zur Arbeit. Bestimmt hast du Patienten, die auf dich warten.«

Ich halte die Luft an und bin hin- und hergerissen zwischen der Hoffnung, dass sie bleibt, und der, dass sie geht.

Ich weiß gar nicht, warum. Das ist lächerlich. Sie verachtet alles, was ich liebe, so sehr.

Dann klickt das Türschloss, und es spielt keine Rolle mehr. Sie hat genau das getan, worum ich sie gebeten habe.

»Warum verkaufen die hier mittags eigentlich keinen Kaffee?«, fragt Cait. Auch sie bezahlt den Preis dafür, dass wir bis zwei Uhr morgens gespielt haben. Erschöpft liegen wir praktisch über dem

Tisch. Sogar ihr Make-up wirkt heute lustlos. Ein bisschen glitzernder Eyeliner ist das Gewagteste daran.

»Weil das Sadisten sind.« Ich stochere in dem Stück Pizza auf meinem Tablett herum. »Möchtest du die nächste Stunde mit mir schwänzen und zu Dunkin' Donuts gehen?«

»Wenn ich erwischt werde, landet mein Make-up im Müll und Mom verkauft meine Kamera.«

»Das wäre ja mal eine Tragödie.«

Sie zuckt leicht zusammen, und erst da wird mir klar, was ich gesagt habe. Ich erschrecke. »Sorry. Ich wollte nicht … ich weiß gar nicht, was ich da rede.«

Ihre Miene wirkt vor Kränkung und Verwirrung wie eingefroren. »Wie hast du das gemeint?«

»Ich habe gar nichts gemeint, Cait. Wirklich.«

Sie starrt mich an, als würde sie überlegen, ob sie weiter nachhaken oder es auf sich beruhen lassen soll.

Ich weiß tatsächlich nicht, warum ich das gesagt habe. Mein Mund und mein Gehirn müssen wohl neu synchronisiert werden. »Das war blöd. Ich wollte einen Scherz machen, aber ich bin zu müde, deshalb hat es nicht funktioniert.«

Eine winzige Falte bildet sich zwischen ihren Augenbrauen, dann lehnt sie sich zurück. »Okay.« Sie schweigt, und die Mauer zwischen uns wächst um ein paar weitere Ziegelsteine.

Ich hatte erwogen, ihr von Nightmare zu erzählen, aber jetzt ist die Spannung zwischen uns viel zu groß dafür. Cait würde es sowieso nicht verstehen. Die schlimmsten Trolle, mit denen sie sich herumärgern muss, sind Leute, die ihr vorwerfen, sie habe ihnen ihr Make-up-Design geklaut, oder die behaupten, sie sei hässlich. Cait hat auch kein Problem damit, sie zu sperren. Deshalb würde sie nicht verstehen, warum ich nicht das Gleiche mache.

Eine Bewegung auf der anderen Seite der Cafeteria erregt meine Aufmerksamkeit. Der Typ von hinter der Kirche sitzt dort an einem Tisch in der Ecke. Heute trägt er einen dunkelbraunen Hoodie und hat sich die Kapuze so tief ins Gesicht gezogen, dass seine Augen nicht zu sehen sind. Auf dem Tisch vor ihm steht ein halbes

Dutzend Plastikbehälter. Es sieht aus, als würde er mit einem anderen Typen teilen, der rötlich braune Haare hat.

Ich kann an einer Hand abzählen, wie oft ich schon Jungs gesehen habe, die sich ein Mittagessen teilen.

Ich korrigiere mich. Das kann ich an einem Finger abzählen.

Ungefähr so oft, wie ein Junge schon mal für mich aus der Bibel zitiert hat.

Ich hole einen violetten Filzstift aus meiner Tasche und beginne, Streifen auf meine Fingernägel zu malen. Nur damit meine Hände etwas zu tun haben, während ich Mr. Groß, dunkel und mit Hoodie, stalke. Ein Mädchen setzt sich zu den beiden Jungs in die hintere Ecke. Sie ist hübsch, mit langen glänzenden dunklen Haaren und figurbetonten Klamotten. *Preppy. Glossy.* Genau der Typ Mädchen, dem ich normalerweise aus dem Weg gehe. Und zwar aus dem einfachen Grund, dass sie immer so total extrovertiert aussehen, während ich normalerweise einen Computer vor mir brauche, um zu kommunizieren. Ich habe keine Ahnung, wer sie ist.

Allerdings sitzt sie direkt beim Sensenmann und nicht in einer Viererclique von Mädchen, die über ihn lästern. Also ist sie vielleicht gar nicht so übel.

»Warum ist es für dich okay, auf deinen Fingernägeln herumzumalen, aber bei mir soll es nicht in Ordnung sein, wenn ich es mit richtigem Make-up mache?«, fragt Cait.

Ich halte in der Bewegung inne. »Du kannst mit deinem Make-up machen, was du willst«, sage ich gepresst. »Das war eine blöde Bemerkung.«

»Okay.«

Es klingt überhaupt nicht okay. Ich zögere und wünschte, ich könnte die Sache in Ordnung bringen. »Ich habe gerade den Typen da drüben beobachtet. Weißt du, wer das ist?«

Sie dreht sich auf ihrer Bank um und blickt hinüber. »Ja«, sagt sie. »Der ist bei mir in Sozialkunde. Warum?«

»Wie heißt er?«

»Rev Fletcher. *Warum?*«

Ich sehe, dass er mit einer Gabel aus einem der Behälter isst. Mit einer richtigen Gabel aus Metall. »Ist er schwul?«

»Warte. Lass mich das checken.« Sie verzieht das Gesicht. »Oops. Sorry. Telepathie funktioniert gerade mal wieder nicht.«

Ich kann nicht erkennen, ob sie versucht, die Stimmung aufzulockern oder weiter zu verschlechtern. »Weißt du, was es mit ihm und den Hoodies auf sich hat?«

Sie blickt wieder über ihre Schulter. »Nein. Aber Mrs. Van Eyck zwingt ihn, die Kapuze im Unterricht abzusetzen.«

»Trägt er die jeden Tag?« Ich weiß gar nicht, warum mich das interessiert, aber anscheinend habe ich eine Informationsquelle angezapft, auch wenn die Download-Geschwindigkeit erbärmlich ist.

»Ja. Aber nicht immer denselben. Er stinkt auch nicht oder so. Ist sehr still. Sagt nicht viel.« Sie schweigt kurz. »Warum interessierst du dich für Rev Fletcher?«

Ich weiß es selbst nicht.

Bist du okay?

Nein.

Jetzt scheint es ihm besser zu gehen. Aber irgendwie auch … nicht. Ein Teil von mir möchte am liebsten zu ihm hinübergehen und wieder fragen.

Ich sehe es direkt vor mir. *Hey, erinnerst du dich an mich? Du hast mich hinter der Kirche erschreckt. Hast meinen Hund mit ein paar Nuggets gefüttert. Haben wir nicht über Existenzialismus geredet?*

Klar.

Er hat Freunde. Er isst zu Mittag. Er braucht mich nicht.

Aber wenn er Freunde hat, warum hat er sich dann mit diesem Brief hinter einer Kirche versteckt?

»Emma?«

»Da war nichts«, versichere ich Cait. »Ich habe ihn nur zufällig getroffen, als ich mit dem Hund spazieren war.«

»War es seltsam? Mir kommt es so vor, als müsste er außerhalb der Schule abartig sein.« Sie verzieht das Gesicht. »Ich meine, er ist ja auch *in* der Schule abartig.«

»Nicht abartig.« Ich überlege kurz. »Ungewöhnlich.«

»Gibt's da einen Unterschied?«

»Du trägst jeden Tag ein anderes Gesicht. Also sag du es mir.«

Sie weicht zurück, und ich wünschte, ich könnte die Worte zurück in meinen Mund atmen. Ich habe das nicht als Beleidigung gemeint – oder vielleicht doch. Ich bin zu müde, um es zu wissen.

Sie wirft sich ihren Rucksack über die Schulter. »Ich muss vor der nächsten Stunde noch ein paar Bücher austauschen. Wir sehen uns dann später, ja?«

Bevor ich noch irgendwas sagen kann, ist sie auch schon im Gedränge verschwunden.

Seufzend suche ich meine Sachen zusammen und mache mich auf den Weg in meine Klasse.

Ich bin die einzige Elftklässlerin im Kurs Computerwissenschaft für Fortgeschrittene. Und ich bin eines von nur drei Mädchen. Die Einführung ins Programmieren letztes Jahr habe ich verschlafen, aber sie war verpflichtend. Den Kurs hätte ich auch selbst halten können. Als Mr. Price merkte, dass ich Hausaufgaben für andere Fächer erledigte, während er am Smartboard vor sich hin schwadronierte, bot er mir eine zusätzliche gute Note an, wenn ich selbst etwas designte. Ich glaube, er rechnete mit etwas erbärmlich Simplem, damit er mir den Kopf tätscheln und so tun könnte, als hätte er mich vor eine große Herausforderung gestellt. Als er sich dann in OtherLANDS einloggte, verschluckte er sich an seinem Kaffee.

Im Ernst. Er hätte mich fast damit vollgespuckt.

Das ist ja nicht mein erstes Spiel. Es ist mein sechstes. Niemand fängt gleich mit einem Computer-Rollenspiel an. Also niemand, den ich kenne. Nicht mal Dad. Er brachte mir bei, wie man ein Programm schreibt, als ich sieben war. Da zeigte er mir Pong und meinte, ich solle mal probieren, ob ich das nachbauen könne. Als ich zehn war, programmierte ich schon einfache zweidimensionale Spiele. Mit dreizehn konnte ich mit 3-D-Grafiken umgehen. OtherLANDS ist das Schwierigste, was ich je gemacht habe.

Dad hat es noch nie gespielt. Er weiß nicht mal davon.

Er ist Chef-Programmierer bei Axis Gaming. Sein nächstes Produkt soll Handys so integrieren, dass die Leute vom Desktop nahtlos auf ihr Smartphone wechseln können, von Battle Missions zu Scouting Missions. Ich habe schon ein paar Screenshots gesehen, und es ist fantastisch

Ich kann es kaum erwarten, ihm OtherLANDS zu zeigen. Aber erst muss es perfekt sein.

Dann dürfen Figuren nicht mehr teilweise in einem Bergrücken verschwinden.

Mr. Price tippt irgendeinen Code in den Overheadprojektor. An allen Computern gibt es einen Sichtschutz, damit wir nicht voneinander abschreiben, also kann ich hier hinten machen, was ich will. Ich logge mich in meinen OtherLANDS-Server ein, öffne ein Notizbuch, um mir Notizen zu machen.

Und da steht auch schon ganz oben Nightmares E-Mail von heute Morgen.

Mein Finger schwebt über dem Button *Spieler sperren*.

Ich tue es. Ich klicke ihn an.

Und dann lösche ich seine E-Mail.

Es ist vorbei. Erledigt. Er ist weg. Hier kann er mir jetzt nicht mehr auf die Nerven gehen. Die Erleichterung ist groß.

Er kann mich weiter auf 5Core nerven, aber die Site wird vom Bezirksschulamt verwaltet. Da kann ich ihn einem Admin melden, wenn er mich mit Nachrichten belästigt.

Ich schaue kurz an die Tafel. Mr. Price labert weiter, also beginne ich, eine Landkarte zu zeichnen. Ich möchte versuchen, ein Insektenland zu bauen. Bisher habe ich noch nichts gemacht, was fliegen kann, und ich suche eine Herausforderung. Ich stelle mir Bienenschwärme, Spinnennetze, gefährliche Skorpione und Schmetterlinge vor, die über heilende Zaubersäfte verfügen … *Hmm.*

Mein Bildschirm blinkt.

Eine neue Nachricht. Ich schaue auf den Absender und erstarre.

>>>

Freitag, 16. März, 12:26:00 Uhr
Von: N1ghtmare2
An: Azure M

Netter Versuch.
Du hast gerade einen Krieg angefangen.

---

6. KAPITEL

Rev

\>>

Freitag, 16. März, 17:37:56 Uhr
Von: **Robert Ellis robert.ellis@speedmail.com**
An: **Rev Fletcher rev.fletcher@freemail.com**
Betreff: **Schweigen**

Ich glaube, die stillen Momente sind die lautesten.
Dein Schweigen spricht Bände, mein Sohn.

Zwei Sätze und schon krampft sich alles in mir vor Schuldgefühlen zusammen. Mein Schweigen fühlt sich an wie ein Verbrechen, das ich an den Menschen in meinem Leben begehe.

Ich habe meinem Vater nicht geantwortet.

Ich habe Geoff und Kristin nichts gesagt.

Ich habe Declan nichts gesagt.

Heute Abend erstickt mich diese laute Stille fast. Wir sitzen »als Familie« beim Abendessen, aber niemand spricht. Kristin hat lauter typische Frühstückssachen gemacht: French Toast und Spiegeleier, Wurst mit Soße und Speck, Röstkartoffeln und Obstsalat mit Schlagsahne. Wohlfühlessen, weil es sich gerade so ungemütlich anfühlt. Ich schiebe das Essen auf meinem Teller herum und halte den Blick auf mein Platzset gerichtet.

Matthew sitzt auf der anderen Seite des Tisches und macht genau das Gleiche.

Ich war überrascht, ihn noch hier anzutreffen, als ich nach Hause kam. Ich hätte gedacht, dass die Sache mit dem Messer ihn gleich wieder zurück zum Jugendamt gebracht hätte. Als Kristin uns heute Morgen fand, muss sie die Situation sofort erfasst haben. Sie legte mir die Hände auf die Schultern und meinte leise, ich solle mich für die Schule fertig machen.

Verstohlen werfe ich einen Blick über den Tisch. Matthew sieht erschöpft aus. Die Schrammen in seinem Gesicht wirken dunkler und sind dadurch noch deutlicher zu sehen. Offenbar war Bonnie, die für ihn zuständige Sozialarbeiterin, noch mal da, und sie haben alle zusammen ein langes Gespräch geführt.

Ich weiß nicht, was sie besprochen haben, aber jedenfalls ist für ihn dabei eine weitere Nacht bei uns rausgesprungen. Er sieht definitiv nicht schuldbewusst aus. Aber auch nicht aggressiv. Ob das für ihn spricht? Ich habe keine Ahnung.

Geoff meinte, Matthew habe versprochen, dass er fragen wird, wenn er das Haus verlassen will.

Wie beruhigend. Eigentlich sollte man Konfetti schmeißen.

»Rev, Schatz, gibst du mal die Wurst weiter?« Kristins Stimme klingt aufgesetzt fröhlich. Das ist ihr Ton für Kleinkinder, die trotzig mit dem Essen rumspielen – oder noch schlimmer: es an die Wand schmieren.

Um Essen weiterzureichen, muss ich aufblicken. Dabei bemerke ich, dass Matthew mich beobachtet, so wie er es gestern Abend getan hat.

Eine vertraute Anspannung macht sich in meinen Schultern bemerkbar. Ich fühle mich in die Defensive gedrängt, obwohl noch gar nichts passiert ist

Geoff sitzt am Kopfende des Tischs und mustert uns beide. Er hat auch noch kein Wort gesagt und sieht nicht gerade glücklich aus.

Kristins Ton ist immer noch locker. »Du hast heute noch gar nichts von der Schule erzählt, Rev.«

»War okay.« Ich schiebe mir ein Stück French Toast in den Mund, damit ich nichts weiter sagen muss.

»Wollte Declan heute Abend nicht mitessen?«

Mein bester Freund kommt normalerweise immer freitags zum Abendessen. Das ist eine alte Tradition, die noch aus der Zeit stammt, als er seinem Stiefvater aus dem Weg gehen wollte. Ich zwinge mich zu schlucken. »Er ist mit Juliet aus.«

Schon wieder.

Was okay ist.

»Ich habe heute Nachmittag mit Mr. Diviglio gesprochen. Matthew wird am Montag anfangen. Ich dachte, es wäre nett, wenn du ihm helfen könntest, sich zurechtzufinden.«

Mr. Diviglio ist der stellvertretende Schulleiter. Der nächste Bissen French Toast in meinem Mund verwandelt sich zu Stein und tut beim Schlucken weh. Nachdem ich wieder sprechen kann, sehe ich Matthew so lange an, dass ich ihn fast zum Blickkontakt zwinge. »Wenn die dich in der Schule mit einem Messer erwischen, fliegst du raus.«

»Rev«, sagt Kristin leise. Nicht tadelnd, aber es fehlt nicht viel.

»Ich war schon auf der Hamilton«, sagt Matthew, den Blick wieder gesenkt. »Ich kenne mich da aus.« Pause. »Und die Regeln.«

Geoff räuspert sich. Seine Stimme klingt tief und ruhig, was die Atmosphäre etwas entspannt. »Gut. Das sollte es dann ein bisschen einfacher machen.«

Seine ruhige Art erinnert mich daran, dass viel von der Anspannung im Raum aus meinem eigenen Kopf kommt. Ich muss mich zurücknehmen. Achselzuckend spieße ich ein weiteres Stückchen French Toast auf die Gabel. »Er kann bei uns mitfahren. Declan ist das egal.«

Tatsächlich wird es Declan wahrscheinlich nicht egal sein, und er wird auch kein Geheimnis daraus machen. Ich stelle mir vor, dass mein bester Freund Matthew mit einem Messer im Flur gefunden hätte.

Declan hätte Hackfleisch aus ihm gemacht.

»Gibt's von hier keinen Bus?«, fragt Matthew und starrt dabei immer noch auf seinen Teller.

Kurz herrscht Schweigen am Tisch.

»Es gibt einen Bus«, sagt Kristin zögernd. »Aber mit dem dauert es vierzig Minuten. Du müsstest um zwanzig nach sechs an der Bushaltestelle sein.«

Er sagt nichts.

Ich mustere ihn und komme mir vor, als hätte ich das Ganze

unabsichtlich verbockt. »Du musst nicht mit dem Bus fahren. Wir können dich mitnehmen.«

»Zwanzig nach sechs geht klar.« Er isst langsam einen Bissen und spricht dann leise weiter. »Ich kann früh aufstehen.«

Er klingt so entschieden und berechnend. Ich kann nicht erkennen, ob das wirklich so ist oder nur an meiner eigenen verdrehten Wahrnehmung liegt, die alles falsch versteht.

Dein Schweigen spricht Bände, mein Sohn.

Ich schiebe meinen Stuhl vom Tisch zurück. »Kann ich aufstehen?«

Geoff und Kristin tauschen einen Blick, dann sieht sie mich an. »Du hast ja kaum etwas gegessen.«

»Du hattest mir für heute Mittag viel eingepackt.« Ich zögere und will nicht unhöflich sein. »Sagt mir Bescheid, wenn ihr fertig seid. Dann räume ich die Küche auf.«

Sie beugt sich zu mir, streicht mir über die Hand und drückt sie sanft. »Kein Problem. Mach, was du zu erledigen hast.«

Ich springe in meine Sportklamotten, um ins Fitnessstudio zu gehen, doch dann überlege ich es mir im letzten Moment doch anders. Einerseits möchte ich dringend aus dem Haus, andererseits lässt die Vorstellung rauszugehen meinen Stresspegel in die Höhe schnellen. Ich wünschte, ich könnte zu Declan. Ich wünschte, ich könnte ihm alles erzählen.

Gleichzeitig will ich genau das nicht. Ich fühle mich ungeschützt. Verletzlich.

Nein. Ich schäme mich.

Ich muss an das Mädchen hinter der Kirche denken.

Du hast Angst.

Ich habe Jahre gebraucht, um zu lernen, dass ich keine Angst haben muss. Und jetzt hat mein Vater mit ein paar kurzen Sätzen meinen Selbstschutz wieder zerstört.

Ich attackiere den Boxsack im Keller. Zuerst mit Fußtritten, dann mit Faustschlägen, dann mit Haken und Kniestößen, bevor ich wieder von vorn beginne. Zuerst bewege ich mich unrhythmisch und fühle mich so unbeholfen wie seit Jahren nicht mehr.

Irgendwann merkt mein Verstand, dass es mir ernst ist, und überlässt alles dem Gedächtnis meiner Muskeln. Ab da verliere ich mich in der Kraft jeder einzelnen Bewegung.

Als ich noch jünger war, Geoff und Kristin frischgebackene Pflegeeltern und ich ihr erstes Pflegekind, da fürchtete ich jeden Abend und jede Nacht, mein Vater würde mich holen kommen und dann quälen, weil ich die beiden auch nur ein bisschen gemocht hatte. Kristin kam damals jeden Abend in mein Zimmer und las mir eine Geschichte vor, während ich an die Decke starrte und so tat, als würde ich nicht zuhören. Fantasygeschichten oder Bücher über Magie hatte ich genauso wenig lesen dürfen wie alles andere, das nicht mit Religion zu tun hatte. Deshalb hörte ich ihr zu, wie sie mir *Harry Potter und der Stein der Weisen* vorlas und rechnete mit Gewissheit damit, dass der Teufel jeden Moment aus dem Boden kriechen und mich mit sich in die Hölle hinabzerren würde.

Das war nicht passiert. Offensichtlich.

Im zweiten Monat machte sie mit *Harry Potter und die Kammer des Schreckens* weiter, und ich hörte auf, an die Decke zu starren. Ich lachte sogar über irgendwas. Da rückte sie mit ihrem Stuhl näher ans Bett, damit ich die Illustrationen zu den Kapitelanfängen sehen konnte.

An die Geschichte selbst erinnere ich mich kaum noch.

Aber ich weiß noch, dass ich in Tränen ausbrach, als sie das Buch am Ende zuklappte.

»Was ist denn los?«, fragte sie.

»Ich will nicht zurück.«

Mehr musste ich ihr nicht erklären. Sie wusste, was ich meinte.

Es war eines der wenigen Male, dass ich hörte, wie ihre Stimme hart wie Stahl klang. »Du gehst *nie mehr* zurück.«

Dein Schweigen spricht Bände, mein Sohn.

Meine Kehle ist wie zugeschnürt, und vor meinen Augen verschwimmt plötzlich alles. Seine Worte arbeiten in unterschiedlichen Richtungen gegen mich. Ich meide nicht nur ihn. Ich meide auch Geoff und Kristin. Und ich gehe meinem besten Freund aus dem Weg.

Als ich mit geballter Faust auf den Boxsack einschlage, zittert mein Arm vor Erschöpfung. Keuchend richte ich mich auf und wische mir die Haare aus den Augen. Geoff und Kristin unterhalten sich oben, ihre Stimmen sind wie ein leises Murmeln.

Ich lasse mich auf die Bank zum Gewichtheben fallen, zerre mir die Handschuhe runter und schütte ohne nachzudenken eine halbe Flasche Wasser in mich rein. Die Kälte des Getränks brennt fast, was sich aufregend und schrecklich zugleich anfühlt. Die kühle Stille des Kellers legt sich immer enger um mich.

Und dann, als würde ein Schalter in meinem Kopf umgelegt, merke ich, dass ich nicht allein bin. Vielleicht durch einen Luftzug oder einen sich bewegenden Schatten, die Atmosphäre ändert sich jedenfalls.

Ich nehme noch einen Schluck Wasser. Meine Konzentration ist rasiermesserscharf. Das muss Matthew sein.

Ich kann ihn nicht atmen hören, aber er muss hier irgendwo sein. Ich habe keine Angst vor ihm. Nicht wirklich. Mein Verstand sagt mir, dass er keine echte Bedrohung für mich darstellt.

Aber ein dunkler, ursprünglicher Teil meines Gehirns mag nichts, was auch nur entfernt einer Bedrohung ähnelt. Vor allem nicht jetzt, da Erinnerungen an meinen Vater wie mit Klauen an die Oberfläche kriechen.

»Komm raus«, sage ich mit leiser Stimme, die keinen Platz für Diskussionen lässt.

Irgendwie wird es noch stiller. Noch stummer.

»Komm raus«, sage ich noch mal.

Nichts.

Mein Herz schlägt noch schneller, wie ein Hammer in einem Käfig. Schweiß rinnt mir das Brustbein hinunter. Je länger er im Schatten verborgen bleibt, desto mehr missfällt mir das Ganze.

Ich stehe auf, drehe mich einmal um mich selbst, weil ich mit dieser Unruhe nicht sitzen bleiben kann. »Schleich dich lieber nicht an mich an.«

Schweigen.

Dein Schweigen spricht Bände.

Vielleicht ist es ja gar nicht Matthew. Mein Vater kennt diese Adresse. Mein Vater weiß, wie er mich finden kann.

Die Furcht umschließt meine Brust wie ein tödlicher Schraubstock. Ich kann nicht sprechen, mich nicht bewegen.

Es ist nicht mein Vater. Es kann nicht mein Vater sein.

Das kann nicht sein.

Das kann nicht sein.

Meine Fingernägel bohren sich in die Handflächen. Der Raum scheint auf die Hälfte zu schrumpfen. Ich bin gefangen.

Als ich aus dem Keller nach oben rase, spüre ich die Stufen unter meinen Füßen nicht. Ich schnappe mir einen Hoodie von der Garderobe neben der Tür und reiße die Haustür weit auf. Die kühle Abendluft ist wie eine Mauer, durch die ich mich kämpfen muss.

Der Mond steht hoch am Himmel, und die Sterne scheinen zu schaukeln. Mit Mühe kriege ich etwas Luft in meine Lungen.

»Rev!«

Kristins Stimme ist hinter mir.

Ich drehe mich um und sehe Kristin an. Sie steht auf den Stufen vor der Haustür, wirkt aber kilometerweit entfernt.

Sie kann mich nicht einholen. Doch ich weiß auch nicht, was ich tun würde, wenn jemand mir jetzt nachlaufen würde.

»Ich brauche frische Luft.« Meine Stimme klingt, als wäre ich einen Marathon gelaufen. Ich zerre die Kapuze über meinen Kopf und ziehe hektisch die Fäuste in die Ärmel.

»Warte«, sagt sie. »Dad wird mitkommen.«

»Nein«, stoße ich hervor. »Nein. Ich muss jetzt gehen.«

»Hast du dein Handy dabei?«

Vielleicht. Wer weiß. Wir könnten uns gerade auf dem Mars befinden, und ich würde es nicht merken.

Aber die Frage ist so normal, dass sie wie ein Dartpfeil auf meine Panikattacke trifft. Ich kann tief Luft holen. Ich kann meine Tasche befühlen. Ich kann antworten. »Ja.«

»Schreib mir, wenn du länger als eine Stunde wegbleibst.«

Die Luft wird kälter, mein Körper heißer. »Okay.« Meine Stimme bricht fast. »Okay.«

Sie wirft einen Blick hinter sich und sieht mich dann wieder an. »Dad sagt, er braucht auch frische Luft. Warum wartest du nicht einen Augenblick? Er zieht sich gerade die Schuhe an.«

Wenn sie noch länger mit mir spricht, werde ich in Ohnmacht fallen. Oder anfangen zu weinen.

Oder mit der bloßen Hand ein Autofenster einschlagen.

»Ich gehe laufen, okay?«

Ihre Antwort warte ich gar nicht mehr ab. Ich mache auf dem Absatz kehrt und sprinte die Straße hinunter.

7. KAPITEL

Emma

Ich spiele wieder OtherLANDS. Mom wäre so stolz.

Auch wenn es nicht ganz so viel Spaß macht. Es liegt nicht nur an diesem idiotischen Troll, den ich jetzt schon zweimal gesperrt habe. Eher ist es diese seltsame Spannung zwischen Cait und mir. Früher hätte sie sich eingeloggt und mit mir gespielt, aber wahrscheinlich fabriziert sie gerade ein Live-Video über falsche Wimpern. Dann sind da noch Moms Bemerkungen von heute Morgen, dass Träume keine Miete bezahlen. Als ob ich das nicht wüsste.

Ich verstehe nicht, was sie überhaupt hat. Dad verdient doch gut. Er arbeitet auch immer lange. Und dass er sich dabei über einen Computer beugt und sie sich über ein Krankenhausbett, bedeutet ja noch nicht, dass seine Zeit sinnlos vergeudet ist.

Ich höre Ethan über meinen Kopfhörer. »Du wirkst abwesend.«

Wir sind gerade auf einer Mission im Elfenreich. Bisher habe ich noch nie mit ihm allein gespielt, aber nach dem Vorfall mit Nightmare meinte ich heute, nachdem Ethan mich geaddet hatte: »Können wir nur zu zweit bleiben? Ich will nach weiteren Löchern in meinem Code suchen.«

Er sagte nichts dazu, sondern aktivierte nur die Mission.

Wie angespannt ich war, merkte ich erst, als sich der Knoten in meinem Bauch zu lösen begann.

»Sorry«, sage ich. »Hab nur nachgedacht.«

»Schule oder Eltern?« Sein Avatar schlitzt mit seinem Schwert rasch einen Elf auf, der hinter einem Baum hervorgetreten ist.

»Was?«

»Bist du wegen der Schule oder wegen deinen Eltern abgelenkt?« Er schweigt. »Oder wegen deines Freunds?«

»Kein Freund.« Meine Wangen werden warm, obwohl seine Stimme kein bisschen flirtend geklungen hat. Es klingt alles nur nach guter Freundschaft. Wenn überhaupt.

»Oder deiner Freundin?«, fügt er hinzu. »Ich will dir aber nichts unterstellen.«

Ich muss lachen. »Auch keine Freundin. Und die Schule ist in Ordnung. Es sind meine Eltern. Also, eigentlich Mom. Dad ist auch okay.« Mein Avatar folgt seinem und läuft über die grüne Fläche. »Warte mal. Hier will ich mehr Struktur reinbringen. Das muss ich mir kurz notieren.«

Sein Avatar bleibt stehen. »Lass mich raten. Zu viel Gaming, nicht genug Interesse für die Schule. Geh raus in die Sonne, damit du keine Vitamin-D-Tabletten brauchst …«

»Genau! Woher weißt du das?«

Abfälliges Schnauben. »Aus meinen eigenen Leben.« Er schweigt kurz. »Aber ich spiele ja nur. Weiß sie überhaupt, dass du diese Spiele tatsächlich programmierst? Ich glaube, meine Mom würde Ruhe geben, wenn sie irgendwas daran produktiv fände.«

Jetzt schnaube ich. »Meine Mom fände ein Stipendium an der Harvard Medical School produktiv.«

»Wer würde das nicht?« Seine Figur macht ein paar Schritte. »Bist du fertig?«

»Ja.« Wir laufen los. Also, unsere Avatare laufen. »Nein, sie weiß nichts von OtherLANDS.«

»Machst du Witze? Du hast ein Spiel geschrieben.«

»Ich weiß.« Schweigen. »Sie findet das alles blöd. Ich fürchte, sie würde mich dazu bringen, es zu löschen.«

»Will sie, dass du Ärztin wirst?«

»Ich glaube, sie weiß schon, dass ich nichts mit Medizin machen möchte.«

»Ich habe ja keine Ahnung, was für eine Ärztin du sein würdest, aber als Spieledesignerin halte ich dich für ziemlich *genial.*«

Er sagt das so leidenschaftslos wie alles andere, trotzdem lässt mich die Bemerkung ein bisschen rot werden. Das hat mir bis jetzt noch niemand gesagt. Und schon gar nicht beim Gaming.

Dann fügt er hinzu: »Also, ich meine, es ist zwar relativ basic und die Grafiken sind nicht so intensiv, aber …«

»Nein, nein«, unterbreche ich ihn. »Lass das *Genial* einfach so stehen.«

Er lacht.
Ein sympathisches Lachen.
Ich muss endlich aufhören, rot zu werden.
Da meldet mir die In-Box im Spiel den Eingang einer Nachricht. Ich erstarre. Auf dem Bildschirm bleibt mein Avatar wie angewurzelt stehen.
»M?«, fragt Ethan.
»Warte kurz. Ich habe eine Nachricht.« Ich klicke auf den blinkenden Button.

>>

Freitag, 16. März, 19:29:00 Uhr
Von: N1ghtmare3
An: Azure M

Ich kann das den ganzen Tag machen, Baby. Sag mal, kostet es was, wenn man sich von dir einen blasen lässt?

Meine Atmung wird flach. Ich hasse das.
Von hier aus kann ich ihn nicht sperren. Dafür muss ich mich erst in mein Admin-Dashboard einloggen.
»Ich muss Schluss machen«, sage ich zu Ethan.
»Geht es dir gut?« Er muss meinen veränderten Tonfall bemerkt haben, weil er besorgt klingt.
»Alles bestens. Ich muss nur … Schluss machen.«
Damit knalle ich den Laptop zu.
Eigentlich sollte ich ihn wieder aufmachen. Ich sollte mich einloggen und den Dreckskerl sperren.
Ich kann mir das nur nicht noch mal ansehen. Nicht sofort.
Meine Augen brennen schon wieder. Ich muss nach draußen. Nachdem ich mir mein Telefon in die Hosentasche geschoben habe, jogge ich die Treppe runter. Texy erwartet mich schwanzwedelnd am Ende der Stufen.
»Komm mit«, sage ich zu ihr. Meine Stimme bricht. Ich sehe nur

noch verschwommen. Der Hund folgt mir pflichtbewusst und ignoriert meine ungeschickten Hände, als ich versuche, das Halsband zu schließen. Texas freut sich rauszukommen und klackert mit ihren Krallen auf dem Marmor im Hausflur herum.

»Emma?«, ruft Mom aus der Küche. Mit einem Glas Wein in der Hand erscheint sie im Türrahmen. »Wohin gehst du denn?«

Ich kann sie nicht ansehen. »Ich mache eine Runde mit dem Hund.« Ich hoffe, dass es mehr gestresst als verheult klingt.

»Gut!«, sagt sie. »Ich bin froh, wenn du dich ein bisschen bewegst.«

Ziel erreicht, würde ich sagen.

Dann stehen wir draußen.

Ich muss mich beruhigen. Das Ganze ist lächerlich. *Andauernd* kriegen Frauen solche Nachrichten. Es ist nicht richtig, es ist inakzeptabel, aber ich kann es nicht ändern. Ich kann ihn nur blockieren. Mein Spiel ist gratis und öffentlich zugänglich. Es ist nicht so, dass man eine Kreditkarte braucht, um es spielen zu können. Wie Ethan schon sagte, ist es ziemlich basic. All meine Sicherheitsmaßnahmen sind darauf gerichtet, dass niemand mein Netzwerk hacken kann. Ich hatte es nicht darauf abgesehen, die Identität der Spieler zu erfahren. Ich dachte nicht, dass ich je einen Grund dazu haben würde.

Und auch jetzt interessiert es mich nicht wirklich. Mir ist egal, *wer* der Typ ist. Ich möchte nur, dass er damit aufhört.

Ich habe Ethans Worte noch im Ohr, aber jetzt klingen sie wie ein Witz.

Halte ich dich für ziemlich genial.

Das ist in Wirklichkeit so ungefähr das absolute Gegenteil von *genial.* Mein Atem geht abgehackt. Ich muss mich zusammenreißen.

Das Telefon in meiner Hand vibriert plötzlich, sodass ich es fast fallen lasse. Auf dem Display wird ein eingehender Anruf angezeigt. *Dad.*

Ich gehe ran. »Hallo?« Es klingt total verheult, und ich kann nichts dagegen tun.

»Emma?« Er hört sich besorgt an. »Geht's dir gut?«

»Mir geht's gut.« Meine Stimme bricht.

»Dir geht's nicht gut.« Seine Stimme klingt voll und warm in meinem Ohr. »Was ist los?«

Ich kann es ihm nicht sagen, ohne von dem Spiel zu erzählen.

Außerdem weiß ich schon, was er dann sagen würde. Das habe ich schon von ihm gehört.

Es ist furchtbar, wird er sagen. *Aber die Leute gehen online und reagieren da ihre ganze Wut ab, einfach weil sie es können. Das macht mich ganz krank. Aber das Einzige, was du tun kannst, ist blockieren und sperren.*

Und er hätte recht. Es ist das Einzige, was ich tun kann.

»Mir geht's gut«, sage ich. »Irgendein Idiot trollt mich online. Ich blockiere ihn, aber er kommt mit immer neuen Screen-Namen.«

»Hast du ihn schon dem Administrator gemeldet? Manchmal können die einen User über die Registrierung mit der E-Mail-Adresse blockieren.«

Tolle Idee. Zu blöd, dass ich der Admin bin. Und dass ich keine E-Mail-Adressen verlange.

»Ich werd's versuchen«, sage ich schniefend.

»Wie schlimm war es denn?«, fragt er. »Hat der dich bedroht?«

»Also, es ist irgendwie ...«

»Warte kurz, M&M. Da ist gerade jemand reingekommen.« Er muss die Hand übers Telefon gelegt haben, weil ich seine Stimme jetzt nur noch gedämpft höre. Eine Minute vergeht. Die Tränen auf meinen Wangen trocknen.

Ich beginne mich schon zu fragen, ob er vergessen hat, dass ich noch da bin.

Schließlich meldet er sich wieder: »Hey, Kiddo. Ich muss Schluss machen. Wir haben gerade ein kritisches Problem auf dem Server entdeckt, und du weißt ja, wir sind in der entscheidenden Phase vor der Veröffentlichung. Geht es dir gut?«

»Ja. Klar.«

»Bei mir wird es heute wahrscheinlich spät, aber wir sehen uns morgen früh, okay? Lass dich von der Dragon Lady nicht unterkriegen, solange ich nicht da bin.«

Die Dragon Lady ist Mom. Als ich klein war, brachte er mich damit zum Lachen. In letzter Zeit klingt es dafür ein bisschen zu realistisch. »Okay, Dad.«

»Ich wollte nur zwischendurch mal deine Stimme hören, ja?«

Solche Momente sind zwischen uns so selten geworden. Momente, in denen er nur mit mir spricht. »Okay, Daddy. Ich hab dich lieb.«

»Ich hab dich auch lieb. Egal, was kommt.« Er legt auf.

Egal, was kommt? Was soll das denn bedeuten?

Texy springt herum und bellt. Sie muss ein Eichhörnchen entdeckt haben. Ich kann sie kaum halten und zerre an ihrer Leine. »Komm schon.« Schniefend ziehe ich die Nase hoch. »Lass es.«

Jetzt bellt sie richtig laut. Dann reißt sie mir die Leine aus der Hand und rast los.

MIST.

Weit läuft sie nicht. Nur quer über die Straße zur gegenüberliegenden Ecke. Dort springt sie einen Typen an, der außerhalb des Lichtkegels der Straßenlaterne steht. Der ganze Hund wackelt vor Freude.

Ich renne ihr hinterher. Sie steht immer noch auf den Hinterbeinen, die Vorderpfoten an seiner Brust. Aber der Mann krault sie hinter den Ohren. Turnschuhe, schwarze Sporthose – ein Jogger. Sie dreht den Kopf zu mir, und die Zunge hängt ihr halb aus dem Maul. Dabei sieht sie aus, als wolle sie sagen: *Siehst du denn nicht? Deshalb war ich so aufgeregt.*

Ich bücke mich, um ihre Leine aufzuheben. »Tut mir leid. Tut mir schrecklich leid. Texas. *Texy*. Ab.«

»Ist schon in Ordnung.«

Ich erkenne seine Stimme und schaue abrupt hoch. Der allgegenwärtige Hoodie sorgt dafür, dass ich von seinen Gesichtszügen nicht viel sehe, aber er ist es eindeutig.

»Oh«, sage ich erstaunt. »Du bist das.«

»Ich bin das.«

»Rev Fletcher«, sage ich, ohne zu überlegen. Als wüsste er seinen eigenen Namen nicht.

Er krault Texy immer noch hinter den Ohren, aber trotzdem scheine ich seine Aufmerksamkeit geweckt zu haben. »Ja.« Er schweigt kurz. »Rev Fletcher.« Wie er das sagt, klingt es, als würde er sich selbst daran erinnern. Was seltsam ist.

Dann beugt er sich gerade so weit vor, dass seine Augen im Licht zu sehen sind. »Weinst du?«

Ich zucke zurück und fahre mir mit der Hand übers Gesicht. Das hatte ich ganz vergessen. »Nein.« Meine Stimme klingt nach verstopfter Nase. Und dann muss ich auch noch kurz schniefen. »Das ist nur … Heuschnupfen.«

So dicht, wie ich bei ihm stehe, sehe ich, dass auch seine Wangen gerötet sind. Sein Blick ist leicht panisch.

Das alles reicht, um mich von meinem eigenen Kummer abzulenken. Ich muss an den Brief denken, den er mir gestern Abend gezeigt hat. Die Angst, die er offenbar hatte. »Weinst *du* denn?«, frage ich erstaunt.

»Nein«, sagt er und ahmt meinen Ton nach. »Das ist nur Heuschnupfen.«

Das nehme ich ihm nicht eine Sekunde lang ab.

Texy nimmt schließlich die Pfoten von ihm, und Rev vergräbt seine Hände sofort in den Taschen seines Sweatshirts.

Die Nacht umhüllt uns wie ein Umhang. Ich errichte zwar auch ständig Mauern um mich, aber bisher bin ich noch niemandem begegnet, dessen Mauern ebenso undurchdringlich wirken.

Zum ersten Mal spüre ich Furcht in meiner Brust. Ich muss an die Nachricht von Nightmare denken.

Bring mich nicht dazu, dich zu suchen, Schlampe.

Aber Rev hat mich ja nicht gesucht. Ich habe ihn gefunden. Oder besser gesagt: Texy. Und wenn er redet, klingt es nach Substanz, fast so, als könnte man seine Worte mit Händen greifen. Überhaupt nicht wie Nightmare im Spiel.

Der Hoodie kommt mir unfair vor. Ich blinzle ihn an. »Würdest du die Kapuze abnehmen, damit ich dich sehen kann?«

Ich erwarte, dass er sich weigert, aber da schiebt er sie schon mit einer Hand nach hinten. »Da gibt's nichts zu sehen.«

Das stimmt nicht. Es gibt eine Menge zu sehen.

Seine im Mondlicht dunkel aussehenden Haare reichen ihm knapp bis ans Kinn. Und er hat vermutlich kein Gramm Fett am Körper, denn seine Gesichtszüge sind scharf, vom Kinn bis zu den Wangenknochen. Dunkle Augen, deren genaue Farbe ich in diesem Licht ebenfalls nicht ausmachen kann. Seine Statur und seine Bewegungen sind athletisch, obwohl er überhaupt nicht nach Teamplayer und Mannschaftssport aussieht.

»Du starrst mich an«, sagt er.

»Du mich auch.«

Schnell wendet er den Blick ab. »Tut mir leid.«

»Muss es nicht«, sage ich rasch. »Du darfst ruhig gucken.«

Ah, ich bin so peinlich. Deshalb fühle ich mich mit Tastatur und Bildschirm einfach wohler. Vor allem, wenn meine Gedanken so durcheinander sind wie Scrabble-Steinchen, die auf einem Haufen liegen.

Verlegen schaue auch ich weg. »Ich meine … ist nicht schlimm. Wir stehen schließlich hier. Ich wollte mich nicht beschweren. Ich habe ja damit gerechnet, dass du mich siehst.«

Sein Blick sucht wieder meine Augen, und er sagt nichts dazu. Ich kann seinen Ausdruck nicht deuten.

Na prima. Ich habe es anscheinend noch peinlicher gemacht.

Ich ziehe an Texys Leine und will weitergehen. »Aber ich möchte dich nicht aufhalten.«

»Warte.«

Ich warte.

Er runzelt die Stirn. »Ich finde es interessant, dass wir uns jetzt schon zweimal zufällig begegnet sind.«

»Meinst du, ich stalke dich?«

Das bringt ihn zum Lächeln, aber nur zögerlich. »Nein. Überhaupt nicht.«

Ich brauche eine Sekunde, um ihn einzuschätzen. Wenn man unsere Unterhaltung von gestern Abend bedenkt, ist das eine Sekunde zu lang. »Redest du von Schicksal?« Ich mustere ihn. »Oder Gott? Glaubst du, dass jemand von da oben meinen Hund lenkt?«

»Nicht unbedingt.« Er schweigt kurz. »Aber ich bin mir nicht sicher, ob wir davor weglaufen sollten.«

Ich weiß nicht, was ich sagen soll. Er vielleicht auch nicht, denn wir stehen ganz schön lange einfach nur da und genießen die Abendluft.

Als er wieder etwas sagt, spricht er leise. »Möchtest du noch mal unter dem bunten Glasfenster sitzen?«

»Um zu reden?«

»Entweder das oder um eine Leiche zu verbuddeln.«

Er sagt das todernst und zieht mich damit auf, was ich gestern Abend gesagt habe.

»Ja«, fügt er noch mal entschieden hinzu, als könnte ich den Scherz nicht verstanden haben, »um zu reden.«

Ich will mir rasch eine Liste machen, wann Jungs mich schon mal aufgefordert haben, sich mit mir irgendwo hinzusetzen und zu reden.

1. Jetzt gerade.

Falls es so was wie Schicksal gibt, dann hat es mir vielleicht auf diese Weise den Wink gegeben, mich selbst um mein Glück zu kümmern.

Mein Gott, ich klinge schon fast wie er. Und ich bin mir nicht sicher, ob mir das etwas ausmacht.

»Klar.« Ich schaue in der Dunkelheit zu ihm hoch. »Lass uns gehen.«

8. KAPITEL

Rev

Das Mädchen folgt mir auf den Rasen hinter der Kirche. Dort setzen wir uns hin. In die Dunkelheit, wo kein Licht einer Straßenlaterne uns finden kann. Wir lehnen uns an die Ziegel, und die Mauer fühlt sich an meinem heißen Rücken angenehm kühl an.

Ich habe keine Ahnung, was ich hier mache. Ich kenne ja noch nicht mal den *Namen* dieses Mädchens.

Der Hund lässt sich neben mir ins Gras fallen, und ich vergrabe die Hände in seinem Fell. Er rückt näher an mich heran und legt den Kopf in meinen Schoß. Ich wollte schon immer einen Hund, aber Geoff und Kristin machten sich Sorgen, dass die kleinen Kinder sich fürchten oder eine Allergie haben könnten, deshalb haben wir nie einen angeschafft.

Verstohlen schaue ich zu dem Mädchen rüber. Kastanienbraunes Haar hängt zu einem lockeren Zopf geflochten über ihre Schulter. Sie spielt nervös mit den Enden. Ihre Züge sind weich, doch ihre Augen schauen hinter dem dunklen Brillengestell ziemlich wachsam. Wirklich überall sind Sommersprossen. Mit einem Metallic-Filzstift hat sie auf dem Handrücken ein paar davon zu Sternbildern verbunden. Sie lehnt entspannt an der Wand und blickt Richtung Straße.

Irgendwie ist das ein Wunder, dass sie zugestimmt hat, hier zu sitzen und zu reden. Schließlich bin ich so ein Freak. Declan wird mich ewig damit aufziehen.

Du hast also endlich mal ein Mädchen gefragt, ob es sich mit dir unterhalten will … und dann suchst du dir dafür den Rasen hinter einer Kirche aus? Alter.

Andererseits ist das wahrscheinlich genau das, was er erwartet.

Ich schaue noch mal zu ihr. »Kann ich dir eine persönliche Frage stellen?«

»Schieß los.«

»Wie heißt du?«

»Emma Blue. Das ist aber keine wirklich persönliche Frage.«

»Du kanntest meinen Namen schon. Ich kam mir mies vor, weil ich deinen nicht wusste.«

»Ich wusste ihn auch nur, weil ich eine Freundin …« Emma wird rot und bricht im Satz ab. Aber sie weiß, dass sie es ruhig sagen kann. »Wir haben dich heute Mittag in der Cafeteria gesehen. Sie ist mit dir in Sozialkunde.«

»Ich hab dich auch gesehen.«

Sie zuckt zusammen und schaut kurz zu mir. »Sorry, wenn ich dich angestarrt habe. Schon wieder.«

»Ich bin's gewöhnt, dass die Leute mich anstarren.« Pause. »Ich habe mich gefragt, ob es ein Zeichen dafür ist, dass ich dich ansprechen soll.«

Jetzt dreht sie den Kopf zu mir und sieht mich richtig an. »Das hättest du ruhig tun können.«

»Du hättest mich auch ansprechen können.« Ich schweige kurz. »Ich dachte, du hättest mich gestern Abend vielleicht seltsam gefunden.«

»Ich denke, ich habe andere Vorstellungen davon, was seltsam ist.« Das Rot auf ihren Wangen wird noch ein bisschen intensiver. »Und ich weiß nicht, ob es dir aufgefallen ist, aber ich bin nicht der Typ Mädchen, der auf Jungs zugeht und einfach so mit ihnen redet.«

»Da haben wir was gemeinsam.«

»Macht es dich etwa auch nervös, mit Jungs zu reden?«

»Es bringt mich um den Schlaf.«

Sie lächelt. Ich weiß nicht, ob das Scherzen oder Flirten ist, aber ich weiß, dass ich mich zum ersten Mal seit zwei Tagen nicht wie am Rande einer Panikattacke fühle.

Dann sagt sie: »Kann ich *dir* eine persönliche Frage stellen?«

Ich zögere, weil ich schon weiß, was jetzt kommt. »Klar.«

»Was hat es mit den Hoodies auf sich?«

Ich muss dem Drang widerstehen, mich in mich selbst zurückzuziehen. Mich zu verstecken. »Das … ist eine lange und komplizierte Geschichte.«

Erst mal sagt sie nichts, dann rät sie einfach. »Bist du extrem behaart?«

Das kommt so unerwartet, dass ich lachen muss. »Nein.«

Sie überlegt wieder. »Cyborg?«

Es gefällt mir, dass sie weiter locker bleibt. »Weil du es jetzt weißt, muss ich dich möglicherweise umbringen.«

Sie lächelt, aber ihre Stimme wird ernst. »Narben?«

Ich zögere. Das kommt der Sache schon näher. »Nicht ganz.«

»Nicht *ganz*?«

»Also.« Ich verstumme, als ich spüre, wie meine Schultern sich schlagartig verspannen. Wenn ich an meine Narben denke, denke ich an meinen Vater. Ich ziehe die Knie hoch und lege einen Arm darauf. Die andere Hand bleibt im Hundefell vergraben. »Ein paar Narben. Ich hatte ... eine schwere Kindheit. Aber das ist nicht der Grund, warum ich sie trage.«

Ich mache mich darauf gefasst, dass sie nachbohrt, weil sie ja von dem Brief weiß – aber das tut sie nicht. Sie kreuzt die Beine zum Schneidersitz und lehnt sich an die Mauer. »Okay. Du bist dran.«

Ich runzle die Stirn. »Ich bin dran?«

»Mit einer persönlichen Frage.«

Sie erinnert mich an Declan. Im positiven Sinne. »Warum hast du geweint?«

Sie zögert. »Das ... ist eine lange und komplizierte Geschichte.«

Das habe ich verdient. Seufzend starre ich in die Dunkelheit.

Sie macht neben mir das Gleiche.

»Du bist dran«, sage ich leise.

Sie lässt noch ein paar Augenblicke verstreichen. »Ist dein Vater der Grund für deine schwere Kindheit?«

»Ja.«

»Hat er dir noch einen Brief geschickt?«

Ich schlucke. »Eine E-Mail.«

»Eine *E-Mail*?«

»Ich hatte ihm geschrieben.« Ich schlucke. »Ich habe geschrieben, dass er mich in Ruhe lassen soll. Daraufhin hat er zurückgeschrieben.«

»Ist er der Grund für die Hoodies?«

»Ja.« Meine Anspannung nimmt zu, und ich umklammere meine Knie.

Doch dann sagt sie: »Ist dir nicht dauernd zu warm?«

Ich atme tief aus. »Manchmal.«

»Ist dir jetzt warm?«

»Ein bisschen.« Ich war gelaufen, als ihr Hund mich entdeckte, und davor hatte ich eine Stunde lang auf den Boxsack eingedroschen.

»Du kannst ihn ausziehen«, sagt sie. »Dein Vater ist jetzt nicht hier.«

Ihre Stimme klingt pragmatisch. Sie will mich nicht herausfordern. So fühlt es sich nur in meinem Kopf an.

Ich trage unter dem Sweatshirt ein langärmeliges Sport-Shirt, also wäre es keine große Sache. Sie würde nichts sehen.

Ich muss an das Gefühl zu Hause im Keller denken, als ich mir so sicher war, Matthew beobachtet mich.

Doch jetzt und hier gibt mir das Tragen des Sweatshirts eher das Gefühl, ein Feigling zu sein. Als würde ich mich verstecken.

Dein Schweigen spricht Bände, mein Sohn.

Und ich verstecke mich ja *tatsächlich*.

»Ich wollte dich damit nicht in eine Krise stürzen«, sagt Emma leise.

»Hast du auch nicht.« Hat sie doch. Irgendwie.

Und das ist lächerlich. Wir reden hier von einem *Sweatshirt*.

Ich packe den Saum und reiße es mir über den Kopf.

»Wow!«, keucht sie.

Ich erstarre. Das Sweatshirt liegt jetzt neben mir.

Sie starrt mich an. Ihre Augen könnten genauso gut Laserstrahlen sein. »Rev … ich wollte nicht …«

»Stopp«, sage ich. Ich muss das Shirt zusammen mit dem Sweatshirt hochgezogen haben. Dadurch muss sie einige der Spuren gesehen haben, die mein Vater hinterlassen hat. Was für ein Fehler. Ich bin so *bescheuert*.

Ich zerre an den Ärmeln, aber das Shirt schmiegt sich schon wieder bis zu den Handgelenken an. »Bitte sag nichts.«

»Es tut mir leid.« Ihre Stimme klingt gedämpft, und sie schaut Richtung Straße. »Tut mir leid.«

Noch immer stehe ich unter Strom. »Was hast du gesehen?«

»Nichts.«

»Du hast was gesehen.« Meine Stimme ist voller Anspannung, Wut und Angst, und das hat alles nichts mit ihr zu tun. Aber sie ist hier, und ich fühle mich bloßgestellt, und nichts läuft so, wie ich gedacht habe. »Du hast *Wow* gesagt.«

»Hey«, sagt sie ruhig. »Rev. Ich habe nichts gesehen.«

Erinnerungen an meinen Vater blitzen in meinem Kopf auf, aber so schnell, dass ich keine davon festhalten kann. Spielt auch keine Rolle, denn keine davon ist gut. Ich drücke mit meinen Fingern fest auf meinen Bauch. Ich habe Todesangst, dass sie mich anfassen und ich dann um mich schlagen und sie verletzen könnte.

»Fass mich nicht an«, presse ich so leise wie möglich hervor. »Nicht – du solltest einfach gehen.«

Sie bewegt sich auf dem Gras, als würde sie aufstehen. Gut. Ich kann Luft holen.

Dann spricht sie direkt von vorn zu mir. »Hey. Mach die Augen auf. Sieh mich an.«

Ich erinnere mich gar nicht, dass ich die Augen zugekniffen habe, aber so ist es. Ich gehorche.

Sie kniet im Gras und hält mir mein Sweatshirt hin. »Ich habe nichts gesehen«, wiederholt sie. »Wirklich.«

Ich schlucke. »Ist okay. Mir geht's gut.« Ist es nicht. Und gut geht es mir auch nicht. Ich kann mich immer noch nicht rühren.

»Okay. Schau. Ich weiß nicht, was du denkst, was ich gesehen haben könnte.« Emma spricht ziemlich schnell. »Und ich kann nicht glauben, dass ich das gleich laut zugeben werde. Aber ich habe *Wow* gesagt, weil du eine tolle Figur hast.«

Meine Gedanken kommen zum Stillstand.

Die Welt bleibt stehen.

Sie plappert weiter: »Ich hab dich bisher immer nur in schlabbrigen Hoodies gesehen. Deshalb war ich nicht vorbereitet auf …« Sie deutet auf mich. »Das da.«

Ich verziehe das Gesicht. »Verarschst du mich?«

»Machst du Witze? Nachdem du so aussiehst, müsste ich ja total verrückt sein, dich zu verarschen. Hast du noch nie in den Spiegel geschaut?«

Ich zucke zusammen. »Lass es.«

»Das ist, als würde man Clark Kent zusehen, wie er sich in Superman verwandelt.«

»Hey.« Ich beiße die Zähne zusammen, und meine Stimme wird scharf: *»Lass das.«*

Sie weicht zurück in die Hocke. Ein paar Strähnen haben sich aus ihrem Zopf gelöst und hängen ihr jetzt ins Gesicht. Ungeduldig pustet sie sie beiseite. »Ich mache mich nicht über dich lustig, Rev.«

Ich komme mir so dämlich vor. Weil ich nicht weiß, was ich sagen soll, schaue ich nach unten auf das zerknitterte Sweatshirt.

Dein Schweigen spricht Bände, mein Sohn.

Meine Augen brennen, und ich muss die Luft anhalten. Meine Finger krallen sich in den weichen Stoff.

Emma setzt sich wieder in den Schneidersitz. »Ich bin dran.«

Das bringt mich auf die Erde zurück. Meine Stimme ist rau und kaum hörbar: »Du bist dran.«

»Ich kriege auch E-Mails«, sagt sie leise. »Nicht von meinem Vater. Von irgendeinem Idioten in einem Computerspiel. Er bedroht mich nicht, aber … aber es sind keine guten Nachrichten.«

Ich verharre reglos.

»Ich kenne den gar nicht.« Emma spricht leise und schleppend. »Und ich weiß, das klingt verrückt, aber im Online-Gaming ist das normal. Mädchen sind offenbar immer eine beliebte Zielscheibe. Deshalb denkt er, er kann mir E-Mails schicken, in denen Sachen stehen wie …«

Sie bricht im Satz ab. Der Abend ist so still, dass ich in der Ferne Autos höre.

»Wie was?«, frage ich.

»Ich kann nicht.« Ihre Stimme bricht, und ich schaue ruckartig auf.

In ihren Augen glitzern Tränen, aber sie weint nicht.

»Du kannst es mir erzählen«, sage ich behutsam. Ich leihe mir ihre Worte. »Er ist jetzt nicht hier.«

Einen Moment lang glaube ich, dass sie nicht antworten wird, aber dann fischt sie ihr Handy aus der Jeanstasche und wischt mit dem Finger übers Display.

Sie dreht es so, dass ich es lesen kann.

Ich kann das den ganzen Tag machen, Baby. Sag mal, kostet es was, wenn man sich von dir einen blasen lässt?

Die Worte treffen *mich* wie ein Faustschlag in die Magengrube, deshalb kann ich mir gar nicht vorstellen, was sie mit ihr machen müssen. Das vertreibt jegliche Sorge um mich selbst. »Emma, das stammt von jemandem in einem *Spiel*?«

»Es gibt noch mehr.« Sie wischt wieder übers Display. »Das kam gestern.«

Du bist scheiße.
Und genau das werde ich dir ins Gesicht sagen, wenn ich ihn dir ins Mundloch stopfe.

Wut verdrängt meine eigenen Ängste. »Wie viele davon gibt es?«

»Das ist keine große Sache. Nur irgend so ein Loser, der zu viel Zeit hat.«

»Emma. Das sind *Drohungen* …«

»Sind es nicht. Der kennt mich nicht. Der weiß gar nichts von mir. Das ist nur irgendein Arsch mit einem E-Mail-Account.« Trotz der lässigen Worte glitzern Tränen auf ihren Wangen. »Bescheuert, was?«

»Das ist nicht bescheuert.« Ich wünschte, ich hätte ein Taschentuch, das ich ihr geben könnte. »Das ist … schrecklich.«

»Nein.« Sie schnieft heftig. »Das ist normal. So was passiert andauernd. Das ist bloß ein Troll. Ich sollte mich davon nicht so fertigmachen lassen.«

»Das ist eine ernste Sache, Emma.«

»Ist es nicht.« Sie wischt sich übers Gesicht. »Wirklich. Ist es nicht. Du quälst dich mit einer Posttraumatischen Belastungsstörung oder so was herum, und ich heule wegen eines blöden Trolls.«

Ich zucke zusammen. »Das ist ja kein Wettbewerb.«

»Nein! So habe ich das auch nicht gemeint.« Sie richtet sich gerade auf. »Mir war nicht klar, dass aus meiner Frage nach dem Sweatshirt so … so was werden würde.«

»Ich finde, du kannst ruhig über einen blöden Troll heulen, wenn ich wegen eines dämlichen Sweatshirts die Nerven verliere.« Erschöpft fahre ich mir mit der Hand durch die Haare.

Sie blickt mir direkt in die Augen. »Es geht da um mehr als das Sweatshirt.«

»Tja.« Ich ziehe mir das Sweatshirt über den Kopf und zwinge meine Hände in die Ärmel. »Ich glaube, es geht um mehr als das Spiel.«

Sie schluckt. »Du hast recht.«

»Du auch.«

Wir sitzen uns in der Dunkelheit gegenüber. Fordern uns gegenseitig heraus, ohne irgendwas zu riskieren.

Da ertönt mein Handy. Ich ziehe es aus der Tasche. Kristin.

Mom: Wollte nur mal hören.

Ich schiebe es in die Tasche zurück. »Meine Mom.«

»Weiß sie nichts von den Nachrichten deines Dads?«

Ich schüttle den Kopf. »Nein. Sie ist so gesehen nicht meine Mom. Sie kennt ihn nicht. Sie ist … ich bin adoptiert.«

Sie runzelt die Stirn, als würde sie gern noch mehr erfahren, aber da meldet sich ihr Handy, und sie reißt es aus ihrer Tasche.

»Meine Mom«, sagt sie seufzend.

Zögernd stehe ich auf. »Wir sollten wahrscheinlich nach Hause gehen, bevor sie Suchmannschaften losschicken. Ich war ziemlich durch den Wind, als ich von zu Hause weg bin.«

»Ich auch.« Sie steht auf und wickelt sich die Hundeleine ums Handgelenk.

Dann stehen wir da, rühren uns nicht und atmen dieselbe Luft.

»Möchtest du …«, fange ich an und breche gleich wieder ab. Ich habe keine Übung in so was. Ich bin mir nicht mal sicher, was ich sie fragen will.

Sie wartet.

Da hole ich Luft und versuche es noch mal. »Wäre es seltsam, wenn ich fragen würde, ob du das noch mal machen willst?«

»Du meinst, sich hinter der Kirche treffen, um zusammen aus der Fassung zu geraten?«

Ich atme tief aus. »Ja?«

»Wahrscheinlich. Und wäre es seltsam, wenn ich Ja sagen würde?«

Ich lächle. »Wahrscheinlich. Morgen Abend? Acht Uhr?«

»Klar.« Sie dreht sich um und geht davon.

Ich sehe ihr nach, wie sie sich übers Gras entfernt und der Hund träge neben ihr hertrottet.

»Hey, Emma!«, rufe ich.

Sie wirbelt herum. »Ja?«

»Das ist nicht okay«, sage ich. »Was der dir geschrieben hat. Das weißt du, oder?«

»Ja.« Sie dreht sich wieder um und geht weiter.

Dann wendet sie sich noch mal um und läuft jetzt rückwärts. »Hey, Rev.«

Ich habe mich nicht von der Stelle gerührt und muss lächeln, als ich sie so sehe. »Ja?«

»Was immer dein Vater mit dir gemacht hat. Das ist auch nicht okay. Das weißt du, oder?«

Ihre Worte treffen mich hart. Ich kann nicht sprechen, deshalb nicke ich nur.

»Gut.« Sie dreht sich wieder um, rennt los und ist auch schon verschwunden.

9. KAPITEL

Emma

Die Nachricht von Nightmare steht mitten auf dem Bildschirm, als ich meinen Laptop aufklappe.

Aber sie hat ein wenig von ihrer Macht verloren.

Das ist nicht okay. Was der dir geschrieben hat. Das weißt du, oder?

Das wusste ich schon vorher. Aber aus irgendeinem Grund gibt es den Worten mehr Gewicht, wenn ein Außenstehender sie ausspricht.

Sie von *Rev* zu hören, gibt ihnen mehr Gewicht.

Ich bin noch nie jemandem begegnet, der so ist wie er. Er ist faszinierend. Ich habe zwar gesagt, als er sich das Sweatshirt ausgezogen hat, sei das wie die Verwandlung von Clark Kent in Superman gewesen, aber das ist fast noch untertrieben gewesen. Eher war es, als würde man den düsteren, grüblerischen Oliver Queen unter der Kapuze von Green Arrow vorfinden.

Normalerweise erzähle ich niemandem von Belästigungen beim Gaming – weil sie so verbreitet sind, dass ich nur selten daran denke, sie überhaupt zu erwähnen. Wenn einen jemand persönlich angeht, kann man es einem Lehrer sagen, mit einem Geschäftsführer sprechen oder auch die Cops alarmieren und sich dann mithilfe anderer gegen die Person wehren.

Wenn dich aber online jemand belästigt, kannst du ihn zwar blockieren – aber Sekunden später kann er schon wieder da sein und vorgeben, jemand anders zu sein. Immer und immer wieder.

Anonym.

Ich schließe die Nachricht von Nightmare, logge mich in mein Admin-Panel ein und blockiere ihn wieder.

Das fängt allerdings an, sich ein bisschen sinnlos anzufühlen. Nightmare hat ja schon bewiesen, dass er bereit ist, neue Accounts zu kreieren, um mich zu belästigen. Und ich bin in dieser Situation gefangen, wo ich ihm gebe, was er will – Aufmerksamkeit –, und mir nur wünschen kann, ich hätte effektivere Waffen, um mich zu wehren.

Aber über die verfüge ich nicht. Also. Da sitze ich nun.

Auch von Ethan ist eine Nachricht eingegangen.

>>>

Freitag, 16. März, 20:11:00 Uhr
Von: Ethan_717
An: Azure M

Was ist passiert? Alles okay? Ich bleibe noch eine Weile da, falls du Gelegenheit hast, dich noch mal einzuloggen. Wenn ich hier nicht bin, schau mal bei Battle Realms rein.

Das bringt mich zum Lächeln. Er wird langsam zu einem Freund.

Was für ein seltsamer Abend.

Kaum habe ich das gedacht, klopft es an meiner Zimmertür. Ich ziehe den Kopfhörer von den Ohren auf den Hals und seufze. Das muss meine Mutter sein. »Komm rein.«

Mom öffnet die Tür ein Stück. Sie trägt eine lockere Pyjamahose und ein Tanktop. Ihre Haare sind zum typischen Pferdeschwanz hochgebunden. Manchmal frage ich mich, ob sie damit ein Statement an die Welt abgeben will, dass sie keine Zeit für weibliche Normalitäten hat. Aber wahrscheinlich ist sie einfach nur zu beschäftigt, um sich mehr Mühe mit einer Frisur zu geben.

Texy steht von dort auf, wo sie sich hatte hinplumpsen lassen, und stupst mit der Schnauze gegen Moms Hände.

Abwesend krault sie den Hund hinter den Ohren. »Spielst du gerade?«

Alles in mir sträubt sich. »Es ist Freitagabend.« Ich schaue auf meinen Wecker. »Und es ist noch nicht mal spät.«

»Ich wollte dich nicht kritisieren. Ich habe nur gefragt, ob ich dich störe.«

Klar. »Nein. Ist schon gut.«

»Kann ich reinkommen?«

Ich klappe den Laptop zu und wünschte, ich könnte einfach Nein sagen. Aber ich will jetzt keine Predigt hören, also bringe ich es lieber einfach hinter mich. »Okay.«

Sie lässt sich auf meinen Schreibtischstuhl fallen und blickt um sich. »Ich wollte mir dir darüber reden, was du heute Morgen gesagt hast.«

»Oh. Als ich in der Dusche war?«

»Ja, Emma.« Sie klingt ein bisschen genervt von meiner Haltung. »Als du in der Dusche warst.« Texas lehnt sich gegen Moms Beine und legt den Kopf in ihren Schoß. Ich will sie schon wegrufen, aber jetzt streichelt Mom ihr den Kopf. Es erinnert mich daran, wie Rev genau das Gleiche getan hat. Vielleicht ist das typisch, um Anspannung abzubauen.

»Wir müssen darüber nicht reden«, sage ich. »Ich weiß, dass du Gaming nicht magst.«

»Emma. Es geht nicht darum, dass ich Gaming nicht mag. Es geht darum, dass ich möchte, dass du dir realistische Ziele steckst.«

Ich schnaube. »Was weißt du denn schon von meinen Zielen?«

»Ich weiß, dass du denkst, dein Vater hätte einen fantastischen Job. Ich weiß, dass du selbst gern Game-Designerin werden würdest. Aber manchmal spielt da auch Glück eine Rolle, und darauf kann man sich nicht verlassen.«

»Ich weiß, Mom.«

»Ich bin sehr dafür, dass mehr Frauen in den Bereichen Technik, Mathematik und Naturwissenschaften arbeiten, doch ich denke, es wäre vernünftig, wenn du ein paar praktische …«

»Ich weiß. Ich hab's verstanden.«

»Ich glaube nicht, dass du das tust. Ich bitte dich nur, offen zu bleiben für …«

»Wenn ich gesagt hätte, dass du doch störst, hätte mir das dann dieses Gespräch erspart?«

»Das finde ich nicht sehr nett, Emma. Jedes Mal wenn ich versuche, mit dir zu reden …«

»Hör mal.« Meine Kehle fühlt sich an wie zugeschnürt, weil sie nie begreifen wird, warum mir das wichtig ist. »Ich will keine

Ärztin werden. Tut mir leid, okay?« Ich setze die Kopfhörer wieder auf und öffne den Laptop, bevor mir meine Gefühle noch anzuhören sind. »Tut mir leid, dass ich so eine Enttäuschung bin.«

Ihre Miene sieht zugleich erstaunt und verärgert aus. »Emma. Was …«

Ich drücke eine Taste. Hardrock dröhnt aus dem Kopfhörer. Sie redet weiter, aber ich habe keine Ahnung, was sie sagt.

Mein Blick ist fest auf den Monitor gerichtet. Wenn ich noch ein Wort von ihr höre, breche ich in Tränen aus.

Sie redet einfach weiter. Ich frage mich, wie lange ich mich so aus der Affäre ziehen kann.

Ich logge mich in OtherLANDS ein und halte den Blick auf die Log-in-Nachricht gerichtet.

Da taucht eine iMessage von Cait auf dem Bildschirm auf.

Cait: Spielst du gerade?

Emma: Nein, ich ignoriere meine Mutter.

Cait: Wie meinst du das?

Emma: Ich meine, dass sie direkt hier sitzt und ich ihr nicht zuhöre. Was gibt's bei dir?

Cait: Ich hatte alles vorbereitet, um ein Video zu machen, aber dann brauchte Calvin den Laptop für seine Hausaufgaben. Jetzt schlage ich nur die Zeit tot.

Calvin ist ihr jüngerer Bruder. Ich sollte fragen, worum es in dem Video gehen soll, aber ich habe jetzt echt keine Lust, über Eyeliner oder Cosplay oder Make-up-Grundierung zu sprechen.

Außerdem stört mich diese seltsame Distanziertheit zwischen uns. Schnell antworte ich.

Emma: Möchtest du vorbeikommen?

Cait: Klingt gerade nicht nach besonders guter Stimmung bei dir zu Hause.

Sie hat recht. Ich schaue hoch. Mom ist immer noch da. Inzwischen starrt sie mich wütend an.

Das ist sogar hilfreich. Dann ist sie verärgert und tut nicht mehr, als würde sie verstehen. Mit Wut kann ich besser umgehen.

Ich ziehe den Kopfhörer runter. »Was?«

»Ich versuche, ein Gespräch zu führen. Wenn du versuchst, mir zu demonstrieren, wie reif du schon bist, dann ist Ignorieren der falsche Weg.«

»Hör mal, ich weiß, dass du findest, Dad wäre im Moment echt überflüssig. Und es tut mir leid, dass ich anscheinend den Großteil seiner DNA habe. Muss ja ganz schön hart für dich sein.« Meine Stimme gerät ins Wanken. Rasch setze ich den Kopfhörer wieder auf.

Zwar zwinge ich mich, auf den Bildschirm zu schauen, aber aus dem Augenwinkel kann ich sie trotzdem sehen. Ihr Gesicht ist rot, und sie beißt die Zähne zusammen. Sie wirkt, als würde sie jeden Moment losbrüllen. Oder irgendwas kaputt schlagen.

Ich hoffe, dass sie das tut. Es würde mir gefallen zu sehen, wie sie die Nerven verliert.

Stattdessen geht sie einfach raus.

Emma: Mom ist gerade rausgegangen. Hat gar nicht so lange gedauert.

Cait: Was ist denn los?

Emma: Sie ist sauer, weil ich keine Ärztin werden will.

Cait: Hast du ihr das Spiel gezeigt?

Emma: Ich glaube nicht, dass das was ändern würde.

Unter meiner Nachricht tauchen diese kleinen Punkte auf, die anzeigen, dass sie mir zurückschreibt. Aber es dauert ewig.

Noch länger.

Noch länger.

Ich logge mich beim Warten in mein Spiel ein.

Sofort blinkt eine Benachrichtigung auf. *Keine Verbindung*.

Was? Ich schaue in mein Regal, zum blinkenden Router.

Der nicht mehr blinkt.

WAS?

Ich stehe auf, ziehe den Stecker und warte eine ganze Minute.

Als ich ihn wieder einstecke, funktioniert der Router immer noch nicht.

Ich gehe zur Tür und reiße sie auf.

Bevor ich auch nur ein Wort sagen kann, ruft meine Mom von unten aus dem Flur: »Probleme, Emma?«

Die Wut trifft mich wie ein Messerstich in den Rücken. Ich kann schon ihrer Stimme anhören, dass sie irgendwas gemacht hat. »Hast du das Internet abgeschaltet?«

»Vielleicht hättest du das schon vorher bemerkt, wenn du nicht so damit beschäftigt gewesen wärst, mich zu ignorieren.«

Am liebsten würde ich mit der Faust gegen die Wand schlagen. »Und du nennst *mich* unreif?«

Sie kommt an ihre Schlafzimmertür und verteilt Lotion auf ihren Händen. Einen Augenblick lang fühlt es sich an wie eine Pattsituation.

»Vielleicht tut dir ein Abend ohne Internet mal ganz gut«, sagt sie. »Ein bisschen Zeit zum Nachdenken.«

»Ich weiß nicht, warum Dad sich das mit dir antut«, gifte ich.

Sie zuckt zurück, als hätte ich sie geschlagen.

Das abgeschaltete Internet fühlt sich an, als hätte sie *mich* geschlagen.

Ich schleiche zurück in mein Zimmer und mache die Tür zu. Meine Kehle bleibt wie zugeschnürt. Schon bereue ich, was ich eben gesagt habe.

Das Schlimmste daran ist, dass ich genauso klinge wie sie. Die Gaming-DNA mag ja von meinem Vater stammen, aber diese schnippischen Einzeiler habe ich hundertprozentig von ihr.

Ich klappe den Laptop zu und greife nach meinem Handy. Ich

könnte über Bluetooth ins Internet kommen, aber das würde nie zum Spielen reichen. Die einzige Möglichkeit, wie sie die Internetverbindung kappen konnte, ist die Verizon-Box im Keller. Also muss ich nur warten, bis sie schläft, um sie dann wieder einzuschalten. Kein Drama, nur nervig.

Emma: Meine Mom hat gerade das Internet ausgeschaltet.

Cait: Schätze mal, sie war nicht so happy über das Ignorieren.

Emma: Auf welcher Seite stehst du eigentlich?

Cait: Ich stehe auf gar keiner Seite! Ich hab ja nur gemeint.

Ich weiß nicht, was ich sagen soll. Meine Stimmung ist innerhalb von Minuten umgeschlagen. Ich will jetzt mit jedem einen Streit anfangen.

Wo steckt dieser Nightmare, wenn ich ihn brauche?

Es dauert lange, bis wieder kleine graue Punkte von Cait auftauchen.

Cait: Danke für die Einladung, aber ich denke, ich gehe ins Bett.

Emma: Okay

Ich sitze eine Ewigkeit einfach nur da. Schließlich klettert Texy aufs Bett und lässt sich neben mich plumpsen, um sofort weiterzuschlummern. Den Kopf hat sie dabei in meinen Schoß gelegt.

Ich logge mich übers Handy in meine Nachrichten ein, um Ethan über 5Core zurückzuschreiben. Ich will mich bei ihm nicht über Nightmare beklagen. Da würde ich mich schwach fühlen. Als käme ich mit ein bisschen Trash-Talk nicht klar.

>>>

Freitag, 16. März, 21:14:00 Uhr
Von: Azure M
An: Ethan_717

Mom hat das Internet abgeschaltet. Jetzt warte ich, bis sie einschläft, damit ich es wieder einschalten kann.

Seine Antwort kommt fast sofort.

>>>

Freitag, 16. März, 21:15:00 Uhr
Von: Ethan_717
An: Azure M

Das ist ja mal was Neues. Ich werde die ganze Nacht hier sein. Juhu, Freitag.

Ich muss lächeln. *Juhu, Freitag.*

>>>

Freitag, 16. März, 21:16:00 Uhr
Von: Azure M
An: Ethan_717

Gib mir meine Stunde. Je nachdem wie viele Gläser Wein sie hat, geht es vielleicht auch schneller.

Fast sofort poppt eine neue Nachricht auf. Ich grinse.
Doch dann lese ich den Absender.

>>>

Freitag, 16. März, 21:16:00 Uhr
Von: N1ghtm@re4
An: Azure M

Hey, schau mal, ich hab dich bei 5Core gefunden.
Nettes Bild.

Wie versteinert starre ich auf die Nachricht.

Mein Benutzername ist jeweils derselbe. Das war also nicht besonders schwer.

Der Inhalt seiner Nachricht beunruhigt mich viel mehr.

Niemand hat Azure M je mit Emma Blue in Verbindung gebracht, aber während ich weiter auf seine Nachricht starre, wird mir klar, wie einfach es wäre, zwei und zwei zusammenzuzählen. Auf meinem Profilbild ist mein Gesicht nicht zu sehen, nur mein Rücken. Cait hat es letzten Oktober gemacht, beim Herbstfest. Ich reiße die Arme hoch und jubele, weil ich gerade ein Sahnetörtchen nach dem Quarterback geworfen und ihn mitten ins Gesicht getroffen habe.

Auf dem Foto fällt mein Zopf auf meinen Rücken.

Ich trage ein T-Shirt, auf dem *Hamilton High School* steht.

Das Bild kann ich von hier aus nicht löschen. Dafür müsste ich nach unten und den Router wieder einschalten. Mein Herz klopft so heftig, dass es fast wehtut, und ich bin voller Adrenalin. Meine Finger zittern über dem Display.

Aber dann rede ich mir selbst gut zu.

Azure M ist nicht *so* offensichtlich.

Die *Hamilton High School* auch nicht. Mein Zopf verdeckt die Hälfte der Buchstaben. Ich weiß, was draufsteht, weil es mein T-Shirt ist, aber auf dem winzigen Thumbnail ist es kaum zu entziffern.

Ganz zu schweigen davon, dass außer mir noch zweitausend andere Kids diese Schule besuchen.

Und er hat mich nicht bedroht. Er hat nur *Nettes Bild* geschrieben. Damit könnte er meinen Hintern meinen. Wahrscheinlich meint er auch genau den.

Das ist ein kalkulierter Versuch, dafür zu sorgen, dass ich mich unwohl fühle. Es funktioniert, ist aber nicht kriminell.

Es ist noch nicht mal eine Nachricht, die ich melden könnte. Was sollte ich sagen? *Ein Typ hat mir geschrieben, dass ich ein nettes Bild hätte.*

Aber ich kann auch seinen Namen anklicken.

Und *natürlich* ist sein Profil fast komplett leer. Sein »Name« ist Night Mare. Großartig.

Ich seufze. Ich hasse das. Und ich lösche die Nachricht.

Auf einmal habe ich überhaupt keine Lust mehr, das Internet wieder einzuschalten. Ich will gar nicht sehen, was er mir im Spiel sonst noch geschickt hat.

Das ist nicht okay. Was der dir geschrieben hat. Das weißt du, oder?

Das weiß ich ja.

Ich kann nur gar nichts dagegen tun.

10. KAPITEL

Rev

\>>

Samstag, 17. März, 00:06:24 Uhr

Von: **Robert Ellis robert.ellis@speedmail.com**

An: **Rev Fletcher rev.fletcher@freemail.com**

Betreff: **Mitternacht**

Erinnerst du dich an die Geschichte vom verlorenen Sohn? Ich frage mich: Welcher der Brüder bist du?

Ja, ich erinnere mich.

Ich kann sie praktisch auswendig aufsagen.

Kurz zusammengefasst: Ein Vater hat zwei Söhne. Der jüngere will sein eigenes Leben leben und hinaus in die Welt, deshalb bittet er den Vater vorzeitig um sein Erbe. Der Vater gibt es ihm. Der jüngere Sohn zieht davon und verprasst sein ganzes Geld, bis er bettelarm auf der Straße steht. Der ältere Sohn bleibt die ganze Zeit an der Seite seines Vaters.

Als der jüngere sich erinnert, dass die Diener seines Vaters immer reichlich zu essen hatten, beschließt er zurückzukehren und um die Chance zu bitten, als Diener im Haus seines Vaters zu arbeiten. Als der Vater ihn erblickt, richtet er sofort ein großes Fest aus, um ihn zu Hause willkommen zu heißen.

Der ältere Sohn ist angepisst. Er war die ganze Zeit da, aber niemand hat je eine Party gegeben, weil er der gute Sohn war. Sein jüngerer Bruder hat dem Vater Leid zugefügt, sein ganzes Geld verprasst und wird jetzt gefeiert?

Am Ende erklärt der Vater dem älteren Sohn: »Mein Sohn, du warst immer bei mir, und alles, was ich besitze, gehört dir. Aber wir müssen feiern und froh sein, weil dein Bruder tot war und jetzt wieder lebt, weil er verloren war und nun wiedergefunden ist.«

Ehrlich gesagt klingen beide Jungs nicht gerade, als wären sie tolle Typen.

Ich frage mich: Welcher der Brüder bist du?

Mir gefallen beide nicht. Ich schalte mein Handy aus.

Zwar bin ich erschöpft, aber an Schlaf ist trotzdem nicht zu denken.

Matthew muss es genauso gehen, denn er liegt im Bett und starrt an die Decke.

Seit ich nach Hause gekommen bin, hat er kein Wort zu mir gesagt. Ich habe auch nichts zu ihm gesagt. Der Moment der Ruhe, den ich mit Emma hatte, scheint in weiter Ferne.

Mein Zimmer hat sich in einen mit peinlichem Schweigen gefüllten Würfel verwandelt. Am liebsten würde ich mein Kissen und meine Decke nehmen und mich auf die Couch schlafen legen, aber die Vorstellung, auf der anderen Seite des Hauses oder im Keller zu sein, gefällt mir nicht.

Ich verstehe nicht, warum er sich das mit dem Bus antun will. Ich verstehe nicht, warum er sich im Dunkeln versteckt hat, um mich zu beobachten.

Ich verstehe auch das Messer nicht oder die Frage nach der abgeschlossenen Tür oder warum er sich davonschleichen wollte.

Ich drehe den Kopf und sehe zu ihm rüber. Meine Stimme klingt sanft. »Hey. Wozu hast du das Messer gebraucht?«

Matthew sagt nichts.

»Du wolltest nach draußen, also vermute ich, dass du Geoff und Kristin nichts tun wolltest.«

Nichts.

»Wolltest du jemanden treffen? Hattest du es auf jemanden abgesehen?«

Nichts.

Das ist ermüdend. Ich seufze. »Ich weiß, dass du mich hören kannst.«

Nichts.

Ich stütze mich auf einen Ellbogen und sehe ihn jetzt direkt an.

Matthew drückt sich auch hoch. Er sieht aus, als könne er jeden Moment aufspringen. Ich höre seinen Atem.

Aber ich rühre mich nicht, und da verharrt auch er reglos. Während er mich beobachtet, glänzen seine Augen im Mondlicht, das von draußen hereinfällt.

»Ich hab dir doch gesagt, dass ich dir nichts tun werde«, sage ich.

Er rührt sich nicht. Was für eine Überraschung. Ich kann nicht in diesem Zimmer bleiben, wenn keiner von uns hier Schlaf findet.

Ein Blick auf mein Handy verrät mir, dass es halb eins ist. Declan könnte noch auf sein.

Ich zögere.

Vor drei Tagen hätte ich noch nicht gezögert.

Ich muss mich überwinden. Schließlich schreibe ich ihm eine kurze Nachricht.

Rev: Noch wach?

Ich warte eine ganze Minute mit klopfendem Herzen. Er antwortet nicht.

Ich rufe ihn an.

Er meldet sich nach dem dritten Klingeln und war offenbar schon eingeschlafen. Er spricht schleppend. »Reehhv?«

»Kann ich rüberkommen?«

»Jaa.«

Das genügt. Ich lege auf. Matthew beobachtet mich immer noch. Das macht mich wahnsinnig.

Ich schlage meine Quiltdecke zurück. »Du hast Glück«, erkläre ich ihm. »Ich überlasse dir das Zimmer.«

Barfuß laufe ich durch unsere Gärten und benutze den versteckten Schlüssel, um die Hintertür aufzusperren. Beim Zumachen bin ich vorsichtig, weil sie gerne klemmt und quietscht. Declans Eltern hätten nichts dagegen, dass ich hier bin, aber nach Mitternacht aufzukreuzen, das würde Fragen aufwerfen, die ich nicht beantworten will. So schleiche ich durch das dunkle Haus und die Treppe hinauf in sein Zimmer.

Declan ist bereits wieder eingeschlafen.

»Hey«, flüstere ich. »Dec.«

Er rührt sich und fährt sich mit einer Hand übers Gesicht. »Hey.«

Behutsam schließe ich die Tür, um seine Eltern nicht zu wecken, dann lehne ich mich an die Wand. »Ich muss mit dir reden.«

Seine Augen bleiben zu. »Ich bin wach.« Gerade so. »Willst du die Luftmatratze?«

»Nein.« Meine Gedanken rasen, sodass an Schlaf nicht zu denken ist.

»Okay. Hier.« Er zieht ein Kissen unter seinem Kopf raus und wirft es ans Fußende des Betts.

Seit wir klein waren, haben wir uns kein Bett mehr geteilt, aber es ist ein Beweis unserer Freundschaft, dass er mir so selbstverständlich ein Kissen bereitlegt.

Ich stelle das Kissen an die Wand, setze mich im Schneidersitz aufs Bett und lehne mich dagegen. Leise sage ich: »Tut mir leid, dass ich dich geweckt habe.«

Declan sagt nichts, und ich brauche eine Minute, um zu checken, dass er einfach wieder eingeschlafen ist.

Aber das macht nichts. Dieses Haus ist im Moment so anders als unseres. Statt mit Verlegenheit und Misstrauen ist Declans Zimmer von Stille und Schlaf erfüllt. Ein paar Minuten lang sitze ich in der Dunkelheit und sortiere meine chaotischen Gedanken.

»Rev?«

Ich schaue zu ihm. Er blinzelt verwundert.

»Wie lange bist du schon hier?«, fragt er mit benommener Stimme.

An jedem anderen Abend fände ich das komisch. »Nicht lange.«

Er reibt sich die Augen und blickt auf den Wecker. »Was ist los?«

Sobald er die Frage gestellt hat, wird mir bewusst, wie weit wir uns in den letzten paar Tagen voneinander entfernt haben. Und das alles wegen eines kleinen Geheimnisses. »Matthew beobachtet mich dauernd. Das macht mich wahnsinnig.«

»Inwiefern beobachtet er dich?«

»Einfach … indem er mich beobachtet. Das macht mich nervös.«

»Warte mal.« Declan reibt sich wieder die Augen. »Ich bin noch nicht wach genug.«

»Und ich habe ein Mädchen kennengelernt. Sozusagen.«

»Hast du gerade gesagt ›sozusagen‹?«

»Wir treffen uns immer hinter einer Kirche.«

Er starrt mich an, als hätte er Probleme, diesem Gespräch zu folgen. »Rev.«

»Weißt du, woran dein Zimmer mich gerade erinnert?«

»Ich habe keine Ahnung, was hier vor sich geht, also: nein.«

»An einen Psalm. ›Er stillte den Sturm zum Säuseln, und es schwiegen die Wellen.‹« Ich schweige auch kurz, einfach um die Stille zu genießen. »Den ganzen Abend über war mein Gehirn ein Kriegsschauplatz. Jetzt bin ich hier, und es herrscht Ruhe.«

»Du bist doch aus eigenem Antrieb hergekommen, Rev. Und es ist still, weil ich geschlafen habe. Nicht wegen Gott.«

Ich verziehe das Gesicht. »Warum machst du das immer?«

»Alter. Jetzt mal im Ernst.« Seine Miene ist eine Mischung aus Ungläubigkeit und Verärgerung, aber zumindest sieht er schon wacher aus. Er schaut zum Wecker auf seiner Kommode. »Es ist fast ein Uhr morgens. Willst du jetzt über Religion streiten?«

»Nein.« Eigentlich will ich jetzt über gar nichts sprechen. Ich schaue von ihm weg und hinaus auf die mondbeschienene Straße. Ob Matthew wohl inzwischen eingeschlafen ist?

Ich frage mich auch, ob er die Gelegenheit nutzt, um abzuhauen.

Declan seufzt, setzt sich dann auf und stopft sich sein Kissen ins Kreuz, bevor er sich ebenfalls an die Wand lehnt. Seufzend fährt er sich mit einer Hand durch die Haare. »Hast du gesagt, du hättest hinter einer Kirche ein Mädchen kennengelernt?«

»Vergiss es.«

»Rev, ich schwör dir …«

»Beantworte meine Frage.« Ich sehe ihn wieder an. Seine Augenlider wirken immer noch schwer, und die Haare stehen ihm in allen Richtungen vom Kopf ab. Sein Oberkörper ist nackt, was mir eigentlich egal ist – ehrlich gesagt beneide ich ihn um seine Unbefangenheit –, aber die ganze Zeit habe ich Emmas Stimme im Ohr: *Ich habe* Wow *gesagt, weil du eine tolle Figur hast.*

In Wahrheit ist mein Körper der lebende Beweis für all die Enttäuschungen, die ich meinem Vater bereitet habe.

»Was für eine Frage?«, will Declan wissen.

»Warum machst du das immer? Warum musst du immer ...« Ich suche nach den richtigen Worten. »*Dagegenhalten*. Wenn ich über Gott, die Bibel oder irgendwas anderes rede, was nicht konkret ist.«

»Kann ich vielleicht in dein Bett schlafen gehen und du führst dieses Streitgespräch allein?«

Darauf antworte ich nicht. Wut sammelt sich in meiner Brust und entzündet dort ein kleines Feuer, das ich nicht ignorieren kann.

Der Türknauf klickt, dreht sich, und Declans Stiefvater Alan steckt den Kopf herein. Die beiden haben kein besonders tolles Verhältnis, haben aber gelernt, einander zu tolerieren. Er ist total perplex, als er mich auf dem Bett sitzen sieht. »Rev. Wie lange bist du denn schon da?«

Zehn Minuten wäre keine Antwort, die er einfach so hinnehmen würde. Also zucke ich mit den Schutlern. »Ein Weilchen.«

Er sieht aus, als würde er lieber eine befriedigendere Antwort hören, doch dann verzieht er das Gesicht und blickt hinter sich in den Flur. »Declan, ich werde deine Mutter ins Krankenhaus bringen. Sie meint, sie hätte Wehen.«

Überrascht reißt Declan die Augen auf. »Geht es ihr gut? Ich kann mich schnell anziehen.«

»Nein, nein, bleib hier. Sie ist sich nicht ganz sicher. Sie will sich nur untersuchen lassen. Das wird eine ziemliche Warterei werden.« Er schweigt, und sein Gesichtsausdruck wird freundlicher. »Ich schreibe dir, sobald wir etwas wissen. Okay?«

»Ja. Okay.«

Alan schließt die Tür, und schon kehrt die Stille zu uns zurück.

Declan bricht das Schweigen nicht. Schon wieder ein Keil in unserer Freundschaft. Und das gefällt mir gar nicht.

»Tut mir leid«, sage ich leise. »Ich bin nicht hergekommen, um einen Streit anzufangen.«

»Rev ...« Er spricht nicht weiter, sondern seufzt. Unvermittelt reißt er die Schublade seines Nachttischs auf und holt eine Schachtel orangefarbener tic tacs heraus. Davon schüttet er ein paar in seine Hand. »Es gibt Tage, da hasse ich Juliet dafür, dass sie mich vom Rauchen abgebracht hat.«

Ich halte ihm meine Hand hin, und er gibt mir auch welche. »Nein, tust du nicht.«

»Glaub mir. Das tue ich.« Er wirft die Dragees in seinen Mund. Ich auch. Beide kauen wir geräuschvoll.

Schließlich meint er: »Ich weiß nicht, was da draußen ist. Aber du weißt, dass ich mit dieser ganzen Glaubenssache eine schwere Zeit hatte. Vor allem seit Dad … seit Kerry tot ist.«

Seine Schwester. Sie starb vor fünf Jahren, als Declans Vater betrunken einen Autounfall hatte. Declan hat seinen Vater seither nicht mehr gesehen, aber ich weiß, dass er sich in gewisser Weise für all das verantwortlich fühlt.

Er hat ihn auch deshalb nicht gesehen, weil sein Vater im Gefängnis sitzt.

Declan sieht mich an. »Und du weißt doch, dass ich nicht verstehen kann, wie du überhaupt noch an irgendwas glauben kannst. Nach allem, was dein Vater getan hat.« Wieder eine Pause. »Aber ich will nicht *dagegenhalten*. Es ist dir wichtig. Deshalb darf ich keine Witze darüber reißen.«

Er schweigt, aber es klingt, als hätte er noch mehr zu sagen, also warte ich.

»Du hast da diese Narbe am Handgelenk«, sagt er. »Die sieht nach Halbkreisen aus.«

Ich bleibe reglos. Dabei weiß ich, welche Narbe er meint.

Ich erinnere mich, wie sie entstanden ist.

Ich war sieben. Wir hatten seit zwei Tagen gefastet. Ich war so hungrig, dass der Gedanke an Essen mir Schwindel verursachte. Sogar bei der Erinnerung daran kehrt das Gefühl zurück.

»Bitte«, sagte ich zu meinem Vater. »Können wir bitte etwas essen?«

Er schaltete den Herd ein.

Dumm, wie ich war, hatte ich gedacht, er würde etwas kochen.

»Rev«, sagt Declan mit sanfter Stimme, »wir müssen nicht darüber reden.«

Mit der anderen Hand umklammere ich unbewusst das Handgelenk, als wollte ich die Narbe noch weiter verstecken als unter zwei Lagen Stoff. Ich halte die Luft an. Das war eine der letzten Sachen, die mein Vater mir angetan hat.

Ich zwinge mich, Luft zu holen, und starre auf meine Finger. »Was ist damit?«

»Ich kam erst mit ungefähr fünfzehn drauf, woher die Narbe stammt. Von der Heizspirale eines Küchenherds, oder? Als ich das begriff ... Ich habe noch nie jemanden so gehasst, Rev. Ich habe Geoff gefragt, wo ich den Kerl finden kann, weil ich ihn umbringen wollte.« Er schüttelt mehr tic tacs in seine Hand, und zwar so heftig, als wolle er die Schachtel umbringen. »Verdammt, wenn ich daran denke, möchte ich ihn jetzt noch suchen und auf der Stelle ermorden.«

»Du hast Geoff nach ihm gefragt?« Ich starre ihn an. »Davon hast du mir nie erzählt.«

»Weil er mich darum gebeten hat. Er meinte, es würde dich nur aufregen.«

Es ist seltsam zu hören, dass die beiden eine Unterhaltung geführt haben, von der ich nichts wusste. »Aber diese Narbe – die ist noch nicht mal das Schlimmste daran.«

Er knallt die Schachtel auf den Nachttisch und dreht sich zu mir. »Oh mein Gott. Machst du Witze? Das ist alles so furchtbar schlimm, Rev. Alles! Du kannst ja noch nicht mal kurzärmelige T-Shirts tragen! Warst du jemals in einem Schwimmbad? Und du kannst mir nicht erzählen, dass Geoff und Kristin in den letzten zehn Jahren nicht ein einziges Mal an den Strand gewollt hätten. Wir wohnen zwei Stunden vom Meer entfernt! Und dieses Arschloch rechtfertigt sich mit der Behauptung, alles, was er dir angetan hat, sei Gottes Werk gewesen. Und irgendwie glaubst du das ja auch. Du denkst, Gott hätte dich vor ihm gerettet. Verdammt, du findest ein bisschen Frieden und Ruhe bei mir zu Hause und denkst, Gott hätte dich hergeführt. Hast du eigentlich eine Ahnung, wie das klingt?«

Ich zucke zusammen.

»Rev«, sagt er, »wenn du an Gott glauben willst, schön. Wenn du über Theologie diskutieren willst, schön. Wenn du glauben willst, dass eine höhere Macht dich beschützt hat, *schön*. Aber jede Narbe auf deinem Körper hat dir dein Vater zugefügt. Dein *Vater*. Du hast überlebt, was er dir angetan hat. Du hast dich davon befreit. Und du bist heute Abend aus eigenem Antrieb hierhergekommen. Du. Rev. Du hast das getan.«

Es verschlägt mir den Atem. So hat er noch nie mit mir geredet. Ich fühle mich, als wäre ich aus Stein gemacht, und Declan hätte mit einem Meißel auf mich eingeschlagen und dabei lauter Risse auf meiner Oberfläche hinterlassen.

Und plötzlich weiß ich, dass ich ihm nicht von dem Brief erzählen kann. Von den E-Mails. Jedenfalls nicht heute Nacht. Er würde nicht verstehen, warum ich die erste E-Mail geschrieben habe. Er würde nicht verstehen, warum ich zulasse, dass es weitergeht.

»Geht es dir gut?«, fragt er.

Ich hole mühsam Luft. »Kennst du die Geschichte vom verlorenen Sohn?«

»Oh mein Gott, Rev ...«

»Kennst du sie?«

Er seufzt. »Ich erinnere mich nicht so genau daran.«

Also erzähle ich sie ihm.

Er hört zu. Als ich fertig bin, fragt er: »Was hat das mit der ganzen Sache zu tun?«

»Welcher bin ich?«, frage ich schließlich.

»Rev ...«

»Ich bin nicht bei meinem Vater geblieben, also bin ich ja offensichtlich nicht der treu ergebene Sohn.«

»Alter.«

»Aber heißt das, wenn ich zu ihm zurückginge, würde er mich mit offenen Armen empfangen? Sollte ich also der verlorene Sohn sein?«

»Hörst du dir eigentlich selbst zu?«

»Nein.« Ich sehe ihn eindringlich an. Meine Stimme ist ganz kurz davor zu brechen. »Hilf mir, Dec. Welcher Sohn bin ich?«

Seine Augen sind dunkel und ernst. »Keiner von beiden. Muss ich dir das echt sagen? Du bist keiner der Söhne.«

»Aber ...«

»Du bist nicht selbstsüchtig. Du wärst nicht der Sohn, der sein Geld verlangt und abhaut. Und du bist nicht boshaft. Du verübelst niemandem etwas, nicht einmal dem Menschen, der es verdient hätte.«

Wieder zucke ich zusammen. »Verstehst du nicht? Ich muss entweder der eine oder der andere sein.«

»Nein, musst du nicht! Du Vollidiot. In der Geschichte gibt es drei Personen.«

»Was?«

»Du bist keiner der Söhne, Rev. Wenn du überhaupt irgendwer von denen bist, dann der Mann, der mit ansehen muss, dass seine Kinder sich wie die letzten Arschlöcher aufführen, nur um am Ende mit offenen Armen dazustehen und ihnen zu verzeihen.«

Ich bin sprachlos. Vielleicht starre ich ihn sogar mit offenem Mund an. So oft ich dieses Gleichnis auch gelesen habe, eine dritte Perspektive kam mir nie in den Sinn. Aber natürlich gibt es sie. Das Ganze ist so offensichtlich.

Declan zieht sein Kissen von der Wand weg, schüttelt es auf und legt sich hin. Er gähnt. »Und jetzt erzähl mir von dem Mädchen.«

11. KAPITEL

Emma

>>>

Sonntag, 17. März, 03:22:00 Uhr
Von: Ethan_717
An: Azure M

Ich will nicht wie ein Stalker klingen, aber ich hab dich nicht gesehen. Ich hoffe, mit dir und deiner Mom ist alles okay. Ich mache für heute Schluss.

Das Internet ist wieder an. Als ich aufwache, blinken die Lämpchen vorne an meinem Router.

Als ich die 5Core-Nachricht auf dem Display meines Handys sehe, traue ich mich fast nicht, sie anzuklicken. Gott sei Dank ist es nur Ethan.

Aus demselben Grund will ich mich auch nicht einloggen. Ich will mich noch nicht mit Nightmare abgeben müssen. Ich weiß, dass ich ihn blockieren muss, aber das kann noch zehn Minuten warten. Erst mal gehe ich runter, um mir einen Kaffee zu besorgen.

Mom ist im Wohnzimmer und macht Yoga. Aus den Boxen neben ihr erklingt Countrymusik, was ich amüsant finde. Nie hört sie irgendwas Ruhiges. Es ist, als müsste sie immer widersprechen, selbst wenn sie eigentlich achtsam sein sollte.

Gerade ist sie in dieser Haltung, die Dhanurasana heißt und bei der man auf dem Bauch liegend die Beine über dem Rücken umfasst. Früher brachte sie mich dazu, das jeden Samstag mit ihr zu machen. Bis ich feststellte, dass ich es mir auch einfach sparen konnte, indem ich mich nicht blicken ließ.

»Du bist früh auf«, sagt sie. »Hast du gut geschlafen?«

Ich runzle die Stirn und gehe in die Küche. Sie wollte nicht sticheln, es klang aber trotzdem so.

Was sie gemeint hat, war: *Hast du ohne dein Spiel gut geschlafen?*

Ich gieße Kaffee in einen Becher.

»Möchtest du mitmachen?«, ruft sie.

»Ich mag meine Wirbelsäule so, wie sie ist. Danke.«

»Der Recyclingmüll muss an die Straße gestellt werden.«

Das ist kein Befehl, aber irgendwie doch. Ich habe keine Lust dazu, will aber auch nicht, dass sie Verizon anruft und das Internet ganz abstellen lässt. Also lasse ich den Kaffee stehen und gehe in die Garage. Die große gelbe Tonne steht an der Wand neben Moms BMW.

Dads Auto ist nicht da.

Aha. Ich bin mir nicht sicher, was ich daraus folgern soll.

Ich zerre die Tonne an den Straßenrand und gehe wieder rein.

Ich habe jetzt wirklich keine Lust, mit Mom zu reden, vor allem nicht über Dad. Deshalb schnappe ich mir meinen Kaffee und mache mich auf den Weg nach oben.

»Du solltest das nicht trinken!«, ruft sie mir nach.

»Okay!«, rufe ich zurück. Dann ziehe ich mich mit dem Becher in mein Zimmer zurück und mache die Tür zu.

Ich klappe den Laptop auf und gehe auf iMessage.

Eigentlich wollte ich meinem Vater schreiben, aber die letzten Nachrichten mit Cait stehen da wie ein stummer Vorwurf.

Danke für die Einladung, aber ich denke, ich gehe ins Bett.

Ich schreibe ihr gleich.

Emma: Hey. Bist du da?

Cait: Ja. Was bist du denn schon so früh auf?

Ist das wirklich so ungewöhnlich. Ich verziehe das Gesicht.

Emma: Du klingst wie meine Mutter.

Cait: Es ist halb acht. Normalerweise höre ich bis mittags nichts von dir.

Emma: Okay

Sonst schreibt sie nichts. Ich weiß auch nicht, was ich von ihr erwarte.

Aber dieses Gefühl, das ich habe, gefällt mir nicht.

Ich schreibe eine Nachricht an meinen Vater.

Emma: Hey Daddy. Du bist aber früh unterwegs. ♥

Ich warte. Und warte. Und warte.

Er antwortet nicht.

Da erscheint eine neue Nachricht von Cait.

Cait: Bist du okay?

Emma: Weiß nicht.

Cait: Du weißt nicht, ob du okay bist? Du hast mir geschrieben. Was ist los?

Ich antworte ihr nicht, sondern schließe iMessage. Keine Ahnung, was mit mir nicht stimmt.

OtherLANDS braucht eine Minute zum Laden. Keine neuen Nachrichten von Nightmare. Also lasse ich sein Benutzerkonto bestehen. Vielleicht war es die falsche Strategie, ihn zu blockieren. Vielleicht habe ich ihm dadurch Aufmerksamkeit geschenkt, die er gar nicht verdient. Ihn zu ignorieren ist möglicherweise wirkungsvoller.

Mein Handy klingelt.

Ich schaue aufs Display. Cait.

Ich stelle das Klingeln stumm.

Was für eine schreckliche Freundin ich doch bin.

Im letzten Moment gehe ich doch ran.

»Hey.«

»Hey«, erwidert sie leise. »Alles in Ordnung?«

»Mir geht's gut.«

»So klingt es aber nicht.«

»Ach ja? Wie genau klingt es denn, Cait?«

Sie schweigt kurz. »Du hörst dich sauer an.«

»Ich bin sauer.«

»Okay. Bist du sauer auf mich?«

»Ich glaube nicht.«

»Du *glaubst* nicht?«

»Willst du jetzt alles wiederholen, was ich sage?«

»Em?«

Ich kann quasi hören, wie sie die Stirn runzelt. »Ich bin nicht sauer auf dich, Cait.« Ich wüsste auch gar nicht, warum. Sie hat nichts falsch gemacht. Und ich bin bestimmt nicht neidisch auf sie.

Aus irgendeinem Grund ist das kein gutes Gefühl.

»Ist euer Internet immer noch aus?«, fragt Cait. »Bist du sauer auf deine Mom?«

»Nein. Sie hat es wieder eingeschaltet. Wahrscheinlich für sich selbst.«

Noch ein paar Momente Schweigen. »Möchtest du rüberkommen?«

»Nein.«

»Möchtest du, dass *ich* rüberkomme?«

Vielleicht. Keine Ahnung. »Ich muss erst mal richtig wach werden.«

Sie seufzt. »Ist sonst *irgendwas* passiert? Ich bin einfach ... ich versuche nur rauszukriegen, was los ist.«

Mein Vater ist nicht zu Hause, und das fühlt sich nicht richtig an. Meine Mutter rückt mir andauernd auf die Pelle. Ich habe da einen Irren, der mir über mein Spiel bizarre Nachrichten schickt. Ich bin eine Null und kriege nichts anderes auf die Reihe, als nachts zu spielen.

»Mir geht's gut«, sage ich. »Ist nur PMS.«

»Mom macht Chocolate-Chip-Pancakes«, sagt sie. »Bist du dir sicher, dass du nicht doch vorbeikommen willst?«

»Na klar macht sie die.« Ich bin mir sicher, dass sich Cait und ihre Familie gesittet einfinden, um zusammen ein herrliches Wochenend-Frühstück zu genießen. Meine Eltern halten es nicht mal im selben Raum miteinander aus, ohne zu streiten.

»Willst du zu allem, was ich sage, eine schnippische Bemerkung machen?«, fragt Cait.

»Vielleicht. Red einfach weiter.«

Ich habe das als Scherz gemeint, aber stattdessen klingt es genau wie alles andere, was ich bisher gesagt habe.

»Mom ruft mich«, sagt sie resigniert. »Ich muss Schluss machen.«

»Warte«, sage ich.

»Was?«

Ich muss mich entschuldigen. Denke ich.

Das ist alles so kompliziert geworden. Ich weiß auch nicht, warum ich alles an Cait auslasse.

Jedenfalls will ich nicht, dass sie auflegt. Denn wenn sie auflegt, bin ich meiner Mutter ausgeliefert. Ethan wird noch nicht wach sein, wenn er um halb vier Uhr morgens noch online war. Und von Nightmare zu hören, möchte ich nicht riskieren.

Ich hole tief Luft. »Ich werde mich heute wohl mit Rev Fletcher treffen.«

Einen Moment lang herrscht erstauntes Schweigen. »Zu einem … Date?«

»So was in der Art.«

»Bist du deshalb so angespannt?«

»Nein. Vielleicht.« Ich schließe die Augen. »Ich habe keine Ahnung, Cait.«

»Wie ist es denn dazu gekommen?«

Ich schweige. »Wir sind uns noch mal zufällig begegnet. Wir … haben geredet.«

»Hat er mehr als zwei Worte zu dir gesagt?«

Ich hatte eine schwere Kindheit.

»Klar. Er … ich glaube, er wird vielleicht falsch eingeschätzt. Ich glaube, es hat einen Grund, dass er so still ist.«

Ihr Ton wird sarkastisch. »Du meinst, er ist doch nicht der Sensenmann?«

»Lass das.«

»Meine Güte, Em. Ich mache doch nur Spaß.« Sie zögert. »Er kommt mir nicht gerade wie der Typ für ein Date vor.«

»Wir treffen uns hinter der Kirche.« Mir wird klar, wie sich das anhören muss, und ich spüre, wie ich rot werde. »Um zu reden.«

»Wow, das klingt ja nicht gerade unglaublich lässig.«

»Es ist … ich weiß auch nicht. Er ist sehr aufmerksam.«

»Du meinst, er macht dir Geschenke?« Sie klingt verwirrt.

»Nein! Nein. Ich meine … er bringt einen zum Nachdenken. Er kommt mir vor … ach, ich weiß auch nicht, Cait.« Ich lasse mich nach hinten auf mein Kissen fallen. »Er kommt mir echt vor.«

Jetzt herrscht erst einmal langes Schweigen.

So lange, dass ich sage: »Bist du noch da?«

»Ja. Ich finde, das ist eine interessante Aussage.« Sie scheint zu überlegen. »Ich will nicht, dass du mich angiftest, aber …«

»Aber was?«

»Ich finde, das ist eine gute Aussage.« Wieder schweigt sie. »Ich glaube, du brauchst jemanden, der echt ist, Em.«

Ich möchte sie daraufhin nicht angiften.

Ich möchte stattdessen am liebsten losheulen. »Das glaube ich auch«, sage ich nur.

Sie muss den Unterton in meiner Stimme bemerkt haben, denn sie sagt: »Bist du dir wirklich sicher, dass ich nicht doch rüberkommen soll?«

Doch, wird mir klar. Genau das will ich. Verzweifelt sogar.

Aber ich mag es nicht, etwas verzweifelt zu brauchen. Deshalb schniefe ich nur und reiße mich zusammen. »Nein«, sage ich. »Ich lasse dich jetzt in Ruhe … bevor deine Brüder dir noch alle Pfannkuchen wegessen.«

12. KAPITEL

Rev

>>>

Samstag, 17. März, 04:09:29 Uhr
Von: **Robert Ellis robert.ellis@speedmail.com**
An: **Rev Fletcher rev.fletcher@freemail.com**
Betreff: **Enttäuscht**

Erinnerst du dich noch an deine Lektionen? Vielleicht warst du noch zu jung.

Hier einer der Sprüche Salomons, den ich genau erinnere: »Wer seinem Vater und seiner Mutter flucht, dessen Leuchte wird verlöschen in der Finsternis.«

Die E-Mail hat mich nicht geweckt, ist aber eine nette, kleine morgendliche Überraschung, als ich sie entdecke. Ob mein Vater nie schläft?

Kristin schreibt mir um acht Uhr eine Nachricht. Da habe ich schon eine Stunde lang aus dem Fenster gesehen und den Sonnenaufgang betrachtet.

Mom: Bitte sag mir, dass du bei Declan bist.

Rev: Ja. Sorry. Hätte eine Nachricht hinterlassen sollen.

Mom: Ist irgendwas passiert?

Was soll ich darauf antworten?

Rev: Nein. Alles okay.

Ich beiße mir auf die Lippe und warte. Sie schreibt nichts mehr zurück.

Dann muss Matthew noch da sein, weil sie es sonst sicher erwähnt hätte. Ich sollte erleichtert sein, bin es aber nicht. Ich weiß überhaupt nicht, was ich empfinde.

Declan schnarcht immer noch, aber ich kann jetzt sicher nicht mehr einschlafen. Also schlüpfe ich aus dem Bett und setze mich im Licht der Morgendämmerung zum Nachdenken auf seinen Schreibtischstuhl.

Die E-Mail meines Vaters sollte mich nicht wie ein Faustschlag in die Magengrube treffen, aber genau das tut sie. Ich wünschte, ich hätte auch nur ein bisschen was von Declans Einstellung. Seine lässige Art, sich Autoritäten zu widersetzen. Declan würde keine Sekunde zögern. Er würde ein Selfie von sich machen, wie er einen Stinkefinger in die Kamera hält, und es als Antwort zurückschicken.

Ich begehre nicht gern gegen Autoritäten auf. Man braucht keinen Abschluss in Psychologie, um zu wissen, warum das so ist: Wenn der eigene Vater einen foltert, weil man eine Regel gebrochen hat, dann fällt einem so etwas eben nicht leicht.

Aber das ist nur die eine Seite der Medaille. Mein Vater war ja nicht immer furchtbar. Wenn ich von ihm gelobt wurde, fühlte ich mich wie das am meisten wertgeschätzte Kind der Welt. Und ich lernte, süchtig nach diesem Gefühl zu werden.

Ich giere immer noch danach. Und hasse mich dafür.

Plötzlich rollt Declan sich auf die Seite und reibt sich die Augen. Er entdeckt mich auf dem Stuhl. »Bist du schon lange auf?«

Mein Blick geht zum Wecker auf der Kommode. Es ist fast neun. »Ja.«

»Du hättest mich wecken sollen.«

»Ist okay.« Ich spreche leise weiter: »Alan und deine Mom sind vor einer Weile nach Hause gekommen. Noch kein Baby.«

Er setzt sich auf und schaut zur Tür. »Sie sind schon wach?«

»Ich glaube nicht. Ich habe nur gehört, wie sie ihre Schlafzimmertür zugemacht haben.«

»Okay.« Er fährt sich mit der Hand übers Gesicht. »Ich brauche zehn Minuten. Willst du schon mal Kaffee machen gehen?«

Gut. Eine Aufgabe. Ich brauche eine Aufgabe. »Klar.«

Ich kenne mich in ihrer Küche so gut aus wie in unserer eigenen. Die weißen Schränke, die Schublade, die klemmt, der lockere Griff, an dem man nicht ziehen darf, weil er sonst abgeht. Ich könnte mich hier mit geschlossenen Augen zurechtfinden. Kaffeekochen braucht praktisch keine Zeit.

Was blöd ist.

Ich lese die E-Mail noch mal durch. Den Vers kenne ich auswendig. Er war einer der Lieblingssprüche meines Vaters.

Am liebsten würde ich das Handy zerbrechen, um das Display splittern zu sehen. Und was noch schlimmer ist, ich möchte zurückschreiben und ihn um Verzeihung bitten, weil ich die letzten drei Mails ignoriert habe.

Schließlich schiebe ich den Ärmel zurück und fahre mit den Fingern über die halbkreisförmigen Narben. Ich erinnere mich nicht mehr an alles, aber an den Ofen. Der Schmerz war so stark, dass er mehr als nur ein Gefühl war: ein Schrei in meinen Ohren, das grellste Licht in meinen Augen. Ich konnte ihn sogar *schmecken*.

Bis zu jenem Tag war ich nie vor meinem Vater weggelaufen.

Er holte mich natürlich ein. Ich war sieben. Er holte mich ein, griff nach meinem Unterarm und wirbelte mich so heftig herum, dass ich einen Rotationsbruch erlitt.

Aber ich hatte es immerhin bis nach draußen geschafft, bevor er mich einholte. Mein Geschrei sorgte für genügend Aufmerksamkeit.

Das und die Tatsache, dass ich mich von oben bis unten vollgekotzt hatte.

»Rev.«

Ich zucke zusammen und ziehe den Ärmel herunter. Declan steht in der Küchentür.

»Der Kaffee ist fast fertig«, behaupte ich, ohne es zu wissen.

Er kommt rein und holt zwei Edelstahlbecher aus einem Schrank. »Da ist doch noch was mit dir.«

Ich blinzle ihn verwundert an. »Was redest du da?«

»Ich weiß nicht. Aber als wir eingeschlafen sind, warst du noch okay, und jetzt bist du ein Wrack.«

Er hat recht, aber ich weiß nicht, was ich dazu sagen soll. Er holt Löffel aus der Schublade und löffelt Unmengen Sahne und Zucker in beide Becher.

Nachdem er fertig umgerührt hat, hält er mir einen Becher hin. »Willst du drüber reden?«

»Nein.«

»Okay, dann komm.«

Er dreht sich um und geht auf die Hintertür zu, ohne auf mich zu warten.

Ich folge ihm. Die Luft ist noch kalt. Am Himmel ballen sich dicke Wolken, und es ist so feucht, dass man für später mit einem Regenschauer rechnen kann. »Komm wohin?«

Declan bleibt stehen und öffnet das Tor zwischen unseren Gärten. Er schaut zu mir zurück. »Das Mädchen, das du bei der Kirche getroffen hast, kann dich nicht so fertiggemacht haben. Du meintest doch, dass du sie kaum kennst.«

Ich rühre mich nicht von der Stelle. »Ja, und?«

Er tritt durch das Tor. »Dann gibt es nur noch eine Möglichkeit.«

Es läuft mir eiskalt den Rücken hinunter. Hat er irgendwie Wind von den E-Mails bekommen? »Welche Möglichkeit?«

»Ich denke, ich muss Matthew kennenlernen.« Dann sprintet er die Stufen zu unserer Veranda hinauf und verschwindet durch die Schiebetür, ohne auf mich zu warten.

Oh. Oh, wow.

In den zehn Sekunden, die ich brauche, um selbst über den Rasen zu laufen, male ich mir aus, wie das abgehen wird. Jedes Szenario, das ich mir vorstelle, endet schlimm. Ich rechne damit, Matthew von Declan in eine Ecke gedrängt vorzufinden, während Kristin und Geoff Declan händeringend bitten, von ihm abzulassen.

Doch eigentlich sollte ich meinen Freund besser kennen. Declan hat sich von einem Teller auf der Küchentheke ein Stück gebratenen Speck genommen und sich auf einen der Küchenstühle gesetzt. Kristin schiebt zwei Quiches zum Auskühlen auf Kuchengitter neben dem Ofen. Matthew ist nirgends zu sehen.

»Wie geht es deiner Mom?«, fragt Kristin Declan in dem Moment, als ich hereinstürme.

Sie wirft mir einen verwunderten Blick zu, aber Declan tut, als wäre nichts. »Ihr geht's gut«, sagt er. »Alan hat sie letzte Nacht ins Krankenhaus gefahren, aber es war falscher Alarm.«

»Es muss bald so weit sein.«

»Ich habe ihr schon gesagt, dass ich dann hier einziehen werde, damit ich das Babygeschrei nicht hören muss.« Er angelt sich noch eine Scheibe Speck. »Aber ich vermute, Rev hat schon einen Mitbewohner.«

»Vielleicht können wir tauschen«, sage ich. »Schreiende Babys stören mich nicht.«

Kristin schaut zwischen uns hin und her, sagt aber nichts zu meiner Bemerkung. Stattdessen greift sie nach einer Pfanne aus dem Spülbecken. »Rev hat nicht mehr lange einen Mitbewohner. Wir besorgen heute Nachmittag ein Doppelbett für das andere Zimmer. Das Gitterbett und der Schaukelstuhl kommen vorläufig in die Garage.«

Gut.

Sobald mir meine Reaktion bewusst wird, runzle ich die Stirn. Von wegen, ich heiße alle mit offenen Armen willkommen.

»Wo ist er?«, frage ich. Es klingt wie eine Aufforderung. Oder eine Drohung.

»Er duscht gerade.« Kristin hält mir die Pfanne und ein Geschirrtuch hin. »Trockne das bitte mal ab.«

Das tue ich, und sie kümmert sich um das restliche Geschirr. Meine Bewegungen wirken angespannt und gezwungen.

»Sag mir, was los ist«, sagt sie leise.

»Keine Ahnung.«

Sobald ich die Worte ausgesprochen habe, wird mir klar, wie wahr sie sind. Ich habe tatsächlich keine Ahnung, was los ist. Was soll ich schon sagen? Dass Matthew gestern Abend nicht mit mir reden wollte? Dass ich glaube, dass er mich beim Work-out beobachtet hat? Dass er nicht mit mir und Declan zur Schule fahren will?

Das klingt alles so … *kindisch*. Vielleicht beklage ich mich dann noch, dass ich keinen Brokkoli essen mag und keine Lust habe, mein Zimmer aufzuräumen.

Kristin sieht mich an, während sie die nächste Pfanne spült und mir anschließend reicht. Ihre Stimme bleibt leise, sie ist nicht auf Konfrontation aus. »Ist irgendwas passiert?«

Kristin hatte schon immer dieses magische Geschick, Leute zum Reden zu bringen. Manchmal ziehe ich sie damit auf, dass sie eher Therapeutin als Steuerberaterin hätte werden sollen. Ich habe eine tolle Beziehung zu Kristin und Geoff, aber vor allem gegenüber Kristin, die alles so freundlich akzeptiert, ist es wahnsinnig schwer, die E-Mails meines Vaters geheim zu halten.

Ich hole tief Luft und halte sie kurz an, auch wenn ich weiß, dass Kristin mich für nichts, was ich sage, verurteilen wird. Dann sage ich: »Matthew macht mich nervös.«

Sie reicht mir eine weitere tropfende Pfanne. »Das ist interessant.«

»Warum?«

»Weil er vor einer halben Stunde hier saß und mir erzählt hat, dass du ihn nervös machst.«

Ich halte inne. »Warum mache ich *ihn* nervös?«

»Das hat er nicht gesagt.« Sie schweigt kurz und hält mir das nächste Stück Geschirr hin. »Ich dachte nur, du solltest es wissen.«

Ich denke an Matthews Reaktion gestern Abend, als ich mich so gut wie nicht bewegt hatte. Ich lass mir noch mal durch den Kopf gehen, was er in den letzten zwei Tagen gesagt hat – und was nicht. Geoff meinte, er sei in diesem Jahr schon in vier verschiedenen Pflegeeinrichtungen oder -familien gewesen. Bei der letzten hat er eine Schlägerei begonnen. Ich hatte das alles so verstanden, als sei Matthew das Problem gewesen.

Und er hat auch nicht das Geringste getan, um meine Vermutungen zu korrigieren.

Declan hat sich getäuscht. Ich bin eindeutig der missgünstige Sohn.

»Hey, Mann«, sagt Declan und klingt, als würde er mit jemand anderem sprechen. »Willst du auch ein bisschen Speck?«

Ich drehe mich um. Matthew steht abwartend im dunklen Flur. Das zurückgekämmte nasse Haar lässt ihn jünger aussehen und die Blessuren in seinem Gesicht noch deutlicher erkennen.

Sein Blick geht rasch zwischen Declan und mir hin und her, dann zu Kristin.

»Es ist noch genug übrig«, sagt sie fröhlich.

»Nein danke.« Damit dreht er sich um und verschwindet im Flur.

Ich reiche Kristin die Pfanne und nehme mir das nächste Stück zum Abtrocknen. Sie sagt nichts, also sage ich auch nichts.

Declan steht vom Stuhl auf und holt sich noch Speck. Mit leiser Stimme meint er zu mir: »Rev. Mal im Ernst. Du bist zwanzig Kilo schwerer als der Junge.«

»Das ist es auch nicht, was mich nervös macht.«

»Was dann?«

Ich bin mir nicht sicher, was ich darauf antworten soll.

Kristin hält Declan einen tropfenden Messbecher und ein eigenes Geschirrtuch hin. »Wenn du den ganzen Speck auffutterst, kannst du auch abtrocknen helfen.«

Er stopft sich noch ein Stück Speck in den Mund und nimmt die Sachen dann bereitwillig entgegen. »Wer hat das eigentlich mit seinem Gesicht gemacht? Verdammt, wenn ich so aussehen würde, hätte ich auch Angst vor dir.«

»Halt die Klappe.«

»Ich meine das ernst.«

Ich trockne ein Cookie-Blech ab. Zwischen meinen Schultern sitzt wieder diese Anspannung. Ich weiß nicht, was ich dagegen machen soll.

»Könnt ihr Jungs mir heute Nachmittag mit den Möbeln helfen?«, fragt Kristin. »Dad will es nicht zugeben, aber sein Rücken macht ihm wieder zu schaffen.«

»Klar«, sagt Declan. Er nimmt sich seine bestimmt schon zehnte Scheibe Speck. »Wenn du mich weiter fütterst, räume ich euch das ganze Haus um.«

»Abgemacht. Ihr könnt sofort mit dem Ausräumen anfangen, wenn ihr wollt. Das Einzige, was wir drin lassen, ist die Kommode.«

Ich sehe sie nicht an, sondern trockne einfach weiter ab. Ich kann den ganzen Tag lang in der Küche stehen und abtrocknen, wenn das bedeutet, dass ich mit allem anderen nichts zu tun habe.

Declan nimmt mir sanft, aber bestimmt die Schüssel aus der Hand. »Wir haben unsere Anweisungen. Los, beweg dich.«

Ich weiß nicht, warum ich mir Sorgen gemacht habe. Matthew hilft sowieso nicht. Ich weiß nicht mal, wohin er verschwunden ist. Wahrscheinlich versteckt er sich in meinem Zimmer.

Versteckt sich.

Das gefällt mir nicht.

Scham macht sich in meiner Brust breit wie irgendwas Lebendiges. Ich habe mich schon gefragt, wie mein Vater sich in den Mann verwandelt hat, der er war. Den Mann, der er ist. Ich weiß von Missbrauch über Generationen hinweg und habe viele Stunden lang überlegt, wann ich wohl beginne, mich zu verändern.

Habe ich etwas getan, was mir nicht bewusst war? Spürt Matthew etwas an mir, was ihn nervös macht? Ich denke an den Tag, als ich den Brief entdeckte und sich Dunkelheit über meine Gedanken legte, bis sich meine Wut gegen Geoff und Declan richtete.

Ich bin froh, mich durch körperliche Arbeit von meinen Sorgen ablenken zu können. Die Babymöbel rauszubringen ist eine größere Aufgabe, als ich gedacht hätte, weil wir zuerst in der Garage Platz schaffen müssen. Dazu sind Plastikboxen mit Kleidung und Spielzeug ins Haus und auf den Dachboden zu bringen. Außerdem möchte Kristin, dass wir die Garage von Dreck und Staub säubern, bevor wir die Möbel dort deponieren.

Dann kommt Geoff aus dem Möbelladen zurück, und wir müssen die neuen Sachen ausladen.

Bis wir fertig sind, ist es Nachmittag geworden, und wir sind schmutzig. Dunkle Wolken kündigen Regen an. Declan lässt sich hinterm Haus mit einer Flasche Gatorade ins Gras fallen. Flach auf dem Rücken liegend starrt er in den Himmel.

Donner kracht, und die ersten Tropfen fallen.

Er rührt sich nicht. »Das kommt gerade recht.«

Ich bewege mich auch nicht von der Stelle. Die Regentropfen fühlen sich gut an. Ich hocke im Schneidersitz mit meiner eigenen Gatorade. Den Hoodie habe ich schon vor Stunden ausgezogen, als mir die warme Feuchtigkeit einfach zu viel wurde, doch ich trage lange Ärmel. Ich besitze überhaupt nur ein einziges T-Shirt mit kurzen Ärmeln. Und kein einziges Paar Shorts.

»Ich treffe mich heute Abend wieder mit Emma«, erzähle ich ihm.

»Noch ein heißes Date bei der Kirche?«

»Halt die Klappe.« Er war im Halbschlaf, als ich ihm das erzählt habe, aber natürlich hat er sich dieses Detail gemerkt. »Aber, ja.«

»Magst du sie?«

»Ja.«

Meine Antwort muss zu einfach und nüchtern geklungen haben, denn er dreht den Kopf und sieht mich an. »*Magst* du sie?«

Regentropfen fangen sich in meinen Haaren, während ich versuche, meinen verschlungenen Gedanken auf den Grund zu gehen. Ich mag, wie sie mich mit ihren Fragen anstupst, ohne zu viel Druck zu machen. Ich mag, dass sie mir ihre eigene Verletzlichkeit gezeigt hat, als meine Gefühle mich fertigmachten.

Ich mag auch ihre Sommersprossen und ihr geflochtenes Haar, ihre klugen Augen und den sanften Schwung ihrer Lippen.

Declan schlägt mich mit seiner Plastikflasche. »Ja. Du magst sie.«

»Ich weiß gar nicht, wie ich mich verhalten soll.«

»Sei einfach du selbst.«

»Danke, Mr. Vickers. Haben Sie dazu auch eine Broschüre?«

Declan gibt ein genervtes Geräusch von sich. »Mann, keine Ahnung. Die halbe Zeit denke ich ja selbst, es ist ein Wunder, dass Juliet sich mit mir abgibt.« Er wischt sich den Regen vom Gesicht. »Wahrscheinlich bin ich nicht die optimale Quelle für Beziehungstipps.«

Vielleicht nicht, aber er ist die einzige Quelle, die ich habe.

Wir sitzen noch ziemlich lange im Regen. Blitze zucken, aber es dauert eine Weile, bis der Donner auf sie folgt.

»Danke fürs Helfen«, sage ich zu Declan.

»Das habe ich fürs Essen gemacht.« Kristin hat uns zum Mittagessen Thunfischsandwiches mit geschmolzenem Käse zubereitet. Ich glaube, Declan würde tatsächlich bei uns einziehen, wenn er die Möglichkeit dafür sähe.

Hinter uns geht die Schiebetür auf, und ich bin mir sicher, dass das Geoff oder Kristin ist, um uns zu sagen, wir sollen aus dem Gewitter ins Haus kommen.

Stattdessen höre ich Matthews Stimme: »Kristin meint, ihr sollt reinkommen.«

Dann schiebt er die Tür wieder zu.

Ich seufze.

Declan setzt sich auf. Er schlägt mich auf den Arm. »Ich gehe jetzt nach Hause. Und du bringst das in Ordnung.«

»Ich weiß nicht, wie ich das machen soll.«

Er schweigt kurz. »Klar weißt du das. Du erinnerst dich doch noch daran, wie man Lego spielt, oder?« Dann steht er vom Boden auf und geht Richtung Gartentor.

13. KAPITEL

Emma

\>>

Samstag, 17. März, 16:16:00 Uhr
Von: N1ghtm@re4
An: Azure M

Was ist los? Hab dich schon eine Weile nicht mehr gesehen. Zu gefesselt von anderen Sachen?

Dann ist da noch ein Bild. Ein mit Photoshop bearbeiteter Screenshot meines Avatars, der so aussieht, als wäre er gefesselt und bewusstlos. Vielleicht auch tot. Ich mache mir gar nicht die Mühe, das erkennen zu wollen, sondern drücke sofort auf die Taste, um die Nachricht zu schließen.

Mein Atem geht so schnell, dass ich fürchte, gleich zu hyperventilieren.

Ich blockiere ihn wieder.

Mein Puls muss sich beruhigen.

Ich bin froh, allein zu Hause zu sein – aber gleichzeitig auch wieder nicht.

Ich male mir das Gespräch aus.

Mom, ein Typ schickt mir ein Bild, auf dem mein Avatar gefesselt ist.

Emma, ich habe dir doch gesagt, du sollst die Finger von der Technik lassen. Wann lernst du das endlich?

Ich schlucke. Nein danke.

Als ich auf iMessage klicke, sehe ich, dass mein Vater immer noch nicht geantwortet hat.

Mit Cait kann ich über diese Sache nicht reden. Sie würde es nicht verstehen.

Dann fällt mir Ethans Nachricht von heute Morgen ein. Vielleicht ist er online. Ich setze die Kopfhörer auf und logge mich in mein Spiel ein.

Nope, er ist nicht da. Danach switche ich zu Battle Realms, um zu sehen, ob er dort spielt.

Bingo! Ich schicke ihm eine Teamanfrage.

»Hey«, sagt er und klingt erstaunt. »Alles okay?«

»Hey«, sage ich. »Ja, nur das übliche Familiendrama.«

Er schnaubt. »So was kenne ich zur Genüge.« Er schweigt einen Moment lang. »Du klingst genervt.«

Ich bin genervt. Ich muss damit fertigwerden. Es ist nur ein bearbeiteter Screenshot. So was habe ich auch früher schon bekommen. »Mir geht's gut. Ehrlich.«

»Willst du drüber reden?«

»Oh Gott, nein. Ich muss einfach ein bisschen spielen.«

Ethan lacht. »Das ist mein Mädchen.«

Ich kenne ihn kaum, aber seine Stimme zu hören, gibt mir das Gefühl, weniger allein zu sein. Im Spiel, mit den Kopfhörern auf den Ohren, bin ich nie allein.

Ich hole tief Luft und fange an zu spielen.

14. KAPITEL

Rev

Bis ich mit sieben zum ersten Mal zu Geoff und Kristin gebracht wurde, war ich immer nur in der Obhut meines Vaters gewesen. Leute fragten mich später, warum ich ihn nicht früher angezeigt hätte, doch das ist für mich eine extrem bizarre Frage. Wie soll man denn jemanden für etwas anschwärzen, was einem immer als *richtig* beigebracht wurde?

Mein Vater war nicht dumm. Das weiß ich heute. Meine erste Erfahrung mit Schule machte ich erst, als ich bei Geoff und Kristin lebte – vorher hatte mich mein Vater zu Hause unterrichtet. Manchmal frage ich mich, ob ein Lehrer ihn angezeigt hätte, aber ich bezweifle es. Mein Vater besaß dieses seltsame Charisma, das Leute dazu brachte, ihn zu mögen. Er wurde als ein Mann Gottes verehrt und respektiert. Mir war das damals nicht klar, aber seine Kirche funktionierte unabhängig von dem, was man *organisierte* Religion nennt. Wir folgten der Bibel, wir glaubten an Gott, aber in Wirklichkeit gehörten wir zur Kirche meines Vaters. Das war damals alles, was ich wusste. Alles in meinem Leben hing von seiner Interpretation ab. Wer sich nicht an seine Regeln hielt, war ein Sünder – oder Schlimmeres.

Ich erinnere mich, in einer Bank ganz vorne in der Kirche zu sitzen, während er eine Predigt über das Vatersein hielt und erklärte, Disziplinierung sei die wahrhaftigste Form der Liebe. Eine ältere Frau beugte sich vor und flüsterte mir ins Ohr: »Du bist wirklich gesegnet.«

Ich glaubte ihr. Egal, was mein Vater mir antat, er behauptete, es würde uns näher zu Gott bringen. Deshalb war es meine *Pflicht*, es willkommen zu heißen.

Nachdem mein Vater meine Haut gegen die glühende Herdplatte gedrückt und mir den Arm gebrochen hatte, rannte ich schreiend weg vom Haus. Ein Nachbar sah mich und fragte, was los sei. Fast hätte mein Vater es geschafft, sich herauszureden. Ich stand da mit meinem verdrehten Arm und Galle auf dem Hemd, und mein Vater erzählte, die Grippe habe mich so orientierungslos gemacht, dass ich die Treppe runtergefallen sei. Irgendwann muss ihm der Nachbar aber nicht mehr geglaubt haben – oder ich sah einfach zu erbärmlich aus. Meine Erinnerungen daran sind verschwommen. Ich erinnere mich nur an eine Mischung aus Schmerz und Hunger und der Angst davor, dass jemand anders etwas unternähme.

Ich gebe es offen zu: Damals schämte ich mich, weil ich weggelaufen war. Ich wollte meinem Vater nicht weggenommen werden.

Doch genau das passierte dann. Ich wurde in ein Krankenhaus gebracht. An so einem Ort war ich noch nie gewesen. Ich kannte weder Ärzte noch Schwestern, wusste nichts von Impfungen oder Röntgenapparaten. Ich erinnere mich an Nadeln und daran, dass Leute mich auf einer Liege festhielten. Ich hätte damals alles gegeben, um zu meinem Vater in »Sicherheit« zurückgebracht zu werden. Ich erinnere mich, das auch laut herausgeschrien zu haben. Vermutlich gab man mir ein Beruhigungsmittel.

Am nächsten Morgen brachte mich eine Sozialarbeiterin zu Geoff und Kristin, die nicht liebenswürdiger und gastfreundlicher hätten sein können. Kristin duftet fast immer nach Pasteten oder Cookies, und ihrer Herzlichkeit kann sich niemand verschließen.

Ich tat jedoch genau das. Anfangs. Ich glaubte, in der Hölle gelandet zu sein. Mein Vater hatte mich gelehrt, dass schwarze Menschen für den Teufel arbeiteten. Ich glaubte ihm das.

Sobald sie mir den Rücken zukehrten, rannte ich weg.

Ich schaffte es bis in Declans Haus, weil dort die Hintertür offenstand. Seine Mutter arbeitete im Garten und sah mich nicht. Ich schlüpfte also ins Haus, lief in ein Zimmer und versteckte mich dort im Schrank hinter einer großen Kiste Legosteine.

Im Verstecken war ich gut.

Declan fand mich. Ich erinnere mich an das grelle Sonnenlicht, das hereinfiel, als er die Schranktür öffnete. An die panische Angst in meiner Brust. Das Staunen in seinem Gesicht. Wir waren beide sieben.

Declan sagte: »Hey! Möchtest du spielen?«

Ich hatte nie zuvor mit einem anderen Kind gespielt. Ich hatte nie Spielzeug besessen.

»Ich weiß nicht, wie«, flüsterte ich.

»Das ist leicht. Ich zeig es dir.«

Und so fing er einfach an, etwas zu bauen.

Ich finde Matthew in seinem neuen Zimmer, wo er auf dem frisch gemachten Bett sitzt. Geoff hat graue Bettwäsche und eine dunkelblaue Quiltdecke für ihn ausgesucht. Ein neuer Schreibtisch mit einer Lampe steht an der Wand neben dem Bett. Alles riecht frisch und sauber – nicht, dass das Zimmer vorher schlecht gerochen hätte. Aber jetzt riecht es eben nach Stoff und Möbeln, statt nach Babypuder und Wundcreme.

Neben ihm auf der Decke liegt ein Buch, doch Matthew liest nicht. Er starrte aus dem Fenster in den Regen.

Ich bleibe im Türrahmen stehen, gehe aber nicht hinein. »Hey.«

Er sieht mich nicht an, doch sein Körper erstarrt auf diese spezielle Weise.

Ich bin nicht Declan. Ich weiß nicht, wie man das macht.

Ich muss aufhören, so ein Feigling zu sein. »Kann ich reinkommen?«

Er sagt nichts.

Ich runzle die Stirn und versuche, neutral zu klingen. »Wenn du mich nicht hier haben willst, musst du es nur sagen.«

Er sagt es nicht. Ich will mich nicht aufdrängen, aber wenn wir nicht ewig in diesem stummen Unbehagen feststecken wollen, muss ich es tun.

Ich gehe also rein, und er weicht ein wenig zurück. Es ist eine kleine, defensive Bewegung.

Der einzige Stuhl im Raum steht vor dem Schreibtisch, also direkt neben dem Bett. Ich will es nicht übertreiben, deshalb setze ich mich auf den Boden und lehne mich an die Wand. Ich befinde mich gegenüber von der Tür. Wenn er will, kann er einfach rausgehen.

Ich sage nichts. Er sagt nichts.

Zwischen uns befindet sich kein Messer, aber es fühlt sich genauso an wie damals. Wie ein Unentschieden.

Die Blessuren in seinem Gesicht und an seinem Hals sind an den Rändern gelblich verfärbt, und die Schwellungen sind größtenteils abgeklungen. »Hast du wirklich eine Schlägerei angefangen?«, frage ich.

Nichts. Regen prasselt gegen das Haus und durchbricht die Stille.

»Ich glaube nicht, dass du das getan hast«, sage ich.

Das erregt seine Aufmerksamkeit. Es ist nur ein Zucken, aber kurz geht sein Blick zu mir.

»Wenn du der Typ wärst, der eine Schlägerei anfängt, dann hättest du das hier auch schon getan.« Ich schweige kurz. »Hat dich jemand am Boden festgehalten und das mit dir gemacht?«

Seine Miene ist völlig ausdruckslos, aber ich spüre, wie er mich abschätzt.

Ich zucke die Achseln. »Diese Flecken an deinem Hals sehen sehr nach Druckstellen von Fingern aus.«

Er greift sich an den Hals.

Mein Ton bleibt sanft: »Warum hast du sie glauben lassen, du hättest angefangen? Kristin hat gesagt, du hättest riskiert, in den Jugendknast zu kommen.«

»Knast wäre besser gewesen.« Seine Stimme ist rau und sehr leise.

Meine Augenbrauen schießen in die Höhe. »Besser als *hier*?«

Er schüttelt kaum merklich den Kopf. Wenn er spricht, ist das, als sei er sich nicht sicher, ob er reden will. »Besser als dort.«

Wir verfallen wieder in Schweigen. Draußen kracht ein Donnerschlag, und er fährt zusammen. Das Gewitter ist schnell näher gekommen und die Nachmittagssonne verschwunden. Er verschränkt die Arme vor dem Bauch.

»Möchtest du, dass ich rausgehe?«, frage ich.

Er antwortet nicht.

Plötzlich muss ich an die E-Mails meines Vaters denken, die unbeantwortet in meinem Eingangsfach liegen. Ich frage mich, ob Matthew nicht weiß, wie er mir antworten soll, so wie ich es bei meinem Vater nicht weiß.

Hier zu sitzen und ihn auszufragen, kommt mir plötzlich wie die schlimmste Grausamkeit vor.

»Ist okay«, sage ich. »Ich gehe.«

Er hindert mich nicht daran. Ich gehe den Flur hinunter zu meinem Zimmer, wo ich mich aufs Bett fallen lasse.

Das war der anstrengendste Tag überhaupt, dabei ist es erst Nachmittag. Mein Handy auf dem Nachttisch leuchtet auf, und an der Farbe des kleinen Icons kann ich erkenne, dass es eine E-Mail ist.

Ich will nicht mal nachsehen.

Ich muss nachsehen.

Es ist nur etwas, was mit der Schule zu tun hat.

Als ich das Telefon wieder weglege, bemerke ich, dass Matthew vor meiner offenen Tür steht. Wie ein Schatten schmiegt er sich an den Türrahmen.

Ich tue so, als sei das nicht extrem eigenartig. »Was gibt's?«

»Bist du der Typ?«

Ich zögere. »Was für ein Typ?«

»Der Typ, der eine Schlägerei anfängt.«

»Nein.«

Er denkt ungefähr eine Minute lang nach. »Okay.«

Dann dreht er sich um und verschwindet wieder den Flur hinunter.

15. KAPITEL

Emma

Ich habe die Minuten bis acht Uhr abends gezählt, und jetzt gießt es in Strömen.

Das ist so typisch für mein Leben.

Ich presse die Nase an das Fenster im Esszimmer, und mein Atem schlägt sich am Glas nieder. Mom würde mir vorwerfen, die Scheibe dreckig zu machen. Wenn sie da wäre. Ich habe keine Ahnung, wo sie steckt. Nach ihrem Yoga hat sie sich einen Hosenanzug angezogen und erklärt, sie müsse ein paar Dinge erledigen. Seither ist sie verschwunden.

Genau wie Dad. Der hat auf meine Nachricht von heute Morgen immer noch nicht geantwortet.

Regen fällt auf die Verkleidung der Außenwand.

Soll ich Rev jetzt etwa nicht treffen? Was für einen Sinn hatte es dann, dass ich ihm zweimal über den Weg gelaufen bin?

Genau deshalb kann man sich auf das Schicksal nicht verlassen. Oder auf Gott. Oder auf was auch immer.

Ich pfeife durch die Zähne. »Komm, Texy. Lassen wir uns nass regnen.«

Der Regen ist kälter, als ich erwartet habe – doch schließlich haben wir gerade mal März. Wir sind keine zwei Blocks gegangen, da sind meine Wangen quasi erfroren und der Zopf hängt mir nass auf die Schulter. Meine Brille ist so nass, dass ich sie abnehmen und in die Tasche stecken muss. Ich hatte Moms Windbreaker-Pulli über mein Sweatshirt gezogen, bevor ich das Haus verließ, weil ich dachte, er wäre wasserdicht. Doch das war ein Irrtum.

Als ich um die letzte Ecke auf meinem Weg zur Kirche biege, frage ich mich, wie dumm es von mir ist, hier draußen zu sein. Inzwischen gießt es so heftig, dass um die Straßenlaternen schon richtige Wasserschleier zu sehen sind. Ich kann in der Dunkelheit kaum etwas erkennen.

Meine Sneakers quietschen im nassen Gras. Dann bin ich an der Stelle, wo wir die letzten beiden Abende gesessen haben.

Und natürlich ist er nicht da.

Ich seufze. Nur ein Volltrottel würde sich hier im Regen treffen.

Dann beginnt Texy plötzlich zu bellen und mit erhobenen Vorderpfoten in die Höhe zu springen.

Ich drehe mich um, und es ist wie in einem typischen Frauenfilm. Seine Silhouette läuft über den Rasen.

Okay, wegen des Regens und der Dunkelheit hat das Ganze vielleicht mehr Ähnlichkeit mit einem Horrorfilm als mit einer romantischen Komödie. ABER TROTZDEM.

Abrupt bleibt er vor mir stehen. Wenigstens war er schlau genug, sich eine dicke, wasserdichte Jacke über seinen Hoodie zu ziehen, wobei die Kapuze auch durchgeweicht ist und ihm das Regenwasser über die Wangen rinnt.

»Hey«, sagt er relativ laut, um den Regen zu übertönen.

Ich merke, wie ich rot werde, und befehle meinen Wangen, das gefälligst sein zu lassen. »Hey.«

»Ich war mir nicht sicher, ob du auftauchen würdest, aber weil ich dir keine Nachricht schreiben konnte …«

»Ich habe das Gleiche gedacht.«

Texy presst ihre Schnauze gegen seine Hand. Rev krault sie hinter den Ohren, aber seine Augen bleiben auf mich gerichtet. »Möchtest du dich vorne hinsetzen? Da gibt es ein Atrium. Dann sind wir raus aus dem Regen.«

»Klar.«

Vor ein paar Jahren wurde die Kirche zum Teil renoviert. Jetzt gibt es einen großen Eingangsbereich aus Holz und Stein, der eine Art überdachte Terrasse bildet. Neben dem Durchgang stehen mehrere Steinbänke unter dem Dach. Von oben verbreitet eine Notbeleuchtung ein schwaches Licht, aber die Bänke stehen doch ziemlich im Dunkeln.

Rev lässt sich im Schneidersitz quer auf einer Bank nieder, sodass er sich seitlich an die Glaswand der Kirche lehnen kann. Ich bin nicht ganz so gelenkig, schaffe es aber, ihm gegenüber im

Schneidersitz auf der Bank Platz zu nehmen. Texy lässt sich auf den Betonboden neben uns fallen.

Rev schiebt seine nasse Kapuze zurück und wischt sich die Hände an der Jeans ab. Seine Haare sind nass und verstrubbelt, aber das Licht lässt die Wassertropfen auf seinem Gesicht glitzern, sodass er fast ätherisch aussieht.

Ich dagegen habe wahrscheinlich Ähnlichkeit mit einer ertrunkenen Ratte. Mein Zopf liegt wie ein nasser Strick über meiner Schulter. Ich schlage die Arme um meinen Körper und bibbere.

Er runzelt die Stirn. »Ist dir kalt?«

Ich zupfe an dem Windbreaker. »Keine Ahnung, warum ich dachte, der sei wasserdicht.«

Er schlüpft aus seiner Jacke. »Hier. Nimm die.«

Bei ihm wirkt das, als wäre es nichts Besonderes, doch mir hat noch nie jemand seine Jacke angeboten. Selbst meine eigene Mutter würde mir bestimmt nur einen Vortrag über angemessene Kleidung halten und mir dann raten, mich zusammenzureißen. Ich schüttle den Kopf. »Das geht nicht. Dann frierst du.«

»Ich habe ein trockenes Sweatshirt. Alles gut.« Er streckt mir die Jacke hin und schüttelt sie ein bisschen. »Wirklich.«

Ein Teil von mir möchte darin eine großartige romantische Geste sehen – genau der Teil, der meine Wangen schon wieder warm werden lässt. Aber ich weiß auch, dass er nicht flirtet. Er ist einfach nett.

Also zerre ich mir den Windbreaker über den Kopf, um seine Jacke nicht von innen nass zu machen, und schlüpfe in die trockenen Ärmel. Die sind mir ungefähr fünfzehn Zentimeter zu lang. Aber die Jacke ist schwer und warm von seinem Körper. Ich möchte mich einfach nur in sie hineinkuscheln und dieses Gefühl genießen.

»Besser?«, fragt er.

»Ja.« Ich habe das Gefühl, immer noch rot zu sein. »Danke.«

»Gern geschehen.«

Dann verfallen wir ohne Grund in Schweigen. Der Regen sorgt für eine einschläfernde Geräuschkulisse, die uns in eine Art weißes Rauschen hüllt. Vielleicht kommt mir der Innenhof auch deshalb so abgeschieden vor.

Ich schaue auf Revs Hände, die in seinem Schoß liegen. Seine Finger sind lang, die Nägel kurz und gerade. Am rechten Handgelenk schaut der Rand einer Narbe unter dem Ärmel hervor und zeigt fast wie ein Pfeil auf seinen Daumen. Eine feine schwarze Linie aus schwarzer Tinte liegt direkt darüber.

Ein Tattoo? Ich kann es nicht erkennen. Es könnte auch Kugelschreiber sein, wirkt aber wie in die Haut eingelassen.

Ich hebe den Blick und merke, dass er mich beobachtet.

Ich schlucke und weiß nicht, was ich sagen soll.

Er bewegt sich ein klein wenig, sodass der Ärmel über die Narbe und den Strich rutscht. Die Bewegung wirkt sehr bewusst. »Irgendwelche neuen E-Mails von dem Typen in dem Spiel?«

»Ja.« Ich bemühe mich, locker zu bleiben, aber die Erwähnung von Nightmare genügt schon, damit ich mich angespannt fühle. »Irgendwelche neuen E-Mails von deinem Vater?«

Er sieht mir in die Augen. »Ja.«

Ich hole mein Handy aus der Tasche und entsperre den Bildschirm. Dann tippe ich ein paarmal drauf, um zu Nightmares letzter Nachricht zu gelangen. Fast möchte ich sie ihm nicht zeigen, aber er ist der Einzige, der weiß, wie schlimm die Mails inzwischen sind. Und ich wünsche mir schon den ganzen Tag verzweifelt, jemandem davon erzählen zu können.

Ich halte ihm das Telefon hin. »Wollen wir tauschen?«

Er sieht aus, als hätte ich ihn gerade gefragt, ob er eine Bank überfallen möchte. Trotzdem holt er sein Handy raus, drückt auf die nötigen Icons und gibt es mir.

Ich lese. Sein Dad klingt wie ein echter Hauptgewinn.

Dann sagt Rev: »Emma.«

Ich schaue hoch. Er sieht mich über mein Handy hinweg an. Seine Augen wirken dunkler als sonst, seine Miene ist angespannt.

»Was?«, frage ich.

»Warum schickt dir jemand so ein Bild?«

Das Bild, das Nightmare geschickt hat, hat sich mir inzwischen praktisch in die Netzhaut gebrannt. »Das ist okay. Macht nichts. Es ist ja nicht mal das Bild einer echten Person.«

»Dieses Bild ... Ist das deine Figur in dem Spiel?«

Plötzlich bereue ich es, dass wir die Handys getauscht haben. Als hätte ich ihm ein Foto von mir selbst gezeigt, auf dem ich nackt und gefesselt zu sehen bin. Meine Wangen glühen. »Vergiss es. Ich hätte es dir gar nicht zeigen sollen.«

»Hast du deinen Eltern davon erzählt?«

Ich funkele ihn an. »Deine E-Mail ist von jemandem, den du kennst. Jemand, der dich offensichtlich verletzt hat. Hast du deinen Eltern davon erzählt?«

Für eine lange Minute starren wir uns nur gegenseitig wütend an. Dann gibt er einen genervten Laut von sich und schaut weg. »Tut mir leid. Ich bin darin nicht gut.«

»Nicht gut in was?«

Er deutet auf uns beide. »In dem hier. Ich ... ich kann nicht gut mit Leuten.«

»Ich auch nicht.« Ich atme tief ein und wieder aus. »Mit einem Bildschirm und einer Tastatur komme ich viel besser klar.«

»Mein bester Freund hat seine Freundin kennengelernt, indem sie sich einen Monat lang Briefe geschrieben haben. Darum beneide ich ihn gerade dermaßen.«

»Wirklich?«

»Wirklich.«

»Okay«, sage ich. »Dreh dich um. Schau in die andere Richtung.«

Er sieht mich an, als wolle er sagen, *echt jetzt*?

Aber ich drehe mich schon um. Er gibt keinen Ton von sich, also weiß ich nicht, ob er sich von der Stelle rührt.

Dann spüre ich seinen Rücken als warmes Gewicht an meinem und schnappe nach Luft. Ich hatte nicht im Sinn, dass wir uns *aneinanderlehnen*, aber nachdem er es jetzt getan hat, kann ich mir nicht vorstellen, von ihm wegzurücken.

»Und jetzt«, sage ich ein wenig atemlos, »sag mir deine Nummer.«

Er tut es.

Rasch schreibe ich ihm eine Nachricht.

Emma: Besser?

Rev: Viel. Wenn ich zu nah sitze, kann ich auch wegrücken.

Ich werde rot und bin froh, dass er in die andere Richtung guckt. Jeden seiner Atemzüge kann ich spüren. Obwohl wir uns jetzt schreiben, fühlt es sich noch persönlicher an als vor einer Minute.

Emma: Du sitzt nicht zu nah.

Wieder merke ich, wie ich rot werde. Ich muss mich echt zusammenreißen. Es ist schließlich nur sein *Rücken.*

Rev: Duhast recht wegen der E-Mail meines Vaters. Ich habe keinem davon erzählt. Es ist kompliziert.

Emma: Genau wie mit dieser E-Mail von Nightmare.

Rev: Ich verstehe nicht, warum. Schließlich kennst du ihn doch gar nicht.

Emma: Spielst du irgendwelche Videospiele?

Rev: Manchmal bringe ich mit Declan auf Xbox Zombies um.

Emma: Und schon mal online gespielt? Mit anderen Leuten?

Rev: Manchmal.

Emma: Hast du schon mal mit einem Mädchen gespielt?

Rev: Darauf habe ich nicht geachtet. Aber ich würde nie jemandem so eine Nachricht schicken. Nicht mal, wenn ich ein Hardcore-Gamer wäre.

Emma: Viele Typen haben das Gefühl, das sei ein Raum nur für Männer. Sie werden wütend, wenn ein Mädchen auftaucht und sie dann auch noch schlägt.

Rev: Das passiert beim Jiu-Jitsu auch. Aber dann müssen sich die Jungs eben zusammenreißen.

Meine Augenbrauen gehen in die Höhe.

Emma: Du kannst Jiu-Jitsu?

Rev: Ja.

Ich schwöre bei Gott, dass ich beinah geschrieben hätte: *Dann ist es ja kein Wunder, dass du so umwerfend aussiehst.*

Im Ernst, kein Wunder.

Emma: Wenn also ein Mädchen käme und dich besiegen würde, dann würde dich das nicht total aus der Fassung bringen?

Rev: Nein. Wahrscheinlich würde ich sie auffordern, es gleich noch mal zu machen, damit ich ihre Technik studieren kann. Aber Jiu-Jitsu findet von Angesicht zu Angesicht statt. Das hier nicht.

Emma: Ich glaube, das ist ein Teil des Problems. Ich habe mal gelesen, dass Kämpfen in einem Spiel im Gehirn dieselben Chemikalien freisetzt wie ein Kampf im realen Leben – nur dass Online-Kämpfe nichts Menschliches an sich haben. Alles passiert nur in deinem Kopf. Trotz Headset und Stimme kommt einem niemand echt vor. Da fällt es leicht, aus der Deckung zu kommen und sich anzufreunden. Und genauso leicht fällt es, jemanden zu zerstören. Wenn ich eine Mission gewinne, freue ich mich – aber der gegnerische Spieler muss sich doch extrem schlecht fühlen, weil er von einer Figur besiegt wurde, von der sein Gehirn annimmt, sie existiere nicht mal. Und wenn man dann diese anonyme Niederlage mit einer echten Frauenstimme verbindet, ist das dann nicht irgendwie entmannend? Wo kommt diese Wut sonst her?

Nachdem ich ihm die Nachricht geschickt habe, rührt er sich nicht. Ich spüre aber immer noch jeden Atemzug, den er tut. Um das Atrium herum regnet es weiter.

»Ich denke nach«, flüstert er.

Ich muss lächeln. »Okay.«

Schließlich streift sein Oberarm meinen, und er schreibt eine Antwort.

Rev: Ich glaube, Wut hat verschiedene Quellen. Manchmal mache ich mir Sorgen, dass ich die Gewalttätigkeit meines Vaters geerbt haben könnte und sie irgendwann auch bei mir zum Ausbruch kommt. Als ich noch klein war, nachdem man mich ihm weggenommen hatte, fürchtete ich mich davor, dass irgendwer anders mir wehtun könnte. Geoff und Kristin schlugen vor, mich beim Taekwondo anzumelden, aber als wir dort hingingen, sah ich einen Kurs für Brasilianisches Jiu-Jitsu, und das wollte ich dann machen. Es geht dabei nur um Grappling, also um Griffe, das Ganze ist sehr körperlich. Fast hätten sie es mir nicht erlaubt. Aber der Trainer überzeugte sie davon, es mich versuchen zu lassen. Ich liebte es.

»Es kommt noch mehr«, sagt er.

»Dann warte ich.«

Rev: Ich sehe eine Menge Leute ins Gym kommen. Und ich denke viel darüber nach, was sie mit auf die Matte bringen. Als ich kleiner war, brachte ich eine

Menge Angst mit. Manchmal bringen Leute auch viel Wut mit. Sie wollen einfach nur kämpfen – was auch okay ist, weil sie schnell lernen, dass auf der Matte kein Platz für Wut ist. Und eigentlich auch keiner für Angst. Es hilft einem, Selbstkontrolle zu lernen. Ich denke, das mag ich so daran. Wenn jemand auf der Matte in Schwierigkeiten gerät, dann fällt es von außen leichter, das zu sehen und einzugreifen. Nur wie soll in deinem Fall jemand eingreifen, wenn du nicht um Hilfe bittest?

Emma: Genau das ist der Knackpunkt – bitten die Leute auf der Matte um Hilfe? Oder greifst du einfach so ein? Wollen sie Hilfe?

Rev: Ich denke, das hängt von der Situation ab.

Emma: Und wenn eine Frau sagen würde, dass sie keine Hilfe will?

Rev: Dann würde ich nicht helfen.

Emma: Und wenn ich dir jetzt sage, dass ich keine Hilfe will?

Sein Rücken hebt und senkt sich, während er tief Luft holt. Ich bin gespannt und erwarte, dass er darauf besteht.

Aber er tut es nicht.

Rev: Okay.

Emma: Danke.

Rev: Das war eine gute Idee. Mit dem Rücken an Rücken.

Er bringt mich zum Lächeln. »Ich tue, was ich kann«, flüstere ich.

»Pscht«, macht er, »ich schreibe gerade mit jemandem.«

Grinsend streiche ich mit den Fingern übers Display. Ich will nicht mehr über Nightmare reden.

Emma: Ich hätte nicht gedacht, dass du so ein Fan von Martial Arts bist.

Rev: Was hast du denn gedacht?

Emma: Keine Ahnung. Ich habe auch nicht erwartet, dass du so ein Sport-Junkie bist, aber andererseits siehst du ja auch **so** aus.

Rev: Das liegt nicht nur am Jiu-Jitsu. Ich mache auch noch Muay Thai und Yoga.

Lachend drehe ich den Kopf. »Du machst kein Yoga. Meine Mutter macht Yoga, aber deshalb sieht sie nicht aus wie du.«

Wieder streift mich sein Arm, als er eine Antwort schreibt.

Rev: Es ist gut für die Gelenkigkeit.

Emma: Und was ist Muay Thai?

Rev: Kickboxen. Und **du** kamst mir auch nicht gleich wie ein Gaming-Junkie vor.

Emma: Liegt in der Familie. Mein Vater ist Game-Designer.

Rev: Du und dein Dad, steht ihr euch nahe?

Emma: Schon. Er ist zwar dauernd beschäftigt, aber ... doch.

Kurz reagiert er nicht, und mir wird klar, dass das vielleicht ein schmerzhaftes Thema für ihn ist. Plötzlich fühlt sich sein Rücken an meinem verspannt an.

Ich streiche übers Display.

Emma: Ich habe die Narbe gesehen. Die am Rand deines Ärmels zu sehen war. Dein Vater?

Rev: Ja.

Blitze zucken über den Himmel, gefolgt von lautem Donnerschlag. Ich zucke zusammen und schnappe nach Luft. Texy kriecht winselnd unter die Bank. Der Regen reflektiert das Licht und scheint uns wie in einem Raum einzuschließen.

Rev dreht den Kopf, sodass ich sein Profil sehe. »Geht es dir gut?«

Ich lache ein bisschen, obwohl nichts lustig ist. »Ich mag nur Donner nicht. Geht es *dir* gut?«

»Nein.« Sein Handrücken streift meinen, weil auch er den Arm neben der Bank herabhängen lässt. Die Berührung fährt mir wie ein Stromschlag den Arm hinauf, und ich muss mich daran erinnern, dass das nur Zufall war.

Aber dann umschließt seine Hand meine. Ich erstarre.

»Ist das in Ordnung?«, flüstert er.

Wenn ich versuchen würde, später von dieser Situation zu erzählen, klänge das so kitschig und unglaublich. Das Gewitter, die Bank, die Dunkelheit. Doch sein Atem geht stockend, er wirkt unsicher, und anscheinend fühlt sich das für ihn genauso wichtig an wie für mich.

»Ja«, sage ich. »Oder soll ich loslassen, damit du schreiben kannst?«

Er holt tief Luft – sein Atem wird ruhiger. Als er den Kopf dreht, spüre ich seinen Atem an meinem Hals. »Ich will nicht, dass du loslässt.«

»Okay.«

»Ich habe noch nicht vielen davon erzählt«, sagt er. »Nur meine Eltern wissen Bescheid. Und mein bester Freund. Sonst niemand.«

»Du musst es mir nicht erzählen.«

Seine Finger drücken meine Hand ein klein wenig fester. »Ich will aber. Ich möchte, dass du verstehst, warum … warum es mir so schwerfällt, mit jemandem darüber zu sprechen.«

»Ich höre dir zu.«

»Mein Vater führte seine eigene Kirche an«, sagt er. »Ich weiß nicht, wie viele Leute sich ihm angeschlossen hatten, weil ich damals noch sehr jung war, aber es kam mir so vor, als wären es viele gewesen. Er verlangte jede Woche Wohltaten – *Geld*, um es genau zu sagen. Er erzählte mir immer, Gott würde für uns sorgen, und ich glaubte ihm. Jetzt ist mir klar, dass er ein geschickter Betrüger war … oder vielleicht auch nicht. Vielleicht glaubte er tatsächlich, dass die Leute ihm das Geld gaben, weil er von Gott gesegnet war. Jedenfalls war es genug, dass wir uns ein großes Haus in einer, wie ich heute weiß, ganz anständigen Gegend leisten konnten. Damals erklärte er mir, wir seien von Sündern umringt. Er sagte, der Teufel lebe in diesen Häusern. Wenn Kinder im Garten spielten, hätte der Teufel sie dorthin gelockt. Wenn Menschen joggten, liefen sie vor dem Teufel davon. Ich hatte Angst, ohne meinen Vater rauszugehen, weil der Teufel anscheinend *überall* war.« Er schweigt kurz. »Wenn ich jetzt so zurückdenke, war der Teufel wohl eher bei mir zu Hause.«

Seine Finger sind mit meinen verschränkt, sein Griff ist fest, aber nicht zu fest. Gerade so, dass ich weiß, er wird so bald nicht loslassen. Ich frage mich, ob er diesen Anker braucht.

»Mein Vater veranstaltete diese Prüfungen«, sagt Rev. »Er sagte immer, wenn Gott wolle, dass ich sie bestehe, würde ich sie auch bestehen. Wenn ich nicht fromm oder heilig oder sonst was genug wäre, sei es die Pflicht eines Vaters, dieses Problem zu lösen.« Seine Stimme klingt angespannt, und ich bin mir nicht sicher, ob aus Wut, Angst oder Scham. »Als ich sechs war, verlangte er, dass ich eine ganze Seite aus der Bibel abschreiben sollte. Irgendwann bekam ich einen Krampf in der Hand, und da entschied er, der Teufel habe die Kontrolle über meinen Arm an sich gerissen. Er holte ein Messer und begann, mich damit zu schneiden. Meine Schreie schrieb er dem Teufel zu, der darum kämpfe, in mir zu bleiben …«

»Rev.« Mitleid schnürt mir die Kehle zu. Ich bin kurz davor loszuheulen. »Oh, Rev.«

Er dreht seinen Kopf wieder so weit, dass ich sein Profil sehe. »Tut mir leid.« Er klingt verlegen. Seine Finger umklammern meine Hand. »Ich wollte nicht so drastisch werden.«

Ich drehe mich noch ein Stückchen, sodass ich meine freie Hand um seine legen kann. Dabei streift mein kleiner Finger die Narben am Rand seines Ärmels. Er hält den Atem an.

Aber er zieht die Hand nicht weg.

»Kann ich dich was fragen?«, sage ich.

»Jederzeit.«

»Hat deine Mutter – ich meine deine leibliche Mutter – irgendwas getan, um ihn aufzuhalten?«

Er holt tief Luft. »Sie starb bei meiner Geburt. Er erzählte mir immer, sie sei im Kampf mit dem Teufel gestorben. Nachdem ich von ihm weg war und anfing zu lernen, was normal ist, da fragte ich mich, ob er mir ihren Tod vorgelogen hatte. Ich hatte Momente, da war ich mir sicher, er hätte sich das nur ausgedacht und sie wäre irgendwo da draußen, wo sie mich vermisste. Aber Kristin – also Mom – hat eine Riesenakte über mich, und darin ist auch die Sterbeurkunde meiner Mutter. Todesursache: Gebärmutterblutung. Das zumindest stimmte.«

»Es tut mir so leid.«

»Deshalb haben mich seine E-Mails so erschüttert. Selbst nach all der Zeit ist es so, als hätte er immer noch Macht über mich. Ich fürchte mich davor, ihm nicht zu gehorchen. Es fällt mir immer schwerer, ihm nicht zu antworten.« Er schluckt.

»Ist er im Gefängnis?«

»Nein. Er hat als Teil des Deals auf das Sorgerecht verzichtet. Dafür musste er nur hundertachtzig Tage sitzen. Ich habe keine Ahnung, wo er jetzt ist.«

Hundertachtzig Tage, nachdem er Rev jahrelang gequält hatte. Das klingt wie ein schlechter Witz.

»Hast du Angst, dass er dich holen will?«

»Ja. Darüber mache ich mir jeden Tag Sorgen.« Tiefes Seufzen. »Ich habe schon Angst, zu lange von zu Hause wegzubleiben, weil er vielleicht dort aufkreuzen könnte oder so. Ich fürchte, das alles ist ein Test. Und ich fürchte, ihn nicht zu bestehen.«

»Und du willst deinen Eltern nichts davon sagen?«

Er atmet wieder stoßweise. »Ich weiß nicht, was sie dann tun werden, Emma. Aber ich habe ihnen bisher noch nie etwas verheimlicht.«

»Vertraust du ihnen?«

Er schnieft, und ich merke, dass er weint. Aber er heult nicht los, es ist nur eine Träne. Vielleicht bemerkt er sie gar nicht. Er antwortet auch nicht.

Ich drehe mich so weit auf der Bank, dass ich ihn direkt ansehen kann. »Rev, das ist eine große Sache.«

»Ich weiß.«

Nightmare ist anonym. Seine E-Mails nerven, aber ich kann den Laptop zumachen und so tun, als existiere er nicht. Revs Vater ist Realität. Und eine echte Bedrohung. »Möchtest du es ihnen sagen? Ich kann dich begleiten, wenn du willst.«

Einen langen Moment komme ich mir wie eine absolute Idiotin vor. Rev wird über meinen Vorschlag spotten. Bestimmt sagt er, dass ich das nicht verstehe.

Er wird genauso reagieren wie ich, als er wegen der E-Mails von Nightmare Druck gemacht hat.

Er tut es nicht.

Rev steht auf. »Okay«, sagt er. »Lass uns gehen.«

16. KAPITEL

Rev

>>

Samstag, 17. März, 21:06:16 Uhr
Von: **Robert Ellis robert.ellis@speedmail.com**
An: **Rev Fletcher rev.fletcher@freemail.com**
Betreff: **Frage**

Denkst du eigentlich jemals an mich? Oder hat man dich so gründlich verführt?

Ich erlebe gerade ein absolut bizarres Gefühlschaos.

Wieder eine neue E-Mail von meinem Vater auf dem Handy.

Dazu dieses *Mädchen*, das neben mir geht.

Ich nehme sie mit nach Hause.

Es gießt in Strömen, und wir halten uns an den Händen, und ich bin total durchgeweicht. Von außen ist mir eiskalt, innerlich ganz warm. Und ich wünsche mir, dass dieser Moment endet und ewig dauert – beides gleichzeitig.

Ich stopfe das Telefon zurück in die durchgeweichte Tasche meines Hoodies. Nur weil ich dachte, es könnten Geoff oder Kristin gewesen sein, habe ich überhaupt nachgesehen.

»Was ist da gerade passiert?«, fragt Emma.

Meine Bewegung muss ein bisschen zu energisch gewesen sein. »Mein Vater hat mir wieder eine E-Mail geschickt.«

»Antwortest du auf die Nachrichten?« Sie schaut zu mir hoch. Das Haar klebt ihr vom Regen am Kopf, und ihre Augen sehen riesig aus.

»Nur auf die erste.« Ich zucke die Achseln. »Ich habe geschrieben, er soll mich in Ruhe lassen.«

Sie sagt nichts dazu. Eine Weile gehen wir schweigend weiter.

»Denkst du, es gibt da einen Teil von dir, der gerne mit ihm reden würde?«

»Ja.« Da gibt's nichts zu verheimlichen. »Und ich weiß, wie seltsam das klingt.«

»Nein. Ich glaube, ich verstehe schon.« Nun zuckt sie die Achseln. »Ich mag meine Mutter nicht, aber sie ist immer noch meine Mutter.«

»Du *magst* sie nicht?«

»Sie mag auch nichts an mir. Sie hält mich für einen Faulpelz, der seine ganze Zeit mit Gaming im Internet verplempert. Es ist im Grunde die gleiche Meinung, die sie von meinem Vater hat, nur dass sie mich kontrollieren kann.«

»Deine Eltern verstehen sich nicht gut?«

Sie schnaubt. »Irgendwann müssen sie das mal getan haben, aber jetzt nicht mehr. Bei Mom dreht sich alles nur um gesunde Ernährung, ihr Workout und die siebzig Stunden die Woche in ihrem Job. Dad futtert Nachos, bleibt die ganze Nacht über auf und verbringt ebenfalls siebzig Stunden die Woche mit seinem Job.«

»Dann sind sie also nie zu Hause.«

»Nicht viel, nein. Aber eigentlich ist das auch besser so. Wenn sie da sind, zicken sie sich an. Wenn er nicht zu Hause ist, zickt Mom *mich* an.«

Kein Wunder, dass sie das Gefühl hat, niemand von dem Kerl erzählen zu können, der ihr diese Hassbotschaften schickt.

»Du glaubst also, deine Mutter ist enttäuscht, weil du das Gleiche machst wie dein Vater?«

»Das weiß ich sogar. Und das ist übel. Ich bin nämlich gut in Game-Design. Ich liebe das Kreative daran. Ich schreibe ganze Storyboards. Ich habe mein eigenes Spiel und eine ganze Community! Aber sie …«

»Moment.« Ich ziehe an unseren Händen, damit sie stehen bleibt. »Du hast dein *eigenes* Spiel?«

Ihre Wangen werden trotz des Regens rosa. »Das ist nichts. Es ist ziemlich klein.«

Ich starre sie an. »Dein eigenes Spiel. Du meinst, du hast ein Computerspiel gebaut?«

»Das ist nichts. Echt jetzt.«

Es ist das Faszinierendste der Welt, und sie tut so, als wäre das gar nichts. »Emma. Ich kenne *niemanden*, der ein Computerspiel schreiben kann. Machst du Witze? Kann ich es spielen?«

»Nein!«

»Warum nicht?«

Sie schaut weg. »Es ist albern. Wie schon gesagt. Lächerlich.«

»Ist es nicht. Ich will es sehen.«

»Und ich will nicht, dass du es siehst.«

Ihre Worte irritieren mich. Ich bin mir nicht sicher, wie ich das verstehen soll, und in meinem Kopf herrscht sowieso schon totales Chaos. »Okay.«

Sie errötet noch mehr. »Es ist noch nicht perfekt. Ich habe es noch nicht mal meinem Vater gezeigt. Es muss perfekt sein, bevor ich es ihm zeige.«

»Und deiner Mutter wahrscheinlich auch nicht?«

»Mein Gott, nein. Sie wäre von so was ohnehin nicht beeindruckt. Sie findet es enttäuschend, dass ich mich überhaupt dafür interessiere. Und so bin ich also ständig sauer auf sie, wünsche mir aber auch, ich könnte es ihr recht machen. Wenn das irgendwie logisch klingt.«

»Absolut.«

»Absolut.« Licht und Schatten spielen mit den Spuren der Wassertropfen auf ihrem Gesicht. Meine Augen folgen dem Schwung ihrer Lippen, den Konturen ihres Gesichts, dem weichen Schwung ihres Kinns. Ich möchte sie so gern berühren, dass meine Hand regelrecht schmerzt.

»Zögerst du?«, flüstert sie.

Das bricht den Bann. Blinzelnd wende ich den Blick ab. »Nein. Komm.« Wir gehen weiter.

Zögerst du?

So wie mit ihrer Weigerung, mich das Spiel sehen zu lassen, weiß ich nicht, was ich mit diesen Worten anfangen soll. Vielleicht ist diese Anziehung nur einseitig. Vielleicht verstehe ich mit meinem gestörten Verstand die Regeln eines normalen menschlichen Miteinanders einfach nicht.

Trotzdem hält sie immer noch meine Hand.

Vielleicht ist sie nur noch nicht bereit, über ihre Mutter zu reden, so wie ich nicht über meinen Vater sprechen will.

Vielleicht zögere ich das Ganze tatsächlich hinaus.

»Bist du dir sicher, dass deine Eltern nichts dagegen haben, wenn du so spät noch eine Freundin mitbringst?«, fragt sie. »Eine Freundin mit Hund?«

»Keine Sorge.« Ich sehe sie an. »Meine Eltern sind es gewohnt, dass ich seltsame Dinge tue.« Als wir in meine Straße einbiegen, krampft sich mein Magen vor Nervosität zusammen. Mein Vater, meine Eltern, Emma neben mir. Ich weiß nicht, ob ich das schaffe.

Ich muss mich räuspern. »Ich wohne gleich da. In dem blauen Haus.« Ein Blitz zuckt auf.

Emma erschauert. »Du klingst, als wäre es dir am liebsten, wenn ich es ihnen an deiner Stelle erzählen würde.«

»Ist das denn eine Option?« Ich meine das als Scherz, aber dafür kommt es zu ernst rüber.

»Nein.« Sie schaut zu mir hoch. »Oder … doch? Ich meine, wenn du es wirklich möchtest?«

Ich spiele die Szene in meinem Kopf durch. Geoff und Kristin sind bei nichts, was ich je getan oder verlangt habe, ins Wanken geraten. Nur wäre das hier schon etwas ganz anderes.

»Nein«, sage ich. »Das sollte nur Spaß sein.«

Ich klinge immer noch kein bisschen spaßig.

»Hättest du das wirklich für mich gemacht?«, frage ich sie.

»Klar. Ich meine – ich habe da nichts zu verlieren. Ihre Reaktion würde sich ja nicht gegen mich richten.«

Mein Mund wird trocken. »Glaubst du, dass sie darauf reagieren werden?«

»Darauf, dass dein Vater, der dich misshandelt hat, dir E-Mails schreibt? Äh, ja, da bin ich mir ziemlich sicher, dass sie darauf reagieren werden. Was hat er dir denn sonst so geschrieben? Droht er dir?«

Die bloße Existenz dieser Mails fühlt sich schon wie eine Drohung an. Wieder bleibe ich mitten im Regen stehen. »Hier. Ich zeige dir auch noch die anderen.«

Wir stehen jetzt auf dem Gehsteig direkt vor dem Haus. Wenn Geoff oder Kristin aus dem Fenster schauen würden, könnten sie mich hier sehen. Doch das ist unwahrscheinlich. Ihr Schlafzimmer liegt auf der Rückseite des Hauses. Die Küche und das Wohnzimmer auch. Ich habe ihnen gesagt, ich würde zu Declan gehen, deshalb werden sie nicht erwarten, dass ich aus dieser Richtung komme. Wir haben Zeit.

Emma liest schnell, doch seine E-Mails haben auch nicht viel Text. Es sind eher die hintergründigen Botschaften, die mich so hart treffen. Ihre Hand schwebt über dem Display, bevor sie weiterscrollt.

»Ich dachte, seine Mails würden verrückt klingen, aber das tun sie nicht. Er klingt ziemlich klar. Ich kann sehen, was du meinst. Das ist fast schon diabolisch.«

Diabolisch. Das ist eine ausgesprochen treffende Beschreibung meines Vaters – und er würde sie hassen, weil sie bedeutet, dass er von Grund auf *teuflisch* ist.

Es gefällt mir, dass Emma ihn so beschreibt. Es tröstet mich ein bisschen. Wenn Leute ihn als verrückt abtun, dann weiß ich, sie kapieren es nicht. Er war nicht verrückt. Er war ... entschlossen. Berechnend.

Dann schaut sie wieder hoch. »Ist Rev Fletcher nicht dein richtiger Name?«

Ich blinzle irritiert. »Was?«

»In seiner ersten E-Mail fragt er doch, wie du auf Rev Fletcher gekommen bist.« Sie zuckt zusammen. »Oder darf ich das nicht fragen?«

»Nein. Nein, du kannst mich alles fragen.« Ich fahre mir mit der Hand durch die Haare. Das hatte ich vergessen. »Fletcher ist der Nachname von Geoff und Kristin. Ich habe ihn angenommen, als sie mich adoptierten.«

»Und Rev? Ist das eine Abkürzung?«

»Ja. Quasi.« Ich schweige kurz. »Als ich anfangs hier war, erschrak ich jedes Mal, wenn Geoff oder Kristin meinen Namen sagten. Weil mein Vater ihn nur benutzte, wenn ...« Ich kann nicht weitersprechen. Ich schließe die Augen, hole tief Luft und schüttle die Erinnerung ab. »Sie haben mich einen neuen aussuchen lassen.«

»Hast du noch einen Bruder?«

Das ist nicht die Frage, mit der ich als Nächstes gerechnet habe. »Was?«

»Gerade ist ein Junge hinter eurem Haus hervorgekommen, hat uns gesehen und ist wieder zurückgerannt.«

»Was?«

Emma zeigt in die Richtung. »Du hast doch gesagt, du wohnst in dem blauen, oder?«

Meine Augen zoomen das Haus heran wie ein Laser. Die Garage, die Bäume zwischen unserem Haus und dem der Nachbarn, die Schatten um das Gebüsch herum. Keine Bewegung. Nirgends.

»Warte hier.« Ich sprinte über den Rasen.

»Hey!«, schreit Emma. Texas bellt.

Und dann ist der Hund neben mir, und wir rennen in den Garten hinters Haus, während seine Leine durchs Gras schleift. Hier ist niemand.

Texas springt auf ihre Vorderpfoten und hechelt aufgeregt. Dann bleibt sie plötzlich stehen und hebt nur eine Pfote. Ihre Ohren sind auf den Garten des Nachbarhauses gerichtet.

Mit einem lauten *Wuff* stürmt sie davon.

Ich folge ihr.

Sie findet Matthew, der hinter dem Kasten einer Klimaanlage kauert. Sie bellt wie verrückt und wedelt gleichzeitig wild mit dem Schwanz.

Matthew drückt sich gegen die Verkleidung und ist vom Regen schon pitschnass. Er schaut von mir zum Hund und zurück. Eine Hand hat er hinter seinem Rücken gegen die Hauswand gepresst.

Ich denke an seine erste Nacht, als ich ihn mit einem Messer überraschte.

Emma kommt um die Ecke. Sie keucht. »Rev. Was … was ist denn los?«

Matthew nutzt diese Ablenkung und rennt los.

Texas ist kein Polizeihund. Bellend jagt sie ihm nach, aber sie stellt ihn nicht.

Das macht auch nichts, weil ich das tue.

Wir rollen ineinander verknotet über den Boden. Ich bin darauf gefasst, dass mich eine Klinge irgendwo trifft, aber entweder hat er das Messer fallen lassen oder er hatte gar keins. Matthew schlägt so kräftig zu, als hätte er es gelernt. So gelingen ihm ein paar Treffer gegen meinen Brustkorb. Seine regennasse Haut ist glatt, und er ist schwer zu packen.

Aber ich bin stärker als er. Ich schaffe es, einen Arm um seinen Nacken zu bringen und ein Bein festzuhalten, sodass er nicht weglaufen kann. Mit seinem freien Arm versucht er, sich zu befreien, doch ich kann einen Hebel ansetzen und weiß, was ich zu tun habe. Er wehrt sich, bis ich fester zupacke.

»Hör auf, dann lass ich dich los«, sage ich.

Statt einer Antwort versucht er, mir seinen Ellbogen zwischen die Rippen zu rammen.

»Rev!«, schreit Emma. Sie keucht immer noch. Der Regen prasselt auf uns nieder. »Rev …«

»Lauf zu mir nach Hause«, sage ich mit vor Anstrengung gepresster Stimme zu ihr. »Sag meinen Eltern, wo wir sind.«

Sie dreht sich um und läuft los. Das liebe ich an ihr – kein Zögern. Kein langes Überlegen.

Matthew wird endlich ruhig. Er atmet heftig und abgehackt. »Lass mich los.«

»Hast du eine Waffe?«

»Du kannst mich mal.«

»Möchtest du, dass ich dich loslasse, oder nicht?«

»Ich hab gar nichts.« Er spuckt die Worte aus. »Lass mich *los*.«

Ich lasse ihn los, und sofort drückt er die Fersen in den Boden und will wieder wegrennen.

Ich erwische seinen Arm. Er wirbelt herum und haut mir mit der Faust direkt ins Gesicht.

Ich sehe Sternchen. Er reißt sich los.

Ich bin aber immer noch schneller, reiße ihn wieder zu Boden und packe ihn diesmal effektiver. Einen Arm habe ich um seinen Hals gelegt, außerdem halte ich seinen Unterkörper fest. Er kann sich nicht mal wehren.

Mein Kiefer schmerzt. Seit meinem Vater hat mich niemand mehr im Zorn geschlagen. Ein finsterer Gedanke schießt mir durch den Kopf: Ich könnte Matthew auf der Stelle das Genick brechen.

»Rev!«, höre ich Geoffs Stimme. »Rev! Lass ihn los!«

Ich öffne die Augen und erinnere mich gar nicht, sie geschlossen zu haben. Schon fast panisch gräbt Matthew seine Finger in meinen Unterarm. Geoff, Kristin und Emma stehen im Regen und starren auf uns herunter. Texy zerrt wild bellend an ihrer Leine. Emma hält sie zurück.

»Rev, Schatz«, sagt Kristin. Ihre Stimme klingt besorgt. Sie berührt meinen Arm. »Rev, lass ihn los.«

Ich gebe ihn frei und lasse mich ins Gras fallen.

Diesmal läuft Matthew nicht weg. Er gibt würgende Geräusche von sich und hustet ins Gras.

Ich war das. Ich habe ihm wehgetan.

Scham trifft mich wie ein Vorschlaghammer.

Geoff und Kristin kümmern sich um Matthew. Ich bin froh darüber. Ich verdiene ihre Aufmerksamkeit auch gar nicht. Ich kann sie nicht mal ansehen.

»Hey.« Emmas Stimme ist direkt neben mir.

Ich drehe den Kopf und finde sie neben mir im Gras kauernd. Texas fährt mir mit der Schnauze ins Gesicht und fängt an, meine Wange abzulecken.

Es tut weh, und ich frage mich, ob ich blute. Jedenfalls schiebe ich die Hundenase von mir weg.

»Alles gut bei dir?«, fragt Emma.

»Nein«, sage ich, »ist es nicht.«

Dann komme ich auf die Füße.

Emma streckt den Arm aus und berührt meine Hand. »Ich bin immer noch da«, flüstert sie.

»Ich weiß.« Aber ich will sie nicht ansehen.

Sie runzelte die Stirn und beugt sich ein Stückchen zu mir. »Rev, du …«

»Nicht«, sage ich. Ich wünschte, sie hätte das alles nicht gesehen. »Ich bin kaputt, Emma.«

»Aber …«

»Bitte geh nach Hause. Bitte vergiss, dass das hier passiert ist. Bitte …« Meine Stimme bricht. Viel mehr ertrage ich nicht.

»Rev«, sagt sie mit sanfter Stimme. »Es ist okay. Ich kann bleiben.«

Ich zwinge mich, die Augen zu öffnen. Geoff und Kristin helfen Matthew gerade auf die Füße.

Ich weiß nicht, was sie dann tun werden.

Ich weiß nicht, was passieren wird.

Ich weiß nur, dass sie es nicht mit ansehen soll. Ich fahre mir mit der nassen Hand übers Gesicht. »Bitte, Emma. Bitte geh einfach.«

»Okay«, sagt sie leise. »Hier.«

Sie schlüpft aus meiner Jacke. Drückt sie mir in die Hände.

Der Stoff fühlt sich warm an und riecht nach ihr. Ein bisschen fruchtig. Wie Orangen und Sonnenschein.

Der Regen prasselt darauf, wie um die Wärme und den Duft zu stehlen.

»Bist du dir sicher?«, fragt sie.

Ich halte den Atem an. Ich bin mir bei gar nichts mehr sicher.

Ich habe schon immer gefürchtet, dass ich seine Gewalttätigkeit geerbt haben könnte.

Und das habe ich. Sie lauert immer in mir.

Ich nicke. »Geh. Ich kann das jetzt nicht.«

»Okay.«

Und das war's. Sie dreht sich um und verlässt den Garten.

17. KAPITEL

Emma

Der Heimweg kommt mir kilometerweit vor, obwohl wir nur fünf Blocks voneinander entfernt wohnen. Am liebsten möchte ich zurückgehen, um mich zu vergewissern, dass es ihm gut geht. Meine Hand prickelt noch davon, dass er seine Finger mit meinen verschlungen hatte.

Zwar hat er mir schon so viel aus seinem Leben erzählt, aber alles, was dort im Regen passiert ist, zeigt, wie viel noch rätselhaft bleibt.

War dieser Junge sein Bruder? Bei allen Gesprächen über seinen Vater und die Jahre der Misshandlungen hat er nie einen Bruder erwähnt.

In meinem Kopf herrscht Chaos. Vor einer Woche verlief mein Leben noch in geregelten Bahnen. Jetzt passt irgendwie *nichts* mehr zusammen.

Noch nie vorher habe ich gesehen, wie Jungs sich prügeln. In Filmen wirkt das aufregend und so, als gäbe es klare Muster. Einen guten und einen bösen Typen. Das hier war dreckig und furchterregend, und ich wusste überhaupt nicht, worum es überhaupt ging.

Und jetzt gehe ich allein nach Hause. Wenigstens nieselt es nur noch.

Ich erschauere und laufe ein Stück. Ich werde eine Stunde in der heißen Badewanne brauchen, um die Kälte wieder aus meinen Knochen zu kriegen. Als ich in unsere Straße biege, hängt sogar Texas ein Stückchen zurück. Auch für sie war das ein aufregender Abend.

Die Autos meiner Eltern stehen beide in der Einfahrt. Im Erdgeschoss brennen Lichter.

Ich stolpere vor Staunen fast auf dem Gehweg. Mein Vater *zu Hause*? Zu einer normalen Uhrzeit?

»Komm schon, Texy.« Ich sprinte Richtung Haustür und springe die Stufen zur Veranda hinauf.

Meine Eltern sitzen im Wohnzimmer. Beide schauen erstaunt auf, als ich reinkomme.

Meine Mutter runzelt sofort die Stirn. »Emma. Was um Himmels willen ist denn mit dir passiert?« Ihr Blick bleibt an meinen Schuhen hängen, die von dem Zwischenfall in Revs Garten voller Erde sind. »Warst du etwas bei dem Gewitter draußen?«

Wo soll ich denn sonst gewesen sein?

»Ja.« Ich muss erst mal wieder zu Atem kommen. »Ich war mit Texy unterwegs, als uns der Regen erwischt hat. Was gibt's denn?«

Sie wechselt einen Blick mit meinem Vater. »Wir haben die Lage besprochen und sind gemeinsam zu dem Schluss gekommen, dass sich einiges ändern muss, damit Frieden …«

»Frieden?«, frage ich nach.

Sie nickt. »Zwischen uns allen herrscht.«

»Catharine.« Die Stimme meines Vaters ist ein tiefes, sanftes Brummen. Er wirkt gelassen. »Warum lässt du sie sich nicht erst mal umziehen.«

Gelassenheit. Die ist in diesem Haus so selten, dass ich mich am liebsten auf der Stelle darin baden möchte.

»Okay.« Ich hänge die Leine an den Haken neben der Tür und streife die Sneakers von meinen Füßen. »Okay. Gebt mir nur ein paar Minuten.«

Die Badewanne kann warten. Ich laufe die Stufen hinauf und zerre mir die nassen Klamotten vom Leib.

Einiges ändern, damit Frieden zwischen uns herrscht.

Von mir aus könnte sie eine detaillierte Liste mit Haushaltspflichten aufstellen, und ich wäre einverstanden. Ich koche auch jeden Tag, wenn dadurch die Zickereien ein Ende haben. Dann gibt es zwar zu jeder Mahlzeit Makkaroni mit Käse, aber egal. Ich staubsauge auch jeden Abend, wenn das bedeutet, dass mein Vater zu halbwegs normalen Zeiten nach Hause kommt.

Sie wollen eine Veränderung. Das spüre ich.

Vielleicht kann ich meinem dann Vater OtherLANDS zeigen. Vielleicht hat er dann endlich mal ein paar Minuten Zeit übrig.

Er wird so stolz sein. *So* stolz.

Ich muss mir eine Träne abwischen. Keine Ahnung, wie er reagieren wird, aber es wird fantastisch sein.

Sie schreien sich immer noch nicht an. Und keiner trinkt Alkohol. Ich kann's gar nicht glauben.

Vielleicht waren sie ja den ganzen Tag bei einer Ehetherapie! Vielleicht haben sie gelernt, wieder ordentlich miteinander zu kommunizieren.

Ich habe keine Ahnung, ob meine Kleider zusammenpassen, aber jedenfalls sind sie trocken. Fast falle ich die Treppe hinunter, weil ich so schnell wie möglich wieder bei ihnen sein will.

Und wieder sehen sie mich erstaunt an.

Ich muss cool bleiben. »Sorry.« Dann lasse ich mich auf die Couch plumpsen. »Ich bin nur so froh, dass ihr beide da seid.«

Sie wechseln wieder einen Blick.

»Emma«, sagt mein Vater, und seine Stimme klingt wieder sanft.

»Emma«, sagt meine Mutter.

Und dann scheint das Zimmer und alles um mich herum ins Wanken zu geraten.

Hier stimmt irgendwas nicht.

»Was ist los?«, frage ich.

»Es funktioniert nicht«, sagt meine Mutter. Ihre Stimme ist tödlich leise.

»Wir können nicht mehr«, sagt mein Vater.

Ich spüre meinen Herzschlag bis in den Kopf. Ich kann nicht hören, was sie sagen. Ich höre überhaupt nichts mehr.

»Emma?« Jetzt schlägt meine Mutter wieder den bekannten ungeduldigen Ton an. »Emma, verstehst du, was wir dir gerade sagen?«

»Du hast doch vorhin gesagt, ihr wollt Veränderungen. Damit Frieden herrscht.«

»Das wollen wir auch«, sagt meine Mutter.

»Wir lassen uns scheiden«, sagt mein Vater.

Ich sehe Rev vor mir, wie er im Regen mit diesem Jungen ringt. Der Junge lief davon, und Rev krachte voll in ihn rein, was den Jungen zu Fall brachte.

Genauso fühlt sich das hier an.

Sie haben mich von den Beinen geholt. Ich glaube, gleich kotzen zu müssen.

Als ich versuche, etwas zu sagen, ist mein Mund wie zugeschwollen.

»Ich werde ein paar Sachen zusammenpacken und bei Kyle wohnen«, sagt mein Vater. Kyle ist ein Kollege von ihm, der auch bei Axis Games arbeitet.

»Tu das nicht«, flüstere ich.

»Ich habe deinem Vater schon erklärt, dass wir das Haus verkaufen müssen.« Meine Mutter macht einen strengen Mund. »Wir können uns die Hypothek und eine Wohnung nicht …«

»Könntest du vielleicht damit warten, übers Geld zu reden?« Mein Vater seufzt und reibt sich den Nacken. »Schließlich braucht sie die Einzelheiten nicht …«

»Tja, irgendjemand muss sich ja wohl um die Details kümmern«, giftet meine Mutter.

»Na klar«, meint mein Vater schnaubend. »Du bist ja so gut in so was.«

»Und das ist ein Glück für dich, denn sonst hätten wir *gar nichts*. Ich werde dich durch diese Scheidung schleppen, wie ich dich schon durch alles andere geschleppt habe.«

»Kannst du dir nicht von einem deiner Ärztefreunde ein Rezept ausstellen lassen, das gegen deinen Kontrollzwang hilft …?«

»Wage es bloß nicht, mich vor meiner eigenen Tochter zu beschimpfen.«

Ihrer Tochter. *Ihrer* Tochter.

»Ich bin nicht deine Tochter«, bemerke ich schnippisch. »Ich bin seine.« Ich sehe meinen Vater an. »Ich kann auch eine Tasche packen.«

Er sieht verblüfft aus. »Emma, Schatz, ich gehe zu Kyle. Der hat nicht mal ein Gästezimmer. Ich schlafe auf der Couch …«

»Ich kann auch auf dem Boden schlafen.«

Meine Mutter gibt ein missbilligendes Geräusch von sich. »Du wirst da ganz sicher nicht hinziehen.«

»Ich will aber nicht *hier* sein«, brülle ich. »Kapierst du das nicht? Ich will nicht hier bei dir sein.«

Sie wird eine Spur blasser und sieht betroffen aus. »Emma …«

»Catharine. Stopp.« Mein Vater sieht mich an. »Em. Es tut mir leid. Du musst hierbleiben. Wenn ich eine eigene Wohnung gefunden habe, können wir reden …«

»Sie wird *nicht* bei dir leben.« Meine Mutter hat sich wieder gefangen, und ihre Stimme klingt eisig.

Selbst jetzt versucht sie noch, mich zu kontrollieren. Selbst in dieser Situation. Ich kann nicht mal richtig sprechen.

Meine Beine wollen sich auch nicht mehr bewegen. Vielleicht könnte ich zurück nach oben gehen, und wir wiederholen das Ganze. Ich komme noch mal herunter, und wir führen ein völlig anderes Gespräch.

Ich habe so was mal online gesehen. Da stand auf einem Schild: *Wenn du das hier siehst, hast du zwanzig Jahre im Koma gelegen und wir versuchen auf eine neue Weise, dich zu erreichen. Bitte wach auf.*

Ich starrte das Meme damals eine volle Minute lang an.

Nie habe ich mir etwas so sehr gewünscht: *Wach auf. Wach auf. Wach auf.*

Meine Eltern zanken sich immer noch. Ich bin noch da. Oder nicht da.

»Könnt ihr …« Meine Stimme bricht. Sie hören mich nicht mal. »Könnt ihr nicht … könnt ihr nicht zu einem Therapeuten gehen?«

»Wir waren bei einem Therapeuten«, sagt meine Mutter.

»Ihr wart … was?«

»Das ganze letzte Jahr über«, sagt mein Vater. »Es funktioniert nicht, M&M. Wir müssen das jetzt durchziehen.«

Meinen Spitznamen zu hören fühlt sich an wie ein Schlag ins Gesicht.

Jetzt bin ich wirklich wach.

»Nenn mich nicht so«, zische ich. »Nenn mich nie wieder so.«

»Emma …«

»Ihr seid beide dermaßen egoistisch.« Ich stapfe zur Treppe.

»Komm hierher zurück!«, schreit meine Mutter.

»Lass sie gehen«, sagt mein Vater. »Lass sie das erst mal verarbeiten.«

Ich hasse ihn. Ich hasse sie.

ICH HASSE BEIDE.

Mein Zimmer ist kühl und still. An meinen Routern flackern die Lämpchen. Texy drängelt sich neben mich und schiebt ihre Schnauze unter meine Hand.

Ich ignoriere sie und klappe den Laptop auf.

Da sind meine Textnachrichten. Die, die mein Vater nie beantwortet hat.

Die Nachrichten mit angespanntem Ton zwischen Cait und mir. Sie lebt bei Eltern, die so verliebt ineinander sind, dass ich dort fast immer kotzen möchte. Ihre Mutter kommentiert und mag sogar Caits Make-up-Videos. Das Letzte, was ich jetzt brauche, sind Pfannkuchen mit Schokostückchen oder jemand, der mich umarmt. Und genau das würde mich bei Cait zu Hause erwarten.

Nach einer Weile tauchen auch alle meine Nachrichten mit Rev auf dem Bildschirm auf, weil sie von meinem Handy hochgeladen werden.

Du und dein Dad, steht ihr euch nahe? Eine seiner letzten Nachrichten. Vor einer Stunde war mir bei diesen Worten noch warm ums Herz geworden.

Jetzt fühlt es sich an, als würde flüssige Lava meine Organe zum Schmelzen bringen.

Er würde mich vielleicht verstehen – aber ich habe die ganze Zeit über seine Abschiedsworte im Ohr.

Geh. Ich kann das jetzt nicht.

Ihm kann ich auch nicht schreiben.

Mein Vater klopft an die Tür. »Emma. Bitte. Rede mit mir.«

Sein Ton ist wie immer ruhig, was zu seiner lässigen Art passt. Bisher hielt ich das für ein Zeichen von Stärke. Dafür, dass ihm alles mit Leichtigkeit gelingt.

Jetzt kotzt es mich nur an. Ich setze mein Gaming-Headset auf. Die gepolsterten Kopfhörer dämpfen jedes Geräusch.

»Emma!«, ruft mein Vater.

Ich logge mich bei OtherLANDS ein.

Und da, ganz oben, steht eine neue Nachricht von Nightmare.

>>>

Samstag, 17. März, 21:36:00 Uhr
Von: N1ghtm@re4
An: Azure M

Pustest du mich weg?

Auch dazu gibt es einen Anhang. Wieder mein nackter, gefesselter Avatar, nur ist diesmal der Kopf weggesprengt. Das grafische Design ist erstaunlich lebensecht.

Wut füllt jede Zelle meines Körpers. Wenn ich vorher das Gefühl hatte, glühende Lava würde meine Innereien zerstören, dann ist jetzt eine Supernova daraus geworden, und zwar mitten in meiner Brust.

Ich überlege nicht, sondern schreibe sofort zurück.

>>>

Samstag, 17. März, 22:47:00 Uhr
Von: Azure M
An: N1ghtm@re4

ICH HASSE DICH.
ICH HASSE DICH.
ICH HASSE DICH.
ICH HASSE DICH.
ICH HASSE DICH.
LASS MICH IN RUHE.

Ich blockiere ihn.

Dann knalle ich meinen Laptop zu. Ich werfe mich aufs Bett und schreie ins Kissen.

Ich schreie so laut und so lange, dass ich vergesse, wie sich Stille anfühlt.

Erst als mir die Luft ausgeht, höre ich auf.

Da holt die Stille mich ein. So viel Stille, dass ich es fast nicht aushalte.

Ich weiß nicht, wo meine Eltern jetzt sind. Ist mir auch egal. Komplett egal.

Mein Handy klingelt. Fast werfe ich es weg.

Es ist inzwischen kurz vor elf. Ich hoffe, das ist Cait, obwohl ich weiß, dass das unmöglich ist. Irgendwie hoffe ich auch, es wäre Rev.

Nein. Es ist eine Nachricht über 5Core.

Kurz gerate ich in Panik, weil ich fürchte, Nightmare habe zurückgeschrieben. Aber er ist es nicht. Es ist Ethan.

Ethan_717: Bist du heute Abend hier? Lust auf OtherLANDS oder Battle Realms?

Ich bin so doof. Und jetzt breche ich auch noch in Tränen aus.

Hemmungslos schluchzend logge ich mich in mein Spiel ein. Mom klopft an die Tür. »Emma, kann ich bitte mit dir reden?«

»Warum?«, schreie ich und klinge hysterisch. »Damit du mir sagen kannst, was für ein Nichts ich bin? Oder willst du mir erzählen, wie schlimm Gaming ist? Oder was für ein Loser Dad ist? Habe ich noch was vergessen?«

»Emma.« Ihre Stimme ist so leise, dass ich sie kaum höre. »Emma …«

»Vergiss es!«, brülle ich. »Geh weg.«

Dann fällt mir noch etwas ein. »Und wenn du das Internet noch einmal abstellst, dann hacke ich deinen Laptop und lösche alles, was da drauf ist.«

»Emma.« Jetzt klingt ihre Stimme wieder scharf.

Ich mache die Musik an, um sie zu übertönen. So laut, dass mir die Ohren wehtun.

Ich suche nach Ethan_717. Er ist online. Ich schicke ihm eine Teamanfrage.

Er antwortet nicht darauf, aber er öffnet einen privaten Chat-Link.

Ethan_717: Ich bin schon in einer Gruppe. Soll ich dich adden?

Na klar. Als ob ich schluchzend zu einer Gruppe stoßen könnte.

Azure M: Nein. Ist schon ok.

Dann sitze ich nur da und starre auf den Bildschirm. Die Worte meiner Eltern wirbeln durch meinen Kopf.

Scheidung.
Dass wir das Haus verkaufen müssen.
Wir können uns die Hypothek und eine Wohnung nicht leisten.
Scheidung.
Scheidung.
Scheidung.

Auf dem Bildschirm blinkt eine private Teamanfrage.

Ich schicke Ethan eine kurze Chat-Nachricht.

Azure M: Ich kann gerade echt nicht in ein Team.

Ethan_717: Ist okay. Das bin nur ich.

Oh. Ich klicke auf *Akzeptieren.*

Seine Stimme klingt warm in meinem Ohr. »Was gibt's?«

Ich will nicht reden. Ich will einfach nur spielen.

Aber dann hole ich tief Luft und breche erst so richtig in Tränen aus. Ich erzähle ihm alles. Von meiner Mutter. Von meinem Vater. Von der Scheidung. Von Nightmare und seinen Nachrichten.

Das dauert ziemlich lange.

»Tut mir leid«, sage ich am Ende. »Ich wollte das eigentlich nicht alles bei dir abladen.«

»Das muss dir nicht leidtun.« Er holt auch tief Luft. »Das mit deinen Eltern tut mir leid.« Pause. »Und das mit diesem Typen auch.«

»Ist schon gut.« Ich schniefe. »Ich blockiere ihn ständig. Irgendwann wird ihm das bestimmt langweilig.«

»Wahrscheinlich.« Er schweigt kurz. »Gibt es irgendwas, was ich tun kann?«

Ich muss an Revs Finger denken, als er sie zwischen meine geschoben hat. Schließlich wische ich mir übers Gesicht und drehe die Musik leiser. Meine Eltern sind nicht mehr zu hören.

»Können wir einfach spielen?«, sage ich.

»Selbstverständlich.«

Also lade ich eine Mission hoch, um genau das zu tun.

18. KAPITEL

Rev

Es ist schon wieder nach Mitternacht.

Und schon wieder kann ich nicht schlafen.

Im Haus ist es jetzt still, aber diese Stille ist trügerisch. Niemand schläft. Geoff und Kristin unterhalten sich. Ihre Stimmen sind ein leises Geräusch am Ende des Flurs. Die Tür zu Matthews Zimmer ist erst vor Kurzem zugegangen, aber ich weiß – ich *weiß* es einfach –, dass er nicht schläft.

Mein Kinn tut ziemlich weh, aber der Schmerz ist mir willkommen. Als ich noch klein war, sagte mein Vater immer, Schmerz sei das Böse, das meinen Körper verlässt. Jetzt finde ich in der Vorstellung gewissen Trost.

Ich habe nicht mit Geoff oder Kristin gesprochen. Nachdem sie Matthew ins Haus gebracht hatten, ging ich direkt in mein Zimmer, während sie in der Küche mit ihm redeten.

Er hatte kein Messer. Ich habe ihn übel attackiert, dabei hatte er gar kein Messer.

Ich kann ihm nicht gegenübertreten. Ich will ihm nicht gegenübertreten. Erst habe ich ihm versichert, ich würde ihm nichts tun, und dann habe ich genau das gemacht.

Hat man dich so gründlich verführt?

Die Worte aus der E-Mail meines Vaters verfolgen mich. Wurde ich verführt? Wenn ja, von wem? Ich spüre diesen Druck, es allen recht zu machen, und kann es nicht. Alles ist so konfus.

Ich muss dauernd an diesen Moment im Regen denken und an das Dunkle in mir, als ich wusste, ich könnte ihn verletzen. Ich frage mich, ob Matthew davon weiß. Ob er es gespürt hat.

Das alles ist auch noch vor Emmas Augen passiert.

Scham hat sich in meinem Bauch eingenistet, ein dunkles, in sich zusammengerolltes Gefühl, das nicht verschwinden will.

Ich muss mich entschuldigen. Aber ich weiß nicht, wie ich mich für das entschuldigen soll, was ich bin.

Es klopft an meiner Tür. Sehr sanft, deshalb denke ich, es ist Kristin.

»Komm rein.«

Ich habe mich geirrt. Es ist Geoff. Seine Gestalt füllt den Türrahmen aus, hinter ihm ist es dunkel.

»Ich dachte, du schläfst vielleicht schon«, sagt er.

Ich schüttle den Kopf und starre auf die Steppdecke. Ich habe mich noch nicht mal hingelegt. Mit dem Schlaf ist das in letzter Zeit so eine Sache.

»Kann ich mich setzen?«, fragt er.

»Ja.«

Er nimmt sich meinen Schreibtischstuhl und dreht ihn in meine Richtung. »Das ist ja eine ganz schöne Schramme.« Bevor ich etwas dazu sagen kann, dreht er sich um und ruft Richtung Flur. »Hey, Kris, er braucht einen Eisbeutel.«

Ich beiße die Zähne zusammen, aber das tut weh, also zwinge ich mich, es zu lassen. »Ich brauche keinen Eisbeutel.«

»Sehr witzig.«

Kristin taucht mit einer Tüte Eiswürfel, um die sie gerade ein Küchentuch wickelt, in der Tür auf. Als sie mich sieht, macht sie ein entsetztes Gesicht. »Oh Rev, du hättest was sagen sollen. Wir saßen da und haben geredet, dabei war mir gar nicht klar …«

»Mir geht's gut. Ist schon gut.«

Sie kommt ins Zimmer und setzt sich neben mich. Dann hält sie den Eisbeutel an mein Gesicht. »Mir war nicht klar, dass er dich so hart getroffen hat.«

»Stopp.« Ich schiebe ihre Hand weg und halte den Eisbeutel selbst. Ich will ihn zwar nicht, aber wenn ich ihn weglegen würde, würde sie ihn sich wieder nehmen. »Mir geht's gut.«

Sie legt eine Hand auf meine Schulter. »Dir geht's nicht gut.«

Ich erstarre. Und ich weiß nicht, was das zu bedeuten hat.

Mein Atem beschleunigt sich.

»Wir haben das nicht gewollt«, sagt sie leise. »Als wir Bonnie sagten, wir würden Matthew gern bei uns aufnehmen, da haben wir wohl nicht bedacht, was das mit dir machen würde.«

Es dauert ewig, bis ich ihre Worte verstanden habe.

Sie sind gar nicht hier, um mich anzuschreien.

Sie sind nicht wütend.

Irgendwie ist das sogar noch schlimmer.

Ich lasse den Eisbeutel sinken. »Stopp. Stopp.«

»Rev …«

»Ich habe ihn verletzt. Versteht ihr nicht? Ich habe ihn verletzt.«

»Du hast ihn nicht verletzt.« Kristin beugt sich zu mir. Ihre Stimme ist so sanft. »Du hast ihn daran gehindert, dich zu verletzen. Du hast ihn gehindert, wegzulaufen – was so viel schlimmer hätte ausgehen können.«

Sie können das doch nicht so anders sehen als ich. Ich weiß, was ich getan und was ich empfunden habe.

»Rev. Schatz.« Sie will den Arm um mich legen. »Du hast nichts …«

»Doch das habe ich.« Heftig schiebe ich sie von mir weg. Es ist eine Bewegung voller Furcht und Wut, und ich möchte sie sofort ungeschehen machen.

Ich kauere mich zusammen. »Es tut mir leid. Es tut mir leid.« Meine Stimme bricht, und ich rechne damit, dass Geoff mich packt, um Kristin zu schützen.

Er tut es nicht. Stattdessen rollt er mit dem Stuhl näher an mich heran. »Rev. Sieh mich an.«

Ich will ihn nicht ansehen, aber er hat eine gute Stimme für Situationen, in denen ihm die Geduld für irgendwelche Spielchen fehlt. Tief und fest. Ich sehe ihn an, und er blickt mir in die Augen.

»Du hast ihn nicht verletzt«, sagt Geoff. »Verstehst du, was ich sage? Du hast ihn nicht verletzt. Ihm fehlt nichts.«

»Ich habe Mom wehgetan …«

»Du hast mir nicht wehgetan.« Kristin rückt wieder zu mir. Ich hebe eine Hand.

»Stopp.« Ich kann sie jetzt nicht ansehen. Ich kann nirgendwo hinsehen. »Bitte. Stopp.«

»Okay.« Aber sie rührt sich nicht vom Bett weg.

Wir sitzen alle in absoluter Stille da. Nur mein unregelmäßiger Atem ist zu hören.

Aber sie bleiben sitzen und verlassen mich nicht.

Ich kann das alles nicht mehr mit mir allein ausmachen.

Erst im dritten Anlauf gelingt es mir, die Worte herauszupressen: »Wisst ihr, wo mein Vater ist?«

»Nein«, sagt Geoff. Er rollt noch ein Stückchen näher ans Bett, aber auch nicht so nah, dass die Nähe bedrohlich wäre. »Möchtest du, dass ich es rausfinde?«

Ich schaue zu ihm hoch. »Kannst du das?«

»Vielleicht.« Er überlegt kurz. »Wäre es okay, wenn ich dich frage, warum?«

Ich hole tief Luft, um ihnen von dem Brief zu erzählen. Von den Mails.

Aber ich kann nicht. Es käme mir wie Betrug in so vielerlei Hinsicht vor.

Doch wenn ich weiß, wo mein Vater ist, kann ich einschätzen, ob er eine Gefahr darstellt. Er könnte sich am anderen Ende des Landes aufhalten. Er könnte im Gefängnis sitzen. Er könnte ein anderes Kind haben.

Der letzte Gedanke verwandelt mein Blut in Eis. »Ich will es nur wissen.« Meine Stimme klingt krächzend. Die Wörter werden von einer Lunge herausgepresst, die sich weigert zu funktionieren. Ich fühle mich wie ausgewrungen, erschöpft. Alles, was mich aufrecht hält, ist das Eis in meinen Adern. »Ich muss es wissen. Okay?«

»In Ordnung.« Er betrachtet mich mit sorgenvollem Blick. »Rev … es ist okay, über deinen Vater zu sprechen. Weißt du das? Es ist okay.«

Nein, ist es nicht. »Ich will nicht über ihn sprechen.«

Ich weiß, wie verrückt das klingt. Immerhin habe ich davon angefangen.

Aber es ist ja nicht so, als könnte man bei Google »Robert Ellis« eingeben und hätte auch nur die geringste Chance, den richtigen zu finden. Er könnte genauso gut John Smith oder Jack Baker heißen.

»Möchtest du über Emma sprechen?«, fragt Kristin.

Hmm. Möchte ich darüber sprechen, wie ich vor ihren Augen völlig die Beherrschung verloren und Matthew angegriffen habe? Darüber, dass ich mir in ihrer Gegenwart von nun an nie mehr selbst über den Weg trauen werde?

Ich schüttle den Kopf.

»Rev, ich brauche eine ehrliche Antwort von dir«, sagt Geoff. »Soll ich Bonnie anrufen, damit sie sich nach einem neuen Zuhause für Matthew umschaut?«

Blinzelnd starre ich ihn an. »Du willst ein neues Zuhause für *ihn* suchen?«

»Nein. Das will ich nicht. Ich denke, er braucht einfach Zeit, um rauszufinden, dass er uns trauen kann. Aber ich rufe sie sofort an, wenn dir das zu viel Stress macht.«

»Nein ...« Ich schüttle den Kopf. »Das meine ich nicht. Ich habe das getan. Ihr musstet wissen, dass ich irgendwann so was tun würde.«

Geoff streckt sich auf dem Stuhl und mustert mich verblüfft. »Rev.« Seine Stimme ist fast unhörbar. »Ich weiß überhaupt nicht, was du getan haben willst.«

»Ich werde mich in meinen Vater verwandeln. Ich warte schon die ganze Zeit darauf, dass es passiert. Ich habe vom Zyklus der Gewalt gelesen und wie sich bestimmte Charakterzüge vererben.« Ich habe die Unterarme fest gegen meinen Bauch gepresst, als müsse ich mich selbst zusammenhalten. »Das ist so wie bei Dec, der sich geschworen hat, nie mehr Alkohol anzurühren. Ich muss da irgendwie auch gegensteuern. Weil ich ja nicht weiß, wie es anfängt und wie ich es dann stoppen kann.«

Sie schweigen, und ich starre wieder auf den Quilt. Ich bin mir nicht sicher, ob ich hochschauen und ihre Miene sehen will. Ich habe darüber schon mit Declan diskutiert, aber noch nie mit ihnen.

Ich denke an den Blitz in meinem Kopf, als ich Matthew im Gras festhielt. Dass ich ihm das Genick hätte brechen können.

Oder daran, wie sich die Worte meines Vaters in mein Gehirn gefressen haben, um Gedanken zu triggern, die dort lange geschlummert haben.

Vielleicht hat er recht.

Vielleicht bin ich derjenige, der in die Jugendstrafanstalt gehört. Weggesperrt, damit ich keinen verletzen kann.

Geoff rückt ein bisschen näher und legt eine Hand auf mein

Knie. Ich schnappe nach Luft, ziehe das Bein aber nicht weg. Er reagiert gar nicht.

»Du sagst, du weißt vom Zyklus der Gewalt«, sagt er. »Was weißt du darüber?«

Seine Stimme klingt sehr sachlich. Nicht herausfordernd. Es ist nur eine Frage. Mit seiner Lehrerstimme.

»Ich weiß, dass misshandelte Kinder selbst zu Misshandlern heranwachsen.«

»Nicht immer, Rev.«

»Fast immer.«

»Und weißt du, warum? Weil es nicht nur um Genetik geht.«

Ich zögere. »Ich weiß, dass es etwas damit zu tun hat, dass dein Gehirn als Kind vermurkst wurde und du nicht gelernt hast, mit Gefühlen richtig umzugehen.«

»Ja. Ein Stück weit. Gewöhnlich kommt es zu Bindungsstörungen, wenn ein Kind keine normale Bindung zu einer Bezugsperson entwickelt, sei es wegen Vernachlässigung oder Misshandlung. Das hast du an einigen der Kinder, die wir hier hatten, schon gesehen. Einige von ihnen haben nie gelernt, was Vertrauen ist.«

Er hat recht. Ich habe es gesehen. Zum Beispiel erinnere ich mich an einen kleinen Jungen, der nie schrie, weil niemals jemand darauf reagiert hatte. Er war schon drei Jahre alt und konnte immer noch nicht sprechen.

Als seine Mutter schließlich clean war, hatte er sich in ein Plappermäulchen verwandelt, das am liebsten das Alphabet sang. Nachdem die Mutter das Sorgerecht zurückbekommen hatte, besuchte Kristin sie über Monate hinweg täglich.

Geoff spreizt die Hände. »Mit kleinen Kindern ist es eigentlich relativ einfach. Wenn sie hungrig sind, muss man sie füttern. Wenn sie traurig sind, brauchen sie Trost. Wenn sie sich wehgetan haben, muss man sie verarzten. Darin liegt der Kern ihrer Vertrauensbeziehung zu Erwachsenen. Aber wenn da keiner ist, um diese Dinge zu tun, oder wenn das nicht kontinuierlich passiert, dann fehlen solchen Kindern irgendwann Bausteine für die Entwicklung ihrer Persönlichkeit.« Er hält kurz inne. »Oder wenn die Reaktion auf diese Bedürfnisse negativ ist und sie nicht nur vernachlässigt werden, dann beginnt das Kind falsche Muster zu lernen. Wenn also ein Kind nach Essen verlangt und dafür ins Gesicht geschlagen wird, beginnt das Kind, beides als Ursache und Wirkung zu verinnerlichen.«

Mein Atem geht flach, und die vertraute Anspannung erfasst meine Schultern.

Ich weiß nicht, ob ich noch weiter darüber reden kann. Ich weiß nicht, ob ich aufhören kann.

»Mein Vater … er war nicht so. Er war …«

Diabolisch.

»Das ist was anderes«, sage ich abschließend.

»Warum?«, fragt Geoff.

»Weil er mich nicht vernachlässigt hat. Er glaubte, das Richtige zu tun. Er hat an das, was er getan hat, *geglaubt*. Wie soll ich dagegen ankämpfen?«

»Glaubst *du* denn an das, was er getan hat?«

Die Frage bringt mich aus der Fassung. »Was?«

»Glaubst du an das, was er getan hat? Glaubst du, dass sein Handeln von Gott gelenkt war?«

Ich erstarre. Es ist so offensichtlich, aber ich kann die Worte nicht aussprechen.

Selbst nach all den Jahren würde es sich wie eine Auflehnung gegen meinen Vater anfühlen, wenn ich das verneinen würde.

Ich presse meine Hände gegen die Schläfen. Eine plötzliche Migräne macht sich dahinter bemerkbar. »Ich kann darüber nicht sprechen.«

Kurzes Schweigen. »Okay. Ich weiß, dass es schon spät ist.« Geoff schüttelt mein Knie ganz leicht. »Wir müssen auch nicht jetzt darüber sprechen.«

Kristins Hand streicht über meine Schulter. Sie drückt sogar einen flüchtigen Kuss auf meine Stirn. Leichte Berührungen, die mich daran erinnern, dass ich hier bin. In der Gegenwart. Ich bin achtzehn. Nicht sieben.

»Du hattest einen langen Tag«, sagt sie. »Schlaf jetzt.«

Sie erhebt sich vom Bett und geht.

Geoff rührt sich nicht. »Ich habe gemeint, was ich vorhin gesagt habe. Wenn es ein Problem bedeutet, dass Matthew hier ist …«

»Tut es nicht.« Ich räuspere mich und reibe mit den Handflächen über meine Knie. »Tut es nicht.«

Er zögert. »Da ist doch noch etwas anderes, Rev. Ich wünschte, du würdest es mir sagen.«

Ach, ich wünschte, ich könnte.

»Morgen«, sage ich. Meine Stimme klingt schwach. Alles an mir fühlt sich schwach an. »Morgen, okay?«

»Okay.« Er steht vom Stuhl auf und drückt sanft meine Schulter. Als er schon bei der Tür ist, halte ich ihn auf. »Warte. Warum versucht er dauernd, wegzulaufen? Wo will er hin?«

»Das sagt er nicht.« Er verzieht nachdenklich das Gesicht. »Ich glaube, manchmal sind Menschen so sehr an Negatives gewöhnt, dass sie eine positive Atmosphäre als unbehaglich oder sogar furchterregend empfinden. Das passt zu dem, worüber wir vorhin gesprochen haben. Wenn man keinem trauen kann, dann ist das Unbekannte tatsächlich ein sehr furchterregender Ort.«

Eine schwer lastende Pause entsteht. »Überleg mal, Rev. Warum bist du damals weggelaufen?«

Ich wende den Blick ab, weil ich darauf nicht wirklich eine Antwort habe.

Doch eigentlich habe ich eine, schäme mich aber für sie.

Geoff drängt mich nicht. Seine Stimme ist freundlich, obwohl ich das nicht verdiene. »Gute Nacht, Rev.«

»Gute Nacht.«

Dann zieht er die Tür zu und lässt mich mit meinen Gedanken allein.

19. KAPITEL

Emma

Dad: Emma, es hat mir nicht gefallen, wie das gestern Abend endete. Ich hätte gern die Chance, mit dir zu reden. Wie wär's mit Brunch? Nur du und ich? Ich kann dich um 11 Uhr abholen.

Ich schaue auf den Wecker.
Es ist genau zehn Uhr.
Ich schalte mein Handy aus.
Ich drehe mich um.
Als es um elf Uhr klopft, ignoriere ich es.
Ich stehe den ganzen Tag nicht auf.

20. KAPITEL

Rev

>>

Sonntag, 18. März, 13:26:16 Uhr
Von: **Robert Ellis robert.ellis@speedmail.com**
An: **Rev Fletcher rev.fletcher@freemail.com**
Betreff: **Nichts**

Ich beginne zu denken, dass ich hier E-Mails ins Nichts schicke.
Bist du da überhaupt?
Antworte mir.

Ich will aber nicht.
Ich schalte mein Handy aus.
Ich drehe mich um und lege mir das Kissen über den Kopf.
Ich stehe den ganzen Tag nicht auf.

21. KAPITEL

Emma

Ethan_717: Vielleicht ist es schon zu spät, um dir eine Nachricht zu schicken, aber ich wollte mal hören, wie es dir geht.

Die Nachricht taucht nach Mitternacht auf meinem Bildschirm auf. Ich muss morgen früh aufstehen und in die Schule gehen, aber an Schlaf ist noch nicht zu denken. Ich fühle mich noch nicht mal müde.

Es könnte damit zu tun haben, dass ich den ganzen Tag im Bett gelegen habe, aber ich glaube nicht.

Scheidung.

Das Haus verkaufen müssen.

Wo werden wir hinziehen? Was bedeutet das?

Ich will darüber gar nicht nachdenken. Messaging ist eine gute Ablenkung.

Azure M: Ich lebe noch.

Ethan_717: Ich bin froh, das zu hören. Alles okay?

Azure M: Ich hab mein Zimmer den ganzen Tag über nicht verlassen.

Ethan_717: Ich auch nicht. Noch weitere Nachrichten von diesem Nightmare-Typen?

Azure M: Nein. Und ich bin froh, dass ich nicht die Einzige bin, die verrückt ist. Was gibt's bei dir?

Ethan _717: Das Übliche.

Dann schickt er mir ein GIF einer verrückten Frau, die sich die Haare rauft. Darunter steht: *Keine Drahtbügel!*

Das Bild stammt aus einem Film über Joan Crawford, die mit ihrem Stress als Hollywoodstar nicht klarkam und das an ihren Adoptivkindern ausließ. Mom liebt den Film.

Ich weiß, ich weiß. Die Ironie daran ist nicht zu übersehen.

Azure M: Ist deine Mom so?

Ethan_717: Sie kann so sein.

Azure M: Sind alle Mütter so? Ich kapier's nicht.

Ethan_7171: Ja. Alle Mütter sind verrückt.

Azure M: Es könnte auch sein, dass mein Vater sie so hat werden lassen. Keine Ahnung.

Ethan_717: Tut mir leid, dass du das durchmachen musst.

Azure M: Danke.

Ethan_717: Wohnen deine Eltern denn noch im selben Haus?

Azure M: Ich will nicht darüber reden.

Ethan_717: Okay.

Azure M: Okay.

Ethan_717: Ich schätze, du hast keine Lust auf eine Mission?

Azure M: Jetzt gerade nicht.

Ethan: Ich wünschte, ich könnte dir helfen.

Azure M: Das tust du. Danke, Ethan.

Dann blinzle ich Richtung Bildschirm und schreibe schnell eine weitere Nachricht.

Azure M: Mir ist gerade klar geworden, dass ich nicht mal weiß, ob das dein wirklicher Name ist.

Ethan_717: Ist es. Ich bin Ethan. Die 717 ist mein Geburtstag. 17. Juli. Ich weiß, dass das kein Gamer-Name ist, aber ich habe schon mit neun angefangen Ethan_717 zu benutzen, und jetzt kann ich mich irgendwie nicht mehr davon trennen.

Azure M: Ich bin Emma.

Ethan_717: EMMA! Jetzt kapier ich es. Die ganze Zeit habe ich an Namen gedacht, die mit M anfangen. Ich habe zwischen Melissa und Melanie geschwankt.

Meine Augenbrauen schießen in die Höhe.

Azure M: Hey, Mann. Du hättest auch einfach fragen können.

Ethan_717: Nein, mir hat der Versuch, es zu erraten, mehr Spaß gemacht.

Azure M: Jetzt weißt du alles über mich.

Ethan_717: Ich schreibe dann mal einen biografischen Artikel für Wikipedia.

Ich muss fast lachen, aber irgendwie ist es, als wäre mir mein Sinn für Humor abhandengekommen. Und bei diesem Gedanken würde ich am liebsten gleich wieder in Tränen ausbrechen.

Ethan_717: Kann ich dir was sagen?

Azure M: Klar.

Ethan_717: Es könnte so besser sein. Also mit Scheidung.

Okay, jetzt breche ich wirklich in Tränen aus. Ich bin froh, dass wir uns schreiben, anstatt über Kopfhörer miteinander zu sprechen. Sonst würde er noch denken, was für eine schreckliche Heulsuse ich bin.

Azure M: Wir müssen umziehen. Mom hat gesagt, wir müssen das Haus verkaufen.

Ethan_717: Es ist nur ein Haus. Du wirst sehen. Es ist nur ein Haus.

Azure M: Musstest du auch umziehen, als deine Eltern sich haben scheiden lassen?

Ethan_717: Na klar.

Azure M: Und war das nicht schlimm?

Ethan_717: Nein. Es war das Ende meines Lebens, wie ich es bis dahin kannte. Es war furchtbar.

Azure M: Mein Gott. Danke.

Ethan_717: Aber ich hab's überlebt.

Ich wische mir wieder mit dem Zipfel der Bettdecke übers Gesicht. Meine Wangen sind schon ganz rau. Einen Augenblick später schickt er mir noch eine Nachricht.

Ethan_717: Hey, ich will nicht aufdringlich sein, aber das hier ist meine Nummer. Für den Fall, dass du mal außerhalb des Spiels reden willst. Ich weiß, wie das ist.

Und dann schickt er mir seine Handynummer. Das vertreibt ein paar meiner Tränen.

Sofort füge ich ihn als Kontakt bei iMessage hinzu, sodass er auch auf meinem Handy gespeichert ist. Rasch schicke ich ihm noch eine Nachricht.

Emma: Danke, Ethan.

Ethan: Gern geschehen, Emma.

Dann rolle ich mich in meinem Bett zusammen, ziehe mir die Decke über den Kopf und muss zum ersten Mal an diesem Tag lächeln.

22. KAPITEL

Rev

\>>

Montag, 19. März, 05:26:32 Uhr

Von: Robert Ellis robert.ellis@speedmail.com

An: Rev Fletcher rev.fletcher@freemail.com

Betreff: Antworte mir

Ich habe gesagt, du sollst mir antworten.
Antworte mir, Sohn.
Ich werde nicht ewig warten.

Ich werde nicht ewig warten.

Die Mail befindet sich in meiner Eingangsbox, unbeantwortet. Aber die Worte quälen mich mit beunruhigender Dringlichkeit. Bei jeder Bewegung. Bei jedem Atemzug. Bei jedem Herzschlag.

Es fühlt sich an wie eine Drohung.

»Du siehst übel aus«, sagt Declan, als ich um Punkt sieben Uhr am Montagmorgen in sein Auto steige.

»Ich sehe genauso aus wie immer.« Ich trage Jeans und einen schwarzen Hoodie. Zur Abwechslung. Allerdings habe ich mir nicht die Mühe gemacht, mich zu rasieren, weil ich keine Fragen zu der Schramme an meinem Kinn beantworten will.

Declan hat die Hand am Schaltknüppel. »Soll ich noch auf Matthew warten?«

»Nein. Fahr los.«

Das Auto ruckt, während er hochschaltet und mit zunehmendem Tempo die Straße hinunterfährt. »Ich habe das Gefühl, etwas verpasst zu haben.«

»Haben wir noch Zeit, für einen Kaffee anzuhalten?« Ich hätte ja zu Hause einen getrunken, aber Matthew war mit Geoff und

Kristin in der Küche. Seit Samstagabend habe ich nicht mit ihm gesprochen.

Genau genommen habe ich seit Samstagabend mit überhaupt niemandem gesprochen.

»Schätze schon.« Declan biegt am Ende unserer Straße rechts zu Dunkin' Donuts ab.

Sein Radio ist auf einen Sender mit Alternativmusik eingestellt, was mir eigentlich gefällt, aber gerade jetzt sind die suggestiven, ängstlichen Texte nicht das Richtige für mich. Als strecke ich die Hand aus und drehe den silbernen Knopf für die Lautstärke ganz nach links.

Jetzt ist es still.

»Willst du reden, oder was?«, sagt Declan.

Ich halte die Augen auf die Windschutzscheibe gerichtet. Wolken verdüstern den Himmel, und leichter Regen fällt auf das Glas. »Ich weiß nicht, wo ich anfangen soll.«

»Warum fährt Matthew nicht mit uns?«

»Weil ich ihn fast umgebracht hätte.«

Declan wirft mir einen Blick zu. »Was? Moment mal.« Er schaut zweimal hin und mustert mich ein bisschen genauer, bevor er seine Aufmerksamkeit wieder auf die Straße richtet. »Hat dich jemand geschlagen?«

»Er wollte wieder weglaufen. Samstagabend. Ich bin ihm nachgerannt. Davon war er nicht begeistert.«

»Wow.« Er schafft es, das Wort auf drei Silben zu dehnen.

Bei Dunkin' Donuts ist es extrem voll. Mindestens zehn Autos stehen vor uns beim Drive-in an. Declan stellt sich trotzdem in die Schlange.

»Ich kann auch schnell reinlaufen«, sage ich.

»Auf keinen Fall. Ich will das jetzt hören.«

Ich zucke mit den Schultern und schiebe die Hände in die Tasche meines Hoodies. »Da gibt es ansonsten nicht viel zu sagen.«

Declan fährt sich seufzend mit einer Hand übers Gesicht. »Bin ich wach? Das kommt mir vor wie unsere Unterhaltung letztens. Ich bin mir sicher, dass du ihn nicht beinah umgebracht hast – …«

»Hab ich doch. Ich habe daran gedacht. Ich hätte es tun können.«

»Rev.« Seine Stimme ist leise. Er muss die Unruhe in meiner gehört haben. »Du hättest rüberkommen sollen.«

»Hätte ich auch fast gemacht. Ich dachte, Geoff und Kristin würden mich rausschmeißen.«

Er zieht die Augenbrauen hoch. »Nennst du sie jetzt Geoff und Kristin?«

»Halt die Klappe.«

Das Auto ruckt heftig, als er ein Stück vorfährt. »Ich versuche nur dahinterzukommen, was hier eigentlich los ist.«

»Ich bin eine Gefahr, Dec! Das erzähle ich dir doch schon seit Monaten.«

Er verdreht die Augen. »Okay, Rev.«

»Lass das«, gifte ich ihn an.

Declan lässt sich so leicht nicht einschüchtern. Er geht sofort auf meine Behauptung ein. »Du bist eine Gefahr? Lebt er noch, oder nicht?«

Ich beiße die Zähne zusammen. »Er lebt noch.«

»Hat er dich zuerst geschlagen oder du ihn?«

»Das ist nicht wichtig.«

»Das ist total wichtig!«

»Er hat mich geschlagen«, presse ich hervor.

»Und dann hast du zurückgeschlagen?«

»Nein. Ich habe ihn überhaupt nicht geschlagen.«

»Wow. Das klingt, als wärst du eine unglaubliche Gefahr. Vielleicht solltest du lieber aus dem Auto aussteigen.«

Ich sehe ihn böse an. »Hör auf. Dich. Über mich. Lustig zu machen.«

Wir erreichen den Lautsprecher, und eine Frau fordert uns quäkend auf, unsere Bestellung durchzugeben. Declan bestellt Kaffee für uns beide und schaut dann kurz zu mir. »Was zu essen?«

»Nein.«

Er ordert trotzdem zwei Frühstücks-Sandwiches. Einfach weil er mich kennt.

Als wir zwischen dem Lautsprecher und dem Ausgabefenster

stehen, schaut er wieder zu mir. »Ich mache mich nicht über dich lustig. Ich versuche nur zu verstehen, was du da sagst.«

»Ich sage, dass ich ihn im Würgegriff hatte und daran gedacht habe, ihm das Genick zu brechen.«

»Na und? Mit Alan geht mir das mindestens einmal im Monat so, und zwar ohne dass ich ihn im Würgegriff habe.«

»Das ist nicht das Gleiche.«

»Das ist absolut das Gleiche, Rev. Absolut. Denkst du, es ist ein Verbrechen, sich vorzustellen, dass man jemand wehtut? Da könntest du jeden Jugendlichen in der Schule ansprechen, und ich garantiere dir, jeder von denen hatte in den letzten vierundzwanzig Stunden einen gewalttätigen Gedanken. Verdammt, die meisten wahrscheinlich sogar in den letzten vierundzwanzig Minuten.«

Seine Worte klingen so simpel, aber ich muss erst noch genauer darüber nachdenken. Für mich fühlt sich das eben anders an.

»Du verbringst zu viel Zeit in deinem eigenen Kopf«, sagt er, was mich so schockt, dass ich erst mal gar nichts mehr sage.

Wir kommen zum Ausgabefenster, und er bezahlt. Er bittet mich nicht um Geld, und ich frage mich, ob er wegen seiner Kommentare ein schlechtes Gewissen hat.

Ich biete auch nicht an, es ihm zurückzuzahlen, weil ich immer noch sauer bin.

Die letzten Kilometer zur Schule legen wir schweigend zurück, aber das kann man wenigstens aufs Essen schieben. Declan biegt genau in dem Moment in eine Parklücke, als seine Freundin aus ihrem Auto steigt. Juliet wartet darauf, dass er seine Tür öffnet.

»Schnell«, sagt Declan zu ihr. »Wann hattest du zuletzt einen gewalttätigen Gedanken, der sich gegen wen auch immer gerichtet hat?«

»Vor drei Sekunden«, sagt sie. »Als ich gesehen habe, dass du dir Kaffee geholt, aber mir keinen mitgebracht hast.«

Er hält ihr den Becher hin. »Falsch gedacht. Der ist für dich.«

Ihre Miene hellt sich auf, und sie küsst ihn, bevor sie einen Schluck trinkt.

Er ist so ein Schwindler. Wahrscheinlich.

Dann gibt sie ihm den Becher zurück und meint: »Wir können teilen.« Ich frage mich, ob er es nicht von vornherein so geplant hatte. Er lächelt und greift nach ihrer Hand.

Er lässt das so einfach aussehen. Das nervt mich schon wieder.

Nachdem wir die Schule betreten, haben wir die Wahl zwischen zwei Fluren. Normalerweise gehe ich mit Declan und Juliet in die Cafeteria, bis der Unterricht beginnt. Doch jetzt will ich unser Gespräch nicht vor ihr fortsetzen. Ich will es ja kaum mit ihm führen. Die beiden laufen nach links, ich biege nach rechts ab.

»Hey«, ruft Declan mir nach.

Ich drehe mich nicht um. »Muss vor dem Unterricht noch ein Buch holen.«

Ich brauche drei Anläufe, um meinen Spind zu öffnen. Die Kombination will einfach nicht funktionieren. Meine Finger sind zu grob, zu aggressiv. Dieses Gefühl kenne ich sonst nicht.

Nachdem der Spind endlich offen ist, wird mir klar, dass ich eigentlich gar kein Buch brauche.

Ich knalle ihn wieder zu. Metall kracht auf Metall. Das Geräusch hallt durch den ganzen Flur. Schüler in der Nähe starren mich kurz an, bevor sie sich wieder um ihre eigenen Angelegenheiten kümmern.

»Sieht aus, als hätte jemand den Sensenmann geärgert.«

Ich fahre herum, während ich mit einer Hand den Träger meines Rucksacks umklammere. Doch wer auch immer das gesagt hat, ist längst verschwunden.

Im Korridor drängt sich die übliche Menge von Schülern, die gleich zum Unterricht müssen. Da fallen mir kastanienbraune Haare ins Auge. Emma. Ich habe sie in diesem Flur noch nie gesehen – aber auch noch nie nach ihr Ausschau gehalten. Ihre Haare sind offen und glänzen, aber ihre Augen sehen dunkel und verschattet aus. Ihre Haut ist so blass, dass sich die Sommersprossen so stark davon abheben, als hätte sie sie aufgemalt.

Ich denke an die Auseinandersetzung mit Matthew und würde mich am liebsten in meinem Spind verstecken.

Doch dann bleibt mein Blick wieder an ihren Augen hängen. Irgendwas ist passiert.

Ich stelle mich ihr in den Weg. »Emma.«

Sie blickt erstaunt auf. »Oh.« Sie klingt, als spräche sie durch Nebel. »Hey.«

»Alles gut bei dir?«, frage ich. »Du siehst …« Ich zögere.

Sie nickt.

Dann verzieht sie das Gesicht.

Sie drückt ihr Gesicht an mein Sweatshirt.

Ich weiß gar nicht, wie ich reagieren soll.

»Emma.« Ich beuge den Kopf zu ihr und spreche leise. »Emma, was ist passiert?«

Ihr Körper bebt heftig. Andere Schüler strömen an uns vorbei, aber ich ignoriere sie. Meine Hände liegen auf ihren Schultern, und ich frage mich, ob es in Ordnung ist, sie zu berühren. Gleichzeitig kann ich gar nicht anders.

Und dann weicht sie plötzlich zurück und wischt sich über die Wangen. Meine Hände sind plötzlich leer. Zwischen uns klafft eine dreißig Zentimeter breite Lücke.

»Ich bin so dumm.« Ihre Stimme klingt mitgenommen. »Bitte tu einfach so, als wäre das hier gar nicht passiert.«

»Emma …«

»Mir geht's gut.«

»Dir geht's nicht gut.«

Sie wischt sich mit dem Ärmel über die Augen. »Du bist der erste Mensch, der mich heute angesprochen hat, und ich war nicht darauf gefasst.« Sie starrt auf mein Sweatshirt. »Ich habe da einen nassen Fleck hinterlassen.«

Also ob mich das kümmern würde. »Ist es wegen Nightmare?«, frage ich. »Hast du noch eine E-Mail bekommen?«

»Ich wünschte, es wäre so.« Ihre Stimme bricht. »Ich wünschte, es wäre wegen ihm.«

Und dann bricht sie erneut in Tränen aus.

Es läutet zum ersten Mal. Uns bleiben noch drei Minuten, um in unsere Klassenzimmer zu gehen.

Ich bin noch *nie* zu spät zum Unterricht gekommen.

Im Moment ist mir das egal. Ich nehme ihre Hand. »Komm mit.«

Declan steht um die Ecke mit Juliet vor seinem Spind. Sie unterhalten sich leise und ernst. Juliet entdeckt mich zuerst, und ich sehe, wie ihr Blick zu dem offensichtlich aufgelösten Mädchen neben mir wandert.

Sie tippt Declan an und deutet mit dem Kopf in meine Richtung.

»Toll«, murmelt Emma. Sie wischt sich noch mal über die Augen und duckt sich beinah hinter mir.

»Ist okay«, sage ich.

Juliet sucht etwas in ihrem Rucksack und holt dann ein Päckchen Taschentücher heraus. »Hier«, sagt sie und hält sie Emma hin.

Emma schnieft und blinzelt erstaunt. »Oh. Danke.« Sie nimmt sich ein Taschentuch und will den Rest zurückgeben, aber Juliet schüttelt den Kopf.

»Behalt sie. Ich habe noch genug.«

Declan schaut auf die Uhr am Ende des Flurs. Er macht sich wohl weniger Sorgen um seine eigene Stunde, weiß aber, dass ich eigentlich gerade auf der anderen Seite des Schulgebäudes sein müsste. »Was ist los?«

»Kann ich deine Autoschlüssel haben?«

»Klar.« Er holt sie vorne aus seinem Rucksack und wirft sie mir zu. »Alles in Ordnung bei dir?«

Auf den Fluren ist schon merklich weniger los. Wenn wir raus wollen, müssen wir es jetzt tun, bevor uns eine Aufsicht auf dem Flur anspricht.

»Ja. Danke.« Dann führe ich Emma zu einem Seitenausgang.

Sie wehrt sich nicht. Auch nicht, als ich sie durch die Tür hinaus und in den Regen bringe.

»Es macht dir nichts aus, den Unterricht zu versäumen?«, frage ich sie.

»Im Moment ist mir alles egal.«

Hinter uns schlägt die Tür zu. Wir stehen allein auf dem Schülerparkplatz, aber ich bin mir sicher, dass das nicht lange so bleiben wird. Es gibt immer ein paar, die zu spät kommen. Der Regen sorgt dafür, dass alle anderen schon drinnen sind. Ungesehen können wir in Declans Auto steigen.

Emma rutscht auf den Beifahrersitz und schiebt ihren Rucksack in den Fußraum. »Damit hatte ich nicht gerechnet. Ist das ein Oldtimer oder so?«

»Ja. Ein Charger. Sein ganzer Stolz. Er hat ihn selbst restauriert.« Und trotzdem hat er mir ohne Zögern die Schlüssel gegeben.

Sofort habe ich ein schlechtes Gewissen. Declan würde nie so ein Geheimnis vor mir haben.

»Dein Freund?«

»Declan.« Ich drehe den Zündschlüssel, um die Heizung einzuschalten. Der Regen hat die Luft ganz schön abgekühlt. Unser Atem lässt die Scheiben beschlagen.

»Und das Mädchen … ist das seine Freundin?«

»Juliet. Ja.«

Sie nimmt ein Taschentuch aus dem Päckchen und klappt die Sonnenblende runter. Wahrscheinlich hat sie einen Spiegel erwartet, aber da ist keiner. Sie klappt sie wieder hoch und macht die Kamera ihres Handys an, damit sie sich sehen kann. Sie schneidet ihrem Spiegelbild eine Grimasse und schaltet die Kamera wieder aus. »Du hast gesagt, sie haben sich durch Briefe kennengelernt?«

»Sozusagen.« Mir kommt es vor, als würde sie die Sache, wegen der sie in mein Sweatshirt geheult hat, absichtlich umgehen, aber das macht mir nichts aus. »Dec hatte letztes Jahr ein paar Probleme«, sage ich. »Er musste Sozialdienst auf dem Friedhof leisten. Juliet schrieb Briefe an ihre tote Mutter, und dann fing er an, ihr zurückzuschreiben.«

Mit aufgerissenen Augen dreht sie sich zu mir um. »Du meinst, er hat so getan, als wäre er ihre Mutter?«

»Nein! Überhaupt nicht. Er … er hat nur zurückgeschrieben, weil er weiß, wie es ist, jemanden zu verlieren.« Ich zögere. »Seine Schwester starb, als wir dreizehn waren. Sein Dad war betrunken und hat einen Autounfall gebaut.«

»Oh Mann.« Emma zerknüllt das Taschentuch in ihrer Hand und starrt durch die Windschutzscheibe. »Jedes Mal wenn ich anfange, mir selbst leidzutun, wird mir klar, dass andere größere Sorgen haben. Und dann fühle ich mich wie eine total miese Person.« Eine weitere Träne rollt ihr über die Wange. »Und dann ärgere ich mich, um mich sofort noch mieser zu fühlen, weil ich mich ärgere.«

»Das Leben ist ja kein Wettbewerb.«

»Meine Eltern lassen sich scheiden. Aber ich will nicht darüber reden.«

»Warte mal. Was wird denn dann …«

»Ich habe gerade gesagt, dass ich nicht darüber reden will.«

Für mich fühlt es sich nicht wie etwas an, was wir zwischen uns so stehen lassen sollten. »Hast du es erst heute Morgen erfahren?«

»Samstagabend.«

»Samstagabend.« Mir verschlägt es den Atem. Ich muss wegschauen. »Danach?«

»Nachdem du mir gesagt hast, ich soll gehen? Ja. Danach.«

Ihre Worte treffen mich hart. Irgendwie habe ich heute mit jedem Probleme. »Ich … ich habe dich nicht weggeschickt, Emma.«

»Du hast mir nicht gesagt, dass deine Eltern schwarz sind.«

Die Bemerkung bringt mich ins Stocken. Ihre Stimme ist so belegt, dass ich nichts aus ihr heraushören kann. Ich bin mir deshalb nicht sicher, ob das ein Vorwurf oder nur eine Feststellung ist.

Obwohl mir die Adoption in meinem Inneren Ruhe gegeben hat, habe ich manchmal das Gefühl, dass sie nach außen hin für Unruhe gesorgt hat. Als Pflegekind wurde ich ihnen nur vorübergehend vom Jugendamt zugewiesen. Als Adoptivkind war ich ausgewählt worden.

Ich erinnere mich, dass ich eines Abends noch bei den Hausaufgaben saß, während Geoff und Kristin ein anderes Paar zum Abendessen eingeladen hatten. Sie erzählten, wie aufgeregt sie wegen der bevorstehenden Adoption seien. Wahrscheinlich wussten sie nicht, dass ich sie hören konnte – oder vielleicht doch. Aber das zu hören und dadurch zu wissen, dass ich gewollt war, bedeutete mir viel.

Der Mann, der zu Gast war, fragte: »Gibt es denn keine schwarzen Kinder, die ihr adoptieren könntet?«

Auch das war ein wichtiger Moment für mich.

Ich erinnere mich noch an ihre Antwort, dass ich ein Kind sei und nichts sonst eine Rolle spiele. Ich sei ein Kind, das sie brauche, und zwar *genau jetzt*. Doch die Worte dieses Mannes trafen mich tief, denn damals war es mir zu peinlich, das Thema anzusprechen. Ich machte mir Sorgen, dass es eine Erinnerung sein und die Adoption doch noch verhindern könnte.

Aber so war es nicht. Und die beiden luden das Paar nie mehr zum Abendessen ein.

Ich bin mir sicher, dass er nicht der Einzige war, der sich über unsere Familie wunderte.

Jetzt geht die Tür zur Schule auf, und eine Frau, die sich ein Heft über den Kopf hält, kommt in den Regen hinausgelaufen.

In meiner Brust flackert eine Spur Angst auf. Noch nie habe ich den Unterricht geschwänzt.

Gleichzeitig frage ich mich in einem dunklen Winkel meines Gehirns, was passieren würde, wenn man mich dabei erwischt.

»Wir können hier nicht sitzen bleiben«, sage ich. »Ist es für dich in Ordnung, wenn ich losfahre?«

Sie schließt ihren Sicherheitsgurt, was als Antwort wohl reichen muss. »Kannst du mit Gangschaltung fahren?«

»Ja.« Ich trete auf die Kupplung und starte den Motor. Offiziell hat Geoff mir das Fahren beigebracht, aber ich habe viel mehr Stunden mit Dec hinter dem Steuer verbracht. Ich hatte immer Sorge, mich zu verschalten oder einen Briefkasten umzufahren, aber er war erstaunlich gechillt mit seinem Auto. Zumindest wenn ich fuhr.

Wir biegen auf den General Highway, und die Scheibenwischer bewegen sich gleichmäßig über die Frontscheibe.

»Ich wollte dich mit meiner Frage nicht kränken«, sagt sie.

»Du hast mich nicht gekränkt.« Ich schweige kurz. »Und du hast mir keine Frage gestellt.«

»Als deine Mom die Tür aufmachte, dachte ich, ich hätte mich im Haus geirrt.«

Ich will mich schon fast entschuldigen, aber dann frage ich mich, ob das angemessen ist. »Ich weiß nie genau, wie ich das erklären soll.«

Sie klingt vorsichtig. »Du hast es nicht erwähnt, als du mir von der Adoption erzählt hast.«

Ich bin froh, am Steuer zu sitzen und einen Großteil meiner

Aufmerksamkeit der kurvigen Straße widmen zu müssen. Keine Ahnung, wie aus ihrem Weinen ein Gespräch über mich geworden ist, aber irgendwie kommt es mir unfair vor. »Ich denke nicht darüber nach, bis andere Leute es feststellen und mich dann deshalb löchern.«

Erschrockene Stille erfüllt das Auto, und mir dämmert erst langsam, was ich da gerade gesagt habe.

»Trägst du deshalb immer Sweatshirts?«, fragt sie. »Weil du weiß bist?«

»Nein.« Verwundert schaue ich kurz zu ihr rüber. Das hat mich noch nie jemand gefragt. Es wäre mir auch nie in den Sinn gekommen. Ich frage mich, ob andere Leute das auch denken. »Es ist mir nicht peinlich, dass unsere Hautfarben nicht zusammenpassen.«

Mit der Energie, die sie aufs Nachdenken verwendet, könnte man wahrscheinlich das Auto antreiben. »Ist das ein heikles Thema für dich?«

Ich kann ihren Tonfall nicht einschätzen. Weiß nicht, ob sie mich vielleicht verurteilt oder kritisiert. »Nein.« Nie war ich dankbarer für einen verregneten Tag und eine Straße, auf die ich mich konzentrieren muss. »Es ist nur, dass diese Gespräche immer gleich verlaufen. Weißt du, als ich noch klein war, blieben immer wieder Leute stehen und fragten mich, ob alles okay sei, wenn ich mit Geoff unterwegs war. Mein Vater – mein biologischer Vater – hat mich jeden Tag gequält, und alle hielten ihn für einen fantastischen Vater. Keiner hat ihn jemals infrage gestellt. Geoff ist der netteste Mensch, den man sich vorstellen kann, aber irgendwelche Leute hielten uns im Supermarkt an und fragten, es mir gut gehe. Als würde *er* mir vielleicht Böses wollen.«

Emma starrt mich an. »Es … tut mir leid. Ich weiß nicht, was ich sagen soll.«

»Es muss dir nicht leidtun. Es liegt nicht an dir. Alle denken so.«

»Und dieser andere Junge – der, mit dem du gerauft hast. Wer war das?«

Jedes Mal, wenn ich daran denke, verspannen sich meine Schultern. »Matthew. Er ist ein Pflegekind. Er wohnt erst seit ein paar Tagen bei uns.«

»Und … was hatte er …«

»Stopp.« Wieder schaue ich kurz zu ihr. Diese ganze Unterhaltung hat mich wütend gemacht. Und ich war heute Morgen sowieso schon genervt. »Ich biete dir ja gerne eine Ablenkung, wenn es wirklich das ist, was du brauchst, aber du bist diejenige, die auf dem Flur geheult hat.«

Vor Staunen reißt sie die Augen auf, doch dann dreht sie sich zum Fenster. Eine klare Weigerung, weiter zu reden.

»Wenn du nicht mit mir sprechen willst, warum bist du dann überhaupt ins Auto eingestiegen?«

Emma dreht sich kurz zu mir um. »Na gut. Hast du ein schönes, beruhigendes Bibelzitat zum Thema Scheidung?«

Ihre Worte sind eine Waffe, und sie hat tödlich gut gezielt. Ich kann nichts darauf erwidern.

Auch sie sagt nichts mehr, scheint aber die Wirkung ihrer Frage gar nicht zu bemerken.

Einige Kilometer fahren wir schweigend weiter. Kränkung und Verlegenheit schlagen schließlich in Wut um, die das ganze Auto auszufüllen scheint.

»Sag mir, was soll ich tun?«, frage ich schließlich.

»Ich will nicht über meine Eltern reden.«

Flüchtig schaue ich zu ihr. Sie blickt immer noch aus dem Fenster und hat die Arme vor der Brust verschränkt.

Ich fühle mich ohnehin schon von allen anderen Menschen in meinem Leben isoliert, aber das hier scheint Absicht zu sein. Ich habe ihr von den Mails meines Vaters erzählt, weil ich mich bei ihr sicher fühlte.

Ich dachte, sie würde sich bei mir auch sicher fühlen.

Ich versuche, den Eindruck irgendwie abzuschütteln. Es gelingt mir nicht. Mein Kiefer fühlt sich verspannt an. »Ich habe gemeint, ob ich weiterfahren soll.«

»Bring mich einfach zur Schule zurück«, sagt sie.

»Schön.«

»Schön.«

Der Regen hört in dem Moment auf, als ich auf den Parkplatz biege. Wir müssen das Auto ziemlich weit vom Gebäude entfernt abstellen, weil inzwischen weitere Schüler die anderen Parklücken gefüllt haben.

Kaum ist sie ausgestiegen, geht sie auf den Haupteingang zu.

Ich steuere den Seiteneingang an.

Ich halte sie nicht auf. Sie hält mich nicht auf.

Wir gehen jeder unserer Wege.

Und irgendwie fühlt es sich an, als würde ich jetzt noch mehr Ballast mit mir herumschleppen als vorher.

23. KAPITEL

Emma

Meine Hände zittern, als ich mich zur zweiten Stunde zurück in die Schule schleiche. Aus irgendeinem Grund hatte ich mir schon ausgemalt, wie die Schule die Polizei kontaktiert und die einen Suchtrupp losgeschickt hätte. Auf dem Weg vom Auto zum Haupteingang erfinde ich eine ganze Story von wegen verschlafen und eine Hausaufgabe zu Hause vergessen haben, was zu den Tränen auf dem Flur führte, wo ein netter Zwölftklässler – Rev – mir anbot, mich nach Hause zu fahren, um die Aufgaben zu holen.

Unnötig. Anscheinend hat niemand mein Fehlen bemerkt. Oder es kümmert keinen.

Den Unterricht zu schwänzen ist viel einfacher, als ich gedacht hatte. Ich sollte es viel öfter tun.

Sogar Cait scheint nichts aufgefallen zu sein. Als ich mich in Amerikanische Geschichte auf meinen Platz setze, malt sie gerade mit einem wasserfesten Filzstift Muster auf ihren Nagellack. Ihr Make-up ist umwerfend. Winzige Kristalle kleben an ihren Augenlidern, und dazu trägt sie einen knalligen Lippenstift. Völlig unpassend für die Schule, aber das hat sie noch nie gestört.

Sie schaut nur flüchtig zu mir und meint lässig. »Hey. Dich habe ich heute Morgen gar nicht gesehen.«

Das ist zwar meine Schuld, aber ihre Bemerkung zieht das Seil aus Wut und Verunsicherung, das sich um meinen Brustkorb gelegt hat, noch enger.

Ich ignoriere ihren Satz einfach. »Hast du einen in Metallic?«

Mein Tonfall muss ihre Aufmerksamkeit erregen, denn wieder schaut sie hoch. »Em?«

»Einen Metallic-Sharpie. Ob du einen hast?«, frage ich und versuche, mir das Genervtsein und die Anspannung nach der Autofahrt mit Rev nicht anmerken zu lassen, aber ich klinge einfach nur feindselig und seltsam.

Cait zieht nur die Augenbrauen hoch und wirft mir einen Stift zu.

Sie sieht aus, als würde sie mit mir reden wollen, deshalb schlage ich die Augen nieder und beginne, mir einen Dalek auf den rechten Daumennagel zu malen.

Mr. Maron kommt mit einer Art Jodler ins Klassenzimmer und knallt sein Buch aufs Pult. Ich mache mir nicht die Mühe, ihn anzusehen. Er ist es nicht wert. Mr. Maron coacht das Team für den Geländelauf und starrt ständig irgendwelche Mädchen anzüglich an. Dazu gibt er Kommentare ab wie: »Hübsche Beine. Du solltest laufen.« Und er kommt damit durch. Ich finde ihn gruselig. Keine Ahnung, warum überhaupt irgendwer Geländelauf macht.

Und falls das zu dezent war: Ich hasse diese Stunde, und ich hasse diesen Lehrer.

»Ich habe die erste Stunde blaugemacht«, flüstere ich Cait zu.

»Brauchst du eine Kopfschmerztablette oder so?«, flüstert sie zurück.

»Was?«, zische ich. »Ich sagte, ICH HABE DIE ERSTE STUNDE BLAUGEMACHT.«

Damit ziehe ich die Aufmerksamkeit von mindestens sechs Mitschülern auf mich. Die mich wahrscheinlich alle richtig verstanden haben.

Oder die ebenfalls alle denken, ich hätte mich am Abend zuvor betrunken.

Cait starrt mich an, als hätte ich ihr soeben einen Mord gestanden. »Wie?«

»Bin mit einem Freund im Auto rumgefahren.«

»Mit was für einem Freund? Wen kennst du denn, der ein Auto hat?«

»Rev Fletcher.«

Ihr fällt das Kinn bis zur Tischplatte runter.

Na schön, nicht ganz. Aber ziemlich tief.

Mr. Maron dreht sich vom Whiteboard zur Klasse, also müssen wir so tun, als würden wir aufpassen.

Hast du ein schönes, beruhigendes Bibelzitat zum Thema Scheidung?

Dieses drückende Gefühl in meinem Magen will nicht verschwinden. Ich bin wirklich schrecklich.

Das Schlimmste daran ist, dass ich dauernd an meine Mutter denken muss. Ich habe genau wie sie geklungen.

Mein Handy vibriert an meinem Oberschenkel. Aber ich muss noch eine Minute warten, bevor ich es aus meiner Hosentasche ziehen kann.

Ich hoffe auf eine Nachricht von Rev, aber genauso gut könnte ich mir wünschen, dass ein paar Einhörner durchs Fenster hereinspringen. Eine Nachricht von meinem Vater wäre auch schön, aber keine Chance.

Es ist Ethan.

Immerhin nicht Nightmare. Von dem habe ich seit meiner letzten Reaktion nichts mehr gehört.

Ethan: Wie geht's dir so?

> **Emma:** Ganz gut. Ich habe jemanden angeschnauzt, der es gut mit mir meint, und fühle mich jetzt wie eine richtige Bitch.

Ethan: Das darfst du. Wenn sie eine gute Freundin ist, wird sie es verstehen.

Er. Ich schreibe fast zurück, um Ethan zu korrigieren, aber dann lasse ich es doch. Und ich bin mir nicht ganz sicher, warum.

Ich habe auch keine Ahnung, was das mit Rev ist, jedenfalls ist es nichts Richtiges.

Nach meiner Äußerung im Auto ist es vielleicht sogar gar nichts mehr.

Emma: In meinem Kopf herrscht Chaos.

> **Ethan:** Streiten deine Eltern sich dauernd?

Emma: Nein. Mein Dad wohnt jetzt bei einem Arbeitskollegen. Und ich gehe meiner Mutter aus dem Weg.

Ethan: Da hast du noch Glück. Meine konnten sich das nicht leisten, also blieben sie im selben Haus, bis alles durch war. Dad hauste im Gästezimmer. Dann weckte er mich, damit ich Mom irgendwas ausrichtete.

Ich starre auf seine Nachricht und stelle mir vor, wie Mom und Dad an den Punkt kommen, an dem sie mich als Brieftaube benutzen.

Meiner Mutter würde das vielleicht sogar gefallen.

Ich möchte schon bei dem Gedanken daran aus der Haut fahren.

»Miss Blue?«

Ich stopfe das Handy zurück in die Hosentasche. Mr. Maron starrt mich an. Die ganze Klasse starrt mich an.

Cait räuspert sich und murmelt irgendwas Unverständliches.

Wahrscheinlich sagt sie mir die Antwort vor, die der Lehrer erwartet, aber wenn die nur ein wirres Flüstern ist, nützt sie mir gar nichts.

»Tut mir leid«, sage ich zuckersüß. »Könnten Sie die Frage noch mal wiederholen?«

»Fesselt irgendetwas anderes Ihre Aufmerksamkeit?«

»Nein.« Ich hüstele. »Entschuldigung.«

»Können Sie mir den Sinn der Unabhängigkeitserklärung nennen?«

Gott sei Dank, das ist einfach.

»Mit ihr wurde die Unabhängigkeit von den Briten erklärt.«

»Und warum wollten die Kolonisten Unabhängigkeit?«

Mein Kopf ist leer. Weil der Tee zu teuer war? Haben sie den nicht in den Hafen von Boston geworfen?

Im Moment ist es ein Wunder, dass ich meinen Nachnamen noch weiß. Meine Wangen werden warm, während die Zeit vergeht. Ich kann mir nicht mal eine Antwort zusammenfantasieren.

Genau wie im Auto vorhin verwandelt sich die Verlegenheit in andere, weniger stabile Emotionen.

Mr. Maron steht da und lässt das Schweigen immer größer werden, bis auch der Letzte im Raum – wahrscheinlich in der ganzen Schule – merkt, dass ich nicht aufgepasst habe und jetzt dabei erwischt wurde. Mom wäre echt stolz auf mich.

Der Kummer von heute Morgen droht, mich wieder zu überwältigen.

Wenn ich jetzt auch noch anfange, in Mr. Marons Stunde zu flennen, springe ich aus dem Fenster. Ich stelle mir vor, wie mein Körper beim Aufprall auf dem Beton zerplatzt. Dann male ich mir aus, wie der Hausmeister mit einem Wischmopp anrückt und dabei murmelt: »Verdammte Kids.«

Ich muss lachen.

Mr. Maron trifft der Schlag. Oder so was Ähnliches. Die Augen treten aus seinem Kopf hervor. »Finden Sie das etwa witzig, Miss Blue?«

Ich werde schlagartig wieder ernst. »Nein. Das ist definitiv nicht witzig.«

»Kennen Sie die Antwort? Oder haben Sie die Zeit von uns allen jetzt lange genug verschwendet?«

Er war doch derjenige, der das Schweigen so ewig hat dauern lassen, aber für diesen Hinweis würde ich wohl keine Pluspunkte bekommen. Deshalb schüttle ich nur den Kopf, zumal ich das Bild meines zerplatzten Körpers nicht loswerde. Keine Ahnung, was mit mir nicht stimmt.

»Nein.« Ich räuspere mich. »Nein, Sir. Tut mir leid. Es wird nicht wieder vorkommen.«

Ich hätte nicht *Sir* sagen sollen. Das klingt total sarkastisch.

Ich meine, so war es auch gemeint. Aber ich dachte, ich hätte es geschickt kaschiert.

Seine herausquellenden Augen nehmen ein wütendes Funkeln an. »Du kommst nach dem Unterricht hier zu mir nach vorn.« Damit dreht er sich wieder zur Tafel um.

Ich sollte Panik empfinden. Verunsicherung. Ärger.

Aber ich fühle nichts davon. Ich bin wie betäubt.

»Alles gut bei dir?«, flüstert Cait.

»Ja, klar. Mir geht's bestens. Lass mich bloß nicht mit ihm allein, ja?«

»Dann soll ich einfach mit dir zusammen warten?«

»Genau.«

Mein Handy hat mehrmals an meinem Oberschenkel vibriert. Alle Nachrichten sind von Ethan.

Ethan: Ich habe mir immer wieder gesagt, dass es bald vorbei sein würde. Ich hab's überlebt.

Hab ich was Falsches gesagt?

Ethan: Ich wollte mich aber nicht zu sehr einmischen.

Schnell lege ich den Daumen aufs Handy.

Emma: Hast du nicht. Ich bin nur beim Nachrichtenschreiben im Unterricht erwischt worden.

Ethan: Mist. Sorry.

Emma: Ist ok. Interessiert mich nicht mal. Ist mir sowieso alles egal.

Eine lange Pause entsteht.

Ethan: Es ist dir nicht egal.

Emma: Jetzt gerade schon. Total egal.

Das ist gelogen.

Aber wenn ich zu intensiv darüber nachdenke, muss der Hausmeister doch noch die zerplatzte Emma aufwischen.

Ethan: Emma. Du lügst.

Na klar weiß er das. Meine Kehle ist wie zugeschnürt. Ich muss mir mit den Fingerspitzen auf die Augen drücken.

»Em.« Cait beugt sich herüber und legt eine Hand auf meinen Arm. »Emma. Bist du in Ordnung?«

Verdammt. Jetzt heule ich.

Ich schnappe mir meine Tasche und renne aus dem Klassenzimmer.

Die Mädchentoilette ist nur zehn Schritte entfernt, und ich weiß, dass Mr. Maron mir dahin nicht folgen kann, also stürme ich hinein. Es gibt hier nur zwei Kabinen, und der Geruch nach Kloreiniger dreht einem den Magen um, aber die Toilette ist leer, und ich bin allein.

Ich setze mich auf den Boden. Meine Schultern beben, weil ich dermaßen schluchze. Ich hätte heute einfach gar nicht in die Schule gehen sollen.

Es dauert nur einen Moment, da stürzt Cait auch schon durch die Tür in die Toilette. Sie kniet sich neben mich auf die ekligen Fliesen. »Em. Em, bist du in Ordnung?«

»Nein.« Ich wische mir über die Augen und blinzle in ihre Richtung. »Bekommst du keinen Ärger, weil du mir nachgelaufen bist?«

»Nein.« Sie lächelt zaghaft. »Ryanne Hardesty meinte, sie hätte dich sagen gehört, du hättest deine Tage bekommen. Mr. Maron denkt nun, dass das ein Notfall bei dir ist. Und ich bin mir sicher, alle schieben dein Verhalten auf PMS.«

Eine Schande, dass dieser Toilettenraum kein Fenster hat, aus dem ich mich stürzen kann. »Das ist so demütigend.«

»Komm, ich hol dir ein bisschen Klopapier.«

»Schon gut. Ich habe Taschentücher.« Ich ziehe das Päckchen, das Juliet mir gegeben hat, aus der Vordertasche meines Rucksacks. Meine rauen Wangen kann ich nur vorsichtig abtupfen.

Cait mustert mich. »Irgendwas ist aber trotzdem los.« Sie schweigt kurz. »Ist am Wochenende irgendwas passiert?«

Ich schnaube. »Das kannst du laut sagen.«

»Warum hast du mich denn nicht angerufen?«

»Weil ich dachte, du wärst mit deiner Mom beschäftigt. Beim Videodrehen oder Pfannkuchenbacken oder sonst was.«

Sie verzieht das Gesicht, und ich sehe ihr an, wie sie zwischen Verärgerung und Mitgefühl schwankt. »Ich bin mir ziemlich sicher, dass ich für ein Telefonat trotzdem Zeit gehabt hätte.«

Irgendwie scheint das mein besonderes Talent zu sein. Jemand ist nett, geht auf mich zu, und ich verwandle mich in eine echte Zicke. Am liebsten würde ich mich in mich selbst verkriechen, aber ich weiß nicht, wie.

»Emma«, sagt Cait leise, »bitte rede mit mir.«

Ich mache den Mund auf, um ihr von der Scheidung zu erzählen, doch die Worte wollen nicht heraus. Caits Leben ist so einfach. Sie würde meine Hand tätscheln und sagen: *Arme Emma.*

Ich will aber nicht die *Arme Emma* sein. Schon in meinen eigenen vier Wänden fühle ich mich wertlos. Da brauche ich hier nicht auch noch Mitleid.

Ich sage: »Meine Eltern haben sich einfach nur viel gestritten.«

Cait setzt sich neben mich. »Das tut mir leid, Em.« Sie zögert. »Du hättest doch rüberkommen können.«

»Klar. Dann hättest du mich vielleicht umstylen können.« Ich wische mir über die Augen.

Sie hält kurz inne, dann zieht sie einen Reißverschluss an ihrem Rucksack auf und holt einen Schokoriegel hervor. »Würde dir ein Schokoriegel helfen?«

»Nein.« Ich verdrehe die Augen Richtung Decke. »Ich habe ja nicht *wirklich* PMS.« Dabei wünschte ich mir, ein Snickers und ein paar Schmerztabletten könnten alles lösen.

Sie mustert mich kritisch. »Ich habe das Gefühl, da steckt mehr dahinter. Was ist denn mit Rev Fletcher passiert?«

»Nichts. Ich habe es verbockt.«

»Emma ...«

»Mein Gott, Cait. Schreibst du einen Blog, oder was?«

Sie hockt jetzt auf ihren Fersen. »Ich habe keine Ahnung, was mit dir los ist, aber ich versuche, dir zu helfen.«

Ich starre auf meine Fingernägel. »Vergiss es, Cait. Für dich ist ja immer alles perfekt. Und du hast keine Ahnung, was ich durchmache.«

Sie schweigt wieder, aber diesmal länger. Als sie mir darauf antwortet, tut sie es sehr leise: »Für mich ist nicht alles perfekt.«

Ich schnaube. »Aber fast.«

»Ach ja?« Zum ersten Mal klingt ihre Stimme scharf. »Denkst du, es ist so perfekt, wenn meine beste Freundin das, was mir wichtig ist, für Zeitverschwendung hält?«

»Was?«

»Wie perfekt ist es, dass ich monatelang ein Spiel gespielt habe, weil es dir wichtig war, aber für das, was ich mache, nur bissige Bemerkungen ernte?«

Ich richte mich ein Stückchen auf. »Cait, ich weiß gar nicht, was du …«

»Dauernd beschwerst du dich, dass deine Mom nicht respektiert, was du machst, und dann behandelst du mich genauso.«

Ihre Worte treffen mich wie ein Faustschlag ins Gesicht. »Das tue ich nicht!«

»Doch!«

»Cait, das ist doch bloß Make-up!«

Sie springt auf. »Genau, Emma. Und es ist auch nur ein blödes Spiel.« Sie wirft sich ihren Rucksack über die Schulter. »Ich schätze, ich muss mit meinem perfekten Ich jetzt wieder zurück in den Unterricht.«

Als sie durch die Tür hinausstürmt, starre ich nur auf den Fußboden. Ich warte darauf, mich bestätigt oder im Recht zu fühlen, doch das passiert nicht.

Jetzt habe ich nicht nur den ersten Jungen, den ich je ernsthaft gemocht habe, vor den Kopf gestoßen, sondern auch noch meine beste Freundin. Nur weiter so.

Ich behandle sie doch gar nicht so. Ich habe doch mit ihrem Make-up nie ein Problem gehabt.

Dann hättest du mich vielleicht umstylen können.

Sie hat recht. Tränen brennen in meinen Augen.

Ich hole das Handy aus meiner Tasche. Ethan hat keine weiteren Nachrichten mehr geschickt, aber seine letzte ist noch auf dem Display zu sehen.

Emma. Du lügst.

Emma: Ich habe mich gerade mit meiner besten Freundin gestritten.

Ethan: ☹

Emma: Ich habe echt keine gute Woche.

Ethan: Würde es abgedroschen klingen, wenn ich dir sage, dass es irgendwann auch wieder besser wird?

Emma: Ja.

Ethan: Würdest du dich besser fühlen, wenn ich dich daran erinnere, dass du hart im Nehmen bist, sogar ohne OtherLANDS?

Ich muss lächeln, aber es fühlt sich halbherzig an.

Emma: Ja. Ja, das würde es.

Jetzt lüge ich ihn wirklich an.

Es geht mir kein bisschen besser.

24. KAPITEL

Rev

Das Wetter passt zu meiner Stimmung. Es gießt in Strömen. Der Regen schlägt an die Scheiben der Cafeteria und zwingt alle, drinnen zu bleiben. Das fluoreszierende Licht macht mir Kopfschmerzen. Kristin hat mir wie immer ein großes Mittagessen eingepackt: Pitabrot gefüllt mit Aufschnitt und Käse, Trauben und einen Behälter mit Bohnensalat.

Ich will nichts davon essen und schiebe Declan die Papiertüte mit dem Essen hin.

Er fängt an, die Deckel der einzelnen Dosen abzunehmen. »Ich war mir sicher, dass du nicht zurückkommen würdest.«

Ich zucke die Achseln. Ich will nicht über Emma reden.

Ihre Worte haben mich mehr verletzt, als sie sollten.

Oder vielleicht haben sie mich auch ganz genau so verletzt, wie Emma es beabsichtigt hat.

Die Cafeteria ist gerammelt voll. An unserer Schule gibt es eine große Mittagspause für alle, was total verrückt ist, und so haben wir den Tisch nicht für uns. Ich kenne die Typen am anderen Ende nicht. Sie scheinen damit zufrieden zu sein, uns zu ignorieren; den Gefallen können wir ihnen auch tun.

Declan schiebt mir eines von den gefüllten Pitabroten hin. »Ich kann das nicht alles essen.«

Ich bin sicher, dass er es tun wird. »Was soll's.«

So eine Antwort gebe ich nicht oft. Er zieht die Augenbrauen in die Höhe. »Emma hatte ich mir anders vorgestellt.«

»Okay.«

»Ich vermute, du willst nicht über sie reden.«

»Richtig vermutet.«

»Warum hat sie geweint?«

Finster starre ich ihn über den Tisch hinweg an.

»Was?« Er schaut mich gleichmütig an und isst eine Gabel voll Bohnensalat. »Willst du lieber über Matthew reden?«

»Dec.«

»Du willst einfach nur stumm hier rumsitzen?«

»Ja.«

Er hält die Klappe und isst.

Ich studiere die Oberfläche des Tisches. Meine Gefühle sind wie eine Kugel, die über einen Billardtisch gestoßen wird und zufällig mit irgendwelchen Gedanken zusammenstößt. Emma, wie sie sich auf dem Flur an mich klammert, schluchzend, und mich dann auflaufen lässt. Mein Vater, der angekündigt hat, nicht ewig zu warten, sodass ich mich jetzt frage, was er damit meint. Matthew, der immer noch nicht mit mir redet und sich irgendwo in dieser Schule aufhält, wo er Gott weiß was tut.

Enttäuschung, Furcht und Schuld weben ein Gitter durch meine Gedanken.

Und da ist auch finstere Genugtuung. Ein wenig Aggression. Ich habe den Unterricht geschwänzt und bin nicht erwischt worden.

Noch nie habe ich so etwas getan. Eine ungewohnte Lust zu streiten hat sich in mir breitgemacht.

»Denkst du, Matthew hat einen harten Tag?«, fragt Declan.

Das reißt mich aus meinen Gedanken. »Was?«

Er deutet mit dem Kopf zu einem Tisch, zehn Meter entfernt, an dem Matthew sitzt. Auf dem Tisch vor ihm liegt nichts, obwohl Kristin ihm mit Sicherheit etwas eingepackt hat. Neben ihm ist auch kein Rucksack zu sehen. Sein Gesicht ist rot. Er beißt die Zähne zusammen. Zwei Jungs stehen neben ihm. Ich kann nicht hören, was sie sagen, aber es sieht nicht nach einer freundlichen Situation aus. An dem Tisch sitzen noch andere, aber sie tun nichts. Schauen nur zu.

Einer der Jungs schnipst ihm gegen den Kopf.

Ohne zu überlegen springe ich auf. Ich muss bedrohlich entschlossen aussehen, weil andere Schüler mir Platz machen und ich Blicke auf mich ziehe.

Ich rücke den Jungs richtig auf die Pelle und stelle mich zwischen sie und Matthew. Sie sind nicht aus unserem Jahrgang, sondern jünger. Ich kenne sie überhaupt nicht. »Was ist hier los?«

Der Größere der beiden, der *Schnipser*, sieht mich verächtlich an. »Geht dich doch nichts an, du Widerling. Was bist du, sein neuer Boyfriend?« Er langt um mich herum und schnipst noch mal gegen Matthews Kopf. »Ich hab dir gesagt, du sollst *verschwinden*.«

Ich merke erst, dass ich mit der Faust ausgeholt habe, als Declan meinen Arm festhält und sich halb vor mich schiebt.

»Was tust du da?«, fragt er halblaut.

Ich weiß nicht, was ich tue.

Im Ernst. Ich weiß nicht, was ich tue. Meine Gedanken wirbeln durcheinander.

Meine Muskeln sind angespannt, aber ich will mich nicht mit Declan schlagen. Ich presse die Worte hervor: »Lass mich los.«

»Rev.« Er klingt ungläubig. Ich mache ihm keinen Vorwurf dafür. In der Vergangenheit waren unsere Rollen immer umgekehrt verteilt. »Alter. Wenn du eine Rauferei anfängst, wirst du suspendiert.«

Ich bin verlegen, wütend und fühle mich wie ein Tier im Käfig. Meine Stimme ist ein Knurren. »Ich sagte, *lass mich los*.«

Er zögert. Ich reiße mich los.

»Was geht hier vor?«

Die Stimme einer Lehrerin. Mrs. James, die in der Unterstufe Gesundheitslehre unterrichtet und mittags in der Cafeteria Aufsicht hat. Sie ist groß und von imposanter Statur und lässt sich nichts vormachen.

»Nichts«, gifte ich sie an.

Der andere Junge sagt: »Wir wollten gerade essen. Da ist er rübergekommen und hat angefangen, uns zu schikanieren.«

Mrs. James sieht mich an. »Stimmt das?«

»Sie haben ihn schikaniert.« Ich deute mit dem Kopf auf Matthew.

Sie sieht daraufhin ihn an. »Stimmt das?«

Er sagt nichts. Sein Blick ist starr auf die Tischplatte gerichtet. Seine Wangen sind immer noch rot.

Wir haben mitten in der Cafeteria größte Aufmerksamkeit erregt.

»Vielleicht sollte jeder von euch getrennt seiner Wege gehen«, sagt Mrs. James.

Das wird das Problem für exakt dreißig Sekunden lösen.

»Ich lasse ihn nicht allein«, erkläre ich.

Der *Schnipser* schnaubt. »Ha. Wusste ich's doch. Weiß Neil das?«

Neil?

»Wer ist Neil?«, frage ich.

Matthew zuckt zusammen. Dann springt er vom Tisch auf, zerrt seinen Rucksack unter der Bank hervor und stürzt davon.

»Das reicht!«, schnauzt Mrs. James. »Los, Jungs. Bewegt euch. Und zwar jetzt.«

Die anderen schlendern lachend in Richtung Essensausgabe.

Ich drehe mich um und will Matthew folgen.

Doch Mrs. James stellt sich mir in den Weg. »Nein. Du gehst woandershin.«

Am anderen Ende der Cafeteria stürmt Matthew gerade durch die Doppeltüren nach draußen. Ich will mich an der Lehrerin vorbeischieben.

»Hey.« Sie versperrt mir immer noch den Weg. »Ich habe dir gesagt, du sollst spazieren gehen. Um runterzukommen.«

»Rev.« Declan legt eine Hand auf meine Schulter. »Komm schon. Lass es.«

Ich will es aber nicht lassen. Angespannt wie eine Sprungfeder warte ich nur auf einen Anlass, um auszurasten. Die ganze Welt scheint unter Strom zu stehen.

Sie ist groß, aber ich bin größer. Ohne große Mühe könnte ich sie beiseitedrängen. Ich mache einen Schritt auf sie zu.

Sie weicht einen Schritt zurück und hebt die Hand. »Entweder gehst du jetzt spazieren«, sagt Mrs. James, »oder ich rufe den Sicherheitsdienst.«

Noch nie hat mir eine Lehrkraft angedroht, die Security zu verständigen.

Ich habe eine Grenze überschritten, von deren Existenz ich bisher nicht mal wusste. Ein Teil von mir will wissen, wie weit ich noch gehen kann. Es ist, als sei ich süchtig nach diesem Gefühl.

»Declan.« Es ist die Stimme einer anderen Lehrerin. Mrs. Hillard. Declans Lehrerin für Englisch auf College-Niveau. Sie trägt ein Tablett und steht nur einen Tisch von uns entfernt. »Was ist da los?«

»Rev verliert gerade die Nerven.«

Sein Ton ist trocken, aber es ist kein Witz.

Sie stellt ihr Tablett ab und kommt um den Tisch herum. »Kommt, Jungs. Warum esst ihr nicht in meinem Klassenzimmer? Dann können wir über alles reden.«

Declan rührt sich nicht. Er sieht mich an. »Rev?«

»Na schön.« Ich wende mich ab, und als niemand mich daran hindert, kehre ich an unseren Tisch zurück, um mir meinen Rucksack zu holen. Dabei fällt mir die Kapuze in die Stirn und schränkt mein Blickfeld ein. Das spielt aber keine Rolle, denn ich muss die Augen der anderen Schüler gar nicht sehen, um zu spüren, wie sie mich anstarren. Die ganze Cafeteria scheint zu flüstern. In meiner Vorstellung flüstern sie nicht nur über das, was gerade passiert ist. Sie flüstern über meinen Vater.

Ich habe gesagt, du sollst mir antworten.

Ich werde nicht ewig warten.

Eine Drohung. Ein Versprechen. Wer versagt, wird bestraft.

Mein Brustkorb scheint in einem Schraubstock zu stecken. Meine Kehle auch.

Mein Kopf explodiert gleich.

Da fasst mich eine Hand am Arm. Ich sehe rot und fahre herum. Mein Arm holt aus. Ich spüre, wie er trifft.

Declan geht zu Boden.

Ich weiche zurück.

Das Herz hämmert mir in den Ohren. Ich kann nicht sprechen, nicht denken.

Ich habe meinen besten Freund geschlagen. Ich habe meinen besten Freund geschlagen. *Ich habe meinen besten Freund geschlagen.*

Jemand ruft die Security.

Ein Elternteil muss mich abholen.

Das bedeutet, ich muss warten.

Wahrscheinlich wird es Kristin sein, da sie von zu Hause aus arbeitet. Aber jetzt sitze ich schon seit einer Stunde vorne im Sekretariat. Regen peitscht gegen die Fensterscheiben. Jede Menge Leute sind reingekommen und wieder gegangen, alle beschäftigt mit ihren eigenen Angelegenheiten. Doch ich halte den Kopf gesenkt, habe die Kapuze tief ins Gesicht gezogen. Meine Hand schmerzt, aber ich will nicht um einen Eisbeutel bitten.

Declan geht es gut.

Ob es unserer Freundschaft noch gut geht, weiß ich nicht.

Als ich klein war, ließ mich mein Vater, wenn ich eine Prüfung nicht bestanden hatte, ungefähr so warten wie jetzt hier. Um sich zu überlegen, wie ich ihn wieder gnädig stimmen konnte. Man sollte meinen, die Misshandlungen wären das Schlimmste gewesen, doch so war es nicht.

Es war das hier. Das Warten.

Mr. Diviglio, der Konrektor, hat mir erklärt, dass ich nur für den Rest des Tages vom Unterricht suspendiert bin, weil es mein erstes Vergehen war. Außerdem werden Geoff und Kristin einen Brief erhalten. Ich muss an einem Kurs über friedliche Konfliktlösung teilnehmen.

Was für ein Witz. Ich habe nicht die Jungs geschlagen, die es verdient hätten. Ich habe *meinen besten Freund* geschlagen.

Ich denke an die Augenblicke zurück, bevor ich zuschlug. Meine Gedanken waren fast wie die einer fremden Person. Ich kann mich nicht wirklich an meinen Geisteszustand erinnern. Ich weiß nicht mal, warum ich zugeschlagen habe.

Ein Teil von mir wünscht sich, sie hätten die Polizei gerufen, die mich in eine Zelle weggesperrt hätte. Weg von meinem Handy, meinem Vater und diesem inneren Konflikt, der mich in den Wahnsinn treibt.

Mein Handy meldet sich. Eine E-Mail.

Mein Magen zieht sich zusammen. Ich kann mich nicht überwinden, das Telefon aus dem Rucksack zu holen. Keine Nachricht könnte jetzt eine gute sein.

»Rev?«

Ich schaue hoch. Geoff steht vor dem Tisch. Ich rechne damit, dass er wütend ist. Aber er sieht nur verwirrt aus.

Das ist noch schlimmer.

Keine Ahnung, was ich ihm sagen soll. Mich entschuldigen? Es erklären? Meine Füße scheinen mit dem Boden verwachsen zu sein.

»Ich habe schon unterschrieben, dass du gehen kannst«, sagt er. »Komm jetzt.«

Ich war nie trotzig, aber als ich jetzt aufstehe und mir den Rucksack über die Schulter werfe, frage ich mich, was wohl passieren würde, wenn ich jetzt an ihm vorbeiginge, raus aus dem Gebäude und einfach immer weiter.

Ich tue es nicht.

Geoff schweigt, während wir ins Auto steigen. Alles ist nass vom Regen. Als die Türen zu sind, verwandelt sich das Wageninnere in einen Käfig, der Sicherheitsgurt in eine Schlinge.

Mein Handy ertönt wieder. Ich atme schneller und ganz flach. Das Handy bleibt im Rucksack.

»Hattet ihr Streit, du und Declan?«, fragt Geoff.

»Nein.«

»Möchtest du mir sagen, warum du ihn geschlagen hast?«

Ich schlucke und zupfe an einem Faden der Türverkleidung. Mein Blick ist starr auf die silberne Zierleiste des Fensters gerichtet. »Es war ein Unfall.«

»Ein Unfall?«

Ich nicke. Weiter will ich das nicht ausführen.

»Mr. Diviglio hat mir gesagt, du wärst in eine Auseinandersetzung mit anderen Schülern involviert gewesen. Willst du mir erzählen, was da los war?«

Seine Stimme klingt immer noch verwirrt. Er scheint herausfinden zu wollen, ob er mitfühlend oder streng reagieren soll.

Ich verstehe schon. So eine Unterhaltung haben wir noch nie geführt. Ich bin noch nie in eine »Auseinandersetzung« involviert gewesen. Ich musste noch nie auch nur nachsitzen.

Jetzt zucke ich zaghaft die Achseln. »Ein paar Jungs haben Matthew schikaniert. Ich habe versucht, sie daran zu hindern.«

Er schweigt erst. »Inwiefern schikaniert?«

»Ich weiß nicht genau. Sie haben ihn einfach … schikaniert.«

Er umklammert das Lenkrad fester. »Muss ich umdrehen und zur Schule zurückfahren?«

»Was?«

»Wenn sie dich vom Unterricht ausschließen, weil du versucht hast, ihn zu verteidigen, dann muss ich ein Wörtchen mit dem Konrektor reden.«

»Sie schließen mich vom Unterricht aus, weil ich Dec geschlagen habe. Matthew geht's gut.«

Als ich das sage, wird mir klar, dass ich gar nicht weiß, ob das stimmt.

Was bist du, sein neuer Boyfriend?

Weiß Neil das?

»Hat Declan ihn schikaniert?«, fragt Geoff.

»Natürlich nicht.«

Er seufzt. »Okay, und warum hast du dann Declan geschlagen?«

Weil Gewalt in meinen Genen liegt. Weil ich nicht richtig im Kopf bin. Weil ich eine Gefahr für alle um mich herum bin. Eine tickende Zeitbombe.

Declan hat die erste Explosion erlebt.

Meine Finger werden noch die Verkleidung zerrupfen.

»Irgendwas ist mit dir los«, sagt Geoff. »Ich glaube, es wird Zeit, darüber zu reden.«

Wir nehmen die letzte Kurve, bevor wir zu Hause sind. Ich sage nichts.

»Rev.« Er hat sich für die strenge Reaktion entschieden. »Antworte mir.«

Ich erstarre. Die Worte meines Vaters. *Antworte mir.*

Ich antworte ihm nicht.

»Rev.« Geoff nimmt den Blick kurz von der Straße, aber ich weigere mich, ihn anzusehen. Er erhebt nur selten die Stimme, aber wenn er es tut, meint er es ernst. »Antworte mir. Auf der Stelle.«

Ich tue es nicht. Und wieder macht dieser Trotz irgendwie süchtig. Gar nicht gut.

Er biegt in unsere Einfahrt, und ich bin schon aus dem Wagen, bevor er die Automatik auf Parken gestellt hat. Kristins Auto ist nicht da. Regen prasselt auf mich nieder, genau wie am Samstagabend.

Ich stürze ins Haus und will die Tür hinter mir zuschlagen.

Geoff fängt sie ab und folgt mir auf den Fuß. Er ist ziemlich fit, aber das bin ich auch. »Rev. Bleib stehen. Wir reden jetzt darüber.«

Nicht, wenn ich es verhindern kann. Ich versuche, ihm meine Zimmertür vor der Nase zuzuschlagen.

Er fängt sie ab. Drückt sie auf. Folgt mir ins Zimmer.

Ich drehe ihm den Rücken zu. »Lass mich in Ruhe.«

»Nein.«

Ich sage es ihm direkt ins Gesicht: »Lass. Mich. In Ruhe.«

Er weicht nicht zurück. »Nein.«

Ich balle die Hände zu Fäusten. »Lass mich in Ruhe!« Jetzt schreie ich bereits.

Seine Stimme wird noch ruhiger. »Nein.«

»Lass mich in Ruhe!« Ich schubse ihn und bin stark genug, ihn einen Schritt nach hinten zu stoßen, aber danach rührt er sich nicht von der Stelle.

»Nein.« Seine Stimme ist ganz leise. »Rev. Nein.«

»Geh weg.« Ich schubse ihn heftiger. »Geh weg.« Meine Stimme bricht. Ich keuche, als wäre ich einen Kilometer gerannt. »Ich will dich nicht. Ich will dich nicht.«

»Ich gehe hier nicht weg.«

»Geh raus!« Ich schubse ihn erneut. Er steht jetzt mit dem Rücken an der Wand. »Ich will dich nicht! Geh *raus*.«

»Nein.«

Ich lege die Hände an seine Brust und kralle die Finger in sein Hemd. Angst und Wut, die sich in mir aufgestaut haben, beginnen sich zu lösen, und ich kann nicht mehr klar denken. Ich bin mir nicht mal sicher, was ich tun will. Aber jeder Muskel meines Körpers ist angespannt und kampfbereit.

Geoff fängt meine Hände ab. Er will sie nicht abwehren. Er legt seine Hände nur über meine.

»Ist gut«, sagt er sanft. Seine Stimme ist tief und ruhig. »Rev. Ist schon gut.«

Ich atme so heftig, dass ich fast schon hyperventiliere. Ich zwinge meine Finger loszulassen. Meine Arme zittern.

»Tut mir leid.« Meine Stimme bricht. Ich weine. »Es tut mir leid.«

Geoff lässt mich nicht los. »Ist schon gut.«

Und dann breche ich zusammen und falle gegen ihn.

Er fängt mich auf. Er hält mich.

Weil er nicht mein Vater ist. Sondern mein Dad.

25. KAPITEL

Rev

Geoff macht uns Käsesandwiches aus der Pfanne.

Nein, *Dad* macht uns Käsesandwiches. Er bestreicht beide Brotseiten mit Butter, sodass sie in der Pfanne zischen. Auf jedes Sandwich legt er vier Scheiben Käse. Das Brutzeln der Butter vermischt sich mit dem Prasseln des Regens, der gegen die Glasscheiben der Schiebetür fällt. Es sind die einzigen Geräusche im Haus, und es hört sich angenehm an.

Mom trifft sich offenbar mit einem Klienten am anderen Ende des Bezirks, sonst wäre sie hier und würde Dad Vorwürfe wegen seines Cholesterinspiegels machen.

Oder sie würde neben mir sitzen und meine Hand halten.

Mit verquollenen Augen kauere ich auf einem Stuhl. Er hat mich nicht mehr gedrängt, ihm zu antworten, aber irgendwas hat sich trotzdem verändert. Ich fühle mich nicht mehr allein, muss mich nicht verstecken.

Er sagt mir, ich solle etwas zu trinken und Teller für uns beide auf den Tisch stellen. Seine Stimme klingt dabei sanft und ausgeglichen. Als wäre es ein Tag wie jeder andere.

Ich erledige alles. Dann setzt er sich neben mich.

Plötzlich kommt es mir vor, als habe er Erwartungen wie eine Wolldecke um meine Schultern geworfen. Ich halte mir die Hände vor den Bauch.

»Hey.« Behutsam schüttelt er mich an der Schulter. »Wir schaffen das. Okay? Was auch immer es ist.«

Ich halte den Atem an und nicke, bis meine Lungen nach Sauerstoff schreien. Selbst dann hole ich nur ganz zaghaft Luft.

Dad hat sein Sandwich noch nicht angerührt. »Das hat überhaupt nichts mit Matthew zu tun, stimmt's?«

Ich schüttle langsam den Kopf.

»Iss dein Sandwich, Rev.«

Ich räuspere mich. Meine Stimme ist tief und rau, klingt aber nicht gebrochen. »Ich muss dir was zeigen.«

»Okay.«

Der Brief meines Vaters hat seit letztem Donnerstag zwischen meiner oberen und unteren Matratze gelegen. Das ist nicht gerade das originellste Versteck, aber ich mache mein Bett selbst und habe Mom und Dad nie Anlass gegeben, mein Zimmer zu durchsuchen.

Ich habe keine Angst, ihm den Brief zu geben. Was auch immer vorhin in meinem Zimmer passiert ist – seitdem hat sich die Anspannung der letzten Tage gelöst.

Der Briefumschlag fühlt sich brüchig an, von den verbrannten Ecken lösen sich verkohlte Flocken. Ich lasse ihn einfach so vor Dads Teller fallen und sinke wieder auf meinen Stuhl zurück.

Dann verschränke ich die Arme erneut vor dem Bauch. Ich kann ihn nicht ansehen, während er liest.

Nein. Das ist gelogen. Ich muss sein Gesicht sehen. Ich starre ihn an. Und wieder halte ich den Atem an.

Er setzt seine Lesebrille auf und lässt den Brief vorsichtig aus dem Umschlag gleiten.

Seine Miene wird reglos. Er schaut über den Rand seiner Brillengläser. »Woher hast du den?«

»Er kam mit der Post.«

»Wann?«

»Am Donnerstag.«

Seine Augenbrauen schießen in die Höhe. »Donnerstag!«

Ich zucke leicht zusammen. Er starrt wieder auf den Brief. Liest ihn noch mal.

Sein Blick sucht meinen. »Als ich im Garten zu dir gekommen bin. Und du so sauer warst.«

Mein Atem geht wieder flach. Unter dem Tisch ruckt eines meiner Knie auf und ab. Ich nicke kaum merklich.

Er nimmt seine Lesebrille ab und legt sie auf den Tisch. »Rev.« Seine Stimme klingt ernst. »Habe ich irgendwas gesagt, dass dich denken ließ, du könntest mir nicht davon erzählen?«

Mit dieser Frage habe ich nicht gerechnet. »Nein.« Mein Mund wird trocken, und ich muss mich noch mal räuspern. »Ich weiß nicht … ich wusste nicht, was ich tun sollte.«

»Ist das der einzige Brief?«

Ich nicke. »Der einzige handgeschriebene. Ja.«

»Der einzige handgeschriebene?« Er setzt die Brille wieder auf und überfliegt den Brief erneut. »Was gibt es denn sonst noch für welche?«

Ich reibe mit den Handflächen über meine Knie. »Ich habe ihm eine Mail geschrieben. Dann hat er zurückgeschrieben.«

Geoff sieht mich ungläubig an. »Du hast dir mit ihm E-Mails geschrieben?«

Ich wende den Blick ab. »Tut mir leid.« Meine Augen brennen schon wieder. Ich fahre mir mit der Hand übers Gesicht. »Es tut mir leid. Ich wollte euch nicht verärgern. Ich weiß, dass ich Mist gebaut habe.«

»Rev.« Dad rückt seinen Stuhl näher zu mir. Und er legt eine Hand auf meine. »Du hast keinen Mist gebaut. Ich wünschte … ich wünschte nur, ich hätte es gewusst.«

Ich zucke zusammen. »Ich weiß. Tut mir leid.«

»Nein. So meine ich das nicht. Ich wünschte, ich hätte es gewusst, um dir zu helfen.«

Er nimmt das alles so gelassen. Ich hatte hektische Aktivität erwartet. Anrufe bei Anwälten oder der Polizei. Ich hatte solche Angst, mein Vater würde vor unserer Haustür auftauchen, mit einem Kruzifix und einer Pistole. Dass jetzt jemand hier sitzt und mit mir darüber spricht, erlaubt mir den ersten tiefen Atemzug seit Tagen.

»Ich habe einfach … ich fand …« Ich muss mich zwingen, ruhig zu atmen, damit ich überhaupt wie ein normaler Mensch sprechen kann. »Es kam mir vor, als würde ich euch hintergehen. Wenn ich mit ihm Kontakt habe.«

»Du hintergehst uns nicht, Rev. Ich will natürlich nicht, dass du verletzt wirst, aber wenn du dir mit deinem Vater schreibst, ist das für mich kein Hintergehen. Und für Mom auch nicht. Egal, was passiert, wir haben dich lieb. Alles an dir.«

Seine Worte wärmen mich von innen, aber ich schnaube und streiche mir die Haare aus dem Gesicht. »Selbst wenn ich euch anschreie, dass ihr aus meinem Zimmer verschwinden sollt?«

»Selbst dann. Wir machen alle manchmal Druck, nur um uns zu versichern, dass auf der anderen Seite jemand ist, der dem Druck standhält.«

Ich muss an Emma und ihre aggressiven Worte im Auto denken. Aber diese Gedanken muss ich jetzt beiseiteschieben. »Und wenn ich zu viel Druck mache?«

»Unmöglich.«

Es soll sicher beruhigend klingen, doch die Angst zieht immer noch gemächliche Kreise durch meinen Brustkorb. »Ich glaube, das ist mir schon fast gelungen.«

»Ach, Rev.« Er drückt mich in einer Umarmung an sich und küsst mich auf die Schläfe. »Nicht mal annähernd.«

Wir essen unsere Sandwiches. Danach räume ich die Küche auf, während Geoff die Mails auf meinem Handy liest. Gleichzeitig macht er sich Notizen auf einem Block.

»Hast du ihm, abgesehen von der ersten Mail, noch irgendwas geschrieben?« Seine Stimme klingt analytisch.

»Nein.«

Er sieht mich über den Rand seiner Brille hinweg an. »Möchtest du?«

Antworte mir.

Ich zucke die Achseln und schaue weg.

»Möchtest du, dass er damit aufhört?«, fragt Dad.

Ja. Nein. Keine Ahnung.

Ich lehne wie erstarrt am Spülbecken und kann mich nicht rühren.

»Das ist eine wichtige Frage«, sagt Dad. »Ich frage dich, ob ich eine Kontaktsperre beantragen soll.«

»Wenn du das machst, darf er mich gar nicht mehr kontaktieren, stimmt's?«

»Stimmt.«

»Gab es vorher schon eine Sperre? Hat er deshalb bis jetzt gewartet?« Es ist so eine Erleichterung, endlich mit jemandem darüber reden zu können. Mit jemandem, der Antworten für mich hat. Mit jemandem, der mir sagen kann, was ich tun soll. Mir war gar nicht klar, wie sehr ich diese Unterstützung gebraucht habe.

»In gewisser Weise. Ihm wurde das Sorgerecht entzogen. Deshalb durfte er dich nicht kontaktieren, solange du minderjährig warst.«

»Wie glaubst du, hat er mich gefunden?«

»Ich weiß es nicht, aber ich werde unseren Anwalt danach fragen.« Dad schweigt kurz. »Möchtest du, dass ich mich um eine Kontaktsperre bemühe?«

»Ich glaube … ich glaube, das würde es nur schlimmer machen. Zu wissen, er ist da draußen, aber nicht zu wissen …« Ich breche mitten im Satz ab und schlucke.

Dad nimmt seine Lesebrille ab. »Darf ich dir meine Meinung dazu sagen?«

»Ja.« Meine Finger klammern sich um den Rand der Spüle hinter mir.

»Du bist achtzehn. Du kannst in dieser Sache selbst entscheiden. Mom und ich geben dir jegliche Unterstützung.« Er überlegt kurz. »Aber diese Nachrichten sind nicht positiv, Rev. Da spricht kein geläuterter Mann, der etwas wiedergutmachen will. Das ist ein gestörter Mensch, der dich jahrelang gequält hat.«

Seine Worte bewirken, dass ich mich ein klein wenig in mich zurückziehe. »Manchmal …« Ich spreche sehr leise, weil es einfach nicht lauter geht. »Ich frage mich, ob das eine Prüfung ist. Ob das alles eine Prüfung ist.«

»Eine Prüfung von Gott?« Dad war schon immer offen für Diskussionen über Religion. Er debattiert sogar richtig gern über Theologie. Er und Mom sind nicht gläubig, aber das Konzept fasziniert ihn. Als ich noch kleiner war, ging Mom mit mir in die hiesige Kirche, weil sie dachte, ich würde die Besuche als tröstlich und vertraut empfinden, aber ich fühlte mich zu sehr an meinen Vater erinnert. Zitternd saß ich neben ihr in der Bank.

Ich habe es seither noch ein paarmal versucht, aber es hat nie funktioniert.

»Ja«, sage ich, »eine Prüfung von Gott.«

»Wir besitzen alle einen freien Willen, Rev. Wenn das eine Prüfung für dich ist, dann ich es auch eine für mich, für Mom und sogar für deinen Vater. Er hat entschieden, dir diese Nachrichten zu schicken. Du könntest das ganze Leben als Prüfung betrachten. Kein Mensch lebt in einem Vakuum. Unser Verhalten hat Auswirkungen auf alle Menschen in unserer Umgebung. Manchmal sogar, ohne dass es uns bewusst ist.«

Wieder muss ich an Emma denken. Sie hat heute Morgen wirklich gelitten.

Und an Matthew. Irgendwas ist in der Mittagspause passiert. Und ich weiß nicht, ob ich die Sache besser oder schlimmer gemacht habe.

Und an Declan. Als ich mein Handy rausholte, um Dad die Nachrichten meines Vaters zu zeigen, konnte ich sehen, dass er mir eine SMS geschrieben hat.

Ich habe sie nicht angeklickt, weil ich so ein Feigling bin.

»Eine Prüfung impliziert, dass nur du allein herausgefordert bist«, sagt Dad. »Aber das ist unmöglich, wenn du von anderen umgeben bist, deren Verhalten deine Entscheidungen beeinflussen. Und glaubst du wirklich, dass es einen Gott gibt, der sich einzelne Menschen aussucht und diesen Prüfungen unterzieht? Auf welcher Basis?«

Ich weiß nicht genau, was ich darauf erwidern soll.

Er lehnt sich auf seinem Stuhl zurück. »Manchmal werden Ereignisse durch etwas ausgelöst, was so weit weg ist, dass man die Verbindung kaum oder erst viel später herstellen kann – und wann hat dann der Test stattgefunden? Gleich zu Beginn? Mittendrin? Die ganze Zeit über? Das bringt uns dahin zurück, das ganze Leben als einen Test zu betrachten. Und vielleicht ist es so. Aber wenn jemand mit einem anderen Wertesystem aufwächst, wie kann man ihn dann nach unserem beurteilen? Wie fair wäre so ein Test? Wir können wohl nur mit dem, was uns gegeben ist, unser Bestes versuchen.«

»Ich weiß.«

»Wirklich? Denn ich frage mich, ob nicht ein Teil von dir immer noch nach der Zustimmung deines Vaters strebt. Selbst nach all den Jahren. Ich frage mich, ob du sie nicht von Anfang an gesucht hast, indem du die Bibel praktisch auswendig gelernt hast. Ich frage mich, ob du ihm diese E-Mail, wenn nicht aus Neugier, dann aus Pflichtgefühl geschickt hast. Ich frage mich, ob es nicht einfacher für dich ist, dir vorzustellen, dass Gott dich prüft, anstatt dir einzugestehen, dass dein Vater dich wirklich verletzt hat, Rev. Wenn es hier überhaupt eine Prüfung gibt, dann die, die du dir selbst auferlegt hast.«

Seine Stimme klingt sanft und freundlich. Meine Finger umklammern die Arbeitsplatte so fest, dass ich fürchte, den Granit zu zerbrechen. »Und worin besteht die Prüfung?«

Dabei weiß ich es schon.

»Willst du deinen Vater in deinem Leben haben?«

Meine Stimme ist nur ein Flüstern. »Ich weiß nicht.«

»Ich glaube, das tust du doch, Rev.«

Auf den Stufen zur hinteren Veranda sind laute Schritte zu hören. Ich schaue zur Uhr über der Mikrowelle. Küchenschränke blockieren mir den Blick zur Schiebetür. Aber da es schon Nachmittag ist, muss das Matthew sein, der aus der Schule kommt.

Er hätte weglaufen können. Er hat es nicht getan.

Dad erhebt sich, um ihm die Tür zu öffnen. Matthew schiebt sich wortlos an ihm vorbei und würdigt mich keines Blickes. Er stürmt durch die Küche und biegt in sein Zimmer ab.

Daraus schließe ich, dass der Rest des Tages nicht gut lief.

Wieder Schritte auf der Veranda.

Das ist Declan. Ich weiß, dass es Declan ist.

Scham lässt mich innerlich erglühen. Ich wünschte, ich könnte mich auch in meinem Zimmer verkriechen.

Er tobt wie ein Hurrikan in die Küche. Ich drücke mich näher ans Spülbecken, bis ich merke, was ich da tue und mich zu einer aufrechten Haltung zwinge.

»Hi, Declan«, sagt Dad, als wäre nichts und dies ein ganz gewöhnlicher Nachmittag.

»Hey.« Dec rast ebenfalls an ihm vorbei und kommt um die Schränke herum zu mir. Seine Miene ist finster. Sein Kinn ist geschwollen und blau verfärbt. Ich habe ihn ordentlich erwischt.

Bei seinem Anblick zucke ich zusammen und weiß nicht, was ich sagen soll. »Willst du mich auch schlagen? Nur zu.«

»Nein, ich will dich nicht schlagen, du Idiot. Aber ich habe dir ungefähr dreißig Nachrichten geschickt. Geht es dir gut?«

Ich reiße die Augen auf. »Du fragst mich, ob es *mir* gut geht?«

»Ja.«

Das ist so wie der Moment, als mir klar wurde, dass Dad sich nicht aus meinem Zimmer vertreiben lassen würde. Am liebsten würde ich mich auf den Boden kauern. »Nein«, sage ich, »geht es nicht.«

»Dann komm mit.«

Ich rühre mich nicht. In meinem Kopf herrscht Chaos. »Wohin denn?«

»Nach unten. Hol deine Handschuhe. Wenn du Schläge austeilen musst, dann suchen wir lieber was anderes als mein Gesicht als Zielscheibe.«

26. KAPITEL

Emma

Meine Eltern feilen in der Küche an einer Trennungsvereinbarung.

Ich sitze auf der Couch und schaue irgendeinen alten Film auf Netflix, während ich sie über Dinge zanken höre wie, wer das teurere Auto fährt und wer wie viel für Lebensmittel zahlen soll. Seit ich aus der Schule nach Hause gekommen bin, hat keiner von beiden ein Wort zu mir gesagt. Sie stecken in einer Art selbst gemachter Blase.

Ich wünschte, ich könnte mich in die Blase meines Zimmers zurückziehen, aber die Vorstellung, nicht zu wissen, was sie aushandeln, ist mir unerträglich.

Wenn sie fertig sind, werde ich auch nur irgendein Posten sein.

Ich halte das nicht aus. Hier kann ich nicht bleiben.

Also pfeife ich und schnappe mir die Hundeleine.

Aus dem Regen ist ein Tröpfeln geworden. Ich habe es mir schon zur Gewohnheit gemacht, den Weg Richtung Kirche einzuschlagen. Auch Texy biegt am Ende unserer Straße schon automatisch ab.

Insgeheim hoffe ich, dass Rev dort ist und auf mich wartet.

Ja, klar. Wir haben uns nicht verabredet, und nachdem ich ihn im Auto so angezickt habe, kann ich mir nicht vorstellen, dass er wartet, um sich noch mehr davon anzuhören.

Ich hoffe trotzdem.

Heute Mittag habe ich mich hinter einem Computer versteckt. Ich bin Cait aus dem Weg gegangen. Rev aus dem Weg gegangen. Dem Leben aus dem Weg gegangen. Am liebsten hätte ich noch eine Stunde geschwänzt, aber ohne Auto wusste ich nicht, wie ich das Schulgelände schnell genug verlassen sollte. Und darauf, durch den Regen zu latschen, hatte ich wirklich keine Lust.

Also loggte ich mich in Battle Realms ein und spielte mit Ethan. Zwar gibt es an jedem Computer ein ziemlich unmissverständliches Schild, auf dem steht: *KEIN GAMING WÄHREND DER*

UNTERRICHTSZEIT. Aber ein ziemlich entschlossener Teil meines Gehirns ignorierte das einfach.

Die Kirchenbänke sind leer. Das Rasenstück neben der Kirche ist leer.

Natürlich. Heute keine Begegnung wie in einer romantischen Filmkomödie.

Ich lasse Texy ihr Geschäft erledigen, dann pfeife ich nach ihr. Sie kommt sofort zu mir gelaufen, was mir alle noch verbliebene Hoffnung nimmt, Rev würde irgendwo, außer Sichtweite, mit Chicken Nuggets sitzen.

Ich bin echt erbärmlich.

Hast du ein schönes, beruhigendes Bibelzitat zum Thema Scheidung?

Ich hätte ihn nie so anzicken dürfen. Ob es Mom gefallen würde, wenn ich ihr erzähle, dass ich zwar nicht ihre Leidenschaft für die Medizin geerbt habe, aber dafür ihre Neigung zu schnippischen Bemerkungen?

Vielleicht sollte ich zu ihm nach Hause gehen und mich entschuldigen.

Bevor mir so richtig klar wird, was ich mache, tue ich genau das. Das Haus ist leicht wiederzufinden. Aus jedem Fenster fällt Licht, wie kleine Leuchtfeuer im Nieselregen. Seine Eltern wirkten freundlich.

Sobald ich das denke, weiß ich, dass ich nicht bei ihm anklopfen werde. Ich halte eine normale Familie nicht aus. Nicht jetzt. Nicht angesichts des Chaos', das mich zu Hause erwartet. Aus demselben Grund kann ich auch Cait nicht besuchen.

Mein Handy meldet sich.

Ethan.

Ethan: Was machst du heute Abend so? Ich habe dich schon online gesucht.

Vielleicht ist das ein Zeichen.

Ich kehre vor Revs Haus um und gehe zurück zur Kirche. Im Gehen schreibe ich.

Emma: Bin mit dem Hund draußen, weil sie gerade die Trennungsvereinbarung aushandeln.

Ethan: Und das läuft nicht gut?

Emma: Als ich gegangen bin, haben sie sich gerade wegen der Anzahlung für das Haus damals angeschrien. Stell dir das vor.

Ethan: Autsch.

Emma: Das kannst du laut sagen.

Ethan: Nervt es, jeden Abend mit dem Hund rauszumüssen?

Emma: Nein, das macht mir nichts aus. Mom sagt, es wäre die einzige Möglichkeit, mich vom Computer wegzukriegen. Ich finde es schön ruhig. Außerdem habe ich mein Handy dabei.

Ethan: Wie heißt dein Hund?

Emma: Texas.

Ethan: Schick mal ein Bild.

Ich halte das Handy hoch und schnalze mit der Zunge. Texas schaut sich über die Schulter und mit schiefen Ohren nach mir um. Ich drücke auf den Button, um ein Foto zu machen, und schicke es Ethan.

Ethan: Sie ist hübsch.

Emma: Danke. Sie ist ein guter Hund.

Ethan: Ich wünschte, ich hätte auch einen Hund. Ich glaube, es würde mir helfen, jemanden an meiner Seite zu haben.

Emma: Das kann sie gut.

Ich beiße mir auf die Lippe und schicke gleich noch eine Nachricht hinterher.

Emma: Bist du einsam?

Ethan: Was denkst du?

Ich starre auf seine Nachricht. Bevor mir eine passende Antwort darauf einfällt, kommt noch etwas von ihm.

Ethan: Sorry. Ich wollte dir nicht blöd kommen.

Emma: Schon okay. Bist du nicht.

Er schreibt nicht zurück.

Na toll. Jetzt habe ich mühelos noch eine Freundschaft ruiniert.

Aber dann kommt eine lange Nachricht von ihm.

Ethan: Ja. Ich bin einsam. Ich habe das letzte Jahr quasi ausschließlich in meinem Zimmer verbracht. Ich bin die ganze Nacht über online. Die einzigen Menschen, mit denen ich wirklich rede, sind die beim Gaming. Tagsüber ignorieren mich alle. Das ist auch nicht ihre Schuld – ich ignoriere sie genauso. Aber das hilft einem nicht gerade dabei, auf der sozialen Leiter voranzukommen.

Ich weiß nicht, was ich dazu sagen soll. Was er da schildert, ist irgendwie furchtbar traurig.

Vielleicht sollte ich meiner Mutter dafür danken, dass sie mich täglich zwingt, das Haus zu verlassen.

Ethan: Tut mir leid. Zu viel persönliche Information.

Emma: Nein, mir tut es leid. Gibt es irgendwas, was ich tun kann?

Ethan: Mir deinen Hund leihen?

Dann schickt er das grinsende Emoji mit Sonnenbrille.

Emma: Haha. Jederzeit.

Ethan: Ich werde dich beim Wort nehmen.

Dann schickt er noch ein lächelndes Emoji.

Ethan: Ich vermute mal, dass du mir kein Bild von dir schickst.

Emma: Wozu?

Ethan: Ich bin bloß neugierig. Ich sehe dich immer noch als Azure M vor mir und weiß, dass das nicht stimmt.

Emma: Ich sehe dich auch als den Typen in Other-LANDS.

Erst herrscht eine lange Pause, dann kommt ein Bild. Es ist grobkörnig und dunkel, aber er ist drauf. DAS IST ER. Er hat kurze blonde Haare. Helle Augen. Ein schmales Gesicht und breite Schultern. Das Licht seines Computers fällt auf sein Gesicht, sodass er nur unscharf zu sehen ist, aber ich kann erkennen, dass er ein nettes Lächeln hat. Schüchtern, aber nett. Weiche Wangen.

Und Gott sei Dank ist er voll bekleidet. Also sein Oberkörper ist voll bekleidet. Mehr kann ich nicht sehen. Er könnte von der Taille abwärts auch nackt sein, ohne dass ich es wüsste.

WARUM PRODUZIERT MEIN GEHIRN EIGENTLICH SOLCHE GEDANKEN?

Er hebt die Hand mit der gleichen Begrüßungsgeste, die er im Spiel verwendet. Ich muss grinsen.

Schon erscheint die nächste Nachricht.

Ethan: Ich kann nicht glauben, dass ich dir das gerade geschickt habe. Ich fürchte, ich kriege gleich einen Herzanfall.

Mir wird ganz warm ums Herz.

Emma: Stirb nicht, bevor ich die Gefälligkeit erwidern kann. Hier. Warte kurz.

Ich halte das Handy von mir weg und versuche, ein Bild zu machen.

Okay, ich mache sieben. Der Blitz lässt mich auf jedem weiß aussehen, aber am Ende entscheide ich mich für eins, auf dem ich nicht ganz so schlimm aussehe, und schicke es.

Ethan: Du siehst wirklich wie Azure M aus.

Emma: Nein, tu ich nicht.

Ethan: Tust du doch.

Emma: Azure M hat keine Brille.

Ethan: Vielleicht ist das deine Geheimidentität.

Ich muss wieder grinsen.

Emma: Du siehst irgendwie aus wie Ethan.

Ethan: Zum Glück. Ich bin ja auch Ethan.

Emma: Du weißt, wie ich das meine.

Ethan: Weiß ich.

Emma: Nett, dich kennenzulernen, Ethan.

Ethan: Nett, dich kennenzulernen, Emma.

Emma: Ich bin froh, dass du mir geschrieben hast. Ich brauchte gerade dringend Ablenkung.

Ethan: Ich bin auch froh, dass ich dir geschrieben habe.

Emma: Ich kann nach Hause und auf OtherLANDS gehen, wenn du Lust hast zu spielen.

Ethan: Ja, gerne.

Emma: Dann bis in 10 Min.

Ich schnalze mit der Zunge. »Komm schon, Tex.«

Sie zieht Richtung Kirche, Richtung Revs Haus, in Richtung von allem, woran ich nicht denken will.

Ich ziehe sie in die entgegengesetzte Richtung, und wir laufen nach Hause.

27. KAPITEL

Rev

Vorhin dachte ich, ich wäre erschöpft.

Jetzt bin ich total verschwitzt, und meine Muskeln haben sich in Gelatine verwandelt.

Zum Abendessen legten wir eine Pause ein. Es war eine peinliche, stille Angelegenheit, bei der Kristin versuchte, Konversation zu machen, Matthew jedes an ihn gerichtete Wort ignorierte und Declan Witze darüber machte, dass er wegen mir jetzt mit einem Strohhalm essen müsse.

Jetzt sind wir wieder im Hobbyraum. Jedes Mal wenn ich eine Pause mache, um Luft zu holen, fragt Declan: »Willst du aufhören?«

Und dann muss ich wieder an meinen Vater denken und an Emma, an dieses verdrehte, komplizierte Chaos, und ich schlage wieder zu.

Es ist schon nach acht, als ich keuchend vom Boxsack ablasse. Dec wirft mir eine Wasserflasche zu, die ich fast in einem Zug leere. Trotz der Handschuhe schmerzen meine Knöchel, und meine Schultern zittern vor Anstrengung.

»Aufhören?«, fragt Declan.

Ich möchte Nein sagen, aber mein Kopf nickt ohne meine Zustimmung.

Da lässt er den Boxsack los und lässt sich auf den Yogaball in der Ecke plumpsen.

Ich setze mich rittlings auf die Bank zum Gewichtheben und lehne mich mit dem Rücken an die verspiegelte Wand. Dann ziehe ich die Handschuhe aus.

Er wirkt relaxt. Es liegt keine Spannung in der Luft.

Trotzdem fällt es mir noch schwer, ihn anzusehen. »Bist du sauer, weil ich es dir nicht erzählt habe?«

»Nein.« Er schweigt kurz und fährt dann nachdenklich fort. »Du wolltest es mir Freitagnacht sagen, oder?«

Aus seiner Stimme klingt eine Spur Bedauern. Ich zucke mit den Schultern.

»Und dann habe ich über deinen Vater hergezogen«, sagt er.

»Das war okay«, sage ich.

Er lehnt sich in die Ecke zurück und blickt an die Decke. »Wenn wir schon bei Daddy-Geheimnissen sind, habe ich auch eins.«

Das weckt meine Aufmerksamkeit. Ich richte mich auf und rücke ein Stück vom Spiegel weg. »Ach ja?«

»Ich werde ihn besuchen.«

Declan hat seinen Vater noch nie im Gefängnis besucht. Seine Mutter auch nicht. »Echt?«

»Ja.« Er zögert. »Ich konnte es Mom nicht erzählen.« Noch eine Pause. »Ich habe alles recherchiert. Es gibt Besuchszeiten unter der Woche. Da könnte ich nach der Schule hin. Mom und Alan sind so auf die Geburt des Babys fixiert, dass sie es wahrscheinlich nicht mal merken würden.«

Offenbar hat er ausführlich darüber nachgedacht.

Ich war so mit meinem eigenen Drama beschäftigt, dass ich nicht einen Moment überlegt habe, wie es ihm überhaupt geht.

»Soll ich mitkommen?«, frage ich ihn.

»Nee. Ich komme schon klar.«

Ich bin mir nicht sicher, was ich darauf sagen soll, und so schweigen wir einfach. Oben sehen sich Mom und Dad irgendein Superhelden-Drama an, was sie sonst nie tun. Ich frage mich, ob sie Matthew damit aus seinem Zimmer locken wollen.

Declan bricht unser Schweigen. »Ich hätte doch gern, dass du dabei bist.«

Das wusste ich schon vor fünf Minuten, aber ich bin erleichtert, weil er es ausspricht. Wir verstehen uns. »Wann willst du hinfahren?«

»Morgen?«

Ich nicke. »Okay.«

Im Augenwinkel nehme ich eine Bewegung wahr und erstarre. Das ist wie an dem Abend letztens, als ich spürte, jemand beobachtet mich.

Aber es ist auch nicht wie letztens. Die Dämonen in meinem

Kopf sind still. Oder vielleicht haben die anderen Menschen in diesem Haus sie gezähmt.

Ich sehe Declan an. »Ich glaube, Matthew ist hier unten«, flüstere ich kaum hörbar.

Er reagiert überhaupt nicht leise. »Wo?«

Ich schaue in die entfernteste Ecke, wo der Hobbyraum im Dunkeln liegt und eine Tür in die Waschküche und zu einem extra Badezimmer führt.

Declan rollt von seinem Yogaball und geht auf die Ecke zu. »Hey, Matthew.«

Ich glaube nicht, dass das gut laufen wird. Deshalb stoße ich mich von der Bank ab und will mich in Bewegung setzen, um zu verhindern, was gleich passieren wird.

Aber Declan deutet nur dorthin, wo wir sitzen. »Wenn du hier unten mit uns abhängen willst, nur zu.«

Einen Augenblick lang entsteht eine erwartungsvolle Pause.

Und dann kommt Matthew aus der Dunkelheit. Er ist gut im Anschleichen, denn ich habe ihn nicht runterkommen gesehen. Ich lasse mich zurück auf die Bank fallen.

Declan zieht einen gepolsterten Hocker von der Couch in der anderen Ecke heran und lässt ihn einfach neben Matthew stehen. »Hier. Setz dich.« Dann kehrt er auf den Yogaball zurück.

Matthew sieht erst mich an, dann Declan, und ich rechne damit, dass er die Treppe hinaufrasen wird.

Tut er aber nicht. Er setzt sich.

Das kommt mir *definitiv* wie ein Test vor.

»Du kannst dich nicht so im Dunkeln rumdrücken«, sagt Declan. »Damit erschreckst du Rev.«

»Danke«, sage ich nur.

»Was denn? Stimmt doch.«

Er hat recht. Und mir gefällt, wie er das einfach so erzählt. Ich hatte nur flüsternd auf der Bank gehockt. Declan hat das Problem gelöst.

Ich verbringe anscheinend viel zu viel Zeit mit meinen Gedanken.

»Und schleich dich auch nie an ihn ran.« Declan reibt sich das Kinn. »Denn Rev kann zuschlagen wie ein …«

»Dec.« Ich verdrehe die Augen.

»Ich bin trotzdem froh, dass du mir eine gelangt hast. Oder denkst du, diese Idioten trauen sich noch mal, Matt zu tyrannisieren, nachdem sie dich so gesehen haben?«

»Alter. Halt die Klappe.«

»Das meine ich ernst.« Er sieht zu Matthew hinüber. »Hör mal, du hast doch gesagt, dass sie dich heute Nachmittag nicht angesprochen haben. Ich garantiere dir, sie werden dich nicht mal mehr *ansehen*.«

»Wann habt ihr euch denn unterhalten?«, frage ich.

»Als ich ihn nach Hause gefahren habe.«

»Du hast was?«

Declan sieht mich an, als könne ich einem einfachen Gespräch nicht folgen, was es ziemlich genau trifft. »Was hast du denn geglaubt, wie wir sonst gleichzeitig hier angekommen sind?«

»Darüber habe ich gar nicht nachgedacht.« Wieder erstaunt mich Declans Fähigkeit, die Dinge einfach in die Hand zu nehmen. Ich wünschte, auch ich hätte dieses Selbstvertrauen. Ich saß mit Matthew beim Abendessen, und er bestand darauf, den Bus zu nehmen. Dann kriegt Declan diesen Schlag ins Gesicht ab und fährt den Jungen an seinem ersten Tag nach Hause.

Declan schaut Matthew an, der noch kein Wort gesagt hat, seit er bei uns sitzt. »Und *unterhalten* wäre vielleicht ein bisschen übertrieben.«

Matthew zuckt die Achseln.

»Warum haben die dich überhaupt schikaniert?«, frage ich.

Wieder nur ein Achselzucken, aber diesmal wirkt es weniger überzeugend. Er weiß, warum.

»Kennen die dich?«, frage ich.

Er antwortet nicht.

»Sie schienen dich zu kennen«, sagt Declan.

Er hat gesagt, dass er schon auf der Hamilton war. Ich frage mich, ob er dort in Schwierigkeiten geraten ist. Ob Mom und Dad das wissen? Oder hat das vielleicht was mit der Privatsphäre des Schülers zu tun, sodass Mr. Diviglio ihnen nichts darüber erzählen darf?

»Wer ist Neil?«, frage ich.

Eisige Wut scheint sich in Matthews Gesichtszügen zu spiegeln. »Niemand.«

»Klingt aber nicht wie niemand.«

»Ich habe gesagt, das ist *niemand.*«

»Na gut, na gut.« Declan klingt fast gelangweilt, aber es hilft, die Atmosphäre zu entspannen. »Er ist niemand.« Er überlegt. »Geht dieser *niemand* auch auf die Hamilton?«

Ich glaube zwar nicht, dass Matthew die Frage beantworten wird, aber er tut es. »Nicht mehr.«

Ich kenne keinen Neil, aber das hat nichts zu bedeuten. Auf die Hamilton gehen über zweitausend Studenten und Jugendliche aus dem ganzen County. In diesem Schuljahr besuchen allein sechshundert die zwölfte Klasse, und ich kenne nicht einmal die Namen von allen in meinem Jahrgang, von den anderen ganz zu schweigen.

»War er dein Boyfriend?«, frage ich vorsichtig.

»Nein.« Matthew klingt aufgebracht. »Ich bin nicht schwul.«

»Wenn du es bist, wäre es auch okay«, sage ich. »Mom und Dad macht das nichts aus. Mir auch nicht.«

»Mir auch nicht«, sagt Declan.

Matthew sieht richtig wütend aus. »Mir auch nicht, aber ich bin es nicht.«

Keine Ahnung, ob er die Wahrheit sagt, aber ich werde nicht weiter nachbohren. Jetzt zucke ich die Achseln. »Na gut.«

»Declan?«, ruft Kristin von oben die Treppe hinunter. »Deine Mom möchte wissen, ob du bald nach Hause kommst. Sie will irgendwelche Möbel umstellen.«

»Okay«, ruft er zurück. Dann erhebt er sich seufzend vom Yogaball und murmelt: »Das gibt mir noch den Rest.«

»Passiert das öfter?«

»Jeden Tag, Rev. Jeden Tag. Wenn sie mich jetzt noch mal das Wohnzimmer umräumen lässt, ziehe ich bei euch ein.«

Er geht, aber wir wissen beide, dass er die Möbel auch noch ein Dutzend Mal umstellen würde, wenn seine Mutter ihn darum bittet.

Ich rechne damit, dass Matthew hinter Declan her die Treppe raufrennt, doch das macht er nicht.

Ich muss wirklich dringend duschen, aber nachdem er sich jetzt das erste Mal freiwillig in meine Gesellschaft begeben hat, will ich es nicht verbocken.

Die Stille breitet sich um uns aus und wird nur von den Explosionen im Fernsehen oben unterbrochen.

»Ich wusste das nicht«, sagt er schließlich. »Dass ich dich erschreckt habe.«

»Ist ja auch mein Problem. Nicht deins.«

Er schüttelt den Kopf und sieht sich um. »Ich vergesse manchmal, dass wir alle einen Schaden haben.«

»Wer ist *wir*?«

»Kids wie wir. Pflegekinder.« Er schweigt kurz. »Declan hat mir davon erzählt – was dir passiert ist.«

Ich rutsche herum und reibe mir mit der Hand über den Nacken. Ich wäre gern sauer, aber ich bin es nicht. Was mir passiert ist, das ist ja kein Geheimnis. Und Declan ist der letzte Mensch, der darüber tratschen würde.

Ich passe mich seinem Ton an: gleichmütig, wachsam und leise. »Ist dir das Gleiche passiert? Mit deinem Vater?«

»Nein.« Matthew schaut nicht weg. »Ich habe keine Ahnung, wer mein Vater ist. Und meine Mutter habe ich seit … ewig nicht mehr gesehen.« Er verzieht das Gesicht und fährt sich dann mit der Hand darüber. »Ich weiß nicht mal mehr, wie sie aussieht.«

Erst will ich *Das tut mir leid* sagen. Das ist so eine automatische Reaktion. Aber gleichzeitig ist so eine Bemerkung wertlos.

»Ich war in elf Pflegestellen«, sagt er. »Und du?«

»Einer.« Ich lasse meinen Zeigefinger kreisen, um auf den Raum zu deuten, in dem wir sitzen. »Ich bin mit sieben hierhergekommen. Als ich zwölf war, haben sie mich adoptiert.«

Er schnaubt, als wäre er irgendwie enttäuscht. »Du hast Glück gehabt.«

Glück. Ich könnte mein Shirt ausziehen und mit ihm bis in alle Ewigkeit über *Glück* debattieren. Aber weil sich das nicht lohnt, nicke ich nur. »Das weiß ich.«

Er schweigt für eine Weile. Dann schaut er hoch. »Neil war mein Pflegebruder.«

Ich betrachte die verblassenden Blutergüsse in seinem Gesicht und frage mich, ob Neil etwas mit ihnen zu tun hat. »Bei der letzten Pflegestelle?«

»Nein, bei der vorletzten. Neil besucht jetzt eine Privatschule, aber früher ging er auf die Hamilton. Sie haben ihn gezwungen zu wechseln. Er geht in die Elfte. Diese Typen aus der Cafeteria sind Freunde von ihm. Daher kennen sie mich.«

Matthews Stimme klingt absolut gleichmütig, doch alles, was ich über ihn weiß, würde in eine winzige Schachtel passen. Und dann wäre da drin immer noch Luft. Keine Ahnung, in welche Richtung sich dieses Gespräch entwickeln wird.

»In dem Haus, wo ich mit Neil war«, sagt er, »da haben sie nachts die Zimmer mit Vorhängeschlössern abgesperrt. Uns eingesperrt. Eigentlich dürfen sie das nicht, aus Feuerschutzgründen oder so. Aber manche Leute machen es trotzdem. Wenn die Kids weglaufen, kriegen sie ihren monatlichen Scheck nicht, weißt du.«

Ich bleibe völlig reglos sitzen.

Matthew zuckt mit die Achseln, doch ansonsten wirkt sein Körper absolut starr. Er blickt auf die Wand gegenüber. »Mich sperrten sie immer mit Neil zusammen.« Er lacht bitter auf. »Wie schon gesagt, Jugendknast wäre besser gewesen, was ich so an Geschichten aus dem Gefängnis gehört habe.«

»Warum hast du das niemandem gesagt?«

Er funkelt mich an. »Habe ich. Aber es war meine dritte Pflegestelle in diesem Jahr, und dann stand mein Wort gegen seins. Die haben die Kinder in die Zimmer gesperrt. Glaubst du, einer von denen hat sich darum geschert, was da drinnen passiert ist?« Noch so ein ersticktes Lachen. »Wahrscheinlich wussten sie es. Er war nicht besonders leise.«

»Was hat er getan?«

Der Ausdruck in seinen Augen ist brutal. »Rate mal.«

Ich will nicht raten. Ich muss nicht raten. »Wie lange ging das?«

»Ewig. Keine Ahnung. Vier Monate. Aber dann geriet er an der Hamilton in Schwierigkeiten, weil er einen anderen Schüler angegriffen hat. Danach nahm mein Sozialarbeiter mich endlich ernst. Neil kam an eine andere Schule. Ich kam in ein neues Haus.«

Mein Atem geht flach. »Deine letzte Pflegestelle.«

»Genau.« Seine Augen glänzen, aber aus seiner Stimme sind keine Tränen herauszuhören. Nicht mal ein Zittern. Der Junge hat gelernt, seine Gefühle zu verbergen. »Ich war das einzige Pflegekind. Für ungefähr einen Tag war ich erleichtert. Hältst du manchmal so lange die Luft an, dass es dir schon vorkommt, als wüsstest du gar nicht mehr, wie man atmet? So war das, von Neil wegzukommen. Aber dann fing der Mann an, zu freundlich zu sein.«

»Dein Pflegevater?«

»Ja. Aber der hatte nichts von einem Vater. Zumindest nichts, was ein Vater haben sollte.« Matthew schüttelt den Kopf und scheint sich fast vor sich selbst zu ekeln. »Ich war so durch den Wind. Deshalb wusste ich zuerst gar nicht, was los war, bis er anfing, abends in mein Zimmer zu kommen. Zuerst erzählte er mir, ich hätte Albträume und er wolle nur sicher sein, dass es mir gut ginge. Aber dann fing er an, meinen Rücken zu streicheln.« Unwillkürlich erschauert er. »Als er es dann versuchte, wehrte ich mich wie verrückt. Er hielt mich fest, aber seine Frau kam nach Hause und fand uns so, bevor irgendwas passiert war. Er behauptete, ich hätte ihn angegriffen.« Matthew sieht mich direkt an. »Und jetzt bin ich hier.«

Das erklärt die Kampfspuren an seinem Hals. Die Auseinandersetzung, die er angeblich angefangen hatte.

»Matthew. Wir können es Mom und Dad sagen. Dann melden sie ihn. Sie …«

»Nein!«, schreit er mich an. Er schluckt, aber seine Stimme ist scharf: »Ich habe es dir erzählt, weil Declan mir das von dir erzählt hat. Aber ich werde es niemand anderem sagen. Ich bin davongekommen. Es ist vorbei.«

»Aber er könnte das auch jemand anderem antun! Willst du nicht …«

»NEIN!«

»Aber …«

»Er wird mich finden und umbringen.« Zum ersten Mal zittert seine Stimme. Matthews Augen glitzern in dem dämmrigen Hobbyraum. »Warum glaubst du, habe ich mir das Messer geholt?«

»Jungs?«, ruft Mom von oben und kommt dann ein paar Stufen herunter, damit sie um die Ecke schauen kann. »Was ist denn los?«

Ich weiß nicht, was ich sagen soll.

Matthew drückt sich von dem Sitzkissen hoch und stürmt die Treppe hinauf. Mom legt ihm eine Hand auf den Arm. »Matthew, Lieber. Warte. Lass uns besprechen …«

Er streift ihre Hand ab und rennt in sein Zimmer. Die Tür schließt sich leise.

Mom mustert mich. »Rev?«

Ich weiß immer noch nicht, was ich sagen soll. »Ist okay. Uns geht es gut.« Ist es nicht. Und geht es uns nicht. Und meine Stimme verrät das auch deutlich.

Er wird mich finden und umbringen.

Ich weiß immer noch nicht, was ich sagen soll.

Wie immer rettet Mom mich. »Soll ich zu ihm gehen und mit ihm reden?«

»Ja.«

Sie zögert nicht einmal, sondern macht sofort kehrt und steigt die Stufen hinauf.

28. KAPITEL

Emma

Mein Vater hat mich doch überredet, mit ihm zu frühstücken.

Leider ist Dienstag, ich habe Schule, und er muss zur Arbeit. Also findet dieses Frühstück um sechs Uhr morgens statt.

Das Double T Diner ist rammelvoll, womit ich nicht gerechnet habe. Außerdem ist es lauter, als man es um diese Zeit braucht. Auf jedem Tisch steht eine kleine Jukebox, und die Hälfte davon spielt. Das Personal rennt herum, schenkt Kaffee aus und verteilt Teller in Rekordgeschwindigkeit.

Ich hocke im Halbschlaf in der Ecke einer Nische und wünsche mir eine Sonnenbrille. Brauchen diese Leute alle keinen Schlaf?

Es war auch für Dad seltsam, mich abzuholen. Ich saß im Flur und wartete darauf, dass seine Scheinwerfer die Straße rauf leuchteten. Ob es auch so sein wird, wenn sie nicht mehr um die Besuchsregelung streiten?

Mein Hals fühlt sich an wie zugeschnürt, und ich nehme einen Schluck von dem Kaffee. Der ist so heiß, dass ich ihn fast über den Tisch spucke.

»Vorsichtig«, sagt mein Vater. »Den hat sie ja gerade erst eingegossen.«

Es ist das erste Wort, das er an mich richtet, seit wir uns hingesetzt haben.

Dieses ganze Frühstück kommt mir ausgesprochen peinlich vor. Ich muss jetzt einfach irgendwie die nächsten neunzig Minuten durchstehen, dann kann er mich vor der Schule absetzen.

Wo ich mich ausgesprochen peinlich gegenüber Cait und Rev und allen anderen benehmen kann.

Dad schreibt irgendjemandem eine SMS. Ich bin nur froh, dass er zum Frühstück irgendwo hingehen wollte. In meinem Pyjama hätte er mich glatt übersehen können.

Ich kann gar nicht glauben, dass ich mich so darauf gefreut habe, ihm OtherLANDS zu zeigen.

Mein Handy meldet den Eingang einer Nachricht. Für Ethan und sogar für Cait ist es viel zu früh. Wahrscheinlich nur Spam.

Nein. Es ist ein Albtraum der besonderen Art.

>>>

Dienstag, 20. März, 06:42:00 Uhr
Von: N1ghtm@are5
An: Azure M

Hast du heute Geburtstag? Ich habe nämlich eine kleine Überraschung für dich.

Ich erstarre. Die Nachricht hat keinen Anhang.

Mein Herz schlägt dreimal so schnell wie sonst. Seit Tagen habe ich nichts von ihm gehört. Eigentlich hatte ich zu hoffen begonnen, die Sache sei ihm langweilig geworden.

»Warst du gestern lange auf?«, fragt Dad.

Seine Stimme reißt mich aus meinen Gedanken, obwohl er immer noch auf sein Handy schaut. Eine Minute lang frage ich mich, ob er überhaupt mit mir redet.

Ich schlucke und reiße mich dann zusammen. »Ja«, sage ich, »ich habe einen neuen Freund, mit dem ich spiele.«

»Ach ja? Jemand aus der Schule?«

»Nein, nur irgendein Typ, den ich online kennengelernt habe.« Ich kann nicht aufhören, auf mein Handy zu starren.

Was für eine Überraschung?

Ich will ihm zurückschreiben.

Gleichzeitig will ich das natürlich nicht.

Und von hier aus kann ich ihn auch nicht blockieren.

Ich kann nicht aufhören, an seine Bemerkung über mein Profilbild zu denken. Und daran, wie darauf mein Sweatshirt mit dem Schriftzug der *Hamilton High School* zu sehen ist.

»Was für ein Typ?« Mein Vater hebt den Blick kurz, bevor er wieder auf sein Handy guckt.

Ich wedle mit der Hand. »Ich kenne ihn nicht persönlich. Wir spielen nur manchmal zusammen.«

»Denkst du auch an Sicherheit?«

Zum ersten Mal fesseln die Worte meines Vaters meine Aufmerksamkeit. Er sorgt sich wegen Ethan, während ich einen Typen am Hals habe, der mir eine Überraschung verspricht. Ich starre ihn wütend an. »Keine Ahnung. Ist es sicher, ihm Nacktfotos zu schicken? Oder könnte das böse enden?«

»Emma.« Jetzt habe ich fast seine ganze Aufmerksamkeit. Er sucht tatsächlich Blickkontakt.

»Ich bin sechzehn Jahre alt, Dad. Ich bin nicht beschränkt.«

»Du weißt nie, wer auf der anderen Seite vor dem Bildschirm sitzt, Emma.«

»Das weiß ich.« Ich erlebe das im wahrsten Sinne des Wortes *in genau dieser Sekunde*.

Ich sollte ihm von Nightmare erzählen. Aber ausgerechnet jetzt will ich ihm überhaupt nichts erzählen. Furcht, Gereiztheit und Wut liefern sich, eingesperrt in meinem Bauch, gerade eine Schlacht.

Unsere Kellnerin taucht neben dem Tisch auf. »Wisst ihr schon, was ihr wollt?«

»Ja, sicher«, sagt mein Dad und hat die Aufmerksamkeit schon wieder auf sein Handy gerichtet. »Ich nehme nur Kaffee.«

Die Gereiztheit gewinnt. »Du fragst mich, ob ich mit dir frühstücken gehe, und dann trinkst du nur Kaffee?«

Er hebt wieder für Sekunden den Blick. »Emma.«

»Ich nehme Chesapeake Benedict«, sage ich, um ihn zu ärgern. Es ist das teuerste Gericht auf der Karte: Krabbenküchlein mit Eier Benedikt obendrauf.

Dad zuckt nicht mit der Wimper.

»Bekommst du«, sagt die Kellnerin und kritzelt etwas auf ihren Block.

Das schlechte Gewissen schlägt mir quasi ins Gesicht, weil mir einfällt, dass Mom aus finanziellen Gründen das Haus verkaufen will.

»Obwohl«, sage ich, »ich nehme doch lieber eine kleine Portion Pancakes.«

Sie streicht durch, was sie zuvor geschrieben hat. »Alles klar.«

Dann schnappt sie sich unsere Speisekarten und verschwindet.

Mein Dad schreibt weiter Nachrichten.

Ich nippe vorsichtig an meinem Kaffee. »Was ist los?«, frage ich ihn.

»Ach, du weißt doch, wie das ist. Reparaturen in letzter Minute vor dem Start.«

»Die müssen dich heute Morgen ja echt vermissen.«

Er schnaubt. »Du kannst dir nicht vorstellen, wie.«

ER BEMERKT DIE IRONIE NICHT MAL.

Noch ein Schluck Kaffee. Vielleicht muss ich ihm mit der Brechstange kommen. »Da ist es ja echt eine Schande, dass du deine Zeit mit mir verschwenden musst.«

»Das ist keine Zeitverschwendung«, sagt er und tippt munter weiter. »Ich kann beides auf einmal.«

Mein Gesicht nimmt den Ausdruck eines Emojis mit Strichmund an.

Egal. Ich hole mein eigenes Handy hervor. Die Nachricht von Nightmare ist immer noch als Erstes zu sehen. Ich schließe sie, bevor ich wieder anfangen kann zu hyperventilieren.

Außerdem denke ich mir: Was kann er im schlimmsten Fall tun? In der Schule aufkreuzen? Mit einem Foto von meinem Rücken wird er mich wohl kaum finden. Das dürfte schwer werden, wenn sein einziger Anhaltspunkt ist, dass ich ein Mädchen mit dunklem Zopf bin. Ein Bild von meinem Avatar hat er mir bereits geschickt – die Masche kenne ich schon.

Ich hole tief Luft. Das wird sich regeln.

Ich möchte Cait eine Nachricht schreiben, aber diese Brücke habe ich niedergebrannt.

Genauso wie die Brücke zu Rev.

Jetzt sitze ich hier wie auf einer einsamen Insel.

Vielleicht könnte ich Rev eine Nachricht schreiben. Er hat doch erzählt, sein bester Freund hätte sich mit seiner Freundin Briefe geschrieben, bevor sie sich persönlich kennengelernt haben.

Ich öffne einen Browser auf meinem Handy und suche nach Bibelzitaten über Scheidung.

Jeder, der sich von seiner Frau scheiden lässt und eine andere Frau heiratet, begeht Ehebruch.

Nein, das nicht.

Eine Frau ist, solange er lebt, an ihren Ehemann gebunden. Doch wenn ihr Ehemann stirbt …

Okay, das geht schon mal gar nicht.

Doch jeder von euch muss seine Ehefrau lieben wie sich selbst, und die Frau muss den Ehemann respektieren.

Wenn ich danach gehe, dann ist mein Dad mit seinem iPhone verheiratet.

Bei vielen dieser Sprüche geht es um Sex – und exakt *null* von ihnen beruhigen mich. Ich rümpfe die Nase.

»Worüber verziehst du das Gesicht?«, fragt Dad.

»Ich lese die Bibel.«

»Du tust – *was*?«

»Du hast mich schon gehört.« Ich wedele mit der Hand und gebe mir keine Mühe, meine Gereiztheit zu verbergen. »Kümmere dich wieder um dein Game-Zeug.«

»Emma …« Er klingt, als sei er unsicher, wie er jetzt weitermachen soll.

Ich kann ihm nicht helfen. Ich habe ja selbst keine Idee, wie ich weitermachen soll. Mich in Elektronik zu vergraben, hat zumindest in der Vergangenheit funktioniert. Und immerhin machen Computer, was ich will. Ich schaue nicht mehr auf.

Wie kann Rev überhaupt irgendwas davon beruhigend finden? Mal ehrlich, ich bin es schon leid zu lesen, wie Scheidung auf siebzehnerlei Arten verboten ist, außer wenn jemand stirbt.

Als Nächstes ändere ich meine Suchanfrage auf *Bibelverse über Verzeihen.*

Jetzt geht es nur darum, Gott um Verzeihung zu bitten. Auch nicht das, was ich suche.

Traurig an der Sache ist, dass ich wahrscheinlich auf Rev zugehen und sagen könnte: »Gibt es einen guten Bibelvers, um jemanden um Verzeihung zu bitten? Den bräuchte ich jetzt.«

Tatsächlich wäre das ein guter Anfang für eine Entschuldigung, wenn ich es mir recht überlege.

Nein, es könnte klingen, als würde ich mich über ihn lustig machen.

Also muss ich weitersuchen.

Die Kellnerin kommt an unseren Tisch zurück und stellt einen Teller mit Pancakes vor mich. Die Butter in dem Schälchen ist schon geschmolzen. *Fantastisch.* Ich kippe sie komplett darüber und dann noch eine Unmenge Ahornsirup hinterher.

»Möchtest du reden«, fragt Dad, »oder willst du die ganze Zeit nur in dein Handy glotzen?«

Ich knalle mein Smartphone auf den Tisch. »Machst du Witze? Sag mir, dass das ein Witz sein soll.«

Wir ziehen die Aufmerksamkeit aller Leute um uns herum auf uns.

»M&M«, sagt mein Dad leise. »Ich verstehe nicht, warum du so …«

»Was verstehst du nicht?«, gifte ich. »Du verstehst nicht, warum ich sauer bin? Wie wär's damit, dass ich um Punkt fünf aufstehen musste, um mit dir zu frühstücken, aber …«

»Tut mir leid, dass das so eine Mühe war.« Seine Augen blitzen vor Wut.

»… aber du schaust nicht von deinem Handy hoch, um dich mit mir zu unterhalten. Wenn ich dann anfange, in *mein* Handy zu schauen, weil ich mich langweile, und du noch nicht mal was isst …«

»Ich habe einen *Job*, Emma.«

»… machst du mir Vorwürfe, ich würde dich ignorieren. Dabei hast du, seit du mich abgeholt hast, nichts anderes gemacht.«

»Erstens«, sagt er und sticht dabei mit dem Zeigefinger auf die Tischplatte ein, »gammle ich nicht an meinem Handy. Du weißt, dass das für mich auch so schon eine harte Zeit ist, ohne alles andere, was ich am Hals habe. Und zweitens …«

Ich schnaube. »Meine Güte, dann hättest du dir vielleicht keine Scheidung aufhalsen sollen.«

»Ich habe dich zum Frühstück eingeladen, weil ich dich *vermisse*. Und ich verdiene diese Arroganz von dir nicht.«

»Du hast recht«, sage ich gespielt freundlich mit beißendem Spott. »Du verdienst das überhaupt nicht. Vielleicht sollte ich rausgehen und mir ein Glas Wein genehmigen, und du verdrehst die Augen bei einer Flasche Bier, während wir uns wie Erwachsene unterhalten.«

»Was?«, gibt er bissig zurück. »Emma, was willst du eigentlich von mir?«

Aufmerksamkeit.

Fast spreche ich es aus. Es liegt mir schwer auf der Zunge, wie etwas, was ich ausspucken muss, um wieder atmen zu können.

Ich bekomme Moms ganze Aufmerksamkeit und will sie nicht.

Von ihm bekomme ich keine und verzehre mich danach.

Wie können die beiden nur so blind sein?

»Nichts«, flüstere ich. Der Dolch meiner Scham dringt noch ein bisschen tiefer ein. Ich räuspere mich. »Ich glaube, du musst mich jetzt nach Hause bringen.«

Er seufzt. »Emma.«

»Ich will hier nicht sein. Ich muss nach Hause.«

»Iss deine Pancakes. Wir können über die Schule oder über das Spiel, das du gerade spielst, reden ...«

»Nach Hause.« Ich schiebe den Teller von mir weg. »Ich will nach Hause.«

»Du benimmst dich lächerlich«, faucht er. »Ich habe keine Ahnung, was dir deine Mutter erzählt, aber ich werde dir nicht durchgehen lassen, dass du dich jedes Mal so benimmst, wenn ich dich sehe.«

Wieder schnürt sich mir die Kehle zu. »Sie erzählt mir gar nichts.« Ich rutsche von der Bank in der Nische. »Keine Sorge.«

Sein Handy klingelt, und er schaut aufs Display. »Halt. Emma, halt. Ich will mit dir darüber reden.« Er wartet nicht mal ab, was ich darauf sage, sondern nimmt den Anruf entgegen. »Ja, Doug, gib mir dreißig Sekunden, okay?«

Dreißig Sekunden. Er glaubt, wir lösen das in dreißig Sekunden.

»Kümmere dich um deinen Anruf«, sage ich und werfe mir meine Tasche über die Schulter.

»Wo willst du hin?«

»Ich brauche frische Luft. Kümmere dich um deinen Anruf. Ich warte draußen.«

Aus irgendeinem Grund erwarte ich, dass er sein Telefonat beendet und hinter mir her aus dem Lokal rennt. Er tut es nicht. Ich höre ihn hinter mir noch sagen: »Danke, Doug. Ich sitze hier gerade mit meiner Tochter …«

Verrückt. Er lässt es klingen, als würde ihn Doug bei einem netten Anlass stören.

Ich setze mich auf eine Bank vor dem Café. Die Luft fühlt sich frisch und kalt an meinen Ohren an, aber wenigstens hat es aufgehört zu regnen. Auf dem Ritchie Highway rasen die Autos vorbei. Ich kann Dad durchs Fenster plaudern sehen.

Wenn ich doch nur hier weg könnte. Ein Stück die Straße runter hält ein Bus. Ich frage mich, ob ich den Mut aufbringe, loszurennen und dann einfach ewig mit ihm herumzufahren.

Nein, tue ich nicht.

Das würde ja auch eine echte sportliche Leistung erfordern.

Ohne Vorwarnung steigen mir Tränen in die Augen. Noch nie habe ich mich so allein gefühlt.

Ich rufe Cait an.

Ihre Mom meldet sich. »Hallo?«

Ich schniefe und versuche, mir das Weinen nicht anmerken zu lassen. »Hi, Mrs. Cameron. Hier ist Emma. Ist Cait schon wach?«

»Sie duscht gerade. Ist ja auch noch sehr früh, Liebes.«

»Ich weiß.« Wieder schniefe ich, und dann machen meine Augen einfach, was sie wollen. Ich fange richtig an zu heulen. »Tut mir leid. Tut mir leid. Können Sie ihr einfach ausrichten, dass wir uns dann in der Schule sehen?«

»Emma? Was ist passiert?«

Ihre Stimme klingt so freundlich. Ganz anders als die meiner Eltern, die nur noch giften. »Nichts.« Meine Stimme bricht. »Es ist nichts.«

»Ach, Süße. Du weinst doch. Das ist nicht nichts. Alles in Ordnung?«

»Nein.« Vor lauter Schluchzen kann ich kaum noch sprechen, als es aus mir herausbricht: »Meine Eltern lassen sich scheiden.« Ein Dieseltruck in der Nähe erwacht brummend zum Leben.

»Emma. Das tut mir so leid. Wo bist du denn?«

»Ich sitze hier draußen vor dem Double T Diner. Eigentlich sollte ich mit meinem Dad frühstücken, aber er hat keine Zeit dafür.«

»Ach, Emma. Soll ich dich holen kommen?«

»Ja«, sage ich. »Ja, bitte.«

»Ich bin in zehn Minuten da. Du bleibst einfach, wo du bist, hörst du?«

In den folgenden zehn Minuten frage ich mich, ob ich sie anrufen und sagen soll, dass sie nicht zu kommen braucht. Ich frage mich auch, was ich zu Cait sagen soll, wenn ich sie sehe.

Und ich frage mich, ob mein Dad merken wird, wie die Zeit vergeht, oder ob er sieht, dass ich hier draußen sitze und in meine Hände schluchze.

Tut er nicht.

Als ich Mrs. Camerons glänzenden dunkelbraunen Minivan auf den Parkplatz biegen sehe, schicke ich meinem Dad eine kurze Nachricht.

Emma: Will nicht zu spät in die Schule kommen. Fahre bei Cait mit.

Vielleicht wird ihn das aufrütteln.

Er schaut auf sein Display, blickt dann aus dem Fenster, genau als der Minivan vor mir hält.

Er reckt den Daumen in meine Richtung. Ein verdammtes »Daumen hoch«.

Ich drehe mich zum Wagen um. Cait öffnet gerade die Tür.

»Tut mir leid«, sage ich und breche erneut in Tränen aus. »Cait, es tut mir so leid …«

Sie springt zu mir raus und schließt mich in die Arme. »Ach, Emma. Du hättest es mir sagen sollen.«

»Los, Mädels«, ruft Mrs. Cameron. »Ich muss auch noch die Jungs zur Schule bringen.«

Wir steigen ein. Die Tür gleitet zu.

Und ich erinnere mich daran, wie es sich anfühlt, erwünscht zu sein.

29. KAPITEL

Rev

Rev,
denn ich erkenne meine Missetat, und meine Sünde ist immer vor mir.
Psalm 51:5
Mit anderen Worten: Es tut mir leid.
Emma

Der Zettel muss durch einen Schlitz in meinen Spind geworfen worden sein. Ich finde ihn erst, als ich vor der Mittagspause meine Bücher tausche. Ich lese ihn dreimal.

Keine Ahnung, wie ich darauf reagieren soll. Mein Kopf ist noch voller Furcht wegen meines Vaters. Wegen Matthew, der Mom nichts gesagt hat und dessen Geheimnisse jetzt genauso auf mir lasten wie meine eigenen. Keine Ahnung, ob Emmas Entschuldigung eine Abfuhr sein soll oder eine Einladung weiterzureden. Vielleicht steckt sie auch so tief in ihren eigenen Sorgen, dass wir es hierbei belassen sollten.

Ich weiß es nicht. Ich weiß es nicht. Ich weiß es nicht.

Ich stopfe den Zettel in meinen Rucksack. Jetzt muss ich erst mal was essen.

Declan wartet an unserem Tisch.

Zu meiner Überraschung sitzt auch Matthew dort. Er hat eine braune Papiertüte vor sich, aber noch nichts ausgepackt. Vielleicht will er abwarten, ob ich ihn wegjage. Auf der Fahrt zur Schule heute Morgen hat er wieder wie üblich stumm rebelliert.

Ich frage mich, ob er sich fragt, wann ich seine Geheimnisse ausplaudere.

Vielleicht sollte ich das sogar. Dad alles zu erzählen, war eine so unerwartete Erleichterung. Ich hatte solche Angst, dass er mich verurteilen würde. Stattdessen hat er mich daran erinnert, dass ich nicht allein bin.

Allerdings ist es nicht mein Geheimnis, das ich zu erzählen habe.

Ich werfe meinen Rucksack unter den Tisch und hole mein eigenes Lunchpaket heraus. »Hey«, sage ich nur.

Matthew wartet kurz und öffnet dann seine Tüte.

Juliet kommt mit einem Tablett an den Tisch, gefolgt von ihrer Freundin Rowan und Rowans Freund Brandon Cho. Sie lachen alle. Declan und Brandon haben überhaupt nichts gemein, aber den Mädchen zuliebe tolerieren sie sich. Normalerweise muss ich ihn unter dem Tisch treten, wenn seine gemurmelten Bemerkungen ein bisschen zu zynisch werden. Und ich bin mir ziemlich sicher, dass Juliet ihn dann von der anderen Seite tritt.

Matthew beobachtet, wie sie sich zu uns auf die Bänke quetschen. Seine Hand liegt reglos auf einem der Behälter, die Kristin für ihn eingepackt hat.

Die Mädchen und Brandon winken ihm kurz zu und stellen sich vor.

Er murmelt: »Hey«, und widmet sich wieder seinem Essen, obwohl er noch keinen Behälter geöffnet hat. Ein Augenblick verstreicht, dann wenden sich die anderen ihrer Unterhaltung zu. Ich frage mich, wie viel Declan Juliet über ihn erzählt hat.

Ich beuge mich zu Matthew rüber. »Alles in Ordnung bei dir?«, frage ich ihn.

Er fummelt am Deckel eines Behälters herum. »Mir geht's gut.«

»Wir können uns auch an einen anderen Tisch setzen.«

»Ich habe doch gesagt, mir geht's gut.« Er sagt das nicht angriffslustig, sondern leise. Es klingt, als wolle er sich auch selbst davon überzeugen.

Ein Kameraverschluss klickt, und ich zucke zusammen. Genau wie Matthew.

»Sorry«, sagt Juliet. »Tut mir leid. Ich hätte vorher fragen sollen. Es war nur ... es war ein so gutes Motiv.«

»Schon gut.« Ich befehle meinen Nerven, sich wieder einzukriegen.

Matthew sagt nichts, sondern starrt wieder auf sein Essen.

Juliet drückt ein paar Knöpfe an ihrer Kamera und schaut auf das Display an der Rückseite. Brandon, der neben ihr sitzt, beugt sich zu ihr, um das Bild zu sehen. »Das ist eine gute Aufnahme.«

Sie dreht die Kamera, sodass ich es auch sehen kann. Matthew und ich wirken reglos, sehen einander aber über den Tisch hinweg sehr eindringlich an. Die anderen Schüler hinter uns sind nur eine bunte, verschwommene Masse.

Rowan beugt sich zu uns, um es auch zu sehen. Obwohl sie nicht fotografiert, wie die beiden anderen, meint sie: »Mir gefällt es. Man könnte es *The Final Showdown* nennen.«

»Wir streiten nicht«, sage ich.

Matthew hat nach wie vor nichts gesagt.

Declan schweigt auch. Vielleicht denkt er an seinen Vater. Ob er Juliet erzählt hat, was er plant? Als er uns heute Morgen abholte, meinte er: »Bist du heute Nachmittag noch dabei?«

Nachdem ich das bejaht hatte, wechselte er das Thema.

Juliet sieht Matthew an. »Ich hätte dich auch fragen sollen. Ich weiß, dass Rev es nicht mag …« Sie bricht mitten im Satz ab. »Ich wollte nicht unsensibel sein.«

»Schon gut. Ist mir egal.« Matthew spricht mit tiefer, leiser Stimme. Endlich hat er die Tupperware-Dose geöffnet. Und er isst wie ein Tier, das Angst hat, jemand könnte ihm sein Futter klauen.

Declan hat gesagt, nach meiner Aktion würden ihn die Jungs, die ihn gestern schikaniert haben, wahrscheinlich nicht mehr ärgern, aber vielleicht stimmt das auch nicht. Vielleicht versteckt Matthew sich hier zwischen uns.

Nach unserem holprigen Start sollte mich das beruhigen. Aber das tut es nicht. Ich finde es deprimierend.

Plötzlich sieht er mich an. »Du magst nicht fotografiert werden?«

Ich erstarre. Am anderen Ende des Tisches zuckt Juliet zusammen. *Sorry*, formen ihre Lippen stumm in meine Richtung.

Und natürlich lastet jetzt die Aufmerksamkeit aller auf mir.

»Lass es«, sagt Declan. »Das muss keiner wissen.«

Selbst hier hat mein Vater Macht über mich. Ich lege mein Essen hin und sehe Matthew an. »Als ich noch klein war, hat mein Vater mich fotografiert. Damit ich mahnende Erinnerungen hatte.«

»Erinnerungen woran?«, fragt Rowan, bevor Juliet sie zum Schweigen bringen kann.

Matthew erwidert meinen Blick. »Dein Vater klingt nach einem echten Dreckskerl.«

Erstaunt muss ich auflachen. Matthew widmet sich wieder seinem Essen und sagt nichts mehr.

Ich fühle mich ermutigt, weil er überhaupt was gesagt hat, selbst wenn es zu diesem Thema war. Mir wird klar, dass ich nur etwas über die schlimmsten Dinge in seinem Leben weiß und ansonsten fast nichts.

»Wie ist dein Stundenplan?«, frage ich ihn.

Er blickt nur kurz auf, als überrasche ihn die Frage. Diese Überraschung mag der einzige Grund dafür sein, dass ich überhaupt eine Antwort erhalte. »Ist ganz in Ordnung. Die haben mich in die gleichen Kurse gesteckt, die ich schon belegt hatte.«

Ich frage mich, wie es sein muss, dauernd die Schule zu wechseln, selbst wenn es innerhalb des Countys ist. Mitten im Semester neue Lehrer zu kriegen, sich an neue Abläufe gewöhnen zu müssen. Mir kommen Dads Worte in den Sinn, dass das Unbekannte besonders furchterregend sein kann, wenn man *keinem* traut. »Bist du mit diesen Jungs von gestern im Kurs?«

»Ja.«

»Schikanieren sie dich noch?«

Er zuckt mit den Schultern. »Egal.«

»Nicht egal. Du weißt, dass du die Kurse wechseln kannst.«

»Klar. Egal. Glaubst du, dass ich überhaupt so lange hierbleiben werde?«

Das überrascht jetzt mich. »Du kannst nicht dauernd abhauen.«

Er schnaubt. »Ich habe kein Wort von Abhauen gesagt.«

Ich blinzle. »Aber …«

»Ich will nicht darüber reden, okay?« Er hat die Schultern hochgezogen und starrt wieder auf sein Essen.

»Klar.« Flüchtig sehe ich Declan an, um in seiner Miene zu lesen, aber er scheint in seinen Gedanken versunken zu sein.

Toll. Wir können natürlich alle nur hier sitzen und schweigen.

Ich habe kein Wort von Abhauen gesagt.

Er muss Mom und Dad meinen. Ich will ihm sagen, dass sie noch nie – kein einziges Mal – bei einem Kind aufgegeben haben. Sie mussten noch nie eine andere Pflegestelle für jemanden suchen.

Allerdings haben sie auch noch nie zuvor einen Teenager ins Haus bekommen. Und Dad hat mich sogar gefragt, ob er eine andere Pflegestelle für Matthew organisieren muss. Wenn es *mir* zu viel sei. Ich habe Nein gesagt. Und selbst ohne Matthews Geschichte zu kennen, hätte ich nicht – Ja gesagt. Ob Matthew das weiß?

Ich schaue auf seine hochgezogenen Schultern und sehe, wie er das Essen in sich reinstopft. Würde es überhaupt einen Unterschied machen?

»War das Mädchen deine Freundin?«, fragt Matthew ganz unvermittelt.

»Welches Mädchen?«

»Das mit dem Hund.«

»Emma. Nein.« Ich weiß nicht, als was ich sie bezeichnen soll.

Als ich zu Juliet und Rowan hinsehe, merke ich, dass sie mich gar nicht beachten, sondern über den Spring Fling reden. Ich weiß nicht mal, wann der stattfindet. Es grenzt an ein Wunder, dass ich überhaupt weiß, dass es sich um eine Tanzveranstaltung handelt.

Ich schätze, Declan wird hingehen. Ich habe in meiner ganzen Zeit an der Highschool genau eine Tanzparty besucht, und zwar das Homecoming letzten Herbst. Da bin ich aber auch nur hingegangen, um Dec den Rücken zu stärken.

Matthew legt nach. »Als ich euch an dem Abend im Regen gesehen habe, dachte ich, ihr knutscht.«

Die Worte treffen mich, und ich zucke zusammen. »Nein.«

Seine Augen werden nur eine Spur schmaler. »Sicher?«

Er klingt fast, als wolle er sich über mich lustig machen. Jetzt sehe auch ich ihn aus leicht zusammengekniffenen Augen an. Vielleicht kann Juliet gleich noch ein Bild mit intensiver Atmosphäre machen. »Ich bin mir ziemlich sicher, dass ich mich erinnern würde, wenn ich geknutscht hätte.«

»Ich glaube, sie hat in einem Klassenzimmer gegenüber von mir Unterricht. Im Computerraum. Da habe ich sie gestern und heute wieder gesehen.«

»Sie programmiert gern.« Ich muss an ihren Brief denken. Gestern hat sie noch in Declans Auto geweint, aber ich musste ja auf sie losgehen. »Wie sah sie aus?«

»Wie ein Mädchen, das gerne programmiert.« Matthew beginnt, seine Essensbehälter einzupacken.

Ich runzle die Stirn. »Wo willst du hin?«

Matthew stopft alles in seinen Rucksack. »Ich gehe zum Unterricht.«

»Die Mittagspause ist noch nicht vorbei.«

»Ist doch egal.« Und schon verschwindet er zwischen anderen Schülern.

Ich weiß gar nicht, was da gerade passiert ist.

Mein Handy meldet sich. Ich zerre es aus meiner Tasche und bin froh über die Ablenkung. Jede Ablenkung.

Jede Ablenkung, nur nicht diese hier. Es ist eine Mail von meinem Vater.

>>

Dienstag, 20. März, 12:06:16 Uhr

Von: **Robert Ellis robert.ellis@speedmail.com**

An: **Rev Fletcher rev.fletcher@freemail.com**

Betreff: **Gehorsam**

Wenn ein Mann einen störrischen und widerspenstigen Sohn hat, der nicht auf die Stimme seines Vaters hört, und wenn sein Vater ihn gezüchtigt hat, trotzdem nicht auf ihn hört:

Dann soll sein Vater ihn packen und vor die Ältesten der Stadt und die Torversammlung des Ortes führen und zu den Ältesten der Stadt sagen: »Mein Sohn hier ist störrisch und widerspenstig, er gehorcht meiner Stimme nicht. Er ist ein Verschwender und Trinker.«

Dann sollen alle Männer der Stadt ihn steinigen, und er soll sterben: Ihr sollt das Böse aus eurer Mitte fortschaffen.

»Rev. Hey, Rev.« Es ist Declans Stimme.

Ich blinzle. Schaue hoch. Die halbe Cafeteria ist schon leer. Rowan und Brandon sind weg, aber Declan und Juliet betrachten mich.

Wie lange habe ich auf mein Handy gestarrt?

Zu lange. Die Mittagspause ist zu Ende.

Ich kenne die Verse gut. Zu gut. Besser als alle anderen aus der Bibel.

Die Zeilen stammen aus dem Deuteronomium, dem 5. Buch Mose. Aus dem Alten Testament, das voll von solchen grausamen Geschichten ist. Eigentlich kommt darin auch eine Mutter vor, aber mein Vater hat die Bibelstelle eindeutig nach seinen Bedürfnissen umformuliert. Das hat er schon früher getan. Es wundert mich nicht, dass ich mich an den genauen Wortlaut erinnere.

»Rev?«, sagt Declan wieder.

Die E-Mail könnte mich niederschmettern. Ich glaube, das hat sie auch getan, bis Declan mich rettete.

Es klingelt. Wir haben noch drei Minuten, um die Klassenzimmer aufzusuchen. Declan sieht Juliet an. »Geh«, sagt er, »du musst deshalb keinen Ärger kriegen.«

Sie rührt sich nicht. »Du auch nicht.«

»Mir geht's gut«, sage ich. »Geht ruhig.« Aber ich rühre mich nicht von der Stelle.

Declan sieht wieder Juliet an. Sie tauschen sich ohne Worte aus, dann geht sie.

»Dein Vater?«, fragt er leise.

Ich gebe ihm mein Handy. Er liest.

»Jungs!« Mrs. James, meine neue Lieblingslehrkraft, kommt eilig an unseren Tisch. »Es hat schon einmal geläutet.«

»Komm«, sagt Declan. Er nimmt mein Handy mit.

Ich folge ihm.

»Möchtest du, dass ich ihm antworte?«, fragt Declan. »Denn ich muss mich total zusammenreißen, es nicht zu tun.«

»Nein.« Ich schnappe mir mein Handy wieder.

Dann sollen alle Männer der Stadt ihn steinigen, und er soll sterben.

Ich kann mich davon nicht wieder fertigmachen lassen.

Die ganze Zeit muss ich an Emmas Nachricht denken.

Denn ich erkenne meine Missetat, und meine Sünde ist immer vor mir.

Sie hat sich entschuldigt. Ist das ein Zeichen dafür, dass ich mich bei meinem Vater entschuldigen sollte?

Mein Handy macht *ping*. Eine SMS öffnet sich.

Von Dad.

Dad: Wollte nur mal hören, wie es dir geht.

Am liebsten würde ich hier auf dem Flur in Tränen ausbrechen. Ich bin nicht allein. Das bin ich nicht.

Und vielleicht ist *das* das Zeichen, auf das ich hören soll.

Ich mache einen Screenshot von der Mail meines Vaters und schicke ihn an Dad.

»Los komm«, sage ich zu Declan und ziehe die Nase hoch. Er wird denken, es ist meine Allergie. Und das ist gut so.

Mein Handy pingt wieder. Noch mal Dad.

Dad: Du bist nicht störrisch und nicht widerspenstig.
Du bist freundlich.
Du bist achtsam.
Du bist der beste Sohn, den wir uns wünschen konnten.
Wir haben dich lieb. Und wir sind stolz auf dich.

Das Smartphone macht bei jeder seiner Nachrichten *ping*. Und auch wenn die Worte vielleicht kitschig sind, ist jedes einzelne davon wie eine Bestärkung und gibt meinem Herzen Kraft.

Wir kommen an die Stelle, wo Declan nach links und ich nach rechts muss. Die Flure sind schon fast ganz leer, und uns bleibt weniger als eine Minute bis zum letzten Läuten. Eigentlich sollten wir schon in unseren Klassenzimmern sein.

»Möchtest du lieber hier weg und schwänzen?«, fragt Declan.

»Nein.« Ich fahre mir mit der Hand übers Gesicht. Mit belegter Stimme sage ich: »Nein. Es geht schon. Ich habe Dad die Mail geschickt.«

»Gut.«

Unsere Wege trennen sich und irgendwie schaffe ich es zu meinem Platz in Mathe. Mitschüler wuseln noch um mich herum, setzen sich, ignorieren mich. Ausnahmsweise bin ich froh darüber.

Mein Handy *pingt* zum letzten Mal.

Dad: Sag mir Bescheid, wenn Kristin dich abholen soll. Es ist in Ordnung, wenn du das erst mal verarbeiten musst.

Lächelnd schreibe ich zurück.

Rev: Nein. Bin okay.

Einen Augenblick später hole ich das Handy noch mal aus dem Rucksack und schreibe noch eine Zeile.

Rev: Danke, Dad

Dann schalte ich auf Sperrmodus, schiebe es zurück in den Rucksack und konzentriere mich auf den Unterricht.

30. KAPITEL

Emma

Eisen wird an Eisen geschliffen; so schleift einer den Charakter des anderen.
Sprüche 27:17

Nach der Schule bin ich mit Dec unterwegs, aber ich kann um acht wieder an der Kirche sein, wenn du reden willst.
Rev

Cait bringt mir den Zettel am Ende des Schultags.

Ich liebe es, dass er mir zurückgeschrieben hat. Ich liebe seine Handschrift, ordentlich und gleichmäßig, jeder Strich und Schwung kontrolliert. Das ist eindeutig *er*. Am liebsten würde ich das Blatt Papier an meine Brust drücken und damit im Kreis herumspringen. Ich möchte seinen Namen mit meiner Fingerspitze nachfahren.

Auf dem Weg zum Bus tänzle ich neben Cait her.

»Dann magst du ihn also wirklich«, sagt sie.

Ihre Stimme ist sanft. Wir haben die Mittagspause in der Bibliothek verbracht, wo ich ihr mein Herz komplett ausgeschüttet habe. Sie weiß jetzt über alles Bescheid: Mom und Dad, die Scheidung, Nightmare und sein Trolling. Sie weiß auch von Rev und unseren heimlichen Treffen hinter der Kirche.

Sie weiß, wie am Ende und durch den Wind ich bin.

Ich höre auf zu tänzeln. »Ist das albern? Du kannst es mir ruhig sagen.«

»Das ist nicht albern.« Sie überlegt und meint dann mit einem winzigen, geheimnisvollen Lächeln: »Er hat eine sexy Stimme. Das ist mir vorher nie aufgefallen.«

»Du hast mit ihm geredet?« Ich bleibe abrupt stehen und stürze mich fast auf sie. »Was hat er gesagt?«

»Natürlich habe ich mit ihm geredet. Schließlich hat er nicht mit dem Zettel nach mir geworfen und ist dann einfach weggegangen.«

Ich möchte sie schütteln. *»Was hat er gesagt?«*

»Lass mich mal überlegen, ob ich mich daran noch erinnere … er hat ja so viel gesagt …« Sie legt einen Finger an ihre violetten Lippen und starrt in den Himmel. »Ach ja. Er hat gesagt: ›Würde es dir was ausmachen, das Emma zu geben?‹«

Sie sagt das mit nachgemachter tiefer Jungenstimme, die überhaupt nicht nach Rev klingt, aber nachdem ich die Worte kenne, kann ich mir vorstellen, wie er sie sagt.

Ich möchte schon wieder Pirouetten drehen.

Dauernd muss ich an seinen Rücken an meinem denken, als wir zusammen im Regen saßen. Daran, wie unsere Finger ineinander verschlungen waren. An den Schwung seines Kinns, seine Augen im Dunkel unter der Kapuze seines Sweatshirts. Seinen Mund.

Ich denke viel zu viel an seinen Mund.

Als der Bus vor der Schule hält, steigen Cait und ich ein. Wir lassen uns auf die olivgrünen Sitze fallen.

»Möchtest du mit zu mir kommen?«, fragt sie.

Es klingt beiläufig, bedeutet aber viel.

Vor allem, weil sie rasch noch hinzufügt: »Wenn du lieber nach Hause willst, um an deinem Spiel zu arbeiten, ist das auch okay. Ich wollte nur fragen.«

»Nein«, sage ich, und ich sehe ihr die Enttäuschung an. Schnell schüttle ich den Kopf. »Ich meine, nein, ich muss nicht an meinem Spiel arbeiten. Ich komme gern mit.«

»Wirklich?« Sie macht große Augen.

»Klar.« Ich stecke das Handy vorne in meinen Rucksack und ziehe den Reißverschluss zu. »Ich brauche mal eine Pause von der Technik.« Ich überlege und möchte ihr irgendwas zurückgeben, weil sie so geduldig mit mir war. »Und weil ich heute noch ein Date habe, könntest du mir vielleicht zeigen, wie ich mir die Augen schminken soll?«

Ihr Gesicht hellt sich auf. »Klar, Em. Das kann ich.«

Ich denke an Revs Zettel und an die Metapher, dass einer den Charakter des anderen schleift. Das funktioniert anscheinend in beide Richtungen, und man kann jemanden ebenso leicht gegen sich aufbringen, wie man Freundschaft schließen kann.

Oder eine Freundschaft retten kann, vermute ich.

Die Bustüren schließen sich, und die Bremsen geben dieses zischende Geräusch von sich. Wir rumpeln vom Schulparkplatz.

»Es tut mir leid, was ich alles gesagt habe«, gestehe ich leise. »Mir war nicht klar, was ich damit angerichtet habe.«

»Ist schon gut«, sagt sie rasch.

»Ist es nicht.« Ich schaue sie an und merke erst jetzt, dass sie sich winzige grüne Glitzersteinchen an den Haaransatz hinter dem Ohr geklebt hat, passend zu den vereinzelten grünen Extensions, die sie ein bisschen punkig aussehen lassen. »Du machst das echt gut.«

Sie wird rot. »Danke, Em.«

»Nein, ich meine, wirklich gut.« Ich strecke die Hand aus und berühre die Glitzersteinchen. »Wer würde denn auf so was kommen?«

Sie verdreht die Augen. »Ich habe dir schon verziehen. Du musst nicht rumschleimen.«

»Ich … ich habe das nie für Zeitverschwendung gehalten. Ich glaube … ich glaube, dass ich vielleicht nur neidisch war.«

»Neidisch?«

Ich schlucke. »Weil deine Mom dich so unterstützt.«

Cait betrachtet mich nachdenklich. »Em …«

»Was?«

Sie seufzt. »Vielleicht würde deine Mom dich auch unterstützen, wenn du ihr die Chance dazu geben würdest.«

Ich setze mich kerzengerade hin. Doch dann denke ich an das Frühstück mit meinem Vater. Wie abgelenkt und distanziert er war.

Und so wie meine Kritik an Cait mich an meine Mutter erinnert hat, erinnert mich meine Distanz zu meiner Mutter an meinen Vater.

Ich schaue weg. »Du hast recht.«

»Moment. Was hast du da gerade gesagt?«

Ich merke, dass ich rot werde, und knuffe sie freundschaftlich. »Ich sagte, du hast recht.«

»Ich habe recht, *und* ich soll dein Make-up machen? Kann mich mal jemand zwicken?« Sie tut, als müsse sie nach Luft schnappen. »Willst du vielleicht auch noch zum Abendessen bleiben?«

»Klar.«

Da legt sie die Hände an meine Wangen und sieht mir tief in die Augen. »Wer bist du? Und was hast du mit Emma gemacht?«

Ich lache. »Du bist meine beste Freundin.« Meine Stimme wird leiser. »Ich glaube, das hatte ich kurz vergessen.«

»Oh, Em.« Sie legt den Arm um meine Schultern und lehnt sich an mich. »Du bringst mich noch zum Weinen.«

Ich erwidere ihre Umarmung.

Dann sagt sie: »Heißt das, ich kann dich als Harley Quinn schminken?«

Ich schnaube. »Fordere dein Glück nicht heraus.«

»Als Black Widow?«

Das bringt mich zum Lächeln. »Abgemacht.«

31. KAPITEL

Rev

Ins Gefängnis zu kommen ist schwerer, als ich dachte.

Vielleicht ist das ja ein guter Witz. Vielleicht sollte ich ihn Declan erzählen.

Vielleicht auch nicht. Er sitzt neben mir im Warteraum, und seine Knie wippen auf und ab. Mit seinem grün gestreiften Teppichboden und gelb gestrichenen Wänden wirkt der Raum freundlicher, als ich gedacht hätte. Das Einzige, was einen daran erinnert, in einem Gefängnis zu sein, ist die dicke Glaswand zwischen uns und dem Wachpersonal. Und die schweren Metalltüren. Schilder warnen davor, irgendwas hereinzuschmuggeln. Dort steht, dass sich Besucher gegebenenfalls einer Leibesvisitation unterziehen müssen, bevor sie Zutritt erhalten.

Okay, insofern besteht also doch kein Zweifel daran, dass wir uns in einem Gefängnis befinden.

Nach der einstündigen Fahrt hierher sitzen wir nun schon eine halbe Stunde hier herum. Jeder von uns musste ein Antragsformular ausfüllen und seine Zustimmung zur Abnahme von Fingerabdrücken geben. Der Wachmann hinter der Scheibe hat immer noch unsere Führerscheine, und wir bekommen sie erst zurück, wenn wir wieder gehen. Im Moment warten wir darauf, dass unser Hintergrund-Check abgeschlossen ist. Dann werden wir noch abgetastet, bevor wir seinen Vater besuchen dürfen.

Wenn sein Vater dem Besuch zustimmt.

Ich glaube nicht, dass Declan auf dieses Prozedere gefasst war. Er dachte wohl eher, es läuft so wie im Film: Wir kommen hin, sagen, wen er besuchen will, und sitzen dann hinter einer Glasscheibe, während sein Vater reingeführt wird und einen Moment hat, um zu überlegen, wer wir wohl sind.

Aber nein, erst mal wird seinem Vater gesagt, dass *wir* hier sind. Und er muss einwilligen, uns zu sehen.

So sitzen wir da und warten.

Andere Leute warten auch, aber keiner so lange wie wir. Ich schätze, deren Hintergrund-Checks sind schon aktenkundig. Trotzdem ist der Warteraum nicht besonders voll. Dienstagnachmittag ist im Staatsgefängnis Maryland offenbar keine besonders geschäftige Zeit.

Mit lautem Summen öffnet sich die Metalltür. Declan zuckt zusammen, als hätte eine glühende Zange ihn berührt. So ist es jedes Mal, wenn die Tür geöffnet wird.

Diesmal ruft uns ein Wachmann auf. Seine Stimme klingt gelangweilt. »Declan Murphy und Rev Fletcher.«

Declan springt auf. Ich bleibe dicht hinter ihm.

»Bist du dir sicher, dass ich mitkommen soll?«, frage ich mit leiser Stimme.

»Ja«, antwortet er knapp und emotionslos. Er hat Angst.

Dabei hat Declan *nie* Angst.

Wir müssen durch drei gesicherte Türen und einen kleinen Flur, bis man uns in ein kleines, in Weiß gehaltenes Zimmer ohne Mobiliar führt. Declan ist zwei Nuancen blasser als sonst, was die Sommersprossen auf seiner Nase deutlich hervorhebt.

»Treffen wir ihn hier?« Seine Stimme ist rau und leise, aber doch fest.

»Nein«, sagt der Wachmann. Auf seinem Namensschild steht *MARSHALL*, und er klingt nach wie vor gelangweilt. »Arme ausbreiten. Haben Sie irgendwelche Waffen bei sich?«

Declan schüttelt den Kopf.

Der Mann sieht ihn an. »Ich brauche eine mündliche Antwort.«

»Nein.«

Der Wachmann beginnt, ihn abzutasten. Trotz seiner gelangweilten Stimme scheint er gründlich zu sein, denn er untersucht Declan bis zu den Knöcheln und fährt sogar mit den Fingern durch seine Haare. »Irgendwelche Drogen oder Drogen-Utensilien?«

Declan schüttelt wieder den Kopf, räuspert sich dann. »Nein.«

»Sie sind sauber.« Er wendet sich mir zu und sieht mich teilnahmslos an. »Das Sweatshirt ist zu weit. Man hätte Ihnen sagen sollen, dass Sie es vorne lassen müssen.«

Ich erstarre. Natürlich habe ich ausgerechnet heute ein kurzärmeliges T-Shirt unter dem Hoodie an. Deshalb habe ich mich schon vor dem Abtasten gefürchtet, was an sich schlimm genug ist. Aber das hier ist etwas anderes. Etwas, auf das ich nicht vorbereitet bin.

Der Wachmann winkt mich heran. Er denkt wohl, ich zögere, weil ich nicht weiß, was ich tun soll. »Ich kann es für Sie vorne am Empfang abgeben.«

Declan sieht mich an. »Ist okay«, sagt er. »Ich kann allein gehen.«

Aber da ziehe ich mir den Hoodie schon über den Kopf und breite die Arme aus. Die Luft auf meiner nackten Haut fühlt sich kühl und ungewohnt an. Ich kann mich nicht erinnern, wann ich zuletzt kurze Ärmel ohne irgendwas darüber getragen habe. Declan kennt jede Narbe an mir. Wir haben keine Geheimnisse voreinander, aber ich mache mich auf eine Bemerkung des Wachmanns gefasst.

Er sagt nichts. Starrt mich nicht einmal an. Er tastet mich ab, was erstaunlich distanziert abläuft, auch wenn es anders aussieht. Er stellt mir die gleichen Fragen wie Declan.

Dann sagt er: »Sie sind sauber«, und geht einfach zur Tür an der anderen Seite des Raums.

Declan sieht mich an. »Danke«, flüstert er.

Ich zucke die Achseln, als wäre das keine große Sache.

Dabei schlage ich innerlich um mich.

Aber vielleicht nicht so wild, wie ich erwartet hätte. Die desinteressierte Art des Wachmanns war hilfreich. Vielleicht hat er einfach schon so viele Leute hier passieren sehen, dass ihn nichts mehr überrascht.

Die Tür öffnet sich mit lautem Summen, und wir werden in einen Raum geführt, der wie eine Cafeteria aussieht. Fluoreszierendes Licht kommt von oben, aber es gibt auch kleine Fenster, die in gleichmäßigen Abständen in die Decke eingelassen sind. Ein Dutzend runde Tische stehen im Raum verteilt. An den meisten sitzen Leute. Die Insassen sind leicht zu erkennen – sie tragen verwaschene orangefarbene Overalls. Leise Unterhaltungen erfüllen den Raum. Eine hochschwangere Frau weint an einem Tisch. An der Wand stehen fünf Wachleute.

Ich habe mit Trennwänden aus Glas und mit Telefonen gerechnet.

Ich glaube, Declan auch, denn sein Atem beschleunigt sich.

Dann merke ich, dass er zu einem Tisch weit hinten starrt. Der Mann, der dort sitzt, hat uns entdeckt und steht auf. Er sieht vertraut aus, kann aber keinesfalls Declans Vater sein, weil dieser Mann viel kleiner als in meiner Erinnerung ist. Jim Murphy kam mir immer turmhoch vor, quasi überlebensgroß. Dieser Mann ist groß, aber nicht größer als wir. Sein Haar ist rotbraun und von Grau durchzogen. Er trägt einen Vollbart. Aber er hat die gleichen stahlgrauen Augen wie Declan. Seine entsetzte Miene ist praktisch identisch mit Declans.

Natürlich kommt mir der Mann nicht so groß vor. Wir haben ihn seit unserem dreizehnten Lebensjahr nicht mehr gesehen.

Wir sind alle wie erstarrt. Keiner rührt sich.

Da meldet sich hinter uns Wachmann Marshall zu Wort. »Ihr Insasse darf den Tisch nicht verlassen. Jeder Körperkontakt ist auf drei Sekunden beschränkt. Lassen Sie die Hände über der Tischplatte. Wenn Sie so weit sind, können Sie sich setzen.«

Ihr Insasse. Das klingt so vertraut – und gleichzeitig so befremdlich.

Aber seine Worte bringen Leben in Declan. Er geht zielstrebig los, und ich folge ihm. Wir schlängeln uns zwischen anderen Besuchern durch, bleiben dann gegenüber von seinem Vater am Tisch stehen.

Ich halte nur ein bisschen Abstand, da ich nicht weiß, was Declan tun will. Wird er ihn umarmen? Seine Hand schütteln? Ihn anschreien?

Declan weiß es vielleicht selbst nicht. Im Auto klang es jedenfalls so.

Jetzt stehen sie einander einfach gegenüber und starren sich an.

»Murphy!«, schnauzt einer der Wachmänner an der Wand.

Declan und sein Vater zucken beide zusammen und drehen sich um. Unter anderen Umständen wäre das Ganze fast komisch.

»Du und deine Leute, ihr müsst euch hinsetzen«, sagt der Wachmann.

Wir lassen uns jeder auf einen Stuhl fallen. Der Tisch ist aus kaltem Stahl und am Boden festgeschraubt.

Declans Vater scheint den Blick nicht abwenden zu können. Auch das haben er und Declan gemeinsam. Und wenn ich ehrlich bin, kann ich es auch nicht.

Die ganze Situation ist so … unwirklich. Ich dachte, ich würde eine gewisse Vertrautheit spüren, aber dieser Mann ist ein Fremder. Er ist dünner, als ich ihn in Erinnerung habe, sein Auftreten zurückhaltender. Declan und ich sind seit unserem siebten Lebensjahr beste Freunde, und ich habe deutliche Erinnerungen an seinen Vater. An zelten hinten im Garten, an Gespenstergeschichten im Licht von Taschenlampen und Kekssandwichs mit gegrillten Marshmallows und Schokolade an der Feuerstelle. An Froot Loops aus der Packung auf der Couch und Xbox-Spielen nach Mitternacht, bis seine Mom runterkam und über uns alle den Kopf schüttelte. An gemeinsame Essen mit unseren Familien hinten im Garten, während unsere Dads bei ein paar Bier am Grill plauderten.

Ich erinnere mich auch daran, wie es war, wenn Declans Vater mehr als nur ein paar intus hatte.

Declans Erinnerungen müssen noch klarer sein, vermischt mit vielen, die nicht so glücklich waren. Er gibt sich eine Mitschuld am Tod seiner Schwester. Schon immer. Ich wünschte, ich wüsste, was diese Begegnung für ihn sein soll – ein Ende oder ein Anfang.

»Hi«, sagt er schließlich. Seine Stimme ist rau und leise, als wäre er sich seiner Bereitschaft zu sprechen nicht sicher. »Dad.«

Sein Vater presst eine Faust an seinen Mund und lässt dann die Hände sinken, um sie an seinen orangefarbenen Hosenbeinen abzuwischen, bevor er sie wieder auf den Tisch legt. Bis jetzt war mir noch nicht aufgefallen, dass seine Hände zittern. »Hi, Declan.« Auch seine Stimme zittert kaum hörbar. »Ich war nicht gefasst auf …« Er muss sich räuspern. »Du klingst wie ein Mann.«

Das scheint Declan zu wundern. »Ich bin achtzehn.«

»Ich weiß. Ich weiß.« Sein Blick geht zu mir. »Und … Rev?«

Ich nicke.

Mr. Murphys Atem bebt. »Ich bin so … so froh, dass ihr noch befreundet seid, Jungs.«

»Natürlich«, sagt Declan, aber er klingt unsicher.

Sie verfallen in Schweigen und sehen sich nur an. Die Atmosphäre ist voller nervöser Energie von beiden Seiten. Am liebsten würde ich vom Tisch aufstehen, um ihnen ein bisschen Raum zu lassen. Aber ich will Dec hier auch nicht allein lassen, wo sich alles noch so unvorhersehbar anfühlt.

Sein Vater holt tief und zitternd Luft. »Als die ... als die mir gesagt haben, dass ihr hier seid ...« Sein Gesicht will sich zum Weinen verziehen, aber er presst eine Hand auf seine Augen. »Da dachte ich, es wäre ein Witz.«

Declan hat auch feuchte Augen, aber er schnaubt: »Das wäre aber ein mieser Witz gewesen.«

Sein Vater lacht unter Tränen. »Da hast du recht. Ein ganz schön mieser Witz.« Er streckt eine Hand aus und legt sie auf die seines Sohns. »Ich bin so froh, dass du hier bist. Ich habe dich vermisst ...« Seine Stimme bricht. »Ich habe dich so sehr vermisst.«

Declan schnappt nach Luft, doch er dreht die Hand um, damit er die seines Vaters ergreifen kann. »Ich habe dich auch vermisst.«

»Murphy!«, schnauzt der Wachmann. »Drei Sekunden.«

Sie lassen sich los. Das war eine Erinnerung daran, dass das hier kein normales Wiedersehen von Vater und Sohn ist.

Aber die Störung scheint ihnen zu helfen, über die Tränen hinwegzukommen.

»Weiß deine Mom, dass du hier bist?«

Declan schüttelt den Kopf. »Ich dachte ...« Er zögert, als sei er auf diese Frage nicht vorbereitet. »Ich dachte, es würde sie vielleicht traurig machen.«

Sein Vater nickt. Und auf seinem Gesicht spiegelt sich eine Flut von Gefühlen.

»Aber es geht ihr ganz gut, oder?«

»Sie ...« Declan holt Luft, und in diesem Zögern liegt alles, worüber er vielleicht lieber nicht sprechen will. Ihre Hochzeit mit Alan. Ihre Schwangerschaft. Das weiß ich, weil wir im Auto darüber geredet haben. »Doch. Sie ist okay.«

Declans Schultern sind angespannt. Er macht sich Sorgen, dass sein Vater ihn drängen wird, mehr zu erzählen, und der Besuch dann verdorben ist.

Aber sein Vater tut nichts dergleichen. Er streckt eine Hand aus, um Declan noch mal zu berühren. Fast als könne er nicht anders. »Ich muss … ich muss dir sagen, wie leid es mir tut. Wie leid mir tut, was ich euch angetan habe. Wie leid es mir für die arme Kerry tut.« Eine Träne rollt über sein Gesicht.

Declan nickt. »Mir tut es auch leid.« Er zieht seine Hand zurück und blickt kurz zu den Wachen. »Ich will nicht, dass sie mich noch mal anschreien.«

Sein Vater lächelt unter Tränen, dann wischt er sich wieder übers Gesicht. »Die schreien *mich* an.«

»Oh.« Declan sieht erstaunt aus.

»Erzähl mir von dir. Erzähl mir, was ich versäumt habe.«

Declan holt noch mal tief Luft und seufzt. »Ich weiß nicht, wie ich fünf Jahre in dreißig Minuten packen soll.«

Sein Vater kriegt wieder feuchte Augen, reißt sich aber sichtlich zusammen. »Versuch es. Bitte.«

Declans Miene verändert sich, während er seine Erinnerungen durchzugehen scheint. Ich frage mich, wonach er sucht. Seine Mom ist kein gutes Thema. Über Juliet möchte er vielleicht auch nicht reden, wenn man bedenkt, wie sie sich kennengelernt haben und dass es in ihrer Beziehung zunächst so viel um Trauer und Heilung ging.

Es ist seltsam, hier mit den beiden zu sitzen und zu wissen, dass ich schon so lange ein Teil von Declans Leben bin, während sein Vater nichts über diese Zeit weiß.

Dann wird mir plötzlich klar, dass es bei mir und meinem Vater genauso ist.

Schließlich sagt Declan: »Ich habe den Charger noch.«

»Hast du!« Das Gesicht seines Vaters hellt sich auf.

Declan nickt. Seine Haltung wirkt nicht mehr ganz so angespannt. Über Autos kann er mit jedem und überall endlos lange reden. Sein Dad genauso.

Declan sagt: »Ich habe ihn fertig restauriert, nachdem …« Er bricht ab. »*Danach*. Ich würde dir ein Foto zeigen, aber wir durften unsere Handys nicht mit reinnehmen.«

»Schon okay, schon okay. Ich würde töten, um mal wieder einen Motor in die Finger zu kriegen.«

Der Satz bleibt einen Moment lang in der Luft hängen. Als wäre beiden schlagartig klar geworden, was er da gesagt hat.

Declan geht darüber hinweg. »Ich habe ein wenig für diesen Autoclub gearbeitet. Hat Spaß gemacht. Ich spare etwas Geld für die Ausbildung nach der Schule.«

»Schule! Stimmt, du machst ja dieses Jahr deinen Abschluss. Auf welches College willst du?«

»Hey«, sage ich, und es sieht fast so aus, als hätten sie meine Anwesenheit ganz vergessen. Was schon in Ordnung ist. Oder sogar richtig gut. »Ich warte an der Tür, damit ihr ein bisschen Zeit für euch habt.« Ich werfe Dec einen fragenden Blick zu. »Okay?«

»Klar«, sagt er. »Danke, Rev.«

Ich habe Sorge, dass die Wachen mir Schwierigkeiten machen, wenn ich nicht bei »meinen Leuten« sitzen bleibe. Aber als ich zur Tür gehe, fragt mich der am nächsten stehende Wachmann nur, ob ich rausbegleitet werden will. Ich sage, dass ich lieber hier warten würde, und da zeigt er auf einen freien Tisch.

»Die Regeln gelten hier immer noch«, sagt er.

Ich kann von diesem Tisch aus niemanden berühren, aber ich schätze, er meint, dass meine Hände sichtbar bleiben müssen. Das schaffe ich.

Aber es fühlt sich eigenartig an, mit den nackten Unterarmen direkt vor mir am Tisch zu sitzen. Ich ziehe mich natürlich aus, wenn ich dusche oder mich umziehe, aber dann betrachte ich mich nicht wirklich. Die Narben sind zahlreich und unterschiedlich. Die halbrunden von der Herdplatte. Die dicken weißen von den Messerschnitten, die wahrscheinlich hätten genäht werden müssen, was aber nie passierte. Kleine pinkfarbene Stellen, wo er mich mit einem Streichholz oder Feuerzeug verbrannt hat. Die Tinte unter der Haut, wo mein Vater sicherstellen wollte, dass ich seine Botschaft auch wirklich verinnerlichte.

So wie die Begegnung mit Jim Murphy sind diese Narben vertraut und fühlen sich doch auch fremd an. Ich starre sie so lange an, dass ich schon zu glauben beginne, ich würde jemand anderen anstarren.

»Rev, wir sind fertig.«

Ich schaue zu Declan hoch – er sieht ... mitgenommen aus. Mein Blick geht zu dem Tisch, wo sie saßen, aber sein Vater ist verschwunden.

»Alles in Ordnung?«, frage ich.

»Ja«, sagt er und dreht sich einfach zur Tür.

Auch nachdem wir uns wieder ausgetragen, unsere Sachen zurückbekommen und das Gelände verlassen haben, sagt er nicht viel. Die Sonne geht bereits unter, der Wind ist merklich kühler geworden. Als die Luft meine nackten Arme streift, will ich das Sweatshirt trotzdem nicht anziehen. Ich will meine Arme ausstrecken und spüren.

Ich komme mir wie ein Dummkopf vor, wie ich so neben meinem Freund herlaufe, der offensichtlich einiges durchmacht. Als wir auf dem Parkplatz ankommen, nimmt er die Schlüssel aus seiner Tasche und streckt sie mir hin.

»Kannst du fahren?«

Ich frage nicht weiter nach, sondern schließe meine Finger um das Metall. »Klar.«

Erst als wir ins Auto steigen, sieht er mich genauer an. »Du hast dein Sweatshirt nicht wieder angezogen.«

»Ich weiß.« Dann starte ich den Motor und lege den Gang ein. »Hast du Hunger? Ich habe meiner Mom gesagt, dass wir vielleicht erst nach dem Abendessen wieder da sind.« Sie weiß, wo wir sind. Ich kann die beiden nicht mehr anlügen, und ich weiß, dass sie Declans Mom nichts davon sagen wird.

»Nein.« Er schaut in die untergehende Sonne. Aber dann blickt er kurz zu mir rüber. »Wenn du irgendwo anhalten willst, nur zu.«

»Ich brauche nichts.«

Als wir auf dem Highway sind und der Wagen gleichmäßig brummt, beginnt er endlich zu reden. »Keine Ahnung, was ich erwartet habe. Ich glaube, ich habe ihn in meiner Vorstellung in ein Monster verwandelt. Falls das irgendeinen Sinn ergibt.« Er schaut wieder zu mir, wartet aber keine Reaktion ab. »Klar ergibt das

Sinn. Aber ich fürchtete so sehr, dass er mir die ganze Zeit über die Schuld an allem gibt und mich gar nicht sehen wollte. Doch das tut er nicht. Er gibt sich selbst die Schuld. Und er ist so traurig. Ich habe nicht erwartet, dass er so traurig ist.«

Declan fährt sich mit den Händen übers Gesicht. »Er ist einfach ein Mann, der es verbockt hat, Rev. Er ist einfach … er ist einfach nur ein *Mann*. Ich glaube nicht, dass mir das je klar war. Ist das nicht bescheuert?«

»Nein«, sage ich.

Er erwidert darauf nichts mehr. Während die Sonne untergeht, wird es im Wagen nach und nach dunkler. Wir befinden uns in der Sicherheit dieses kleinen Kokons.

Declan schweigt so lange, dass ich kurz zu ihm rüberschaue.

Er schläft tief und fest.

Wow. Wenigstens hat er mich gebeten zu fahren.

Wir sind schon fast zu Hause, aber es ist erst halb sieben. Ich treffe Emma erst in eineinhalb Stunden.

Deshalb nehme ich unsere Ausfahrt nicht. Ich fahre weiter. Und Declan schläft.

32. KAPITEL

Emma

In der Kirche findet heute Abend ein Gottesdienst statt, deshalb ist sie hell erleuchtet und der Parkplatz überfüllt. Ein paar Leute laufen vor dem Eingang herum. Ich war mir nicht sicher, ob Rev sich wieder bei den Bänken treffen wollte, aber die Möglichkeit haben wir jetzt auch gar nicht. Außer wir würden sie mit einem Mann teilen wollen, der sich gerade mit zwei Kleinkindern plagt.

Ich gehe um das Gebäude herum, während Texy pflichtbewusst neben mir hertrottet. Wenn so viele Leute hier sind, kann ich sie nicht von der Leine lassen. Ich will mir auch ersparen, dass mich irgend so ein Weltverbesserer anschreit, ich könne meinen Hund doch nicht auf den Rasen machen lassen.

Hinter der Kirche lasse ich mich ins Gras fallen, hole mein Handy aus der Tasche und warte.

Ich habe eine kleine Überraschung für dich.

Bis jetzt sonst nichts mehr von Nightmare. Und mit jeder Minute, die vergeht, wächst die Anspannung in meinen Muskeln. Außerhalb des Spiels sind seine Nachrichten voller Zweideutigkeit, enthalten aber nichts wirklich Bedrohliches. Ich kann nicht mal beweisen, dass sie von ein und derselben Person stammen.

Wenn ich meine Gedanken doch bloß abschalten könnte.

Rev fährt offenbar mit Declans Auto, denn ich erkenne den Wagen, der langsamer wird und dann am Bordstein parkt.

Als Rev auf der Fahrerseite aussteigt, sehe ich, wie er sich ein Sweatshirt anzieht und dann seine Haare schüttelt, weil sie davon elektrisiert sind.

Vorher hatte er kein Sweatshirt an. Interessant.

Texy ist ganz aufgeregt, ihn zu sehen. Ich lasse die Leine fallen, damit sie ihn richtig begrüßen kann. Sie schmeißt ihn fast um.

Er streichelt ihren Kopf und Nacken, balgt ein wenig mit ihr. Ich kann ihn von hier aus grinsen sehen. Er strahlt richtig. Ich glaube nicht, dass ich ihn schon mal so habe lächeln sehen. Er sieht … entspannter aus denn je. Was wohl diese Veränderung bewirkt hat?

Ich bin auch ein bisschen eifersüchtig.

»Hey«, sagt Rev. »Ich wusste nicht, dass hier so viel los sein würde.«

»Ich auch nicht.«

»Möchtest du irgendwo anders hin?«

Darf ich vor Staunen umkippen? Ich schaue an ihm vorbei zum Auto. »Hat dein Freund nichts gegen Hundehaare im Auto? Und wo sollen wir mit Texy hinfahren?«

Er zuckt die Achseln. »Ich dachte, wir könnten ein bisschen spazieren gehen. Dec schläft auf dem Beifahrersitz.«

»Echt jetzt? Es ist acht Uhr abends.«

»Er hatte … einen langen Tag.«

»Wir können spazieren gehen, aber ist das okay, ihn hier zu lassen?«

»Wir lassen ihn nicht wirklich zurück.« Er zeigt in die Ferne. »Wir können bis zu der Sackgasse gehen.«

»Okay.«

Also marschieren wir los. Der Rasen um die Kirche ist frisch gemäht, deshalb riecht es nach Grasschnitt. Der Regen der vergangenen Tage hat die Luft abgekühlt, und der Wind beißt in meine Wangen.

Ich habe keine Ahnung, was ich sagen soll.

Ihm muss es genauso gehen, denn er schweigt ebenfalls. Texys Steuermarke klirrt, während sie neben uns hertrottet.

»Tut mir leid«, sagt Rev. »Ich hätte dich im Auto nicht so angiften sollen, als du nach meinen Eltern gefragt hast.«

»Du musst dich nicht entschuldigen.«

»Doch. Muss ich. Es ist okay zu fragen. Kennst du die Redensart, dass es keine falschen Fragen, nur falsche Antworten gibt? Dad sagt das dauernd. Er liebt es, wenn die Leute Fragen stellen. Und er liebt es besonders, wenn die Fragen mit Rasse, Politik oder Religion zu tun haben. Er sagt, das Internet mache zu viele Leute laut und zu viele stumm, und wir hören nur die lauten. Deshalb müssen wir Fragen stellen, um auch die stummen zu hören.«

»Ich glaube, dein Dad würde mir gefallen«, sage ich.

Rev lächelt, und dabei ist echte Wärme zu spüren. »Ich wollte nicht zu ernst werden. Aber du hast dich entschuldigt, und deshalb hatte ich auch das Bedürfnis dazu.«

Er hätte das nicht tun müssen. Oder vielleicht doch, weil er damit den Keil zwischen uns einfach so, mit nur ein paar Worten, entfernt hat. »Die Bibelstelle in deiner Nachricht hat mir gefallen. Dass einer den Charakter des anderen schleift.«

Er nickt. »Das ist eins meiner Lieblingszitate.«

Ein Auto fährt die Straße entlang, und Rev dreht sich um, um sich davon zu überzeugen, dass es an seinem Freund vorbeifährt. Dann blickt er wieder nach vorn.

»Ich habe vorher tatsächlich nach Zitaten zum Thema Scheidung gesucht«, sage ich, runzle die Stirn und streiche mir eine Haarsträhne aus dem Gesicht. »Die waren alle … furchtbar.«

»Manchmal muss ich mich auch daran erinnern, dass die Welt ganz anders war, als diese Worte aufgeschrieben wurden. Und auch wenn sie von Gott inspiriert sein sollen, werden sie doch von Menschen interpretiert – und Menschen können sich irren. Wenn du das alles von weiter weg betrachtest, kann jede Glaubensrichtung ein bisschen verrückt wirken. Vor allem wenn man sich ansieht, was Leute im Namen der Religion machen.«

»Meinst du Kriege führen?«

»Das auch, aber ich meine auch die Taten von einzelnen Menschen.«

»Was für Menschen denn?«

Wir haben das Ende der Straße erreicht. Wo der Wald beginnt, gibt es ein Geländer. Auf dem Boden liegt ziemlich viel Müll. Wir sind schon ein ganzes Stück von der letzten Kreuzung entfernt, und es steht nur noch ein einziges Haus hier. Es sieht verlassen aus, und ein Schild mit der Aufschrift *Zu verkaufen* ist daran angebracht. Nicht einmal die Straßenlaterne brennt.

Rev setzt sich auf das Geländer. Wir können von hier aus die Kirche und Declans Auto auf der Straße stehen sehen. Die bunten Fenster sind von innen beleuchtet. Die Kreuzigungsszenen darauf kann man nicht mehr erkennen, nur noch die Schönheit der Farben.

»Alle möglichen Menschen«, sagt Rev leise.

Und da erst begreife ich, dass er von seinem Vater spricht.

Ich setze mich neben ihn auf das Geländer und lasse Texy von der Leine, damit sie ein bisschen herumschnüffeln kann.

»Im Auto hattest du dein Sweatshirt nicht an«, sage ich.

Er schweigt kurz. »Wir waren Declans Vater besuchen. Da drinnen durfte ich es nicht anbehalten.«

Ich ziehe die Augenbrauen hoch. »Meine Güte. Wo ist sein Vater denn? Im Knast?«

Ich habe einen Scherz gemacht, aber Rev nickt. »Dec hat ihn fünf Jahre nicht gesehen. Wie schon gesagt. Es war ein langer Tag. Ich glaube, er ist total geschafft.«

Fünf Jahre. Ich versuche mir vorzustellen, dass ich meinen Vater fünf Jahre lang nicht sehen würde.

Im Moment gefällt mir die Idee.

Ich schaue Rev an. Jedes Mal wenn ich mit ihm zusammen bin, möchte ich ihn anstarren. Zum Teil liegt das sicherlich daran, dass er so viel von sich verbirgt. Ich bekomme immer nur ein Stück von seinem Kinn, den Schwung seiner Lippen und die Kontur seiner Nase zu sehen. Die Augen liegen stets im Schatten.

Ich denke ans Gaming, wo ich alles unter Kontrolle habe und niemand mein wahres Ich sieht. Ich frage mich, ob der Computer sozusagen mein Hoodie ist.

Unsere Hände liegen nebeneinander auf dem Geländer, aber heute Abend ist es anders als am Samstag. Ich traue mich nicht, nach seiner Hand zu greifen.

»Warum hast du ihn wieder angezogen?«, frage ich.

»Keine Ahnung.«

»Lügner. Du weißt es.«

Er sagt erst nichts, sondern schüttelt nur den Kopf und lacht leise. »Du bist furchtlos.«

Ich muss diese Unterhaltung träumen. »Ich bin *was*? Nein. Bin ich nicht.«

»Doch. Bist du. Du zögerst nie.« Er dreht den Kopf, um mir direkt ins Gesicht zu sehen. »Ich glaube, das gefällt mir an dir am besten. Darum ist mir auch der Spruch über Eisen, das Eisen schärft, eingefallen. Jedes Mal wenn ich dich treffe, will ich mutiger werden.«

In meinem Kopf dreht sich alles. Und ich dachte, das Kompliment, als Ethan mich *genial* genannt hat, wäre nicht zu übertreffen.

Rev schaut wieder die Straße hinunter. Er stößt mit dem Fuß gegen den Schotter. »Ich habe das Sweatshirt wieder angezogen, weil ich nicht wollte, dass du einen schlechten Eindruck von mir hast.«

»Rev.« Ich schüttle den Kopf. »Ich könnte nie …«

Er zieht das Sweatshirt wieder aus.

Es verschlägt mir den Atem. Vorhin habe ich mich getäuscht. *Jetzt* muss ich träumen.

Er legt das Sweatshirt neben mich, ohne mich anzusehen.

»Wenn mich der Schlag trifft, ruf meine Eltern an«, sagt er.

Ich kann nicht anders, als ihn anstarren. Das schwarze T-Shirt liegt eng an seinem Oberkörper und wir sitzen am dunklen Ende der Straße, aber trotzdem sind die Narben auf seiner hellen Haut nicht zu übersehen. Genauso deutlich sind die schwarzen, spinnennetzartigen Schriftzüge an beiden Armen vom Handgelenk bis zu den Ärmeln erkennbar. Sie wirken wie ungewöhnliche Tattoos.

Ehrlich gesagt kann ich den Blick aber auch nicht von seinen muskulösen Oberarmen losreißen. »Okay. Und wenn ich einen kriege, dann ruf meine an.«

Er lacht leise und schaut kurz zu mir. »Das ist schon das zweite Mal, dass ich das heute mache. Jedes Mal habe ich erwartet, es würde schrecklich – und dann ist es das gar nicht.«

»Inwiefern schrecklich?«

»Keine Ahnung. Ich weiß nicht, was ich befürchtet habe. Ist das nicht seltsam?«

»Nein.«

»Vor heute Nachmittag hätte ich behauptet, es gäbe nur eine Handvoll Leute, die mich je mit kurzen Ärmeln gesehen haben.«

»Ich kann nicht glauben, dass du jetzt hier so sitzt, und du hast *mich* furchtlos genannt.« Ich schweige kurz. »Und du bist nie so in die Schule gegangen?«

»Nein.« Er zögert kurz. »Weißt du das nicht? Die nennen mich sowieso schon Sensenmann.«

»Ich weiß. Aber ich wusste nicht, dass du es weißt.«

Er sieht mich vielsagend an. »Ach komm, ich bin seltsam, aber nicht blöd.«

Ich finde es witzig, dass er sich selbst seltsam nennt. Sowieso ist er der selbstkritischste Schüler, der mir je begegnet ist. »Macht es dir was aus?«

»An der Middle School fand ich es ziemlich schlimm.«

»Was ist dann passiert?«

»Nichts ist passiert. Ich saß ganz hinten im Klassenzimmer und habe es ignoriert. Irgendwann wurde es ihnen langweilig, und sie haben sich ein neues Opfer gesucht.« Er zuckt mit den Schultern, als wäre das eine Kleinigkeit. »Das ist so ungewohnt«, sagt er. »Ich hatte ganz vergessen, wie die Luft sich anfühlt.« Er streckt die Arme über den Kopf und lässt dann die Hände wieder in seinen Schoß fallen. »Ich komme mir vor wie ein kleines Kind.«

Wenn er nicht bald aufhört, seine Arme in alle Richtungen zu strecken, werde ich noch schwach. Ich beuge mich näher zu ihm. »Was steht auf diesem Tattoo?«

»Es ist kein Tattoo.« Er schweigt kurz. »Ich meine, es ist eins, aber … mein Vater hat es selbst gemacht. Es geht bis hinauf zu meinen Schultern und den anderen Arm wieder runter.«

Jedes Mal wenn er mir etwas über seinen Vater erzählt, glaube ich, schlimmer kann es nicht werden, aber genauso kommt es dann. Ich muss schlucken. »*Er* hat es *selbst* gemacht?« Ich kann mir die Frage, ob es wehgetan hat, gerade noch verkneifen. Natürlich hat es wehgetan.

»Ja.«

Ich beginne, die Worte zu entziffern. »… sollt das Böse aus eurer Mitte …«

Er legt eine Hand auf seinen Unterarm. »Nicht laut lesen.«

Ich zucke erschrocken zurück und richte mich wieder gerade auf. »Tut mir leid.«

»Nein.« Er klingt angespannt. Einen Moment später zieht er seine Hand sehr entschieden wieder weg und hält sich dann mit beiden Händen am Geländer fest. »Mir tut es leid. Das ist ein Spruch darüber, dass ein ungehorsames Kind getötet werden soll.« Er schweigt kurz. »Er hat ihn mir heute Nachmittag auch als E-Mail geschickt.«

Wow. Mir fehlen die Worte.

»Ich hasse das Zitat«, sagt er, und ich glaube, zum ersten Mal auch Hass in seiner Stimme zu hören.

»Möchtest du das Sweatshirt wieder anziehen?«, flüstere ich.

»Ja. Und nein.« Er macht keine Anstalten, danach zu greifen.

»Möchtest du meine Hand halten?« Ich strecke sie ihm hin.

Er sieht mich überrascht an.

Dann holt er tief Luft und schiebt seine Finger zwischen meine.

Seine Handfläche fühlt sich warm an. Seine Finger wirken sicher und kräftig. Das vermisse ich bei einer Online-Freundschaft. Die Wärme einer menschlichen Beziehung. Das Geräusch seines Atems und wie sich seine Haut anfühlt. Am liebsten möchte ich die Augen schließen, um es noch mehr zu genießen.

»Wirst du das Sweatshirt morgen in der Schule weglassen?«, frage ich schließlich.

»Keine Ahnung. Ich glaube nicht. Ich will nicht … ich bin dafür noch nicht bereit.«

Ich schaue ihn an und lasse meinen Blick noch einmal über seine Arme und seinen muskulösen Oberkörper gleiten. Meine Wangen glühen, aber sein Vertrauen ehrt mich auch. »Ich garantiere dir, dass keiner deine Narben ansehen wird.«

Jetzt wird *er* rot. Er schaut weg. »Du bist lustig.«

»Ich meine das vollkommen ernst. Wenn ich dich boxen würde, würdest du es dann überhaupt spüren?«

Er zieht die Augenbrauen hoch. »Glaubst du denn, dass ich dich so nah rankommen lassen würde?«

Es ist seine Art zu flirten, und mehr hat er sich in dieser Hinsicht noch nie getraut. Jetzt will ich ihm wirklich einen Schlag versetzen, nur um zu sehen, was er dann tun würde. Ich schaue ihm in die Augen und sehe Sterne darin. »Willst du es herausfinden?«

Er lacht. »Siehst du? Furchtlos.« Dann wird er wieder ernst. »Nur zu. Schlag so fest, wie du kannst.«

»Und wenn ich dich damit vom Geländer stoße?«

»Dann werde ich dich fragen, wie du das geschafft hast.«

Ich liebe es, dass er dabei kein bisschen arrogant klingt. Vor allem weil er mich wahrscheinlich mit einem Finger vom Geländer schubsen könnte.

Vielleicht verleiht mir das auch den Mut, eine Faust zu machen, auszuholen und zuzuschlagen.

Er bewegt sich blitzartig. Ich hatte erwartet, dass er meinen Arm wegschlägt, aber das tut er nicht. Nicht wirklich. Er bleibt innerhalb meines Bewegungsradius', und plötzlich hat er die Arme um mich gelegt und das Gesicht an meiner Schulter.

Er fühlt sich so warm an. Atemlos und lachend sage ich: »Ich hätte schon viel früher versuchen sollen, dich zu schlagen.«

»Du hast nicht wirklich versucht, mich zu schlagen.« Er lässt mich los, und das ist unheimlich schade.

Er steht jetzt vor mir, und ich schaue zu ihm hinauf. »Du verhinderst einen Schlag mit einer Umarmung? Anscheinend habe ich völlig falsche Vorstellungen von Jiu-Jitsu.«

Jetzt lacht er richtig. »Der Trick ist, nah dranzubleiben.« Er überlegt. »Distanz gibt dem anderen Raum, dich zu verletzen.«

»Kannst du das noch mal machen?«

»Klar.«

Ich hole wieder aus. Er fängt mich erneut ab.

»Ich glaube, das musst du mir noch ungefähr hundert Mal vormachen«, sage ich.

Er lacht wieder, und ich spüre es, weil sich unsere Körper berühren. Am Samstagabend fand ich schon das Gefühl seines Rückens an meinem unfassbar. Das hier ist eine Milliarde Mal besser.

Diesmal lässt er mich langsamer wieder los.

»Weicht man einem Schlag wirklich so aus?«, frage ich. »Dann hat man mich im Fernsehen irgendwie immer belogen.«

»Eigentlich müsste ich dich zu Boden werfen, aber …«

»Das klingt verlockend.«

Offensichtlich hat sich mein Mundwerk von meinem Verstand abgekoppelt. Mein Gesicht fühlt sich glühend heiß an.

Er zieht die Augenbrauen hoch. Sehr hoch. Dann lacht er unterdrückt. »… aber ich dachte, dass dir das hier auf der Straße nicht so gefallen würde.«

Ich fasse ihn an der Hand. »Okay. Komm mit.«

Er folgt mir bereitwillig, während ich ihn in den Garten des leer stehenden Hauses führe. Mein Herz klopft dabei ganz schön heftig. Das Gras ist saftig grün und der Boden weich vom Regen der letzten Tage. Texy trottet herum und zieht dabei ihre Leine hinter sich her.

»Jetzt zeig es mir richtig«, sage ich.

Rev zögert. Er sieht unentschlossen aus.

»Hast du Angst?«, ziehe ich ihn auf, aber meine Stimme klingt auch etwas belegt.

»Nein.« Er wartet, und ich sehe, wie seine Wangen wieder rot werden. »Vielleicht. Und du?«

»Ich bin doch furchtlos. Schon vergessen?« Dann balle ich die Hand zur Faust und hole aus.

Er umarmt meinen Oberkörper, aber auf den Fuß, der sich um mein Bein legt, war ich nicht gefasst. Bevor ich auch nur merke, dass ich falle, liege ich auch schon auf dem Rücken im Gras.

Sein Gewicht lastet schwer auf mir, sein Gesicht ist nah an meinem. Ich spüre seinen Atem an meinem Hals.

Ich wäre vollkommen einverstanden damit, die nächste Stunde *genau so* liegen zu bleiben.

Texy hält es für den richtigen Moment, um mir die Stirn abzulecken. Ich kichere. »Texy … aus. Geh weg, Hund!«

Sie schleckt noch einmal über meine Stirn und trollt sich dann.

Rev hat sich ein Stück von mir entfernt. Während er sich mit den Händen neben meinen Schultern auf dem Boden abstützt, schaut er auf mich runter. Das bringt seine Bizepse hervorragend zur Geltung. »War das so, wie du es dir vorgestellt hast?«

Ich lache. »Genauso und besser.« Ich zögere. »Und was kommt als Nächstes?«

Seine Augen glitzern in der Dunkelheit. »Sag du es mir.«

»Du bist der Jiu-Jitsu-Experte.«

»Tja.« Seine Stimme klingt irgendwie rau. »Im Jiu-Jitsu würdest du diese Distanz nicht zulassen.«

»Distanz ist also schlecht?«

Er nickt. »Distanz ist schlecht.«

Meine Hände berühren seine Schultern. Nur mit den Fingerspitzen spüre ich seine Wärme und streiche über seine Ärmel, bis ich nackte Haut finde.

Er bleibt ganz reglos. Das Lächeln ist verschwunden.

Ich halte ebenfalls inne. »Ist das okay?«, flüstere ich.

Er nickt mit einer kleinen, kaum wahrnehmbaren Bewegung, als traue er seiner Stimme nicht.

Ich fahre mit meinen Fingern noch ein Stückchen weiter über seine Haut, und er erschauert.

»Immer noch okay?«, flüstere ich.

Er nickt wieder. Auf einer Seite stützt er sich nun auf den Ellbogen, was ihn wieder näher zu mir bringt, und ich kann etwas von seinem Gewicht auf mir spüren. Ich fühle, wie sich sein Brustkorb beim Atmen dehnt.

»Okay?«, flüstert er.

Jetzt ist es an mir zu nicken.

Seine Finger zeichnen die Konturen meines Gesichts nach. Zögernd, als wolle er sich alles einprägen. Den Bogen meiner Brauen, die Form meiner Wange und meines Kinns.

Meine Hände liegen ruhig auf seinen Armen. Jede Berührung seiner Finger füllt mich wie mit warmem Honig. Ich lege eine Hand an sein Gesicht, und sein Kinn fühlt sich nur ein bisschen rau an. Ich will ihn noch näher spüren.

Distanz ist wirklich nicht gut.

Er schließt die Augen und dreht sein Gesicht, sodass er die Innenseite meines Handgelenks küssen kann. Ich atme geräuschvoll aus.

»Okay?«, fragt er leise.

Ich nickte heftig, und er lächelt.

Dann streichen seine Lippen über meine, und ich schnappe nach Luft. Mit den Fingern fahre ich durch sein Haar.

Wieder streifen mich seine Lippen, nur lassen sie sich diesmal ein wenig mehr Zeit dabei. Sein Mund bewegt sich an meinem, und ich öffne die Lippen. Er schmeckt nach Zimt und duftet nach Vanille. Ich möchte in diesem Moment ertrinken.

Seine Hand findet meine Taille. Genau die Stelle, wo beim Fall ins Gras mein T-Shirt aus der Jeans gerutscht ist. Meine Finger schlüpfen unter seinen Ärmel, und ich umklammere seine Schulter, drücke ihn an mich.

Endlich berühren sich unsere Zungen, und ich stöhne auf. Seine Hand rutscht unter den Saum meines Shirts, und ich spüre seine Handfläche heiß auf meiner Haut. Meine Welt besteht nur noch aus diesem einen Augenblick, der Wärme und Süße und dem Gefühl seines Körpers an meinem.

Dann löst Rev sich von mir. Er atmet ein bisschen schneller, und er schaut mich eindringlich an. »Ich habe keine Ahnung, was ich da tue, aber ich glaube, ich sollte langsamer machen.«

Ich japse fast. »Ich habe auch keine Ahnung, was du da tust, aber ich glaube, du bist echt gut darin.«

Lächelnd entfernt er sich noch ein bisschen weiter.

»Nein«, erkläre ich. »Distanz ist schlecht.«

Sein Grinsen wird breiter. Dann rollte er sich zur Seite, damit er neben mir liegt. »Warte mal. Ich erlebe gerade einen existenziellen Moment.« Er schiebt seine Hand in meine.

»Ist das ein Euphemismus für irgendwas anderes?«

Er lacht. »Kein Kommentar.«

Ich kann einfach nicht *glauben*, was ich da sage.

Mein Gott, wahrscheinlich habe ich zu viel online gespielt. *Das* klingt jetzt wirklich nach einem Euphemismus. Zum Glück habe ich es nicht laut ausgesprochen.

Ich drehe mich auf die Seite und schaue auf ihn herab. Die Schatten verbergen seine Narben fast vollständig, und im Mondschein glitzern seine Augen. Sein Gesichtsausdruck ist offen und das Gegenteil von auf dem Sprung. So entspannt habe ich ihn noch nie erlebt.

»Wo auch immer du Jiu-Jitsu trainierst«, meine ich, »sollten die das hier in ihre Broschüre aufnehmen. Ich vermute, dann würden das noch viel mehr Leute lernen wollen.«

Er hebt unsere verschränkten Hände hoch und zieht meine Fingerknöchel an seine Lippen, um sie zu küssen. »Ich werde es in den Briefkasten für Ideen und Vorschläge einwerfen.«

Ich rücke noch ein bisschen näher. »Was kannst du mir noch beibringen?«

Er grinst. Ich liebe es, wie sein ganzes Gesicht zu strahlen beginnt. Diesen Rev bekommt sonst niemand zu sehen. »Da wird mir sicher noch was einfallen.«

33. KAPITEL

Emma

In meiner Vorstellung von Knutschen kam niemals Jiu-Jitsu vor.

Wobei meine Fantasien sowieso nie besonders weit gingen.

Jetzt tun sie es. Weit gehen, meine ich. Irgendwie. Ich habe ja keinerlei Erfahrung, auf die ich mich stützen kann. Aber ich habe *Game of Thrones* gesehen.

Na toll. Jetzt liege ich hier im Gras und merke, wie ich rot werde. Am liebsten würde ich mein Gesicht verstecken. Zum Glück hat Rev seinen Blick nach oben auf die Sterne am Himmel gerichtet.

Unsere Finger sind wieder ineinander verschlungen, seine Handfläche liegt warm an meiner. Texy hat sich irgendwo in der Nähe ins Gras gelegt. Meine Lippen fühlen sich geschwollen an, meine Haare sind verstrubbelt, und Gras kitzelt mich an den Armen. Aber das ist mir alles egal. Ich muss dauernd daran denken, wie es ist, wenn er mich umarmt. An diese kurzen Momente, wenn er dann ganz stillhält und meine Welt nur noch aus Berühren und Atmen besteht und mein Herz so heftig klopft.

Ich werde nie mehr aufhören können, rot zu werden.

Er stützt sich auf einen Ellbogen und halbiert dadurch die Entfernung zwischen uns. Wie er so auf mich heruntersieht, verdeckt er den Mondschein, und sein Gesicht liegt im Dunkeln. Nur in seinen Augen spiegelt sich Sternenlicht. Unsere Gesichter sind nur eine gute Handbreit voneinander entfernt. »Was denkst du gerade?«

Ich beiße mir auf die Lippe. Wahrscheinlich werden meine Wangen mir gleich brennend vom Gesicht fallen.

»Komm schon, Furchtlose«, flüstert er. Seine Augen blicken eindringlich, dunkel und strahlend. Er hebt die Hand und streicht mir mit den Fingerspitzen eine Haarsträhne aus der Stirn. Seine Berührung ist federleicht, trifft mich aber trotzdem wie ein Stromschlag.

Sein Daumen streichelt meine Wange. Und diese kleine Zärtlichkeit lässt Wärme durch meinen ganzen Körper fließen. Meine Lippen öffnen sich wie von selbst.

Da bellt Texas.

Ich fahre zusammen und setze mich ruckartig auf. Unsere Köpfe stoßen zusammen.

Aua. Hallo, Peinlichkeit.

Irgendwie gelingt es mir, Texys Leine zu fassen, aber sie zerrt mich ein Stückchen über die Wiese, bevor ich sie unter Kontrolle kriege. Eigentlich wollte sie einem älteren Mann nachlaufen, der einen winzigen Yorkshire Terrier spazieren führt. Der Mann wirft uns einen finsteren Blick zu, geht aber weiter.

Ich reibe mir die Stirn und sehe Rev an. Er tut das Gleiche.

»Glaubst du, dass alles aus einem bestimmten Grund passiert?«, frage ich.

Er lächelt. »›Es ist aber der Glaube eine gewisse Zuversicht des, das man hofft, und ein Nichtzweifeln an dem, das man nicht sieht.‹«

»Das müsstest du mir vielleicht doch übersetzen.«

Er rückt näher und beugt sich zu mir, als wolle er mir etwas ins Ohr flüstern. Seine Nähe lässt mich erbeben. »Es bedeutet«, sagt er leise, »dass Dinge passieren, wenn sie passieren sollen.«

Sein Handy meldet sich. Zweimal.

Seufzend richtet er sich auf. »So wie jetzt.«

Kaum hat er auf sein Display geschaut, fängt er an zu lachen. »Dec will wissen, ob ich ihn absichtlich vor einer Kirche ausgesetzt habe.« Er streicht über den Bildschirm, um eine Antwort zu schreiben. »Ich sollte ihn aufziehen und behaupten, ich wüsste nicht, wovon er redet.«

Lächelnd hole ich mein eigenes Handy hervor, um es auch zu kontrollieren. Der Klingelton war ausgeschaltet, aber ich rechne nicht mit viel. Mom hat wahrscheinlich nicht mal gemerkt, dass ich weg bin, und selbst wenn, macht sie sich nie Sorgen, wenn ich den Hund dabeihabe.

Zu meiner Überraschung habe ich zwölf neue Nachrichten. Alle von Ethan.

Die erste ist von 20.30 Uhr.

Ethan: Warst du vor Kurzem auf OtherLANDS eingeloggt?
Da stimmt irgendwas nicht. Sieh zu, dass du an einen Computer kommst.

Fünf Minuten später.

Ethan: Okay, da stimmt definitiv was nicht.

Vier Minuten später.

Ethan: In allen deinen Ländern stehen Schilder verteilt.
Ich sehe gerade eins, auf dem steht: *Azure M ist eine Fotze*.

Jede Spur von Wärme, die ich Rev zu verdanken habe, scheint sich in Eis zu verwandeln. Ich kriege keine Luft mehr.

Zehn Minuten später.

Ethan: Emma, bitte lies deine Nachrichten.
Hast du irgendwelche Infos über den Kerl, der dir diese E-Mails geschickt hat?
Ich habe nach seinen früheren Accounts gesucht, aber die existieren nicht mehr.
War er auf 5Core? Ich kenne Leute, die ihn aufspüren können.

Ich zittere.

Acht Minuten später.

Ethan: Es ist noch schlimmer.
Schau.

Angehängt ist ein Bild, das vermutlich von seinem Computerbildschirm stammt. In der Mitte meiner Taverne, dem Treffpunkt für neue Figuren, hängt eine riesige Pornodarstellung. Auf meinem Display ist sie nur unscharf zu erkennen, aber ich kann eine Frau auf Knien sehen.

Ich stoße einen kleinen Schrei aus.

Zehn Minuten später.

Ethan: Emma. Es tut mir so leid.

Seine letzte Nachricht ist fünfzehn Minuten alt.

»Hey.«

Ich schaue auf und halte das Handy in meinen zitternden Fingern. Rev beobachtet mich.

»Geht es dir gut?«, fragt er.

»Ich ... ich weiß nicht.« Dann lese ich Ethans Nachrichten noch mal. Er muss die Lesebestätigung für alle auf einmal bekommen haben. Und anscheinend sitzt er gerade da und starrt auf sein Handy, denn ich sehe, dass er bereits eine neue Nachricht schreibt.

»Ist was mit deinen Eltern?«, fragt Rev.

»Nein ... es ist nur ... ein Typ, mit dem ich manchmal online spiele.«

»Nightmare?«

Ich schlucke. »Nein. Ethan ist ein Freund. Aber es ist was passiert. Er ... ich weiß nicht, was ich mit diesen Nachrichten anfangen soll.«

»Darf ich sehen?«

Ich zögere, gebe ihm aber dann mein Handy. Im selben Moment geht eine neue Nachricht von Ethan ein. Ich kann nicht lesen, was drin steht.

Fast will ich es auch gar nicht. Der erste Screenshot hat mir gereicht.

Rev liest erst, dann sieht er mich an. »Emma. Du musst die Polizei verständigen oder so was. Das kann doch nicht legal sein.«

»Ich muss nach Hause. Ich muss das Spiel runterfahren. Ich kann ihn blockieren ...«

»Meinst du nicht, dass es hier nicht mehr reicht, ihn nur zu blockieren?« Er scrollt durch die Nachrichten. »Weiß dieser Ethan, wer das macht?«

Ich werde schon wieder rot und hole mir mein Handy zurück. »Nein.«

»Er schreibt doch, dass er Leute kennt, die ihn aufspüren können. Meinst du, es ist jemand aus der Schule?«

»Nein. Ethan geht nicht auf die Hamilton. Ich … er ist nur ein Gaming-Freund. Ich kenne ihn im wirklichen Leben gar nicht.«

Rev runzelt die Stirn. »Aber er hat deine Handynummer?«

»Ja!«, erwidere ich schnippisch. »Zum Glück. Sonst wüsste ich noch nicht mal, was da vor sich geht.« Es ist schrecklich. Ich muss nach Hause. Ich muss OtherLANDS runterfahren.

Ich bin kurz davor loszuheulen.

Texy schiebt ihre Schnauze unter meine Hand, und abwesend kraule ich sie hinter den Ohren.

»Kannst du das reparieren?«, fragt Rev. »Was kann ich tun?«

Ich schaue auf mein Handy.

Ethan: Wann bist du zu Hause? Ich kann dir helfen, ihn zu finden.

»Nichts.« Ich sehe Rev an. »Ich muss nach Hause.«

»Okay. Lass mich nur Dec noch seine Schlüssel …«

»Nein. Ich muss das in Ordnung bringen.« Ich schlucke. Dieses widerliche Bild hat sich in meine Pupillen geätzt. Ich möchte heulen. Ich möchte jemanden schlagen. Ich möchte schreien.

Er nimmt meine Hand. »Emma … ist schon gut. Ich begleite dich.«

Ich zucke zurück und starre ihn an. »Machst du Witze? Hast du gesehen, was er getan hat?«

»Ja, das habe ich.«

Mit ihm zu sprechen ist Zeitverschwendung. Ich marschiere los. »Ich muss nach Hause.« Meine Stimme bricht. »Okay? Lass mich einfach gehen.«

Revs Miene verfinstert sich. »Emma. Du musst es deinen Eltern sagen. Bitte, ich komme mit dir.«

»Du denkst, das kann ich meinen *Eltern* erzählen? Soll das ein Witz sein?«

»Das ist nicht bloß irgendein Internettroll«, sagt er mit Bestimmtheit. »Warum willst du dir von niemandem helfen lassen?«

»Weil ich das selbst regeln kann, Rev. Du verstehst das nicht.«

»Emma.« Er folgt mir immer noch. »Ich habe dir vertraut, um mir zu helfen. Als ich meinen Eltern von den Nachrichten meines Vaters erzählen musste …«

»Nein.« Ich weiche ihm aus. »Du hast mir gesagt, dass ich weggehen soll. Und das habe ich gemacht.«

Er bleibt abrupt stehen. Er weiß, dass ich recht habe.

»Ich kann das regeln«, sage ich. »Du hast mir erklärt, wenn jemand auf der Matte deine Hilfe nicht will, würdest du auch nicht helfen. Dass du dich nicht einmischen würdest. Genau das sage ich dir gerade. Jetzt bin ich diejenige, die *dir* sagt, du sollst weggehen.«

Diese Worte halten ihn endgültig auf. Ich bedauere sie sofort. Aber irgendwie scheine ich nicht kontrollieren zu können, was aus meinem Mund kommt.

»Okay«, sagt er leise.

Jetzt wünschte ich, er würde mir folgen. Er tut es nicht.

Ich verschwinde in den Schatten entlang der Straße.

34. KAPITEL

Rev

>>>

Dienstag, 20. März, 22:05:44 Uhr

Von: Robert Ellis robert.ellis@speedmail.com

An: Rev Fletcher rev.fletcher@freemail.com

Betreff: Sprüche

Wer einen Narren zeugt, der hat Grämen, und eines Narren Vater hat keine Freude.

Mein Handy meldet mir den Eingang der E-Mail, als ich die Stufen unserer hinteren Veranda hochsteige. Die Küche ist dunkel, und vorsichtig öffne ich die Glasschiebetür. Tiefe Stille empfängt mich, und ich gehe auf Zehenspitzen über die Fliesen. Weil ich kein Abendessen hatte, bin ich fast am Verhungern. Ich schnappe mir eine Schachtel Cerealien und ein Gatorade aus dem Kühlschrank und will mich durch den Flur schleichen.

»Rev.« Moms leise Stimme erreicht mich, kaum dass ich den Flur betreten habe.

Ich drehe mich um und sehe sie mit einem Buch in der Ecke des Wohnzimmers sitzen.

»Ich dachte, alle schlafen schon«, flüstere ich.

»Die anderen schon. Ich habe auf dich gewartet.«

»Auf mich?«

Sie nickt. »Wie ist es gelaufen?«

Ich brauche einen Moment, um zu begreifen, dass sie nach Declan fragt. Unsere Fahrt zum Gefängnis scheint für mich schon Tage zurückzuliegen. Ich will jetzt genauso wenig über Declan und seinen Vater sprechen wie über das, was mit Emma passiert ist. Ihre Abschiedsworte gehen mir nicht aus dem Kopf.

Jetzt bin ich diejenige, die dir *sagt, du sollst weggehen.*

Ich weiß nicht, ob ich das verdient habe. Vielleicht schon.

Ich wünschte, ich könnte es ungeschehen machen. Ich wünschte, ich könnte das für sie in Ordnung bringen. Ich wünschte, ich könnte sie irgendwie beschützen.

Jetzt lasse ich mich gegenüber von Kristin auf die Couch fallen und greife mit der Hand in die Cerealienschachtel. »Es lief okay. Ich glaube, für ihn war es gut.«

»Ihr wart viel länger weg, als ich gedacht habe.«

»Dec ist im Auto eingeschlafen. Da bin ich noch eine Weile herumgefahren.« Ich zögere. »Danach war ich noch mit Emma spazieren.«

»Emma.« Moms Miene hellt sich auf. »Ich habe gehofft, mehr von ihr zu hören.«

Ich runzle die Stirn. »Ach ja?«

»Natürlich. Es ist schön zu sehen, wie du ein bisschen aus deinem Schneckenhaus kommst.«

Interessant. Das verdrängt meine eigenen Sorgen erst mal. »Findest du, dass ich mich verstecke?«

»Ich würde es nicht verstecken nennen. Aber ich denke schon, dass du deine Privatsphäre sehr stark unter Verschluss hältst. Du und Declan, ihr beide tut das.« Sie zögert. »Ganz ehrlich, ich habe mich gefragt, ob es auch für dich eine Tür aufmacht, dass er eine Freundin gefunden hat.«

Das ist ein ziemlich freimütiges Geständnis, und ich bin mir nicht sicher, ob ich dafür bereit war. Ich picke die Marshmallows aus den Cerealien in meiner Hand. »Aha.«

Mom wartet einfach ab.

Meine Gedanken sind ein solches Chaos, und ich brauche Zeit, um sie zu sortieren. »Wäre es in Ordnung, wenn wir noch nicht über Emma sprechen?«

Ihre Augenbrauen bewegen sich ein klein wenig nach oben, aber sie nickt. »Na klar.«

Ich spähe in den Flur. »Wie war Matthew heute Abend drauf?«

»Gut. Er hat nach dem Essen einen Spaziergang mit Dad gemacht.«

Das finde ich geradezu schockierend. Ich bin mir sicher, dass sie das meinem Gesicht ansieht.

Mom lächelt. »Er hatte die Wahl zwischen Spaziergang und Küche aufräumen.«

Wenn ich hätte wetten sollen, dann hätte ich alles auf Matthew mit einem Geschirrtuch in der Küche und seinen Gedanken sicher in seinem Kopf verschlossen gesetzt.

Aber dann fällt mir ein, wie er mit Declan und mir am Tisch in der Cafeteria saß, nachdem er am Abend zuvor so eine Überraschung gelandet hatte. Dad hat ja auch gemeint, dass wir manchmal Druck ausüben, um zu sehen, ob irgendjemand dagegenhält.

Ob ich bei ihm auf die richtige Art dagegengehalten habe?

Mom beobachtet mich immer noch.

»Du kannst ruhig weiterlesen«, sage ich. »Ich glaube, ich möchte nicht reden.«

Sie sieht mich lange an und schlägt schließlich ihr Buch auf. Ich picke in den Cerealien herum und höre, wie sie leise die Seiten umblättert. Das Geräusch habe ich im Gedächtnis. Als ich klein war, las sie mir an meinem Bett sitzend im Schein der Nachttischlampe vor, während sie darauf wartete, dass ich einschlief. Sie macht das bei jedem Kind, das in dieses Haus kommt. Sie will, dass es weiß, sie ist da.

»Warum habt ihr mich adoptiert?«, frage ich.

Sie schließt behutsam ihr Buch. »Weil wir dich lieb haben und wollten, dass du unser Sohn wirst.«

Sie meint das genau so, aber ich will keine Plattitüden hören. »Nein. Warum *mich*?«

»Ich glaube, ich verstehe nicht, was du von mir wissen willst, Rev.«

»Ihr hattet schon Dutzende Pflegekinder. Warum *mich*?«

Sie schweigt so lange, dass ich schon fürchte, die falsche Frage gestellt zu haben.

»Du weißt, dass wir Kinder lieben«, sagt sie. »Nachdem wir geheiratet hatten, haben wir nicht mehr gewartet. Wir wollten so gerne Kinder. Aber dann ... hatte ich eine Fehlgeburt. Das kommt häufig vor, gerade bei der ersten Schwangerschaft, aber es war trotzdem niederschmetternd. Dann passierte es noch mal.

Und noch mal. Und ein viertes Mal. Ich erinnere mich, wie ich im Wartezimmer des Arztes saß und durch irgendeine alberne Zeitschrift blätterte. Zufällig schlug ich diesen Artikel über eine Frau mit acht Kindern auf, die scherzte, sie sei mehr als ein halbes Jahrzehnt schwanger gewesen. Ich erinnere mich, dass ich das las und sie hasste. Ich ging nach Hause und weinte die ganze Nacht.« Sie überlegt. »Wir sprachen über Adoption. Eine andere Familie in der Nachbarschaft hatte ein Baby adoptiert, und wir berieten mit einem Anwalt unsere Möglichkeiten. Geoff war schon bereit, einer Adoptionsagentur einen Scheck auszustellen, aber es … es kam mir irgendwie nicht richtig vor. Ich war so deprimiert, weil ich so viele Babys verloren hatte. Aber ich wollte ihn auch nicht enttäuschen, und so gingen wir irgendwo einen Kaffee trinken und ich stimmte allem zu, was er vorhatte.«

Sie schweigt erneut, und ich weiß, es muss noch mehr kommen. Also warte ich. Meine Adoption war nämlich alles andere als normal.

»Als wir das Café verließen, stand da eine Frau mit einer Reifenpanne. Sie bat uns, für sie einen Abschleppdienst anzurufen. Geoff bot an, ihr den Reifen zu wechseln, was sie gerne annahm. Sie war nämlich in Eile, ein Kind abzuholen.«

»Bonnie«, sage ich erstaunt. Moms Freundin. Ich weiß, wie die beiden sich kennengelernt haben. Von den äußeren Umständen hatte ich keine Ahnung.

Mom lächelt. »Bonnie. Ja. Während Geoff den Reifen wechselte, kamen wir beide ins Gespräch. Sie war die erste Person, die von Pflegeelternschaft sprach. Ich lud sie gleich für den nächsten Tag zu uns zum Mittagessen ein. Wir verstanden uns sofort richtig gut. Es sollte so kommen. Das weiß ich. Geoff zu überzeugen dauerte länger. Heute weiß ich, dass er sich vor allem Sorgen um mich machte. Er hatte mich so viele Babys verlieren sehen, dass er fürchtete, ich würde nicht damit klarkommen, ein Kind zurückgeben zu müssen.

Wir durchliefen die üblichen Schritte. Die offiziellen Gespräche, Hausbesuche und all das. Wir bereiteten das Kinderzimmer vor. Und dann warteten wir auf den Anruf. Ich dachte, der würde sofort kommen. Aber das tat er nicht. Nach ein paar Tagen begann ich zu zweifeln. Geoff war so verunsichert. Das Zimmer stand leer. Ich begann mich schon zu fragen, ob ich die falsche Entscheidung getroffen hatte. Eines Abends ging ich zu Bett und konnte nicht schlafen. Ich weiß noch, dass ich jede Stunde auf die Uhr sah. Ich war völlig erschöpft. Um fünf Uhr früh hatte ich immer noch kein Auge zugetan. Ich erinnere mich, dass ich dachte: *Bitte. Ich weiß, dass es ein Kind gibt, das mich braucht. Bitte.*«

Sie wischt sich über die Augen und greift nach den Papiertaschentüchern auf dem kleinen Tisch. »Du meine Güte. Ich war auf dieses Thema nicht vorbereitet. Ich dachte, wir würden uns über Declan unterhalten.« Sie tupft sich das Gesicht trocken und lächelt dann unter Tränen. »Und exakt in diesem Moment – Rev, es war wirklich genau in dem Moment, als ich das dachte –, da klingelte das Telefon. Und es war Bonnie. Wegen dir.«

Ich kann mich natürlich nicht an ihre Sicht auf die Ereignisse erinnern, aber an meine. Nachdem die Polizei mich von meinem Vater weggeholt hatte, wurde ich ins Krankenhaus gebracht. Viele Erinnerungen daran haben sich in mein Gedächtnis gegraben – andere sind jedoch wie ausgelöscht. Manchmal frage ich mich, ob ich die ganzen Eindrücke nur einfach nicht verarbeiten konnte. Nie zuvor hatte ich einen Arzt gesehen. Keine Impfungen, keine Untersuchungen, nichts dergleichen erlebt. Wäre ich gesund gewesen, hätte man mir vielleicht ein, zwei Tage Zeit gelassen, um mich an alles zu gewöhnen, aber die Leute in der Notaufnahme konnten ja meinen gebrochenen Arm nicht ignorieren. Genauso wenig die Narben und den Schriftzug auf meinem Körper. Ich wollte so unbedingt raus aus dem Krankenhaus, dass ich überallhin mitgegangen wäre, mit jedem.

Als Bonnie mich herbrachte, dachte ich, ich sei tot. Ich glaubte, in der Hölle gelandet zu sein. Zur Strafe.

»Du hattest solche Angst«, sagt Mom leise. »Ich hatte schon so viele Berichte über Pflegekinder gelesen. Und ich hatte mir so viele verschiedene Szenarien ausgemalt, aber nichts wie das. Ich dachte, unsere größte Herausforderung würde ein Säugling sein, der einen Drogenentzug durchmacht, oder vielleicht ein Kleinkind mit Entwicklungsstörung. Aber du – du sprachst nicht. Du hast dich von niemandem anfassen lassen. Bonnie erzählte mir später – viel später –, dass die Sozialarbeiterin des Krankenhauses darauf gedrängt hatte, dich in die Psychiatrie zu bringen. Sie hatte tatsächlich gedroht, eine gerichtliche Verfügung zu besorgen. Daraufhin hatte Bonnie sich richtig aufgeregt und gemeint, das solle sie mal versuchen.«

Ich sitze völlig reglos da. Davon wusste ich nichts.

In Gedanken lösche ich alles, was ich über mein Leben seitdem weiß, und versuche mir vorzustellen, ich sei in einer psychiatrischen Einrichtung aufgewachsen.

Es gelingt mir nicht. Bei dem Gedanken habe ich nur das Gefängnis vor Augen, wo wir Jim Murphy zurückgelassen haben, und vielleicht liege ich damit gar nicht so falsch.

Ich schlucke. »Tut mir leid.«

»Warum entschuldigst du dich?« Sie steht aus dem Sessel auf und setzt sich neben mich auf die Couch. Dann nimmt sie eine meiner Hände zwischen ihre. »Als du dann am ersten Tag zu Declan weggelaufen bist – ach, was habe ich mir da für Sorgen gemacht. Geoff dachte, wir hätten etwas falsch gemacht. Ich fürchtete mich davor, Bonnie anzurufen, weil ich mir sicher war, sie würden dich uns wieder wegnehmen und woanders hinschicken. Und als wir dich dann bei Declan fanden, und ihr beide mit Legosteinen gespielt habt …«

Sie verstummt, legt eine Hand auf ihre Brust und schließt die Augen.

»Was?«, frage ich zaghaft.

Sie spricht ganz leise weiter: »Ich werde deinen Gesichtsausdruck nie vergessen. Wie du die Legos fallen lassen hast und zurückgewichen bist. So eine Miene habe ich noch bei keinem Kind gesehen, und ich hoffe, das muss ich auch nie wieder.«

Ich erinnere mich an damals. An den ersten Tag, als meine Welt auf den Kopf gestellt wurde. Die Verbrennungen von der Herdplatte waren unter den Verbänden immer noch heiß und rot. Ich ließ die Legosteine fallen, weil ich fürchtete, sie würden etwas noch Schlimmeres mit mir machen als mein Vater. Mir die Hände abhacken oder so. Ich hatte keine Ahnung von Spielen, aber dafür von Konsequenzen für mein Verhalten.

Sie bestraften mich nicht. Ich musste nicht einmal Declans Zimmer verlassen. Mom setzte sich zu uns auf den Boden und spielte mit.

Ich muss an Matthew und seine Geschichte mit Neil und mit seinem anderen Pflegevater denken. Ich sehe Mom an. Ihre Augen blicken so liebevoll. Sie wünscht allen das Beste. »Vielleicht musst du es doch.«

»Ich weiß.« Sie drückt meine Hand. »Vielleicht. Und ich werde mein Bestes tun, um diesen Kindern da durchzuhelfen.«

»Meine Frage hast du aber immer noch nicht beantwortet.«

»Rev, ich bin mir gar nicht sicher, ob ich das kann. Warum *nicht* dich? In dem Moment, als das Telefon klingelte, wusste ich, dass du hierher gehörst. Ich erinnere mich noch daran, als du zum ersten Mal gelacht hast.« Sie hebt die Hand, legt sie aber nicht wieder an ihre Brust, sondern an meine Wange. »Ach, das hat so lange gedauert. Und jetzt bist du zu einem so großherzigen, liebenswürdigen jungen Mann herangewachsen.«

Ich schiebe ihre Hand weg. Nicht unfreundlich. »Okay, okay.«

»Ach, Rev, das bist du wirklich. Ich erinnere mich noch, wie du mit zehn gefragt hast, ob wir nicht auch einem anderen Kind helfen könnten, weil wir doch noch ein Zimmer frei hätten. Ich konnte es gar nicht glauben. Von allen Kindern hättest du am meisten die Ruhe und den Frieden verdient, hier allein mit uns zu sein, aber du hast dich gefragt, warum wir nicht noch anderen helfen. Also bekamen wir die süße kleine Rose. Du erinnerst dich doch an sie, oder?«

»Ja.« Rose war das erste Pflegekind nach mir. Sie war zwei. Inzwischen ist sie also ungefähr zehn. Mom wüsste es genau. Sie hat sie wahrscheinlich auch wiedergesehen, denn sie gibt sich größte Mühe, mit allen Kindern in Verbindung zu bleiben, die einmal bei uns gelebt haben.

»Natürlich tust du das. Ihre arme Mutter hatte so zu kämpfen, um clean zu werden. Ich erinnere mich noch, dass Geoff sich Sorgen machte, wie schwer es sein würde, Rose zurückzugeben. Und das war es. Es ist immer schwer. Aber ich liebe es, anderen Müttern zu helfen.« Sie schweigt kurz. »Nachdem Rose wieder zu Hause war, hast du mich gefragt …«

»Ich habe gefragt, wann ich zurück nach Hause muss.« Meine Stimme klingt rau. Ich erinnere mich genau.

»Ja.« Sie nimmt sich ein frisches Taschentuch und drückt es auf ihre Augen. »Deine Stimme – nie werde ich deine Stimme damals vergessen. Du armes Kind. Am selben Abend habe ich Geoff gesagt, dass ich dich adoptieren will – er hatte da schon mit unserem Anwalt gesprochen. Es dauerte ewig. Ich hatte solche Sorge, dass dieser Mann irgendein Schlupfloch finden würde, irgendeine Möglichkeit, dich uns wegzunehmen.« Noch ein Taschentuch. »Nie war ich so erleichtert wie bei der Zustimmung des Richters.«

»Ich auch«, sage ich ehrlich. Den Tag habe ich ganz deutlich im Gedächtnis. Der neue Anzug, den ich bei Gericht trug. Der Anwalt, der mir auf die Schulter klopfte. Und die Gewissheit, dass mein Vater nun nichts, gar nichts mehr tun konnte, um mich von meiner neuen Familie zu trennen.

Nichts, außer mir nach meinem achtzehnten Geburtstag einen Brief zu schicken.

Ich runzle die Stirn. »Hat Dad irgendwas über ihn rausgekriegt?«

Sie zögert. Das ist ganz untypisch für sie.

»Sag's mir«, bitte ich sie.

»Er wohnt in Edgewater«, sagt sie. »Das ist alles, was unser Anwalt bis jetzt in Erfahrung bringen konnte.«

Edgewater. Südwestlich von Annapolis. Gar nicht weit weg. Wir sind weiter gefahren, um Declans Vater zu besuchen.

Aber eigentlich hatte ich gewusst, dass er in der Gegend sein musste. Ich hatte doch den Poststempel auf seinem Brief gesehen.

Ich warte, dass diese Neuigkeit mich wie ein Schlag trifft. Wie so viele andere Dinge mich in letzter Zeit getroffen haben. Nichts passiert. Es ist eine Tatsache. Er wohnt in Edgewater.

Nein. Das ist mehr als eine Tatsache. Es ist eine Herausforderung für mich.

Ich denke an Declan, wie er ängstlich im Wartesaal des Gefängnisses saß. Wenn er dazu imstande war, dann schaffe ich das auch.

»Ich will ihn treffen«, sage ich.

Kristin schnieft und knüllt die Papiertaschentücher zusammen. »Ich habe befürchtet, dass du das sagen wirst.«

Ich versuche, in ihrem Gesicht zu lesen und die Gefühle aus ihrer Stimme herauszuhören. »Du willst es nicht.«

»Nein, Rev. Nein. Ich will es nicht.« Neue Tränen fließen, und sie nimmt sich noch ein Taschentuch aus der Schachtel.

»Hast du Angst ... denkst du ...« Ich weiß nicht, wie ich die Sätze beenden soll.

»Ich fürchte, dass er dir wehtun wird. Ich fürchte, dass er dich dazu bringen wird, an dir zu zweifeln. Als Geoff mir erzählt hat, was los ist, kam ich mir so *dumm* vor, weil ich es nicht schon früher bemerkt habe. Ich habe die E-Mail gesehen, die er dir geschickt hat, die über das ungehorsame Kind, das man töten soll. Welcher hasserfüllte, bösartige ...«

Hinten im Flur knarzt der Fußboden, und sie unterbricht sich. Ich erwarte, dass Geoff aus dem Schlafzimmer kommt und sie in ihrer Schimpftirade unterbricht, aber niemand lässt sich blicken.

»Nein«, sagt sie leiser. »Ich will nicht, dass du es tust.«

Ich sitze einfach da und denke an jeden Moment der vergangenen Woche, jede E-Mail meines Vaters, jedes Wort, das ich zu Emma, zu Declan und zu Matthew gesagt habe. Ich denke an meine Gespräche mit Dad. Darüber, dass alles aus einem Grund geschieht, es aber auch Gründe hinter den Gründen gibt, und Ereignisse, die wir nicht kontrollieren können, und die Folgen haben, die wir vielleicht niemals absehen werden.

Als ich wieder etwas sage, ist meine Stimme ganz leise. »Nachdem Declan seinen Vater gesehen hatte, sagte er: ›Er ist einfach ein Mann.‹ Das ist mein Vater auch. Ich glaube nicht, dass ich mir das je klargemacht habe. Er war das Oberhaupt seiner Gemeinde. Er wirkte immer überlebensgroß. Aber ... das ist er nicht. Und ich glaube, davon muss ich mich jetzt mit eigenen Augen überzeugen.«

Sie sagt sehr lange nichts, und als sie mir antwortet, ist es nicht mit dem Wort, mit dem ich gerechnet habe.

»Okay«, flüstert sie.

Dann küsst sie mich auf den Kopf, geht den Flur entlang und verschwindet in ihrem Schlafzimmer.

Matthew schläft nicht.

In seinem Zimmer ist es stumm und dunkel, aber es scheint eine nervöse Energie nach draußen zu strömen, die mich wissen lässt, er ist noch wach.

Seine Tür ist angelehnt, aber nicht geschlossen, also klopfe ich behutsam, und sie öffnet sich ein paar Zentimeter weit.

Man könnte meinen, ich hätte mit einem Gewehrlauf ins Zimmer gezielt, denn er sitzt kerzengerade im Bett.

»'tschuldigung«, sage ich.

Er sagt nichts.

»Ich wollte nur Hallo sagen. Tut mir leid, dass wir dich heute Nachmittag nur abgesetzt haben und dann abgehauen sind.«

Immer noch nichts.

»Na schön«, sage ich, greife nach dem Türknauf und will die Tür wieder so wie vorher anlehnen.

»Ich habe ein bisschen was von deinem Gespräch mit Kristin gehört«, sagt er.

Ich bleibe mit dem Knauf in der Hand stehen und weiß nicht, was ich mit dieser Bemerkung anfangen soll.

»Ich habe aber nicht gelauscht«, sagt er schnell. »Ich musste nur ins Bad.«

»Ja?« Ich frage mich, was er gehört hat.

»Hat dein Vater dir auch beigebracht zu kämpfen?«, sagt er.

Die Frage überrascht mich. »Nein. Das habe ich später gelernt.«

»Das hab ich mich nur gefragt.«

Er verfällt wieder in Schweigen. Ich lasse meine Hand vom Türknauf rutschen.

Mein Zimmer ist mir eine willkommene Zuflucht. Ich lasse mich aufs Bett fallen und lege einen Arm über meine Augen, um nicht ins Licht schauen zu müssen.

Dann setze ich mich auf, schlüpfe aus dem Sweatshirt und lasse nur das T-Shirt an. Ich will die Luft auf meiner Haut spüren. Danach sinke ich wieder zurück auf mein Kissen und lege den Arm wieder über meine Augen.

Mein nackter Arm auf meinen Augen. Ich wünschte, ich könnte dieses Gefühl einordnen. Es ist, als würde ich zum ersten Mal das

Meer sehen. Oder spüren, wie Schnee auf meiner Zunge schmilzt.

Emma auf der Wiese zu küssen, das war auch so: total fremd und wunderbar und unerwartet. Als ich sie umarmte, gab es Momente, in denen ich am liebsten gesagt hätte: *Stopp. Warte. Lass mich dich nur so halten.*

Und dann ging alles kaputt.

Ich greife nach meinem Handy und schicke ihr eine Nachricht.

Rev: Bist du okay?

Ich warte ewig, bis ich schon nicht mehr damit rechne, dass sie zurückschreiben wird.

Eine Stimme an meiner Tür. »Ach du Scheiße.«

Matthew. Ich stecke die Arme zurück in mein Sweatshirt, ohne darüber nachzudenken.

Nein. Ich bin definitiv nicht bereit, so in die Schule zu gehen.

Die Erkenntnis ist deprimierend. Ich schaffe es auch nicht, mir dieses Gefühl nicht anmerken zu lassen. »Was gibt's?«

Er rührt sich nicht von der Tür weg. Seine dunklen Augen verraten nichts. »Wegen mir musst du das Sweatshirt nicht anziehen. Mir ist das egal. Ich war nur … überrascht.«

Ich zerre noch am verdrehten Ärmelbündchen, kann mich aber nicht überwinden, das Sweatshirt wieder auszuziehen. Unser Verhältnis ist dafür noch zu instabil.

Dann sehe ich zu ihm hin. »Willst du reinkommen?«

Er tut es. Er setzt sich ans Fußende des Futons, so nah wie möglich an der Tür, und zieht die Beine zum Schneidersitz heran. Die Prellungen in seinem Gesicht sind weitgehend abgeklungen. Man sieht nur noch ein paar gelbliche Flecken, aber keine Schwellung mehr.

»Hat Geoff dir das beigebracht?«, fragt er.

Und meint damit noch mal den Kampfsport. »Nein. Ich gehe in eine Sportschule.«

»Oh.«

Ich kann seinen Ton schwer deuten. Enttäuschung klingt nicht daraus, aber so etwas Ähnliches.

»Möchtest du das lernen?«, frage ich. »Donnerstags gibt es ein Grundlagen-Training. Da können wir hingehen.«

Er schnaubt verächtlich. »Die zahlen mir so was bestimmt nicht.«

»Tja, vielleicht doch. Aber in jedem Fall kannst du es ein paarmal gratis ausprobieren.« Ich schweige, bevor ich noch hinzufüge: »Ich kann es dir auch beibringen.«

»Vielleicht.«

Mehr sagt er nicht. Aber er steht auch nicht vom Futon auf.

Ich werfe einen Blick auf die Uhr hinter ihm. »Willst du noch über irgendwas anderes reden?«

»Nein.«

Er rührt sich trotzdem nicht.

Ich wünschte, ich könnte in seinen Kopf schauen. Ich wünschte, ich könnte ihn verstehen. Ich muss daran denken, wie er sich beim Mittagessen in der Schule zu uns gesellt hat, fast versteckt am Ende des Tischs. Wenn ich seine Vergangenheit bedenke, dann ist ein leeres Zimmer für ihn vielleicht weniger Zuflucht als Grund zur Verunsicherung. Und ich weiß, wie es sich anfühlt, das Unbekannte zu fürchten.

Schließlich nehme ich eines meiner Extra-Kissen und werfe es ihm zu. Dann mache ich das Licht aus. »Bleib ruhig da, wenn du möchtest, aber ich werde jetzt schlafen.«

Damit rolle ich mich auf die Seite und drehe ihm den Rücken zu.

Da meldet sich mein Handy. Emma.

Emma: Ich bin okay. Aber das Ganze ist so ein Chaos.

Ich zögere, weil ich nicht einschätzen kann, wie wir auseinandergegangen sind. Langsam streiche ich über das Display.

Rev: Ich bin da, falls du reden willst.

Emma: Ich hätte das nicht zu dir sagen sollen. Tut mir leid.

Die Enge um meinen Brustkorb lässt ein wenig nach.

Rev: Ich hätte dich nicht so drängen sollen.

Emma: Ich will das einfach nur selbst auf die Reihe kriegen. Das ist mir wichtig.

Rev: Ich weiß. Aber du musst dabei nicht allein sein, Emma.

Emma: Danke, Rev.

Rev: Denkst du, du kriegst dein Spiel wieder hin? Ich wünschte, ich könnte dir dabei helfen.

Emma: Ich wünschte, du könntest diesem Nightmare-Typen mal Jiu-Jitsu zeigen.

Rev: Willst du, dass ich mit ihm auch rummache?

Sobald ich das geschrieben habe, werde ich rot. Dann fällt mir auch noch ein, dass ich nicht allein in meinem Zimmer bin.

Ich schaue ans Fußende des Futons. Matthew liegt mit dem Kopf auf dem Kissen. Seine Augen sind geschlossen.

Wenn er nicht schläft, gelingt es ihm gut, so zu tun als ob. Ich glaube, bisher hat er in meiner Gegenwart noch nie die Augen geschlossen.

Eine neue Nachricht geht ein.

Emma: Nein, diese Jiu-Jitsu-Lektionen kannst du für mich reservieren.

Mein Herz hüpft, und es fühlt sich an, als würde ich fliegen.

Dann erreicht mich noch eine Nachricht.

Emma: Ich muss meinen Server rebooten und an der Programmierung arbeiten. Kann ich morgen früh mit dir reden?

Rev: Klar

Emma: ♥

Mein Herz schlägt schneller, und meine Wangen glühen noch mehr. Danach kann ich ewig nicht einschlafen.

Aber zum ersten Mal seit langer Zeit stört mich das nicht im Geringsten.

35. KAPITEL

Emma

Ethan: Ich habe ihn gefunden.

Die SMS weckt mich um halb sechs. Ich setze mich im Bett auf und reibe mir die Augen.

Auch wenn ich mich an nichts erinnern will, mache ich genau das.

Ich erinnere mich daran, was Nightmare getan hat.

Was Rev getan hat.

Was ich getan habe.

Ich brauche drei Anläufe, um zu kapieren, was Ethan da schreibt.

Emma: Du hast ihn gefunden??

Ethan: Ich habe die ganze Nacht dafür gebraucht.

Emma: Du hast die ganze Nacht daran gearbeitet?

Ethan: Tja, nachdem du dein Spiel abgeschaltet hast, hatte ich nichts anderes zu tun ...

Ich *musste* das Spiel vom Server nehmen. Es war das Erste, was ich getan habe. Der Schaden war immens. Überall. Nightmare muss den ganzen Tag damit zugebracht haben, meinen Code zu knacken.

Ich habe Back-ups, sodass es relativ einfach sein wird, es in seiner ursprünglichen Form wiederherzustellen. Aber das Gefühl, verletzt worden zu sein, lässt sich bestimmt nicht so leicht abschütteln.

Zum Glück habe ich meinen Vater nichts davon erzählt. Ich kann mir seine Kommentare vorstellen.

Tolles Spiel, Süße. Besonders gefällt mir die Peepshow in der Taverne. An der Sicherheit musst du noch ein bisschen arbeiten.

Ich erschauere und konzentriere mich wieder auf meine Nachrichten.

Emma: WIE?

Ethan: Hab ich dir doch gesagt. Ich kenne Leute.

Emma: Wer ist er?

Auf meinem Display erscheint ein Foto. Ein Schülerausweis. Der Name des Jungen ist William Roll. Ich kenne ihn nicht. Dann blicke ich auf das Datum seines voraussichtlichen Schulabschlusses.

Emma: Er ist ein Zehntklässler? An der South Arundel?

Ethan: Genau. Ich habe seiner Mom alle Screenshots geschickt.

Ich schnappe nach Luft und muss die Nachricht ein zweites Mal lesen.

Emma: Du hast WAS getan?

Ethan: Seinem Schuldirektor auch. Dieses Zeug ist irre.

Ich starre auf seine Nachrichten, hin- und hergerissen zwischen Erleichterung und Enttäuschung.

Das einzige größere Problem in meinem Leben, auf das ich Einfluss habe, konnte ich nicht selbst lösen.

Ethan: Keine Sorge, die Informationen über dich habe ich unkenntlich gemacht.

Emma: Danke.

Ethan: Kein Ding.

Ich weiß nicht, was ich noch dazu sagen soll.

Ethan: Sorry. Ich hätte dich fragen sollen, was du tun willst. Aber ich hasse es, wenn solche Dreckskerle gute Leute tyrannisieren. Du hast hart für dieses Spiel gearbeitet.

Emma: Nein. Ich danke dir. Ich hätte ihn nie gefunden.

Ethan: Gern geschehen. Und jetzt muss ich überlegen, wie ich meine Mom davon überzeuge, dass ich schon die ganze Nacht krank war, damit ich heute blaumachen kann.

Emma: Schlaf dich aus. Du bist mein Held.

Ethan: ☺ ♥

Ich starre eine geschlagene Minute auf dieses Herz. Es ist bloß ein Emoji. Es bedeutet überhaupt nichts.

Ich sollte Rev schreiben. Das Herz-Emoji, das ich ihm geschickt habe, bedeutete etwas.

Jetzt werde ich auch noch rot. Vielleicht frühstücke ich doch zuerst.

Mom ist in der Küche, als ich runterkomme. Eine Riesenüberraschung. Kein Yoga, keine Countrymusik. Stattdessen liegen Papiere auf dem Küchentisch verstreut. Es sieht nach Rechnungen und Kontoauszügen aus. Sie sitzt mit einem Stift in der Hand vor einem Block. Neben ihr steht ein dampfender Becher, aber sie muss bereits einen getrunken haben, weil die Kaffeemaschine leer vor sich hin blubbert.

Meine Mutter? Eine ganze Kanne Kaffee?

Sie schaut hoch, als ich in der Tür stehen bleibe. Unter ihren Augen zeichnen sich dunkle Ringe ab, aber sie sieht nicht aus, als hätte sie geweint, nur müde.

»Hi«, sage ich vorsichtig.

»Hi Emma.«

Ich höre nichts aus ihrer Stimme heraus. Wenn überhaupt, klingt sie kleinlaut. Dabei ist meine Mutter nie kleinlaut.

An jedem anderen Morgen würde ich sie ignorieren, mir einen Riesenbecher Kaffee holen und wieder nach oben in mein Zimmer verschwinden. Aber ich muss die ganze Zeit an Dad beim Frühstück denken und daran, dass er sich die ganze Zeit nur auf sein iPhone und die Veröffentlichung des neuen Spiels konzentriert hat.

Zum ersten Mal frage ich mich, ob Mom einsam ist.

Ich setze mich an den Tisch. »Was machst du da?«

Sie schaut kurz auf den Schreibblock. »Ich versuche, für die Anwältin einen Überblick über unsere finanzielle Situation zusammenzustellen. Dabei will ich nichts vergessen.«

»Oh.«

Sie schaut zur Uhr über dem Herd. »Du bist früh auf.«

»Ich muss zur Schule.«

»Das *weiß* ich, Emma. Aber der Bus kommt doch erst in einer Dreiviertelstunde.«

Eine Spur ihres üblichen Tonfalls hat sich in ihre Stimme geschlichen, und ich muss mich zwingen, nicht darauf einzugehen. Zum ersten Mal frage ich mich, ob ihre Aufgebrachtheit eine Reaktion auf meine ist.

»Ich dachte, dass ich vielleicht Frühstück mache.« Ich überlege kurz. »Für uns. Möchtest du was?«

Wir schweigen, und es kommt mir unendlich vor. »Ja. Danke.«

Also mache ich Rührei. Normalerweise ist es um diese Zeit noch still, und es scheint mir, als habe der Schneebesen in der Schüssel noch nie so viel Krach gemacht. Während ich das Ei in der Pfanne brate, drehe ich ihr den Rücken zu, doch es fühlt sich nicht unangenehm an. Ich glaube nicht, dass sie mich beobachtet. Sie scheint vor sich hinzutreiben, als wäre ihr Stuhl ein Boot ohne Ruder und als würde ich an einem fernen Ufer stehen.

Ich kippe das Rührei auf einen Teller und schütte ein bisschen Salsa darüber. Dann stelle ich zwei Teller auf den Tisch. »Noch Kaffee?«, frage ich.

»Nein, du hast schon Frühstück gemacht, ich hole den Kaffee.«

Als wir beide sitzen, klingt das Kratzen der Gabeln auf dem Porzellan noch lauter als der Schneebesen vorhin.

Mitten im Essen legt sie die Gabel weg und sieht mich an. »Ich weiß, dass du mich wegen all dem hasst, Emma. Es tut mir leid. Ich konnte einfach nicht mehr.«

Ich erstarre, und meine Gabel bleibt mitten in der Luft stehen. »Ich ...« Es verschlägt mir die Stimme, und ich muss mich räuspern. »Ich hasse dich nicht.«

»Ich habe es auch verdient, glücklich zu sein.«

»Ich wusste nicht, dass du das nicht bist.«

Doch. Sobald ich es gesagt habe, spüre ich, wie unwahr das klingt. Mom spürt das wohl auch, denn sie hebt den Blick und sieht mir direkt in die Augen.

»Doch. Wusste ich.« Meine Brust fühlt sich an wie eingeschnürt. »Tut mir leid.«

»Nein«, sagt sie. »Du musst dich nicht entschuldigen. Es ist ja nicht dein Job, mich glücklich zu machen.«

»Es war Dads.«

Sie schüttelt den Kopf. »Nein. Auch nicht. Es war meiner.« Sie blickt sich um. »Du weißt doch, dass es heißt, Glück kann man sich nicht kaufen. Ich habe es zumindest versucht.«

Weil ich nicht weiß, was ich dazu sagen soll, esse ich weiter. Sie tut das Gleiche. Wir verfallen beide in Schweigen.

Schließlich lässt sie die Gabel wieder sinken. »Ich bin mir sicher, dass das Frühstück mit deinem Vater mehr Spaß gemacht hat. Ich bin im Moment keine so tolle Gesellschaft, Emma.«

»Er war schlimmer«, sage ich.

Sie zieht die Augenbrauen hoch. »Was?«

»Er war schlimmer.« Ich überlege kurz und sehe sie dabei nicht an. »Er hat die ganze Zeit über auf sein Handy gestarrt. Ich musste Caits Mom anrufen, damit sie mich abholte und ich noch rechtzeitig in die Schule kam.«

»Emma.« Sie legt eine Hand auf meine. »Du hättest doch mich anrufen können.«

Ich schaue auf ihre Hand, die perfekten, gleichmäßigen Nägel.

Und dann wird mir klar, dass ich gar nicht mehr weiß, wann meine Mutter mich das letzte Mal berührt hat. »Das habe ich nicht gemacht, weil … du sowieso schon so wütend auf ihn warst. Außerdem dachte ich, du wärst auf mich auch wütend.«

»Ich bin nicht wütend auf dich, Emma.« Sie zögert. »Und es tut mir leid, dass das Frühstück eine Enttäuschung war. Du hast deinen Vater immer angehimmelt.«

Ich muss mir kurz über die Augen wischen und wünschte, es wäre damit erledigt. »Ich habe nie gemerkt, dass er so sein kann.«

Weil ich immer mit meinen elektronischen Geräten und meinen eigenen Projekten beschäftigt war. Ich wollte immer nur so sein wie er. Nie habe ich von einem Bildschirm hochgeschaut, um zu sehen, was um mich herum passierte.

»Es tut mir leid«, sage ich.

»Nein«, sagt sie. »Mir tut es leid. Ich hätte das nicht so lange zulassen sollen.« Sie blickt sich noch mal in der Küche um. »Ich weiß nicht mal, was wir mit diesem Haus sollen. Wir brauchen all den Platz nicht. Wir brauchen auch all die Sachen nicht. Ich erinnere mich noch, wie wir uns diese Gegend angesehen haben, und dein Vater meinte: ›Es wird eine Zeit lang finanziell eng sein. Aber ich will kein großes Haus und eine unglückliche Familie.‹ Genau so stehen wir jetzt da.«

»Ich bin nicht unglücklich«, flüstere ich.

»Bist du nicht?« Sie schnieft. »Ich schon.«

Ich erschrecke.

Sie schaut sich erneut um. »Ich wollte immer das Beste für unsere Familie, Emma. Ich bin dazu erzogen worden, hart zu arbeiten. Ich habe im Studium hart gearbeitet, und ich arbeite in meinem Job hart. Ich dachte, dein Vater wäre ein Freigeist, mit dem ich eine andere Seite von mir ausleben kann. Mir war nicht bewusst, dass immer ich diejenige sein würde, die hart arbeitet.«

Ich richte mich kerzengerade auf. »Dad arbeitet auch hart.«

Sie sieht mich an. »Glaubst du das wirklich, Emma?«

»Ich … ich weiß es, Mom. Er hat doch immer zu tun …«

»Er spielt immer.« Sie sagt das sehr leise. »Das ist ein Unterschied.«

»Ich *kenne* den Unterschied.« Dann schiebe ich meinen Stuhl zurück.

»Emma«, sagt sie, immer noch sehr leise. »Lass mich dir etwas sagen.«

Ich will nicht warten – aber ich will auch nicht wegrennen. Ich hole tief Luft. »Schön. Was?«

Sie sucht meinen Blick. »Deinem Vater wurde gekündigt. Wieder mal.«

Die Sätze treffen mich wie zwei Kugeln. Ich kann nicht sagen, welche mehr schmerzt.

»Wieder mal?«, flüstere ich.

»Er hatte schon immer Probleme, einen Job langfristig zu behalten. Aber sobald dieses Spiel nächste Woche rauskommt, stellt seine Firma ihn frei.«

»Aber … aber Dad hatte doch immer einen Job.«

»Nein. Emma. Hatte er nicht. Er hatte immer ein Spiel, das er gespielt hat, aber er hatte nicht immer einen Job.« Sie überlegt. »Teilweise liegt das in der Natur seines Berufs. Er macht viel Auftragsarbeit. Aber zum Teil liegt das auch an ihm. Und das ist der Grund, warum ich dich manchmal davon abbringen will.« Wieder macht sie eine Pause. »Warum ich dir eine Karriere wünsche, die dir eine gewisse Sicherheit verspricht.«

Ich schlucke.

Sie legt wieder ihre Hand auf meine. »Wir werden klarkommen. Wir sind immer klargekommen.«

Ich weiß nicht, was ich sagen soll. Wir haben uns so weit voneinander entfernt, dass ich mir nicht sicher bin, ob eine Landkarte existiert, die uns wieder zusammenbringt.

Sie deutet auf die Teller. »Ich meine, schau doch mal. Du hast uns Frühstück gemacht.«

»Ich habe ein paar Eier in die Pfanne gehauen.«

»Das ist Frühstück.« Sie schweigt, sucht noch mal meinen Blick. Ich bin erschrocken, dass ich mich kaum daran erinnern kann, wann sie mir das letzte Mal ihre Aufmerksamkeit geschenkt hat – oder ich ihr meine. »Tut mir leid, Emma. Es tut mir leid, dass wir das durchmachen müssen.«

Ich sehe sie an. »Und mir tut es leid, dass ich keine gute Tochter war.«

»Ach, Emma.« Ihre Stimme bricht, und zum ersten Mal habe ich das Gefühl, sie ist echt. »Mir tut leid, dass ich dir jemals dieses Gefühl gegeben habe. Ich hab dich so lieb.«

Der Klang ihrer Stimme bringt auch meine Gefühle an die Oberfläche. Ich muss mir eine Träne abwischen. »Ich hab dich auch lieb.«

»Ich will nur das Beste für dich.«

»Ich kann es besser machen, Mom.«

Sie lächelt. »Ich auch.«

Ich warte vor Revs Spind. Heute Morgen habe ich ein bisschen Eyeliner und Rouge aufgetragen. Als Cait mich im Bus sah, fielen ihr fast die Augen aus dem Kopf.

Dann bot sie mir ihren Lipgloss an.

Rev ist leicht zu entdecken. Er trägt wie immer einen dunklen Hoodie. Also versteckt er sich wieder. Ich muss daran denken, wie ich ihn weggescheucht habe, und frage mich, was ich dazu beigetragen habe.

Allerdings hat er mir heute Morgen gleich geschrieben und gefragt, ob ich ihn immer noch vor dem Unterricht treffen will.

Schmetterlinge flattern in meinem Bauch.

Er bleibt direkt vor mir stehen und lächelt, wenn auch zaghaft. »Emma.«

Ich merke, wie ich rot werde. Ich kann gar nicht genug davon bekommen, wie er meinen Namen ausspricht. »Hey.«

Er streicht mir eine Haarsträhne aus den Augen. Dabei streifen seine Finger meine Wange, und ich erschauere.

Am liebsten würde ich mich gleich hier auf dem Flur auf ihn stürzen.

Dann sagt er: »Ist mit deinem Spiel wieder alles in Ordnung?«

»Oh! Ja. Klar.« Ich muss dauernd daran denken, ihn zu küssen, und plappere währenddessen einfach vor mich hin. »Ethan hat den Typen gefunden, der das war. Er hat dessen Schuldirektor Screenshots davon geschickt.«

Er hält inne. »Das hat er getan?«

»Ja. Er meinte, er kenne jemand, der in 5Core reinkommt und …«

»Ich dachte, du wolltest das selbst lösen.«

»Hab ich versucht. Aber ich weiß nicht, wie man sich in das System hackt, um die Identität von jemandem rauszukriegen. So ein Computerfreak bin ich nun auch wieder nicht.«

»Oh.« Er schweigt für einen Moment, der mir wie eine Ewigkeit vorkommt. »Hey, ich muss meine Bücher tauschen.«

Ich gehe einen Schritt zur Seite und sehe ihm zu, wie er sich nimmt, was er braucht. Seine Bewegungen sind schnell und effizient, und er schaut mich nicht an. Da die Kapuze den Großteil seines Gesichts verhüllt, kann ich seine Stimmung nicht erkennen – aber es fühlt sich an, als sei es mit dem Streicheln vorbei.

Behutsam drückt er seine Spindtür zu und wirft sich den Rucksack über die Schulter. »Ich habe jetzt Mathe. Können wir in diese Richtung gehen?«

Seine Stimme klingt jetzt cool. Ich nicke. »Ja. Klar.«

Seltsam, mit ihm den Flur entlangzulaufen. Bis jetzt ist mir noch nie jemand ausgewichen, doch die Leute machen ihm Platz. Und er hat recht – sie starren ihn an. Oder vielleicht starren sie uns beide an. Ich spüre viele Augenpaare auf mir und frage mich, was die Leute sich denken.

Ich werfe einen Blick zu ihm rüber, um zu sehen, wie er auf diese Aufmerksamkeit reagiert, aber ich kann sein Gesicht nach wie vor nicht erkennen.

»Könntest du die Kapuze runternehmen?«, frage ich. »Außer du willst nicht …«

»Ist in Ordnung.« Er schiebt sie zurück und schaut mich an. »Besser?«

Im hellen Licht des Flurs wirkt er anders. Zum ersten Mal sehe ich ihn ohne Kapuze bei normaler Beleuchtung. Sein Haar ist einen Ton heller, als ich dachte, seine Haut nicht ganz so blass, wie ich glaubte. »Ja.« Ich schlucke. »Danke.«

Irgendwie bin ich aus dem Gleichgewicht geraten.

»Bist du sauer wegen der Sache mit Ethan?«, rate ich.

»Ich bin nicht sauer, Emma.«

»Froh klingst du aber auch nicht.« Ich beeile mich zu erklären: »Ich habe dir doch erzählt, dass ich es allein nicht lösen konnte …«

»Ich weiß.« Er beißt die Zähne zusammen. »Und gestern Abend habe ich dir gesagt, dass du es auch nicht allein lösen musst. Da bist du mir ins Gesicht gesprungen und hast gemeint, dass du keine Hilfe *willst*.«

»Wollte ich auch nicht!«, erwidere ich. »Und von ihm wollte ich sie auch nicht.«

»Dann hast du ihm also gesagt, er soll sich nicht einmischen, und er hat es trotzdem getan.«

»Nein. Er hat geholfen …« Dieses Gespräch verwirrt mich. Dieser Auseinandersetzung. Es kommt mir vor, als sei einer von uns hier im Unrecht. Und insgeheim fürchte ich, dass ich das bin. »Ethan hat es in Ordnung gebracht, weil er dazu in der Lage war. Er dachte, er würde mir helfen.«

»Klingt toll. Du kennst online ja eine Menge wirklich herausragender Leute.«

»Was ist eigentlich los mit dir? Wie kannst du auf einen Typen eifersüchtig sein, den ich nicht mal persönlich kenne?«

Er zuckt erst zusammen und runzelt dann die Stirn. »Denkst du etwa, ich bin *eifersüchtig*?«

Jetzt fühle ich mich so richtig vor den Kopf gestoßen.

Es klingelt zum ersten Mal, und er tritt einen Schritt zurück. »Ich muss zum Unterricht.«

»Warte.« Ich verstehe nicht, wieso sich die Dinge in meinem Leben andauernd so schnell in die falsche Richtung entwickeln. »Bitte renn nicht einfach weg. Wir können uns heute Abend bei der Kirche treffen. Um zu reden. Okay?«

Er zögert, und ich halte die Luft an und bin überzeugt davon, dass das Leben mir weiterhin übel mitspielen wird.

Doch schließlich nickt er. »Okay.«

36. KAPITEL

Rev

Es sollte nicht so schwer sein.

Vielleicht ist das ein Zeichen. Ich gebe mir ja Mühe, damit es mit Emma funktioniert, aber vielleicht sind wir beide einfach zu neurotisch und kaputt.

Ich erzähle Declan alles. Und Matthew auch, weil er mit uns beim Mittagessen am Tisch sitzt, als hätte er sein Leben lang nichts anderes getan.

Letzte Nacht hat er auf dem Futon verbracht. Als ich aufgewacht bin, schlief er noch tief und fest, und ich habe ihn gelassen. Er hat kein Wort darüber verloren, also habe ich auch nichts gesagt.

In der Cafeteria ist heute nicht viel los. Bei dem schönen Wetter haben die meisten Leute ihre Tabletts nach draußen auf den Hof getragen.

Ich wünschte, Juliet wäre hier, weil sie mir die Sache vom Standpunkt eines Mädchens aus erklären könnte, aber sie arbeitet an irgendwas für das Jahrbuch.

»Was meinst du, was ich machen soll?«, frage ich.

Declan spreizt die Finger. »Du hast gesagt, dass du sie heute Abend treffen wirst.«

»Ich will, dass du mir sagst, was ich machen soll.«

»Nein.« Declan schüttelt den Kopf. »Du verbringst so viel Zeit damit, dir Sorgen darüber zu machen, was du tun solltest. Diesmal geht es darum, was du *willst*.«

»Ich weiß aber nicht, was ich will.« Genau wie alles andere in meinem Leben ist auch Emma nicht unkompliziert. Sie ist komplex.

Und ich kann nicht glauben, dass sie mich offenbar für eifersüchtig hält.

Obwohl, doch, das kann ich. Nach ihren Schilderungen sind alle Leute in ihrem Leben selbstsüchtig und kontrollwütig. Warum sollte ich dann nicht auch so sein?

»Hey.« Declan streckt die Hand aus und klopft mir auf den Kopf. »Hör auf zu grübeln. Iss mal was.«

»Das ist so was von kompliziert.«

»Es ist nicht kompliziert«, behauptet Declan. »Sie ist ein Mädchen, das reden will. Und du weißt, wie das geht. Ein Mädchen, das dich für zwei verschiedene Menschen hält, das ist kompliziert.«

»Was?«, fragt Matthew dazwischen.

»Lange Geschichte.«

Ich schiebe mein Lunchpaket über den Tisch. Das ist doch Mist. »Ich habe keinen Hunger.«

Declans Worte hallen in meinem Kopf wider. *Du verbringst so viel Zeit damit, dir Sorgen darüber zu machen, was du tun solltest. Diesmal geht es darum, was du tun* willst.

Ich komme mir vor wie bei dem Gespräch mit Dad.

Möchtest du deinen Vater in deinem Leben haben?

Ich weiß es nicht.

Ich glaube, du weißt es, Rev.

Declan wollte seinem Vater gegenübertreten, und er hat es getan.

Sogar Matthew wollte aktiv werden. Er hat sich ein Messer genommen und wollte damit zur Haustür hinaus.

Natürlich kein kluger Plan, aber er hat zumindest etwas getan.

Emma will reden.

Und ich sitze hier, gelähmt vor Unentschlossenheit.

Auf der anderen Seite des Tisches sitzt Matthew auch reglos da. Er macht wieder dieses Gucken-ohne-zu gucken-Ding wie an den ersten Abenden, als er neu bei uns war.

»Was ist los?«, frage ich.

»Nichts.«

»So wie Neil ›niemand‹ war?«

Sein Blick geht kurz zu mir, dann zieht er sich wieder in sich selbst zurück. »Sprich nicht darüber.«

Ich lasse den Blick über die Leute in der Cafeteria schweifen, bis ich sie entdecke – die Jungs, die ihn auch letztens schikaniert haben. »Machen die dir immer noch Ärger?«

»Lass es.«

»Alter, die können nicht …«

»*Lass es.*«

Declan dreht sich um und folgt meinem Blick, bevor er mich wieder ansieht. »Freundliche Erinnerung: Falls du dich einmischst, schlag *die*. Nicht mich.«

»Ich mische mich in gar nichts ein.«

Matthew hat aufgehört zu essen. Mit hochgezogenen Schultern fummelt er am Deckel einer Plastikdose herum.

»Du solltest es Mom und Dad sagen«, rate ich ihm.

Er schnaubt. »Klar.«

»Denkst du, das kannst du nicht?«

»Kapierst du nicht, dass ich versuche, keine Probleme zu machen?« Er spricht leise und verächtlich, schaut aber dabei weiter zu den Jungs.

Die zahlen inzwischen an der Kasse. Einer von ihnen entdeckt uns und stupst seinen Freund an, um ihm zu zeigen, wo wir sitzen.

Matthew stopft das Essen zurück in seine Lunch-Tüte. Seine Bewegungen wirken extrem kontrolliert.

»Wo willst du hin?«, frage ich.

»Nirgendwohin.« Er wirft sich den Rucksack über die Schulter und verlässt mit großen Schritten den Tisch.

Ich möchte ihn eigentlich gehen lassen. Weil ich Auseinandersetzungen nicht mag. Aber vielleicht ist genau das mein Problem.

»Pass auf meine Sachen auf«, sage ich zu Declan.

Matthew ist vor mir an der Tür zum Flur, aber dahinter hole ich ihn mühelos ein. Er geht Richtung Südtrakt, was mich wundert. Da hinten gibt es nur noch den Flügel für den Kunstbereich. Juliet ist wahrscheinlich dort im Fotolabor.

Er läuft immer weiter und sieht mich nicht mal an.

Ohne Vorwarnung biegt er in ein Klassenzimmer ab.

Das kommt so unerwartet, dass ich fast daran vorbeigehe. Es ist das Kunstatelier, wo ich noch nie Unterricht hatte. Für den Abschluss muss man irgendein Wahlfach aus dem musisch-künstlerischen Bereich nehmen, und ich habe mich in der Neunten für Musik entschieden, einfach um es hinter mir zu haben.

Das Kunstatelier ist ein riesiger Raum, wirkt aber trotzdem vollgestopft. Überall ist Farbe: auf den Gemälden und Zeichnungen an den Wänden, auf Papierstapeln, an Farbdosen und Rollen aus Zeitungspapier im hinteren Teil. Es gibt sechs lange Tische, unter denen Hocker stehen, sowie ein Dutzend Staffeleien. Das Licht kommt hier nicht wie überall sonst aus Leuchtstoffröhren, sondern von Strahlern an der Decke. Es ist ein ruhiger, friedlicher Ort.

Ob er hier Unterricht hat oder es nur ein praktisches Versteck für ihn ist? »Hast du Kunst?«

Er zögert, zuckt dann mit den Schultern. »Ja. Aber nur als Wahlfach.« Er schmeißt den Rucksack unter das Whiteboard vorne an der Wand und tritt dann an die schmalen Regale unter dem Fenster. Eine dunkle Leinwand kommt zum Vorschein. Er trägt sie zu einer Staffelei.

Als Licht darauf fällt, erkenne ich, dass das Bild nicht nur dunkel ist. Ein Großteil der Leinwand ist mit breiten roten und schwarzen Pinselstrichen bemalt. Ungleichmäßig gezackte und unterbrochene Schwünge. Ganz oben ist die Leinwand noch unberührt. Das Ganze wirkt sehr abstrakt, strahlt aber jede Menge Wut aus.

Matthew stellt es auf eine Staffelei. Er hat mich, seit wir in den Raum gekommen sind, nicht angesehen. Die Atmosphäre wird plötzlich unangenehm, als hätte ich ihn bei etwas sehr Privatem gestört.

»Das ist mehr als nur ein Wahlfach für dich, oder?«, frage ich.

Er antwortet nicht, aber das ist auch unnötig. »Ich habe es vor ein paar Monaten angefangen. Mrs. Prater hat das Bild aufgehoben. Zuerst war ich froh darüber, weil es immer blöd ist, etwas unfertig zurückzulassen. Aber ich schlage mich nun schon echt lange damit herum und kriege es nicht richtig hin. Vielleicht haue ich es auch weg und fange neu an.«

Je länger ich das Gemälde ansehe, desto weniger möchte ich den Blick davon abwenden. Ich finde nach und nach immer mehr winzige Details. Feine Striche in Violett und Orange, die das Rot und Schwarz fast verdecken.

»Wie hast du das gelernt?«, sage ich.

»Keine Ahnung.« Er zuckt die Achseln. »In einem der Häuser, wo ich gewohnt habe, war die Frau Illustratorin – für Kinderbücher und so. Sie hat mich immer malen lassen.« Er schweigt kurz.

»Und es ist was, was du praktisch an jeder Schule machen kannst.«

Er klingt ein bisschen wehmütig, sodass ich mich frage, was aus dieser Illustratorin geworden sein mag. Es ist das erste Mal, dass er eine Pflegestelle erwähnt und dabei nicht wütend klingt.

Er sieht mich an, als würde er meine Gedanken lesen. »Ihr Mann wurde beruflich versetzt, und an einer Adoption waren sie nicht interessiert. Man darf den Bundesstaat aber nicht mit einem Pflegekind verlassen, also …« Er zuckt wieder die Achseln.

»Du bist echt gut.«

Er grinst ironisch. »Du kapierst doch nicht mal, was du da siehst.« Aber er sah trotzdem erfreut aus.

»Hast du noch mehr Sachen hier?«, frage ich.

Er nickt und schaut zu der Wand. »Da oben. Der Wald.«

Ich erkenne, welches Bild er meint. Es ist hauptsächlich in Schwarz und Grau gehalten. Dunkle Bäume vor einem Nachthimmel. Sterne leuchten zwischen kahlen Ästen, und ich muss automatisch an kaltes Wetter denken. Am Fuß eines Baums kauert eine kleine dunkle Figur, und es gibt eine Explosion von Gelb- und Orangetönen wie bei einem Feuer.

Ich denke daran, was er eben gesagt hat. Dass *es immer blöd ist, etwas unfertig zurückzulassen*. Ich frage mich, wie viele Bilder von ihm in Kunstsälen im ganzen County verteilt herumliegen. Arbeiten, die er begonnen und dann zurückgelassen hat.

Irgendwie fühlt sich das eher wie ein Geheimnis an als die Erlebnisse bei seinen früheren Pflegestellen, von denen er mir erzählt hat. Von seinen persönlichen Sachen verrät nichts seine Neigung zur Kunst. Irgendwie macht ihn die weicher.

»Du solltest Mom und Dad davon erzählen«, sage ich. »Du kannst diese Borte mit Buchstaben in deinem Zimmer abmachen und selbst irgendwas hinmalen.«

Er lächelt. »Das wäre cool.« Aber das Lächeln verschwindet gleich wieder. »Das würden sie mir nicht erlauben.«

»Warum nicht? Es wäre doch nur Farbe.«

»Weil es nicht mein Zuhause ist.«

Ich weiß nicht, was ich darauf erwidern soll. Aber ich weiß, dass ich ihn nicht zwingen kann. Also zucke ich nur mit den Schultern.

»Na ja, jedenfalls solltest du ihnen vom Malen erzählen. Sie könnten dir etwas Material besorgen. Farben oder so.«

Einen Augenblick lang scheint er das in Erwägung zu ziehen, doch dann verfinstert sich seine Miene. »Sie haben schon Geld für das Bett und andere Sachen ausgegeben.«

Es ist schon das zweite Mal, dass er von Geld spricht. Was hat er vorhin in der Cafeteria gesagt? *Du kapierst nicht, dass ich versuche, keine Probleme zu machen.* Ich habe an all die Dinge gedacht, die er getan hat, seit er bei uns eingezogen ist. Das Abhauen. Das Messer. Das sich Verstecken in der Dunkelheit. Ich habe mir nicht wirklich Gedanken darüber gemacht, was er *nicht* getan hat. Er hat Mom oder Dad keine Schwierigkeiten gemacht. Er hat in der Schule keinen Ärger bekommen. Er hat sich nicht vor der Hausarbeit gedrückt oder Streit angefangen oder ist auch nur mal laut geworden.

Er hat sich nicht gegen die Kids gewehrt, die ihn schikaniert haben.

Das erinnert mich an Dads Bemerkung, dass man Fragen stellen muss, um auch die leisen Menschen zu hören.

Trotz Matthews Sprüchen über die Wechsel von einer Pflegestelle zur nächsten und trotz seiner Überzeugung, die Zeit bei uns sei begrenzt, war mir nicht klar, welche Last auf seinen Schultern liegen muss. Ein bisschen wie bei meinem Vater in der Zeitspanne zwischen einer Verfehlung und der Strafe; wenn ich wusste, etwas Schreckliches wird passieren, aber ich keine Ahnung hatte, was und wann.

Die Ungewissheit und das Warten müssen furchtbar sein.

Mein Handy meldet eine E-Mail, und ich ziehe es aus der Tasche.

>>

Mittwoch, 21. März, 12:05:34 Uhr
Von: **Robert Ellis robert.ellis@speedmail.com**
An: **Rev Fletcher rev.fletcher@freemail.com**
Betreff: **Antworte mir**

»Schneller als das Weberschiffchen eilen meine Tage, und kommen ohne Hoffnung zum Ende.«

Vielleicht ist das zu subtil. Vielleicht hast du deine Lektionen vergessen.

Ich fordere eine Antwort.

Vielleicht liegt es an seiner Forderung. Vielleicht an der Zeit, die ich mit Mom und Dad verbracht habe. Vielleicht ist es auch alles, was gerade mit Emma, mit Matthew oder Declan passiert.

Jedenfalls macht mir seine E-Mail diesmal keine Angst. Stattdessen bin ich angepisst.

Es klingelt zum Ende der Mittagspause. Ich muss zurück in die Cafeteria und mein Zeug holen.

Matthew sitzt auf einem Hocker vor seiner Staffelei. »Ich glaube, du weißt, was du tun willst.«

Ruckartig hebe ich den Kopf. »Was?«

»Sie mag dich. Ich glaube, du weißt, was du tun willst. Du musst einfach deinen Mut zusammennehmen und es machen.«

Er redet von Emma.

Ich denke an meinen Vater.

Andere Schüler strömen herein. Matthew schaut auf die Uhr an der Wand. »Musst du nicht zum Unterricht?«

Er hat recht. Das muss ich.

Ich stopfe das Handy zurück in die Tasche und wende mich zur Tür.

Aber dann bleibe ich stehen und drehe mich noch mal um. »Hey«, sage ich leise. »Du musst vor denen nicht weglaufen. Ich passe schon auf dich auf. Und Dec auch.«

Erst sieht er irritiert aus, überspielt es aber schnell. Dann schaut er wieder auf sein Bild. Ich rechne nicht damit, dass er etwas dazu sagt.

Und ich werde tatsächlich zu spät zum Unterricht kommen.

»Hey!«, ruft er mir nach. Ich höre ihn kaum, weil die reindrängelnden Schüler solchen Lärm machen.

Ich drehe mich noch mal um. »Ja?«

»Danke.«

Declan wartet mit meinem Rucksack auf dem Flur. Er hat jetzt eine Freistunde, deshalb weiß ich, dass er nirgendwohin muss.

»Alles okay?«, fragt er.

»Ja. Aber warte kurz.«

Ich öffne die E-Mail meines Vaters und drücke, ohne darüber nachzudenken, auf *Antworten.*

>>>

Mittwoch, 21. März, 12:09:14 Uhr

Von: **Rev Fletcher rev.fletcher@freemail.com**

An: **Robert Ellis robert.ellis@speedmail.com**

Betreff: **RE: Antworte mir**

Ich mache das nicht per E-Mail. Wenn du reden willst, machen wir das von Angesicht zu Angesicht. Sag mir, wann und wo.

Bevor ich es mir wieder anders überlegen kann, drücke ich auf *Senden.*

Dann schnappe ich mir meinen Rucksack und laufe los.

Dec eilt mir hinterher. »Was war das gerade?«

Ich halte ihm mein Handy hin, damit er es sehen kann. Rasch liest er.

»Heilige Scheiße, Rev.«

Normalerweise würde ich ihn dafür böse anschauen, aber jetzt ist mir sogar sein Fluchen egal.

Dec wirft mir einen Blick zu und missversteht mein Schweigen. »Sorry. Aber dass du das getan hast, verdient ein ›Heilige …‹«

»Schon verstanden.«

»Hier. Er hat zurückgeschrieben.« Declan wirft mir das Handy zu.

Wieder eine E-Mail. Eine Adresse – wohl sein Apartment, weil eine Nummer dabei steht. Oder irgendein Apartment, aber jedenfalls in Edgewater, also vermute ich, es ist seins.

Eine Uhrzeit. 16.00 Uhr.

Heilige Scheiße.

Declan mustert mich. »Was wirst du tun?«

Mein Atem geht flach, und mein Herz schlägt dreimal so schnell wie sonst. Abgesehen davon bin ich erstaunlich ruhig.

Ich erwidere seinen Blick. »Ich werde mir dein Auto leihen.«

37. KAPITEL

Emma

Er hat mir nichts geschrieben.

Ich habe mein Telefon heute mindestens tausend Mal gecheckt. Nichts. Und jetzt sitze ich im Bus und fahre nach Hause.

Emma. Die Art und Weise, wie er meinen Namen gehaucht hat, klingt auf Dauerschleife in meinen Ohren. *Emma, Emma, Emma*.

Ich muss das in Ordnung bringen. Meine Beziehungen zu fast allen sind angeknackst und instabil.

»Er wird dir schreiben«, versichert Cait mir. Sie hat gesehen, wie ich die iMessage-App geöffnet und geschlossen habe. »Und selbst wenn er es nicht tut. Er hat doch gesagt, dass er sich heute Abend mit dir trifft, oder? Hast du nicht gemeint, er hat gerade viel um die Ohren?«

»Schon.« Und das stimmt. Ich weiß, dass es stimmt.

Aber das habe ich auch.

Ich beiße mir auf die Lippe. »Ich mache mir solche Sorgen, dass ich es kaputt gemacht habe. Unser … was auch immer.«

»Du hast gar nichts kaputt gemacht.«

»Vielleicht doch. Ich weiß auch nicht, was bei mir nicht stimmt.«

Cait schweigt erst. »Emma, ich glaube nicht, dass bei dir irgendwas nicht stimmt. Du sagst, was du denkst. Das ist eigentlich etwas Gutes.«

»Willst du mir damit mitteilen, dass ich aufhören soll, so eine Bitch zu sein?«

»Du bist keine Bitch. Ich glaube, du hast dir nur angewöhnt, dich zu schützen.«

Wieder muss ich an Rev denken und daran, wie er das Gleiche macht. Aus anderen Gründen.

»Vielleicht musst du anders mit ihm umgehen«, sagt Cait. »Wenn du die Dinge in Ordnung bringst.«

Ich lächle zaghaft. »Danke, dass du *wenn* gesagt hast und nicht *falls*.«

Der Bus hält in meiner Straße. Cait umarmt mich noch mal. »Ruf mich an, wenn du rüberkommen möchtest, okay? Dann holt Mom dich.«

Die Luft ist kühl, als ich aussteige, aber immerhin scheint die Sonne. So gesehen ist es ein wunderschöner Tag. Es ist halb drei, und der Nachmittag gehört mir ganz allein. Ich atme tief durch.

Die Lage mit Mom ist angespannt, aber nicht unerträglich. Ich bin mir sicher, dass ich mich schließlich auch mit meinem Vater arrangieren werde.

Mir geht's okay. Noch ein tiefer Atemzug. Mir geht's okay.

Dann biege ich um die Ecke und entdecke das *Zu verkaufen*-Schild vor unserem Haus.

Mom hat es wirklich getan. Das hätte ich nicht gedacht.

Mir wird schwindelig, und ich sehe lauter Flecken vor meinen Augen.

Ich muss weiteratmen. Ich muss atmen.

Meine Füße gehen automatisch weiter. Aber ich kann nur auf die Buchstaben auf dem Schild *Z-U V-E-R-K-A-U-F-E-N* starren. Der weiße Pfosten. Das Metallschild, das im Wind leicht schaukelt.

Die fremden Autos in der Einfahrt. Eines ist ein schnittiger Sedan. Das andere ein großer Geländewagen. Beide teuer und schick.

Als ich näher komme, bemerke ich die Leute auf unserer vorderen Veranda. Eine Frau in figurbetontem Nadelstreifenanzug steht neben der Haustür. Neben ihr ein junges Paar mit einem Baby, das in einer Sitzschale liegt.

»Sie haben gesagt, es ist heute erst auf den Markt gekommen?«, fragt der Mann.

»Ja«, bestätigt die Frau im Hosenanzug. »In Annapolis ist es schwer, ein Haus im Craftsman-Stil zu bekommen. Die Inneneinrichtung ist makellos. Die Familie hat das Anwesen wirklich sehr gut gepflegt ...«

Sie schließt die Tür auf und alle verschwinden im Haus.

Das kann sie nicht machen. Das geht doch nicht.

Mom hat mir noch nicht mal gesagt, wo wir hin sollen. Ich

dachte, es wäre nur eine Drohung Dad gegenüber. Um sein Mitgefühl zu wecken. Um zu versuchen, ihre Ehe zu retten.

Ich hatte ja keine Ahnung, dass sie es tatsächlich ernst meint.

Und das Haus ist seit *heute* auf dem Markt? Da hat sie es nicht für nötig gehalten, das beim Frühstück mal zu erwähnen?

Ich kann es besser machen.

Ich auch.

Was für ein Schwachsinn.

Ich stehe hyperventilierend auf dem Bürgersteig vor unserem Haus. Bevor das glückliche Pärchen aus dem Fenster schaut und sieht, wie ich mein Mittagessen auf den Rasen kotze, sollte ich lieber verschwinden.

Und Texy! Wo ist Texy? Warum bellt sie nicht?

Ich stürme durch die Haustür. Sie sind noch nicht weiter als bis zum Esszimmer gekommen. Alle drei starren mich an, als sei ich eine Irre. Die junge Frau legt eine Hand auf den Kopf ihres Babys, als wolle sie ihrem Kind meinen Anblick ersparen.

Miss Nadelstreifen mustert mich streng. »Kann ich dir helfen?«

»Ich … wollte nur … meinen Hund …« Meine Stimme zittert. Ich schlucke. »Ich muss mit dem Hund raus.«

»Oh! Dann bist du Emma? Dr. Blue hat mir gesagt, dass sie den Hund diese Woche wegen der Besichtigungen in die Hundepension gibt. Ich bin mir sicher, er wird es dort schön haben.«

Sie hat Texy in die Pension gegeben. Sie hat meinen Hund weggeschafft und mir nichts davon gesagt.

Was für eine Bitch.

»Ist dir nicht gut, Schätzchen?« Die Maklerin kommt auf mich zu. Ihre Stimme klingt leicht besorgt, aber auch leicht gereizt, denn das hier wird nicht dazu beitragen, dass sie eine Provision bekommt.

Ich muss hier weg.

»Nein. Entschuldigung.« Ich wische mir rasch über die Augen, bevor ich noch vor diesen vollkommen fremden Leuten anfange zu heulen. »Ich … ich muss weg …«

Und dann bin ich auch schon draußen, habe Asphalt unter meinen Füßen und renne los.

Rev ist nicht bei der Kirche. Keine Ahnung, warum ich dachte, er könne dort sein. Es ist ja mitten am Nachmittag. Keuchend und schwitzend fühle ich mich, als würde ich gleich zusammenklappen.

Ich hole mein Handy hervor und schreibe ihm eine Nachricht.

Emma: Rev. Ich muss mit dir reden.

Ich warte und warte und warte. Er antwortet nicht.

Emma: Bitte. Ich weiß, du bist sauer. Bitte ignorier mich nicht.

Er ignoriert mich.

Oder vielleicht sieht er meine Nachrichten nicht. Doch wenn ich daran denke, wie das Schicksal gerade mit mir umgeht, glaube ich, er ignoriert mich.

Ich wähle Caits Nummer. Wir haben uns erst vor einer Viertelstunde voneinander verabschiedet, also muss sie noch im Bus sitzen. Aber vielleicht ist ihre Mom zu Hause.

Ist sie nicht. Es gibt zwar einen Anrufbeantworter, aber als endlich der Piepton kommt, schluchze ich bereits so heftig, dass ich einfach auflege.

Ich rufe meine Mutter an.

Wundersamerweise geht sie ran. »Emma?«

»Du hast das Haus zum Verkauf angeboten?«, schreie ich.

Pause. »Emma, ich habe dir doch gesagt, dass wir uns nicht leisten können, es zu behalten. Als ich die Maklerin anrief, sprach sie von einem Paar, das gleich heute zur Besichtigung kommen konnte. Ich musste das schnell entscheiden. Es tut mir leid.«

»Du hast es mir nicht mal gesagt! Wo ziehen wir hin? Was wird aus …«

»Emma.« Sie spricht jetzt ganz leise. »Du musst dich zusammenreißen. Ich kann das jetzt von hier aus nicht mit dir diskutieren.«

»Du wolltest es besser machen.« Meine Stimme bricht. »Denkst du, das ist besser?«

Sie seufzt. »Emma …«

»Vergiss es.« Ich kann nicht glauben, dass ich ihr heute Morgen Frühstück gemacht habe. Dass ich auch nur das geringste Mitleid mit ihr hatte. Ich lege einfach auf.

Dann lasse ich mich ins Gras fallen und heule. Ich heule ewig.

Ich versuche es noch mal bei Cait. Niemand geht dran. Ich hinterlasse auch diesmal keine Nachricht.

Bin ich verzweifelt genug, um zu Rev nach Hause zu gehen?

Anscheinend schon, denn bevor ich mich versehe, stehe ich auf den Stufen und klopfe an seine Haustür. Ich höre, wie jemand ein Bolzenschloss entriegelt, und wische mir hektisch übers Gesicht.

Ich muss schrecklich aussehen.

Was tue ich hier eigentlich?

Wenn ich Glück habe, rufen sie nicht die Polizei, um eine Irre an ihrer Haustür zu melden.

Die Tür geht auf, und da steht Revs Pflegebruder. Ich glaube nicht, dass Rev mal seinen Namen erwähnt hat.

Er wirft nur einen Blick auf mich und meint: »Rev ist nicht da.«

Das bringt mich wieder zum Heulen, ohne dass ich es verhindern kann. Ich presse eine Hand an meine Augen. »Natürlich nicht. Okay.« Ich wende mich zum Gehen.

»Warte … soll ich Kristin holen? Oder …«

»Matthew, Schatz?« Höre ich eine Frau aus dem oberen Stock rufen. »Wer ist denn da?«

»Nein, nein.« Ich winke ab und schlucke meine Tränen hinunter. »Nicht.«

»Aber … alles gut? Sie kann ihn anrufen …«

»Nein.« Ich laufe die Stufen hinunter. Das war ein Riesenfehler. Es ist so demütigend. Was bin ich nur für eine Idiotin.

Wieder lasse ich mich neben der Kirche ins Gras fallen. Die bunten Glasfenster glitzern in der Sonne.

Ich versuche es noch mal bei Cait. Immer noch ist keiner da. Inzwischen ist es fast vier, also sollte sie bald zu Hause sein. Diesmal hinterlasse ich eine verheulte Nachricht. »Rufst du mich an? Okay? Ruf mich an.«

Ich lege auf.

Fast sofort meldet mein Handy mit einem *Ping* den Eingang einer Textnachricht. Mein Herz macht einen Satz. Ist das Rev?

Es ist nicht Rev. Es ist Ethan.

Ethan: Hey. Hab den ganzen Tag nichts von dir gehört. Alles okay?

Emma: Nein. Nichts ist okay.

Ethan: Was stimmt denn nicht?

Emma: Alles.

Mein Handy blinkt wegen eines eingehenden Anrufs. Es ist Ethan.

Ich überlege nicht lange, sondern gehe einfach ran.

»Hallo«, sage ich mit tränenerstickter Stimme.

»Emma. Was ist denn passiert?«

Er klingt genauso wie beim Gaming, was mich aus irgendeinem Grund wundert.

Ich schnappe nach Luft. »Meine Mom verkauft unser Haus. Da waren fremde Leute, die es besichtigt haben. Sie hat meinen Hund weggebracht. Ich habe versucht, meine Freundin anzurufen …«

»Wow. Immer mit der Ruhe. Sie hat deinen Hund weggebracht?«

»Sie hat ihn in eine Hundepension gebracht, damit die Leute unser Haus besichtigen können.« Meine Stimme bricht, und ich weine schon wieder. »Ich weiß nicht mal, wohin wir ziehen werden.«

»Oh, Emma. Es tut mir so leid.«

»Ich weiß nicht, wohin. Meine Freundin geht nicht ans Telefon. Nach Hause kann ich auch nicht, weil da diese Leute sind.«

»Soll ich kommen und dich abholen?«

Er klingt so nett. Schniefend wische ich mir über die Augen. »Du kennst mich doch nicht mal.«

Er gibt ein kurzes ironisches Lachen von sich. »Ich kenne dich schon. Irgendwie.« Dann schweigt er kurz. »Wir können einen Kaffee trinken gehen oder so. Wo bist du?«

»Ich sitze im Gras neben der Saint-Patrick's-Kirche. In Annapolis.«

»Witzig.«

»Warum ist das witzig?«

»Weil das die Kirche ist, in die wir immer gehen. Ich bin fünfzehn Minuten davon entfernt. Hältst du so lange durch?«

»Ja.« Ich hole zitternd Luft. »Danke.«

»Bis gleich.«

38. KAPITEL

Rev

Die Fahrt nach Edgewater dauert ewig. Je weiter ich fahre, desto mehr bedaure ich, dass ich Declan gezwungen habe, zu Hause zu bleiben. Er war darüber auch nicht froh. Ich fürchtete schon, sein Auto klauen zu müssen.

Aber ich muss das hier allein erledigen. Dieser Besuch ist nicht mit der Fahrt zu seinem Vater zu vergleichen.

Hier gibt es nichts Positives. Nicht mal Erinnerungen.

»Und wenn er versucht, dich zu verletzen?«, fragte Declan.

»Das werde ich nicht zulassen.« Das weiß ich. Er wird mich nicht anfassen. Meine Muskeln sind schon jetzt angespannt.

»Und wenn er eine Schusswaffe hat? Gegen eine Kugel kannst du mit Kampfkunst nichts ausrichten.«

Vor der Frage hätte ich fast kapituliert. Aber dann sagte ich: »Du auch nicht. Ich fahre allein.«

Ich bin zu früh in der Straße, wo mein Vater wohnt, und sie sieht anders aus als erwartet. Die Gegend ist ruhig und friedlich. Große Einfamilienhäuser stehen zurückgesetzt von der Straße. Ich sehe keine Mehrfamilienhäuser, und die wären hier auch irgendwie fehl am Platz. Vielleicht bin ich auch falsch gelandet. Straßennamen werden überall im County mehrfach benutzt. Aber als ich rechts ranfahre, um die Karte auf meinem Handy noch mal zu laden, zeigt sie mir genau diese Straße an.

Ist es möglicherweise ein Einfamilienhaus, das zu Apartments umgebaut wurde?

So muss es sein, denn die Adresse bringt mich zu einem großen gelben Gebäude mit weißen Verzierungen. Graue Steine begrenzen den Garten, in dem symmetrisch angeordnet riesengroße Sträucher stehen. Über die Einfahrt gelange ich auf einen kleinen Parkplatz. Neben den Stufen zur Veranda gibt es eine Rollstuhlrampe.

Nachdem ich mich in eine Parklücke gestellt habe, bleibe ich erst mal sitzen und betrachte das Haus. Sechs andere Autos stehen noch hier, obwohl das Gebäude für so viele Parteien nicht groß genug wirkt. Da ich meinem Vater vor zehn Jahren weggenommen wurde, kenne ich seinen Geschmack nicht so genau, aber irgendwie sieht das nicht nach einem passenden Ort für ihn aus.

Jetzt bin ich zwar hier, kann mich aber nicht überwinden auszusteigen.

Er scheint immer noch eine unsichtbare Macht über mich zu haben. Ich erinnere mich daran, dass ich kein Kind mehr bin. Ich bin selbst hierhergefahren. Ich bin gut ein Meter achtzig groß. Ich weiß mich zu verteidigen.

Die ganze Zeit habe ich die Stimme von Jim Murphy im Ohr, als er Declan die ersten Worte sagen hörte. *Du klingst wie ein Mann.*

Was wird mein Vater erwarten? Was wird er sagen?

Mein Handy meldet sich, und ich erschrecke fürchterlich.

Es ist eine Nachricht von Kristin.

Mom: Matthew sagt, Emma war hier und schien sehr mitgenommen zu sein. Ich dachte, du würdest das wissen wollen. XOXO

Mein Blick geht zur Uhr. Es ist 15.57 Uhr.

Mitgenommen? Inwiefern mitgenommen? Ich wünschte, Matthew hätte ein Handy.

So mitgenommen, dass sie mich aufgesucht hat.

Dann erst merke ich, dass ich noch zwei andere Nachrichten bekommen habe. Sie sind während der Fahrt eingegangen.

Emma: Rev. Ich muss mit dir reden.
Bitte. Ich weiß, du bist sauer. Bitte ignorier mich nicht.

Schnell schreibe ich eine Antwort.

Rev: Bin nicht sauer. Saß am Steuer. Ist alles in Ordnung?

Ich warte, aber es kommt keine Antwort. Inzwischen sitze ich hier schon lange genug, um mich verdächtig zu machen. Es ist 16.02 Uhr.

Ob mein Vater mich sehen kann?

Decs Bemerkung über eine Schusswaffe macht mich jetzt extrem nervös. Ich versuche, mir meinen Vater mit einem Scharfschützengewehr vorzustellen, aber es gelingt mir nicht. Das wäre nicht seine Art.

Ich muss endlich aussteigen.

Es ist schön zu sehen, wie du ein bisschen aus deinem Schneckenhaus kommst.

Ich glaube nicht, dass Mom das damit gemeint hat.

Ihre Worte helfen mir trotzdem. Ich steige endlich aus Declans Charger. Der Schotter auf dem Parkplatz knirscht unter meinen Füßen, und ich mustere jedes einzelne Fenster. Mein Herz hämmert. Hinter jeder Glasscheibe befürchte ich, ein Gesicht zu sehen, das mich anschaut.

Nichts. Vor allen Fenstern hängen Rollos oder Vorhänge.

Ich weiß, dass ich die Kapuze zurückschieben sollte. Damit ich normal aussehe. Im Moment ist der Hoodie für mich noch so eine Art Rettungsdecke. Einen Moment lang bin ich froh, dass mein Vater nicht im Knast sitzt.

Dann schiebe ich die Kapuze nach hinten. Mom und Dad haben mir jahrelang Manieren beigebracht. Deshalb werde ich jetzt nicht wie der Sensenmann ein fremdes Haus betreten.

Als ich die Stufen hinaufsteige, öffnet sich die Haustür. Ich zucke von dem Geräusch zusammen, aber es ist nur eine junge Frau in Schwesterntracht. Wahrscheinlich eine andere Bewohnerin, die gerade zur Arbeit aufbricht.

Aber sie sieht mich an und bleibt stehen. Ihre Augen blicken müde, aber freundlich. »Oh. Hallo! Bist du hier, um einen Gast zu besuchen?«

Ich bin irritiert. Einen Gast besuchen? Ist das denn hier so eine Art Hotel? »Ich … ich weiß nicht.«

An ihrer Nasenwurzel bildet sich eine winzige Falte, aber ansonsten verändert sich ihr Ausdruck nicht. »Zu wem möchtest du denn?«

Ich will nicht »zu meinem Vater« sagen. Außerdem wüsste ich nicht, was sie das angeht. Sie sieht mich jedoch so erwartungsvoll an, dass ich sie auch nicht einfach ignorieren kann. »Ich gehe zur Nummer 105.«

»Oh! Zu Mr. Ellis?«

Ich schlucke. »Ja. Kennen Sie ihn?«

Sie runzelt wieder die Stirn. »Natürlich. Ich bin Josie. Komm mit.« Sie dreht sich um und kehrt ins Haus zurück.

Jetzt bin ich doppelt verwirrt. Hat mein Vater eine Mitbewohnerin?

Als ich das Haus betrete, ist da eine große Theke, die sich über die ganze Länge des Raums erstreckt, der ursprünglich ein Wohnzimmer gewesen sein muss. Ein paar Sofas stehen entlang der Wände. Ein Fernseher ist weiter oben anmontiert. Auf einem Beistelltisch zwischen den Sofas liegen Zeitschriften.

Hinter der Theke sitzen zwei weitere Frauen und ein Mann vor Bildschirmen. Alle tragen solche Uniformen wie Josie. Hinter ihnen hängt ein Schild mit großen Lettern in blauer Schreibschrift: *Chesapeake Hospiz*.

Mein Mund fühlt sich auf einmal trocken an.

Das kann nicht stimmen. Ich bleibe stehen. »Moment.«

Josie bleibt ebenfalls stehen und mustert mich wieder. So aus der Nähe stelle ich fest, dass sie nicht mehr so jung ist, wie ich zuerst dachte. An den Schläfen hat sie graue Strähnen, und als ihre Miene besorgter wird, bilden sich kleine Falten um ihre Augen. »Alles in Ordnung mit dir?« Sie wartet ab. »Bist du zum ersten Mal hier? Dann musst du keine Angst haben.«

Ihre Stimme klingt freundlich und erinnert mich an Mom.

Ich schlucke. »Warten Sie.« Meine Stimme ist kaum hörbar. »Warten Sie.«

Jetzt sehen mich alle an.

Eine andere Schwester steht hinter ihrem Bildschirm auf, füllt einen kleinen Pappbecher mit Wasser und bringt ihn mir. Sie ist schon älter und tätschelt meinen Arm, als sie ihn mir gibt.

Jetzt bin ich richtig verlegen. Unbeholfen nehme ich den Becher entgegen. »Entschuldigung. Ich … ich wusste nur nicht, was das hier ist. Er hat mir nur eine Nummer genannt. Ich dachte, das sei …« Ich muss schlucken. »Einfach ein Apartment. Kein …«

Kein Hospiz.

Kein Ort, wo die Leute zum Sterben hinkommen.

»Dann erwartet Mr. Ellis dich?«

»Ja«, sage ich.

»Wunderbar«, sagt Josie. »Ich bringe dich zu ihm, sobald du so weit bist.«

Ich bin nicht so weit.

Ich bin nicht so weit.

Ich bin nicht so weit.

Mir kommt das nicht fair vor. Ich kann meinen Vater nicht auf dem Sterbebett zur Rede stellen. Ich versuche, seine E-Mails noch mal vor diesem Hintergrund zu sehen. Habe ich alles missverstanden? Hat er einfach Kontakt gesucht, um irgendwie noch mal die Verbindung aufzunehmen?

Wie erstarrt stehe ich zwischen Eingangstür und Theke. Am liebsten würde ich die Zeit zurückspulen. Ich möchte das Gebäude mit diesem Wissen betreten.

Ich hätte Declan doch mitnehmen sollen.

Nein. Der Gedanke bringt Ordnung in das Chaos in meinem Kopf.

Ich schaffe das.

»Sorry«, sage ich mit heiserer Stimme. »Ich bin so weit.«

Josie führt mich einen Flur entlang und um eine Ecke. Unsere Schritte sind auf dem Teppichboden kaum zu hören. Ich würde jetzt alles für Wachleute und Gitterstäbe geben.

Dann bleibt sie vor der Tür 105 stehen und klopft behutsam. Wir befinden uns auf der Rückseite des Gebäudes. Von hier geht kein Fenster auf den Parkplatz hinaus. Er hat mich also noch nicht gesehen.

»Herein«, ruft eine Stimme von drinnen.

Seine Stimme. Ich erinnere mich an seine Stimme.

Unbewusst mache ich einen Schritt zurück.

Aber dann reiße ich mich zusammen, richte mich gerade auf und trete durch die Tür.

39. KAPITEL

Emma

Ethan fährt einen silbernen Toyota Corolla. Ein total langweiliges Auto. Als er stehen bleibt, bin ich überrascht. Aus irgendeinem Grund überlagert mein Verstand den echten Menschen mit seiner Figur im Spiel. Ich hatte ihn mir irgendwie wild und verrückt vorgestellt.

Das Fenster fährt runter, und er sagt stirnrunzelnd: »Azure M kann doch nicht weinen.«

Das bringt mich zum Lächeln, und ich wische mir die letzten Tränen von den Wangen.

Er sieht genauso aus wie auf dem Foto, das er mir geschickt hat. Ich bin darüber erleichtert. Etwas dicker, als ich dachte. Nicht fett. Nur … kräftig.

Ich öffne die Beifahrertür und steige ein. »Hi. Danke, dass du das für mich machst.«

»Eine Ausrede, um Kaffee mit einer genialen Gamerin zu trinken? Darüber gibt es Legenden bei Reddit.«

»Du bist echt lustig.«

Meine Tür fällt zu, er klickt auf die Zentralverriegelung und fährt los.

Es ist so anders als mit Rev im Auto. Der Wagen war laut und aggressiv. Dieses hier ist klein und leise. An der Schaltung hängt ein Namensschild an einem Schlüsselband. *AACS* steht da in großen roten Buchstaben – Anne Arundel County Schools, darunter in Schwarz der Name *E. Nash* und in kleinerer Schrift dahinter *Information Technology*.

Er sieht, wie ich dorthin schaue. »Gehört meiner Mom. Sie arbeitet in der IT. Ich hab dir doch gesagt, dass ich Leute kenne.«

»Dann hat sie ihn gefunden?«

»Nein, ich habe ihn gefunden.« Er klingt ein bisschen verstimmt. »Ich habe nur ihr System benutzt.«

»Oh, nein. Es ist toll. Ich bin froh, dass du es gemacht hast.«

Gleichzeitig habe ich Revs Stimme im Hinterkopf, als er sagte, ich hätte es doch allein regeln wollen und dann habe Ethan sich für mich darum gekümmert. Seine Worte lassen mich nicht los. »Ich wollte das Spiel heute Nachmittag wiederherstellen, aber dann – tja, das weißt du ja schon.« Ich wische mir über die Augen.

»Das mit eurem Haus ist echt mies«, sagt Ethan.

»Ich kann nicht glauben, dass sie es gemacht hat, ohne mir was zu sagen.« Ich schweige kurz. »Heute Morgen haben wir geredet. Ich dachte, alles würde wieder besser werden. Sie hat nicht mal erwähnt, dass sie eine Maklerin anrufen will.« Ich starre aus dem Fenster und höre, wie er den Blinker setzt. »Sie musste doch wissen, dass ich das Schild sehe, wenn ich nach Hause komme. Was hat sie denn erwartet? Dass ich es übersehen würde und einfach …«

Ich merke, dass er abbiegt, und breche mitten im Satz ab. »Warum fahren wir auf den Highway?«

»Starbucks? Kaffee?«

Oh. »Da ist einer gleich bei der Mall.«

»Ich kenne nur den auf der Solomons Island Road. Die haben Drive-in.«

Das liegt auf der anderen Seite von Annapolis. Aber was macht das eigentlich für einen Unterschied? Es sind ja nur ein paar Kilometer auf dem Highway.

»Willst du das Spiel wieder hochfahren?«, fragt Ethan.

»Das will ich«, sage ich. »Vor allem wo Nightmare jetzt weg ist.«

»Ich bin froh, dass ich ihn für dich gefunden habe«, sagt er.

Mein Handy klingelt und vibriert an meinem Oberschenkel. Ich hole es aus meiner Hosentasche.

Cait.

»Hey«, sage ich.

»Em? Geht's dir gut?«

Neben mir seufzt Ethan und murmelt irgendwas.

Ich sehe ihn stirnrunzelnd an. Aber ich benehme mich ja auch andauernd ungeschickt. Vielleicht leidet er unter demselben Fluch. »Sorry«, flüstere ich und halte das Handy kurz von mir weg. »Ich habe ihr so ungefähr hundert Nachrichten hinterlassen.« Dann nehme ich das Telefon wieder an mein Ohr. »Cait. Ja. Mir geht's gut.«

»Mom sagt, wir können dich holen kommen. Wo bist du?«

»Oh.« Ich schaue kurz zu Ethan. »Mir geht es wieder gut. Wir fahren zu Starbucks.«

»Wir?«

»Genau. Ich und ein … ein Freund.«

Ihre Stimme klingt fröhlicher. »Oh, hat Rev endlich angerufen? Hab ich's dir nicht gesagt?«

Ethan ist so aufmerksam, dass ich es deutlich spüre. Ich bin mir ziemlich sicher, dass er jedes Wort hören kann.

»Nein, es ist … Cait, kann ich dich zurückrufen?«

»Klar. Lass dir Zeit.« Sie legt auf. Mein Telefon zeigt wieder den Startbildschirm.

Da wartet eine SMS auf mich. Wie konnte ich eine SMS übersehen?

Rev: Bin nicht sauer. Saß am Steuer. Ist alles in Ordnung?

Mein Herz beginnt unwillkürlich zu flattern.

»Wer ist Rev?«

Für eine halbe Sekunde habe ich vergessen, dass ich bei Ethan im Auto sitze. »Was?«

»Wer ist Rev?«

Ich weiß nicht, ob er auf mein Display geschaut oder beim Telefonieren gelauscht hat, aber beides kommt mir unangenehm aufdringlich vor.

»Bloß ein Freund.«

»Ach.« Er klingt gereizt.

Die Atmosphäre im Auto hat sich verändert. »Bist du wegen irgendwas sauer?«

»Ich weiß nicht, Emma.« Er lacht bitter auf. »Ich weiß nicht, was ich denken soll.«

Ich schlucke. »Er ist nur ein Typ aus der Schule.«

»Gerade hast du gesagt, er wäre ein Freund.«

»Ist er auch!«

»Ist das derselbe Freund, mit dem du dich letztens abends getroffen hast?«

Unwillkürlich zögere ich. Das reicht ihm schon.

Ethan wendet den Blick von der Straße und sieht mich böse an. »Wofür hältst du dich? Was für ein Spielchen spielst du?«

»Ich spiele überhaupt kein Spielchen!«

»Als ich dich angerufen habe, hast du so getan, als hättest du niemanden, der sich um dich kümmert. Und seit du eingestiegen bist, haben schon zwei Leute versucht, dich zu erreichen.«

»Aber …« Ich verstumme. Da hat er nicht unrecht.

Moment. Hat er das wirklich?

Er fährt sich mit einer Hand durch seine kurzen Haare. »Du weißt, wie viel mir das bedeutet.«

Jedes Mal wenn er was sagt, muss ich zweimal überlegen. Er klingt eher, als würde er mehr mit sich selbst sprechen als mit mir. »Wie viel dir was bedeutet?«

»Das hier!« Wieder sieht er mich an. »Du und ich.«

Dann merke ich, dass wir an der Ausfahrt Solomons Island Road vorbeigefahren sind.

Mein Herz verwandelt sich in einen Ziegelstein. »Wo fahren wir hin?«

»Sorry«, sagt er. »Du hast mich aufgeregt. Deshalb habe ich die Ausfahrt verpasst.«

Aber er fährt nicht langsamer. Er wechselt nicht mal auf die richtige Spur.

»Dann nimm die nächste. Bring mich einfach nach Hause.«

»Ja doch«, giftet er mich an. »Gib mir mal eine Minute, okay?«

Ich gebe ihm eine Minute. Er wechselt die Spur immer noch nicht. Wir fahren auch an der Ausfahrt Jennifer Road vorbei. Dann an der zur Riva Road. Mein Herz hämmert wie verrückt.

Ich streiche mit den Fingern übers Display, um zu antworten.

Emma: Nein. Nicht ok.

»Du schreibst ihm gerade?« Ethan explodiert. »In meinem Auto? Welche Sorte Mädchen macht so was, Emma?«

Die Sorte Mädchen, die jetzt alles dafür geben würde, in diesem Moment irgendwo anders zu sein.

Ich fühle mich auf diesem Beifahrersitz sehr klein und allein. Und ich bete, dass die kleinen grauen Punkte auftauchen, die anzeigen, dass Rev gerade zurückschreibt.

Sie tauchen aber nicht auf.

Ethan fährt jetzt auf der linken Spur und rast an anderen Fahrzeugen vorbei. Er sieht nicht so aus, als würde er in absehbarer Zeit den Highway verlassen. Ich spähe auf den Tacho. Er fährt schon mit mehr als 140 Stundenkilometern.

Mein Herzschlag verdreifacht sein Tempo. Vielleicht sieht uns ein Polizist und hält uns an.

Noch nie in meinem Leben habe ich mir so sehr eine Radarfalle gewünscht.

Ich schlucke. »Es tut mir leid. Kannst du bitte die nächste Ausfahrt nehmen?«

Er sagt nichts. Fährt einfach weiter. Der Wagen fliegt über den Asphalt. Ethan beißt die Zähne zusammen und umklammert das Lenkrad ganz fest. Auf den eiskalten Ziegel in meiner Brust legt sich auch noch Angst.

»Ethan?« Meine Stimme zittert. »Bitte nimm doch die nächste Ausfahrt.«

Ich spähe auf mein Handy. Rev hat nicht reagiert.

Meine Finger fliegen übers Display.

Emma: mit ethan

Der Faustschlag kommt wie aus dem Nichts. Mein Kopf schlägt gegen das Fenster. Schmerz explodiert von beiden Seiten in meinem Gesicht. Das Handy fliegt mir aus der Hand und landet irgendwo zwischen Tür und Sitz.

Ich schmecke Blut in meinem Mund. Das ist übel. Ich bin so blöd. Und jetzt hyperventiliere ich auch noch. Schwarze Flecken flimmern vor meinen Augen.

NEIN NEIN NEIN. Ich muss bei Bewusstsein bleiben.

Ich muss bei Bewusstsein bleiben. Deshalb befehle ich den schwarzen Flecken zu verschwinden.

Es dauert einen Moment, aber dann gehorchen sie.

Ich keuche gegen die Fensterscheibe. Es schmerzt mehr, als irgendein Schmerz, den ich mir je auch nur vorgestellt habe. Meine Zähne fühlen sich irgendwie locker an, und mein Kinn tut furchtbar weh. Ich wünschte, ich hätte mehr auf Revs Worte zum Thema Selbstverteidigung gehört und mich weniger auf das Gefühl konzentriert, als seine Arme mich hielten.

Das Schlimmste ist das leise Schluchzen, das aus meiner Kehle dringt.

»Ich dachte nicht, dass du so wärst«, sagt Ethan. »Ich dachte, du wärst anders.«

Echt jetzt?

Ich will mich nicht aufrichten. Ich will nicht antworten. Die bloße Geschwindigkeit des Autos ist die effektivste Falle überhaupt. Mein Handy liegt aufrecht gegen die Tür gelehnt. Rev hat immer noch nicht zurückgeschrieben. Ich strecke die Hand auf, um danach zu greifen.

Ich stoße dagegen. Es rutscht weiter runter.

NEIN.

Vielleicht komme ich trotzdem noch dran. Vielleicht.

Ich kann das Display erreichen, aber die Finger nicht um die Hülle legen. Mit größter Anstrengung berührt mein Mittelfinger das kleine »i«.

Toll. Jetzt habe ich Revs Kontaktdaten statt der Oberfläche zum Nachrichten Schreiben.

Nicht, dass ich eine Nachricht hätte schreiben können. Dazu ist das Handy zu tief gerutscht.

Ich muss nachdenken. Ich muss *nachdenken*. Ethan atmet schwer neben mir. Er hat aufgehört zu reden. Ich weiß nicht, ob das gut oder schlecht ist.

Ich versuche, den Knopf zu erreichen, mit dem ich Rev anrufen könnte. Er ist zu weit rechts. Ich versuche es trotzdem.

Ist sowieso nur eine vage Hoffnung. Wer weiß, ob er rangehen würde. Und wie sollte er mich finden?

Moment. Da ist ein Link unter seinen Kontaktdaten. Den habe ich noch nie benutzt.

Teile meinen Standort.

Ich gebe mir alle Mühe, ihn anzuklicken.

Plötzlich wird mein Kopf nach links gerissen. Ich schreie auf. Ethan hat mich am Zopf gepackt. Mein Kopf prallt gegen seinen Bauch. Es ist schrecklich. Ich kann ihn riechen. Eine Mischung aus Waschmittel und Männergeruch, der mir den Magen umdreht. Ich kann seine Füße sehen. Der Griff in mein Haar ist grob und schmerzhaft. Er presst den Unterarm auf mein Gesicht.

»Was hast du da gerade gemacht?«, schnauzt er.

Ich weiß nicht, ob ich den Link noch gedrückt habe. Ich weiß es nicht.

Und selbst wenn, was wird Rev damit anfangen? Er hat ja keine Ahnung, was los ist.

»Bitte«, keuche ich. »Bitte, Ethan. Es tut mir leid. Bitte lass mich einfach aussteigen.«

»Nein. Ich will, dass du darüber nachdenkst, was du getan hast.«

»Du hast recht«, sage ich schnell. »Du hast recht. Das war echt unhöflich. Tut mir leid.«

Ich habe die Hände frei, aber wenn ich jetzt ins Lenkrad greife, bauen wir einen schrecklichen Unfall. Wir fahren einfach zu schnell.

Außerdem sind wir längst an allen Ausfahrten vorbeigefahren, die ich kenne. Ich habe keine Ahnung, wo wir uns befinden. Und jetzt bekomme ich mehr Angst davor, dass er stehen bleibt.

»Bitte«, flüstere ich. »Bitte, Ethan. Ich tue, was immer du willst, wenn du mich gehen lässt.«

»Was immer ich will?«, sagt er und setzt den Blinker. »Das gefällt mir.«

40. KAPITEL

Rev

Mein Vater sitzt in einem von zwei Armsesseln am Fenster, was mich überrascht. Nach der Erkenntnis mit dem Hospiz hätte ich einen ans Bett gefesselten Invaliden erwartet. Er trägt einen grünen Pulli und Jeans. Ein Infusionsschlauch verschwindet in seinem Ärmel und hinter dem Sessel hängt ein Beutel mit einer Flüssigkeit an einem Ständer. Um sein Gesicht liegt ein dünner Plastikschlauch, der ihn offenbar mit Sauerstoff versorgt. Ansonsten könnte dies irgendein Zimmer sein.

Er hat noch nichts gesagt. Ich auch nicht.

Josie steht zwischen uns, kontrolliert routiniert seinen Arm, die Anzeige der Infusion und den Sauerstoffbehälter. Das alles erledigt sie stumm, wohl um uns nicht zu stören.

Ich möchte sie bitten dazubleiben.

Und gleichzeitig möchte ich sie auffordern zu gehen.

Alles an ihm ist dünn. Dünnes, ergrautes Haar. Dünne Haut. *Dünn*. Die Kleider hängen sackartig an ihm. Seine Wangenknochen stehen aus seinem Gesicht hervor, sodass seine Augen tiefer zu liegen scheinen, als ich es in Erinnerung habe. Er muss jetzt Ende vierzig sein, aber er sieht zehn Jahre älter aus. Vielleicht sogar zwanzig. Ich könnte ihn hochheben und ihm das Genick brechen.

Ich denke an den Moment in der Küche, als ich zugab, dass Matthew mich nervös machte, und Declan darauf erwiderte: *Rev. Mal im Ernst. Du bist ungefähr zwanzig Kilo schwerer als der Junge.* Ich meinte, dass er mich nicht in dieser Hinsicht nervös machte.

Das Gefühl jetzt ist das Gleiche.

Nein, doch nicht. Es ist eine Milliarde Mal intensiver.

Ich will nicht Hallo sagen. Ich will nicht der Erste sein, der spricht.

Ich will ein Kissen auf sein Gesicht drücken und damit beenden, was sein Körper begonnen hat.

Josie erledigt, was immer sie zu erledigen hat, und schlüpft zur

Tür hinaus. Sie schließt sich mit einem leisen Klick hinter meinem Rücken.

»Ah«, sagt mein Vater. »Jetzt sehe ich es.«

Seine Stimme macht, dass ich mich am liebsten ducken möchte. Ich muss ganz ruhig bleiben. »Jetzt siehst du was?«

»Ich sehe den Jungen, der versucht ein Mann zu sein. Deine E-Mail hat mich amüsiert.« Er lacht leise. »Deine Forderung, von Angesicht zu Angesicht zu reden. Als ob du dir etwas nehmen willst, was zu geben ich nicht bereit bin.«

Mein Handy meldet mit einem *Ping* den Eingang einer Nachricht. Ich ignoriere es. »Wie hast du mich gefunden?«

Er zuckt mit den Schultern. »Spielt das eine Rolle?«

»Ja.«

Ich gehe nicht davon aus, dass er mir antworten wird, aber er schaut auf die Tür. »Hier war eine Frau. Eine ehemalige Richterin. Wir haben uns angefreundet. Ich erzählte ihr, dass ich meinen vor langer Zeit verlorenen Sohn wiederfinden wollte. Sie hat ein paar Beziehungen für mich spielen lassen.«

Hier war eine Frau. Er hat eine sterbende Frau überredet, ihm einen Gefallen zu tun. Mein Vater, der eine ganze Glaubensgemeinschaft von seiner Güte überzeugen konnte. Na klar.

»Warum wolltest du mich finden?«

»›Rute und Tadel gibt Weisheit, aber ein Knabe, sich selbst überlassen, macht seinem Vater Schande.‹ Warst du dir selbst überlassen, Abraham?«

Der Name trifft mich wie eine Kugel. Ich zucke zusammen. »Das ist nicht mehr mein Name.«

»Ich habe dir diesen Namen gegeben. Er ist deiner, ob du willst oder nicht.« Er macht eine kurze Pause. »Abraham.«

Ich zucke erneut zusammen. Der Name zerrt Erinnerungen tief in meinem Inneren an die Oberfläche. Ich möchte auf die Knie fallen und um Verzeihung bitten. Der Impuls ist so stark.

Aber dann überdenke ich, was er gerade gesagt hat. *Ein Knabe, sich selbst überlassen, macht seinem Vater Schande.*

Das ist ein Vers aus der Bibel. Die Worte lassen mich nicht los, bis ich dahinterkomme, warum. Ich sehe ihn an. »Der Vers heißt:

Ein Knabe, sich selbst überlassen, macht seiner *Mutter* Schande.« Ich muss an Moms Hand an meiner Wange gestern Abend denken. *Jetzt bist du zu einem so großherzigen, liebenswürdigen jungen Mann herangewachsen.*

Ich konzentriere mich ganz auf dieses Gefühl. Es genügt schon fast, um den Einfluss meines Vaters zu schmälern.

Er sieht mich erstaunt an, weil ich ihn korrigiert habe. »Ich glaube, das kann man frei interpretieren.«

Natürlich glaubt er das. »Schön. Interpretier es, wie du willst. Ich habe jedenfalls weder meinem Vater noch meiner Mutter Schande gemacht.«

»Vielleicht sollte eher ich darüber richten.«

»Du bist nicht mehr mein Vater.«

»Abraham, ich bin immer noch dein Vater. Du bist immer noch mein Sohn. Daran kann nichts etwas ändern.«

Ich beiße die Zähne zusammen. Ein anderer Bibelvers kommt mir in den Sinn und dämpft meinen Zorn, bevor ich mir Luft mache. *Eine sanfte Antwort besänftigt den Zorn, doch ein kränkendes Wort heizt ihn an.* »Hör auf«, sage ich, aber meine Stimme klingt schwach, nicht sanft. »Hör auf, mich so zu nennen.«

»Du warst zu lange fort, Abraham.« Seine Stimme ist jetzt sanft. »Ich kann sehen, wie schwer die Welt auf dir lastet. Komm, setz dich zu mir.«

Mein Puls beruhigt sich allein durch den Ton seiner Stimme. Als ich noch klein war, lernte ich, mich danach zu sehnen. Eine sanfte Stimme bedeutete, dass ich noch die Chance hatte, die Dinge in Ordnung zu bringen.

Ich kann nichts mehr sagen, weil ich fürchte, ihm alles zu versprechen, was er verlangt, wenn ich den Mund aufmache.

»Komm«, sagt er wieder, spricht aber meinen Namen nicht aus. »Lass mich sehen, wie du gewachsen bist. Deine Lektionen hast du offensichtlich behalten. Ich bin stolz auf dich.«

Seine Worte treffen ins Schwarze. Ich setze mich in den anderen Sessel.

Er streckt den Arm aus und legt eine Hand auf meine. Sie zittert, aber ich ziehe sie nicht weg.

»Weißt du, warum ich diesen Namen ausgewählt habe?«, sagt er. »Nachdem deine Mutter ihren Kampf gegen das Böse verloren hatte, wusste ich, du würdest stark sein müssen, um diese Kräfte zu besiegen. Ich wusste, du würdest wieder und wieder auf die Probe gestellt werden. Deshalb nannte ich dich Abraham.«

Natürlich weiß ich das. Er hat es mir andauernd erzählt.

Ich habe die ganze Geschichte auch nachgelesen. Die ultimative Probe bestand darin, dass Gott Abraham befahl, seinen eigenen Sohn zu töten und der das tatsächlich tun wollte, in der Hoffnung, Gott würde eingreifen.

Jedes Mal wenn ich diese Stelle lese, frage ich mich, wie tief dieser Glaube ist.

Mein Vater redet weiter. »Ich wusste, du würdest wieder und wieder auf die Probe gestellt werden. Als sie dich mir wegnahmen, wusste ich, das würde deine größte Prüfung sein. Ich wusste, du würdest zu mir zurückkehren. Und das bist du.«

Bin ich nicht.

Aber ich kann es nicht aussprechen. Denn ich bin es. Ich bin hier.

Ich möchte die Augen schließen und an Geoff und Kristin denken.

Mom und Dad.

Nicht an Geoff und Kristin. An Mom und Dad.

Ich hole tief und zitternd Atem. Mom hatte recht. Ich hätte niemals herkommen sollen.

Er ist mehr als nur ein Mann. Das war er schon immer.

»Was willst du?«, frage ich.

»Ich will sterben«, sagt er schlicht.

Ich starre ihn an. »Ich verstehe nicht.«

»Nein?« Er hebt die Hände. »Siehst du es nicht? Siehst du nicht, was aus mir geworden ist?«

Ich verstehe immer noch nicht.

»Diese Schmerzen. Sie sind meine Prüfung, Abraham. Das Leid. Es ist meine Strafe, weil ich dich habe gehen lassen. Und nun bist du zurückgekehrt.« Er lässt die Arme sinken und legt eine Hand auf meinen Unterarm. Er drückt ihn.

Ich frage mich, ob er weiß, dass seine Hand genau auf der Narbe von der Herdplatte liegt.

Vielleicht weiß er es. Mein Vater tut nichts ohne Absicht.

Wenn er es absichtlich tut, begeht er einen Fehler. Es ist eine Erinnerung. Eine notwendige Erinnerung.

Du hattest solche Angst.

Mein Arm verwandelt sich in Stahl.

Mein Vater sieht mich immer noch an, und sein Blick wirkt beinah gequält. »Du bist zurückgekehrt. Mein Junge. Das ist ein Zeichen. Ein Geschenk. Du bist hier, um mein Leid zu beenden.«

Ich brauche einen Moment, um zu kapieren, was er da gerade gesagt hat. Der Schock lässt mich erstarren. Meine Atmung wird flach.

»Was?«, flüstere ich.

»Deine Aufgabe hier. Du bist gekommen, um meinem Leid ein Ende zu machen.«

Eben noch hatte ich tatsächlich daran gedacht, ihm ein Kissen aufs Gesicht zu drücken.

Jetzt wird mir bei der Vorstellung daran übel.

»Meine Lungen sind voller Krebs«, sagt er. »Es wäre keine Mühe. Deine Hand. Nur einen Moment lang.«

Ich weiß nicht, ob er will, dass ich ihn ersticke, ihm das Genick breche oder ihm sonst irgendwas antun soll, was ich mir nicht mal vorstellen kann, aber ich springe vom Sessel auf und weiche vor ihm zurück. »Nein.«

»Doch. ›Durch den Glauben ward gehorsam Abraham.‹ Siehst du das nicht?«

Ich sehe nichts. Ich sehe alles. Heftig schüttle ich den Kopf. »Nein.«

»Ich leide solche Schmerzen.« Seine Stimme bricht. »Wie kannst du es ertragen, solches Leid mitanzusehen?«

Die Zeit bleibt stehen. Diese Worte treffen mich wie tausend Messer. Wie hundert Fäuste. Wie ein Blitzstrahl. Wie eine lodernde Flamme.

»Wie konntest *du* das?«, schreie ich. »Wie konntest *du* solches Leid mit ansehen? Weißt du, was du mir angetan hast? Hast du davon auch nur eine Ahnung?«

»Ich habe dich großgezogen«, sagt er sanft, aber nun hat seine Stimme keine Macht mehr.

»Du hast mich im Stich gelassen.«

»Ich habe dich erschaffen.«

»Ist mir egal.« Ich schreie immer noch und wünschte, Dad wäre jetzt hier, um mich aufzufangen. »Du bist nicht mein Vater.«

»Das bin ich. Und ich leide jetzt wegen *deiner* Verfehlungen. Deshalb wirst du das für mich tun.«

Die Tür klickt und Josie steckt den Kopf herein. »Ist hier alles in Ordnung?«

»Nein«, sage ich.

»Wir kommen zurecht, Josie«, sagt mein Vater freundlich. »Mein Sohn ist aufgebracht. Sie verstehen.«

»Natürlich«, flüstert sie und zieht sich zurück. Die Tür schließt sich wieder.

Immer tun alle, was er will.

»Mach es doch selbst«, sage ich, und meine Stimme ist nur ein raues Flüstern. »Mach es selbst.«

»Du weißt, das kann ich nicht. Ich will das Königreich mit reinem …«

Ich schlage mit der Faust gegen die Wand. »ICH MACHE DAS NICHT!«

Schmerz schießt mir ins Handgelenk. Das ist gut. Ich begrüße den Schmerz. Er erdet mich.

Ich weiß nicht, was ich hier soll. Ich weiß nicht, was ich erwartet habe. Ich kann hier zu keinem Abschluss kommen.

Ich greife nach dem Türknauf.

»Bitte«, sagt mein Vater. Wieder bricht seine Stimme, und ich kann etwas von dem Schmerz hören, den er empfinden muss. Trotz allem berührt sein Schmerz etwas in mir.

Ein Teil davon ist Mitgefühl.

Ich kenne solchen Schmerz.

»Bitte«, wiederholt er, und seine Stimme ist jetzt schon ein Schluchzen. »Mein Sohn. Bitte. Ich sterbe.«

»Gut.«

Dann knalle ich die Tür hinter mir zu und gehe.

Ich rase praktisch vom Parkplatz. Ich muss hier weg. Mein Fuß kann das Gaspedal gar nicht weit genug durchdrücken. Declan wird morgen zu tun haben, weil ich das Getriebe an seine Grenzen bringe.

Als ich beim Stoppschild am Ende der Straße stehen bleibe, keuche ich. Es kommt mir im Wagen unerträglich heiß vor.

Ich fahre rechts ran und schalte den Warnblinker ein. Ich muss mich erst mal beruhigen.

Ich zerre mir das Sweatshirt über den Kopf. Reibe mir damit übers Gesicht.

Es wäre keine Mühe.

Deine Hand.

Nur einen Moment lang.

Ich kann nicht atmen. Ich bin derjenige, der erstickt.

Aber dann kann ich es doch. Luft strömt in meine Lungen.

Ich habe Nein gesagt. Ich habe *Nein* gesagt.

Er *war* nur ein Mann. Ein schrecklicher Mann.

Und er konnte mir seinen Willen nicht aufzwingen.

Mein Handgelenk schmerzt noch immer vom Schlag gegen die Wand. Ich bewege sie und starre wie verwundert auf meine Finger.

Es wäre keine Mühe.

Deine Hand.

Er wollte, dass ich ihn töte.

Nach allem, was er mir angetan hat, sollte mich das nicht schockieren – doch das tut es. Er wollte, dass ich ihn *töte*. Dachte er, ich würde es wegen meiner Kindheit tun? Weil wir jetzt Fremde sind?

Oder dachte er, ich würde es einfach tun, weil er es mir befiehlt?

Vielleicht wegen allem zusammen.

Ich presse die Hände an meine Schläfen. Declan und ich haben uns letztens im Auto über gewalttätige Gedanken unterhalten. Ich war mir so sicher, dass ich sie eines Tages ausleben würde.

Doch jetzt habe ich Nein gesagt. Ich habe zu meinem Vater Nein gesagt. Zu dem einzigen Mann, der meine Wut und Gewalt verdient.

Ich habe zu meinem VATER NEIN gesagt. Zum ersten Mal seit … überhaupt habe ich ein Gefühl von Kontrolle.

Jetzt bin ich aufgekratzt. Atemlos. Zittrig.

Ich muss Declan anrufen. Wahrscheinlich starrt er schon seit einer halben Stunde auf sein Handy. Ich streiche mir mit einer Hand die Haare aus der Stirn und wühle dann unter meinem zusammengeknüllten Sweatshirt nach dem Handy.

Auf dem Display entdecke ich Nachrichten. Declan konnte es anscheinend nicht erwarten.

Aber dann sehe ich es. Das war nicht Declan.

Emma.

Emma: Nein. Nicht ok.
mit ethan
Emma Blue hat ihren Standort mit dir geteilt.

Mein Herzschlag setzt kurz aus. Wann hat sie diese Nachrichten geschickt? Ich sehe nach.

Vor zwanzig Minuten. Zwanzig Minuten.

mit ethan

Wie? Wie ist es dazu gekommen?

Sie hat ihren Standort geteilt. Dad hat das mal aus Versehen gemacht, als er frustriert war und irgendwelche Sachen auf seinem Handy gedrückt hat, von denen er nicht wusste, was sie bedeuten. Aber Emma kennt sich mit Technik aus. Wenn sie ihren Standort geteilt hat, dann wollte sie unbedingt, dass ich ihn kenne.

Nein. Nicht ok.

Oh, Emma.

Ich höre auf zu überlegen und rufe sie an. Es klingelt und klingelt, bis die Mailbox anspringt.

Ich weiß von Ethan nichts außer seinen Namen. Ich weiß, dass er Computerspiele spielt. Ich habe keine Ahnung, wo er wohnt. Und aufgrund meiner Gespräche mit Emma glaube ich nicht, dass sie selbst viel mehr über ihn weiß.

Schuldgefühle quälen mich. Ich hätte ihr früher schreiben sollen. Ich war zu sehr mit meinen Gedanken über meinen Vater beschäftigt.

Stopp. Schuldgefühle müssen warten. Zurück zu den Textnachrichten.

Eine winzige Karte erscheint unter der Zeile, dass sie ihren Standort mit mir geteilt hat. Ich tippe darauf. Sie befindet sich auf der anderen Seite des South River. Vielleicht zehn Minuten entfernt.

Sie bewegt sich. Richtung Osten. Von mir weg.

Sie muss sich in einem Auto befinden.

EMMA. WAS HAST DU GETAN?

Ich lege den Gang ein.

Moment. Ich wechsle zu meinen Nachrichten mit Declan. Ich schicke ihm *meine* Standortdaten. Dann schreibe ich ihm, er soll mich anrufen.

Danach kehre ich zu Emmas Standortkarte zurück und befestige das Handy in der Halterung auf dem Armaturenbrett.

Ich muss zurück auf den Highway und trete das Gaspedal durch.

Declan ruft sofort an. Ich nehme das Gespräch an und gehe auf Lautsprecher.

»Du muss 911 anrufen«, sage ich.

Er muss hören, wie dringend es mir ist. Seine Stimme klingt sofort alarmiert. »Die Polizei? Was ist passiert? Bist du verletzt?«

»Es geht nicht um mich, sondern um Emma. Sie ist mit irgendeinem Typen unterwegs. Und da stimmt was nicht.«

»Moment mal. Was?« Er klingt zweifelnd. »Rev. Was ist mit deinem Dad …«

»Später, Dec. Später. Hilf mir.«

»Okay.« Ich höre Papier rascheln. »Ich brauche mehr Informationen. Was für ein Typ? Und wo ist sie?«

»Keine Ahnung. Er heißt Ethan. Sie hat übers Internet mit ihm geredet.«

»Wo ist sie?«

»*Ich weiß es nicht.* Sie hat mir ihren Standort geschickt. Ich versuche, sie zu finden.«

»Du versuchst … Rev, was machst du?«

»Keine Ahnung! Aber ich weiß nicht, was ich sonst tun soll!« Ich rase über eine gelbe Ampel, als sie gerade auf Rot umspringt. Noch knapp zwei Kilometer bis zum Highway. Emmas Punkt auf der Karte bewegt sich weiter.

»Okay. Beruhig dich. Bleib dran.« Er atmet heftig. »Verdammt, Rev. Ich hätte mitkommen sollen.«

»Was machst du denn jetzt?«

»Mom und Alan sind nicht zu Hause. Ich habe kein zweites Telefon. Deshalb laufe ich zu eurem Haus.«

Ich höre die Schiebetür. Ich will schon sagen, dass wir Zeit vergeuden und er die Polizei anrufen soll.

Gleichzeitig weiß ich, wie unmöglich das ist. Wir haben keinerlei Informationen. Ich weiß noch nicht mal, was für ein Auto der Kerl fährt. Was soll Declan sagen? *Die sollen nach einem Wagen suchen, in dem ein Mädchen mit Brille sitzt?*

»Rev. Jetzt bin ich in eurer Küche. Ich stelle dich auf Lautsprecher. Erzähl Kristin alles, was du weißt.«

Das tue ich.

Gleichzeitig beobachte ich diesen Punkt auf dem Highway. Ich befinde mich inzwischen auf der Route 50 und fahre viel zu schnell. Er muss auch zu schnell unterwegs sein, aber es kommt mir vor, als würde ich aufholen.

Kristin hat unzählige Fragen, die ich alle nicht beantworten kann. Weiß ich, wie Emmas Mom heißt? Oder ihr Dad? Weiß ich irgendwas über Ethan, zum Beispiel wo er wohnt oder zur Schule geht? Weiß ich, wo Emma wohnt?

Nein. Nein. Nein. Nein.

Die Furcht, die zunächst nur ein winziges Pflänzchen in meinem Bauch war, wächst ständig weiter und wird immer bedrohlicher.

»Rev«, sagt Kristin. »Könnte es vielleicht sein, dass sie die Sache dramatisiert?«

Ich denke an Emma, die sich mit mindestens ebenso dicken Mauern umgeben hat wie ich mich. Sie würde so eine Nachricht nicht schicken, wenn es ihr nicht ernst damit wäre. Sie würde nicht grundlos ihren Standort mit mir teilen.

»Nein«, sage ich.

Der Punkt verlässt den Highway. »Sie sind jetzt auf der anderen Seite des Severn River«, sage ich. »Sie sind gerade nach Norden auf den Ritchie Highway abgebogen.«

Das heißt, sie befinden sich mindestens zwölf Kilometer vor mir, aber ich hole kontinuierlich auf. Wir steuern jetzt auf den Arnold and Severna Park zu. Auf dem Ritchie Highway gibt es jede Menge Ampeln, und bald beginnt die Rushhour, also sollte ich ihnen bald näher kommen. Hoffentlich.

Mir wird bewusst, dass sie schon eine Weile nichts mehr gesagt haben. Sie lassen mich fahren. Ich lasse sie überlegen.

Dann sagt Kristin: »Rev, was hast du eigentlich so weit südlich gemacht?«

Sie spricht so leise und besonnen, dass ich weiß, sie weiß es.

Das trifft mich emotional noch mal so heftig und unerwartet, dass ich fast die Beherrschung verliere.

Es wäre keine Mühe.

Deine Hand.

Nur einen Moment lang.

Ich muss ihr alles erzählen.

»Später«, sage ich jetzt, und meine Stimme bricht. Ich hole tief Luft und reiße mich zusammen. »Später, Mom. Okay?«

»Okay«, sagt sie. »Aber Rev. Bitte sag mir, dass dir nichts passiert ist.«

»Mir ist nichts passiert«, sage ich. »Mom. Ich bin okay.« Ich schweige, muss mich konzentrieren. »Ich bin an der Ausfahrt, nehme jetzt auch den Ritchie. Sie fahren weiter Richtung Norden.«

»Wenn sie anhalten«, sagt sie, »nenn mir die Adresse.« Ihre Stimme klingt entschlossen. »Park weit weg. Warte auf die Polizei. Hast du verstanden?«

Sie sagt das so ernst. »Ja.«

»Du kennst die Situation nicht, Rev. Du hast nur diese SMS. Hast du …«

»Ich weiß. Ich weiß.«

Der Punkt bewegt sich nach links. »Sie sind abgebogen!«

»Auf welche Straße?«

»Arnold Road.« Ich kann es sehen, ein paar Blocks vor mir. »Da ist eine Drogerie.«

»Ich weiß, wo das ist.« Sie macht eine kurze Pause. »Da gibt es einen alten Park-and-Ride-Platz.«

Ein alter Parkplatz. Furcht macht sich in meiner Brust breit.

»Hey.« Das ist Declans Stimme. »Sie hat die Polizei am Telefon. Ich beobachte dich auf der Karte. Alles okay?«

»Ja.«

Der Punkt bleibt stehen. Ich stehe an der Abzweigung zur Arnold Road an einer roten Ampel.

»Sie sind stehen geblieben«, sage ich und muss schlucken. »Etwa achthundert Meter von hier. Rechts von der Straße.«

Er wiederholt das für Kristin.

Die Ampel bleibt ewig rot.

Declan muss mich vom Lautsprecher genommen haben, weil seine Stimme plötzlich leiser klingt, aber ganz klar zu hören ist. »Rev. Du weißt nichts über diesen Typ. Dass dein Vater eine Waffe haben könnte, das habe ich quasi als Scherz gemeint, aber …«

»Ich weiß, Dec. Ich weiß. Ich werde warten.«

»Versprich es, Rev.«

»Ich verspreche es.«

Da endlich schaltet die Ampel um. Ich biege ab und fahre ihnen nach.

41. KAPITEL

Emma

Wir fahren schon eine Ewigkeit.

Ethan hat meinen Zopf nicht mehr losgelassen. Er zieht so heftig an meinen Haaren, dass ich spüre, wie er mir nach und nach welche ausreißt.

Es tut weh. Sehr weh.

Ich weine in sein Shirt. Auch wenn ich versuche, es zu unterdrücken, gelingt es mir nicht.

Schon vor einer ganzen Weile hat sich die Fahrbahn von Highway zu normaler Straße geändert, aber mein Gesicht bleibt in Ethans Schoß gedrückt, sodass ich keine Ahnung habe, wo wir sind. Wegen seiner Faust in meinen Haaren und dem Arm, mit dem er mich fest an sich presst, kriege ich kaum Luft. An der ersten Ampel habe ich mich gewehrt und versucht, an die Hupe zu kommen, um die Aufmerksamkeit anderer Verkehrsteilnehmer zu erregen.

Da rammte Ethan meinen Kopf gegen die Mittelkonsole. Jetzt drückt er von oben auf meine Schulterblätter, sodass mein Kopf unten bleibt. Zuerst dachte ich, er will mich gegen seinen Schritt pressen, aber inzwischen kapiere ich: Es geht ihm vor allem darum, dass mich keiner sieht, weil wir jetzt in dichterem Verkehr fahren. Sonnenlicht fällt durch die Fenster. Ein herrlicher Tag da draußen. Und ein absoluter Albtraum hier drinnen.

»Ich kann nicht glauben, dass du mir das antust«, wiederholt er dauernd. »Ich kann nicht glauben, dass du das getan hast, Emma.«

»Ich habe dir gar nichts getan«, sage ich.

»Hast du. Du hast mich um ein Date gebeten und dann angefangen, Spielchen zu spielen.«

»Bitte, Ethan. Bitte lass mich einfach aus…«

»NEIN.« Er reißt so heftig an meinem Zopf, dass sich mein Hals verdreht. Ich sehe Sternchen. Das Auto fährt eine scharfe Kurve, und ich verliere das Gleichgewicht. Ich krache mit dem Gesicht in seinen Schoß und muss mich fast auf ihm übergeben.

Noch eine Kurve. Und noch eine. Das Auto rumpelt über mehrere kleine Schwellen.

Und dann bleibt er stehen. Er würgt den Motor ab.

Ich sollte nicht an Würgen denken.

Wir stehen im Schatten. Irgendwo unter einem Blätterdach. Ich höre Autoverkehr, aber nur in der Ferne.

Mein Atem klingt plötzlich laut.

Seiner auch.

Und dann merke ich, dass er weint. »Ich weiß nicht, was ich da tue«, sagt er leise. »Ich weiß nicht, was ich tue.«

»Ist okay.« Ich schlucke meine Tränen hinunter. Meine Stimme zittert. »Ist schon gut, Ethan. Lass mich einfach aussteigen.«

Er hat mich immer noch nicht losgelassen und hält mein Haar vielleicht sogar noch entschlossener fest. »Ich mochte dich so sehr.«

Ich möchte ihm zwischen die Beine schlagen, aber ich kann nicht ausholen. Und ich will nicht, dass er mich noch mal schlägt. Solange er redet, tut er mir nichts. Ich muss Zeit zum Nachdenken gewinnen. »Ich mag dich auch. Du bist mein liebster Gaming-Partner.«

»Aber mehr bin ich für dich nicht. Nur ein Gaming-Partner.«

»Nein«, sage ich. Meine Stimme klingt belegt. »Wir sind Freunde.«

»Ich habe Nightmare für dich gefunden. Das habe ich für *dich* getan. Bedeutet das gar nichts?«

In der Ferne ist eine Sirene zu hören.

Bitte lass die für mich sein.

Ich weiß, das ist unmöglich.

Noch eine Sirene ertönt.

Oh bitte. Oh bitte.

Sie scheinen lauter zu werden. Näher zu kommen.

Vielleicht hat uns doch jemand gesehen. Vielleicht wurden meine Standortdaten doch an Rev übermittelt.

Vielleicht. Vielleicht. Vielleicht.

Ethan erstarrt.

Die Sirenen werden richtig laut – und rasen vorbei. Sie bleiben nicht stehen.

Nein. Oh Gott. Nein.

Aber er ist jetzt ruhiger. Lockerer.

»Kannst du mich loslassen?« Meine Stimme zittert. »Wir können doch reden. Wir hatten noch gar keine Chance zu reden.«

Eine Ewigkeit lang rührt er sich nicht. Ich fürchte schon, das Falsche gesagt zu haben.

»Okay«, sagt er. »Okay. Ja.« Er lässt meine Haare los. Ich richte mich auf dem Sitz auf.

Wir stehen auf einem alten Parkplatz mit Blick auf einen Wald. Sonst kann ich nichts erkennen. Ich halte ganz still. Dabei denke ich über meine Lage nach. Und über seine.

Und dann greife ich mit einer Hand nach dem Türverriegelungsknopf und mit der anderen nach dem Türgriff. Schon springe ich aus dem Wagen.

»Hilfe!«, schreie ich. »Helfen Sie mir!«

Es ist ein verlassener Parkplatz. Von Wald umgeben. Ein Highway verläuft etwa 150 Meter entfernt. Jenseits einer Reihe von Bäumen rasen Autos vorbei.

Hier ist kein Mensch.

Keiner außer Ethan, der sich für jemanden mit seiner Statur ziemlich schnell bewegt. Ich hätte erwartet, dass er langsam und träge ist, aber vielleicht hatte er, als er sich im Haus seiner Mom verkroch, viel Zeit zum Trainieren.

Er reißt mich zu Boden. Weil er so schwer ist, krache ich aufs Pflaster. Ich versuche noch, mich wegzurollen, aber er hält mich fest. Ich liege auf dem Rücken. Ich spüre Asphalt an meiner Haut.

Und dann – *und dann* – fällt mir endlich etwas ein, was Rev gesagt hat. Ich kann sogar seine Stimme hören. *Nah dranbleiben. Distanz gibt dem anderen Raum, dich zu verletzen.*

Als Ethan ausholt, schlinge ich einen Arm um seinen Hals und schiebe den anderen unter seinen Arm. So klammere ich mich an ihn.

Ich merke, wie er staunt und versucht, mich abzuschütteln. Aber ich kralle mich mit den Fingernägeln fest. Sogar mein Gesicht presse ich an seins, so fest ich kann.

Wieder Sirenen. Sie kommen näher.

Ich liege noch unter ihm, fühle mich aber trotzdem, als wäre ich im Vorteil. Ich kann mit seinem Gewicht auf mir nicht atmen, aber er kann mich so auch nicht schlagen. Und ich bin schwer genug, dass er nicht aufstehen kann. Ich weigere mich, den Griff um seinen Hals zu lockern.

Da versucht er es mit einer anderen Taktik. Er lehnt sich zurück und schleudert mich gegen den Asphalt.

Mein Hinterkopf schlägt hart auf. Ich kann mich nicht mehr festhalten. Ich kann nichts sehen. Mir wird schlecht.

Er packt mich an den Schultern. Hebt mich an.

Er wird mich noch mal gegen den Asphalt schlagen. Das wird mein Kopf nicht aushalten. Das Letzte, was ich sehen werde, bevor er mir den Schädel zertrümmert, wird sein entsetzliches Gesicht sein, während er darüber heult, dass wir Freunde waren.

Und dann ist sein Gewicht einfach … weg. Er wird hochgehoben.

Nein, er wird weggezerrt.

Und dann holt Rev mit der Faust aus und schlägt Ethan mitten ins Gesicht.

42. KAPITEL

Rev

Jetzt sind überall Sirenen zu hören, aber sie kommen zu spät.

Ich kam schon fast zu spät. Und ich habe versucht zu warten, aber ich konnte es nicht.

Er hätte sie umgebracht. Das konnte ich sehen, als er sie attackierte. Er hätte sie umgebracht.

Mein erster Schlag hätte Ethan fast zu Boden gehen lassen. Ich wünschte, ich hätte genug Schwung gehabt, um ihn k. o. zu schlagen, aber ich war aus dem Gleichgewicht, weil ich ihn erst von ihr runterzerren musste. Ich verletzte ihn, schlug ihn aber nicht bewusstlos.

Er ist schnell und packt mich um die Mitte.

Ethan ist nicht wie Matthew. Er hat einiges an Masse, und Wut ist ein guter Antrieb. Er holt mich von den Beinen. Der Asphalt tut weh, als ich dort lande, vor allem weil Ethan auf mir liegt.

Doch dann holt er nach hinten aus, um mich zu treffen. Dadurch ist er absolut angreifbar.

Ich erlebe jede seiner Bewegungen wie in Zeitlupe. Meine Gedanken sind nicht mit Selbstzweifeln belastet. Alles ist kristallklar.

Vom Boden aus kann ich nicht zurückschlagen. Da ist er im Vorteil. Ich nutze aber seine Ausholbewegung und packe ihn um die Körpermitte. Dann ramme ich meinen Kopf in seine Schulter, stütze mich mit einem Fuß ab und werfe ihn um.

Jetzt bin ich oben und habe alles unter Kontrolle.

Aus dieser Position habe ich noch nie jemanden geschlagen. Ich warte, ob mein Gehirn mir sagen wird, dass ich zu weit gehe, zu fest zuschlage, Knochen splittern werden und ich sein Gesicht zerschmettere. Ich warte, dass Furcht und Zögern sich einstellen.

Doch längst hat meine Trainingsroutine die Kontrolle übernommen. Ich habe ihn zweimal getroffen. Er rührt sich nicht. Auf seinem Gesicht, an meinen Händen und auf dem Asphalt ist Blut.

Oh. Oh nein.

Ich denke an meinen Vater.

Es wäre keine Mühe.

Deine Hand.

Nur einen Moment lang.

Aber Ethans Brust hebt sich. Er atmet. Er lebt.

Mein Handgelenk war vorher schon beleidigt. Jetzt hasst es mich. Der Schmerz in meinem Unterarm brennt wie Feuer.

Ich schaue zu Emma. Tränen haben Spuren in ihrem Make-up hinterlassen. An einer Seite ihres Gesichts ist ein blauer Fleck. Sie ist verletzt, doch sie blickt zu mir hoch.

»Alles in Ordnung?«, frage ich. Ich möchte zu ihr gehen, aber ich will ihn auch nicht aus den Augen lassen, falls er wieder zu sich kommt.

Sie nickt rasch. Sie betrachtet mich mit einem gewissen Staunen. »Du hast mich gefunden.«

»Ja«, sage ich. »Ich habe dich gefunden.«

Sie schluchzt erstickt auf und wischt sich mit beiden Händen übers Gesicht. »Ich habe es gemacht, wie du gesagt hast. Ich habe versucht, mich an ihm festzuklammern.«

»Ich weiß. Wie ich schon festgestellt habe: furchtlos.«

Sie lacht mühsam. »Ich bin so was von *nicht* furchtlos.«

Jetzt rasen Streifenwagen auf den Parkplatz. Die Sirenen sind ohrenbetäubend. Es kommt auch ein Krankenwagen, und schnell ist Emma von Rettungssanitätern umringt.

Die Polizei verhaftet Ethan, der inzwischen wieder bei Bewusstsein ist.

Ich werde auch verhaftet.

Declan hat recht. Das macht einem Angst.

43. KAPITEL

Emma

Während der Fahrt im Krankenwagen hofft ein dummer kleiner Teil von mir, dass meine Eltern sich im Krankenhaus versöhnen und erkennen werden, wie sehr sie einander brauchen. Die ganze Zeit über habe ich Revs Stimme im Ohr, der sagt: *Dinge passieren, wenn sie passieren sollen.* Ich frage mich, ob das bedeutet, dass ich das mit Ethan erdulden musste, damit meine Eltern sich nicht scheiden lassen.

Ich muss Wahnvorstellungen haben – was angesichts der Situation, in die ich mich gebracht habe, ja durchaus möglich ist.

Meine Fantasie erfüllt sich nicht. Mein Vater kommt überhaupt nicht ins Krankenhaus.

Ich spreche am Telefon mit ihm. Da erklärt er mir, dass er versucht, seinen Job zu behalten, und das Schlimmste jetzt wäre, von dort zu verschwinden.

Er sagt: »Deine Mutter ist aber für dich da, richtig?«

Ja. Das ist sie.

Sie sitzt neben meiner Liege in der Notaufnahme. Die ganze Zeit über hat sie meine Hand gehalten und nur losgelassen, als man mich zur Computertomographie brachte. Wir sind seit Stunden hier, und sie hat mir immer wieder die gleichen Fragen gestellt. Hat die gleichen Dinge gesagt.

Sie weiß inzwischen alles. Über Nightmare. Über Ethan.

Darüber, dass ich die eine Bedrohung so klar erkannte, dass ich der anderen keine Beachtung schenkte.

Nachdem sie alles zweimal gehört hat, wird sie sehr still.

»Eines muss ich noch verstehen«, sagt sie schließlich.

Ich fühle mich verletzlich, wie aufgebrochen. Und das liegt nur zum Teil an der Kopfverletzung. »Was?«

»Warum hast du mir nicht gesagt, dass du diese Nachrichten bekommen hast? Von diesem Nightmare-Kerl?« Sie schweigt kurz. »Oder wenigstens deinem Vater …«

»Ich hab's versucht.« Ich schlucke. »Ich wollte es Dad erzählen, aber er war so beschäftigt …«

Sie seufzt, und es klingt enttäuscht. »Emma. Es tut mir so leid.«

»Ich wollte das selbst regeln. Es ist eine sehr männerdominierte Branche.« Ich wende den Blick ab. »Ich dachte … das passiert jedem. Ich wollte nicht, dass es aussieht, als würde ich damit nicht fertigwerden.«

Mom seufzt.

»Und das habe ich dann ja auch deutlich bewiesen«, sage ich verbittert. »Weil Ethan das für mich in Ordnung bringen musste.«

Jetzt richtet sie sich auf und sieht sehr grimmig aus. »Er hat gar nichts für dich in Ordnung gebracht, Emma. Er hätte dich umbringen können. Du weißt ja noch nicht mal, ob er irgendwas in Ordnung gebracht hat. Er hat das nur behauptet.«

Sie hat recht.

Sie hat absolut recht. Ich bin so dumm.

Sie seufzt wieder. »Lass mich dir etwas von der Medical School erzählen.«

Mir stehen Tränen in den Augen, und es macht mich fertig, dass ich Ethan so schnell auf den Leim gegangen bin. Aber ihre Worte klingen nicht nach dem Beginn einer Strafpredigt und verwirren mich. »Du willst … über die Medical School reden?«

»Ja.« Sie schluckt. »Dort habe ich das Gleiche durchgemacht.«

»Wie … das Gleiche?«

»Sexismus. Frauenfeindlichkeit in einer Männerwelt.«

»Ich glaube nicht, dass eine Medical School so funktioniert wie ein Computerspiel.«

Sie legt los, als hätte ich nichts gesagt. »Damals, als ich noch Assistenzärztin war, gab es zwei Ärzte, die sich direkt vor meinen Augen Pornos anschauten. Als ich sie bat, das auszumachen, machten sie sich über mich lustig und meinten, ich hätte wohl Probleme damit, einen menschlichen Körper zu betrachten. Ich kam mir so dumm vor. Viel zu lange habe ich mir das gefallen lassen, weil ich glaubte, durch so was müssten Frauen einfach durch.«

Ich starre sie an, und mir fehlen die Worte.

»Das ist alles nur in deinem Kopf, Emma.« Sie überlegt kurz. »Du darfst ein Spiel spielen, ohne dass du so was aushalten musst. Du darfst ein Computerspiel entwerfen, ohne belästigt zu werden. Du darfst durchs Leben gehen, ohne dich mit so was abfinden zu müssen, egal in welchem Bereich. Du bist nicht schwach, weil du keine Pornos sehen und nicht eine – dieses widerliche Wort, das der Kerl benutzt hat – genannt werden willst. Ich bin entsetzt, dass du das erleben musstest.«

Ich wische mir die Tränen ab. »Es tut mir leid, Mom.«

»Nein. Mir tut es leid. Mir tut leid, dass dein Vater dir jemals den Eindruck vermittelt hat, so was sei akzeptabel.«

»Das hat er nicht …«

»Emma, ich glaube, wir müssen eine Vereinbarung treffen.«

»Was?«

»Ich lasse dich wegen des Gamings in Ruhe«, sagt sie.

»Du willst *was* tun?« Vielleicht bin ich von den Schmerzmitteln benebelt, denn das klingt nicht nach meiner Mutter.

»Aber ich muss wissen, was du machst. Und ich muss wissen, mit wem.«

»Mom …«

»Du musst es mir versprechen.« Jetzt hat sie Tränen in den Augen. »Emma, das musst du. Ich kann dich nicht auch noch verlieren.«

Da fange ich richtig an zu heulen. »Okay, Mom. Abgemacht.«

Eine Polizistin klopft an die Trennwand und steckt dann zögernd den Kopf durch den Vorhang. Sie ist um die dreißig und trägt die Haare zu einem strengen Pferdeschwanz gebunden. »Emma? Ich bin Jennifer Stone. Beamtin der Anne Arundel County Police. Fühlst du dich imstande, ein paar Fragen zu beantworten?«

Hastig wische ich mir übers Gesicht. »Ja. Ja, das kann ich.«

Sie kommt herein, gibt erst meiner Mutter und dann mir die Hand. Mom bietet ihr ihren Stuhl an, aber Officer Stone winkt ab. Sie lehnt sich zwischen uns an die Trennwand und holt einen Notizblock heraus.

»Könntest du mir erzählen, wie du Mr. Nash kennengelernt hast?«

Ich realisiere erst mit einem Moment Verzögerung, dass sie von Ethan spricht. Dass sie ihn Mr. Nash nennt, lässt alles noch ernster klingen.

Aber das ist es natürlich auch.

Ich gehe alles mit ihr durch. OtherLANDS. Battle Realms. Die E-Mails von Nightmare und wie Ethan mir geholfen hat, ihn zu finden. Während ich darüber spreche, begreife ich erst, dass ich gar nicht weiß, ob Ethan Nightmare wirklich gefunden hat oder ob der da draußen noch zugange ist und nur darauf wartet, noch mehr Schaden anzurichten. Die Polizistin verspricht mir, auch das zu überprüfen.

Meine Stimme stockt, als ich von der Scheidung und dem Austausch unserer Telefonnummern spreche, vor allem weil Mom darüber leicht den Kopf schüttelt.

»Er hat gesagt, seine Eltern hätten sich auch scheiden lassen. Er hat gesagt, er würde bei seiner Mom wohnen. Wir haben uns darüber unterhalten, wie schwer so was ist. Ich dachte, wir wären Freunde.«

Officer Stone macht sich eine Notiz auf ihrem Block. »Und für wie alt hältst du Mr. Nash? Oder hat er dir sein Alter genannt?«

»Er hat gesagt, er sei Schüler an der Old Mill?«

»Er hat also behauptet, er sei an der Highschool?«

»Es ... so stand es in seinem Profil auf 5Core.« Ich schlucke. »Deshalb dachte ich, er wäre in der Zwölften.«

Sie macht sich eine weitere Notiz. »Hast du etwas dagegen, wenn wir dein Handy behalten, um die Nachrichten darauf auszuwerten?«

»Aber ... aber ich brauche ...«

»Emma«, zischt meine Mutter. »Natürlich können Sie es behalten. Was auch immer Sie brauchen, um diesen Mann hinter Gitter zu bringen.«

Ich schlucke wieder. »Okay. Es ist in Ethans Auto. Da ist es unter den Sitz gerutscht.«

Sie schreibt es auf. Eine Menge Notizen.

»Kann ich Sie was fragen?«, sage ich.

Sie hört auf zu schreiben und sieht mich an. Ihr Blick ist kühl und analytisch, aber ich sehe darin auch Mitgefühl. »Natürlich.«

»Wie alt ist er wirklich? Dürfen Sie mir das sagen?«

Sie blättert ein paar Seiten zurück. »Er ist neunundzwanzig.«

Ich bekomme Herzklopfen und muss mir eine Hand auf die Brust legen. Neben mir tut meine Mutter das Gleiche.

Officer Stone schaut weiter in ihre Notizen und sucht dann meinen Blick. »Er lebt allein in einem Apartment. Keine Mutter.« Eine kurze Pause entsteht. »Er arbeitet für die Bezirksverwaltung von Anne Arundel in der IT. So hatte er Zugang zu den Servern.«

E. Nash. Information Technology.

Ich hatte die Wahrheit direkt vor meiner Nase. Und war dumm genug, ihm zu glauben, die Karte gehöre seiner Mutter.

»Er hat schon ein paar Anzeigen wegen Belästigung und Stalking in seiner Akte«, sagt die Polizistin.

»Emma.« Meine Mutter beginnt wieder zu weinen.

Ich weine nicht. Dafür bin ich zu geschockt. »Aber … aber …«

Ich möchte fast sagen: *Er war doch so nett. Er war mein Freund.*

Doch er war nicht nett. Er war nicht mein Freund.

»Das passiert häufig«, sagt Officer Stone. »Diese Typen sind schlau. Die greifen irgendwas auf, was man ihnen erzählt, und schaffen es, es so zu drehen, dass man glaubt, eine echte Verbindung zu ihnen zu haben. Es braucht dann nicht viel, um darauf aufzubauen.« Sie zögert. »Du hast großes Glück, dass das nicht anders ausgegangen ist.«

»Er hat gesagt, er und seine Mutter würden immer in die Saint-Patrick's-Kirche gehen«, flüstere ich. »Er hat gesagt, sie sei ein Kontrollfreak und gemein zu ihm.«

Mom schluchzt und schluckt. »Und was hast du ihm über mich erzählt?«

Ich habe ihm so viel erzählt. Je länger ich über unsere Unterhaltungen nachdenke, desto klarer wird mir, dass ich ihm alles geliefert habe, was er brauchte.

Am liebsten möchte ich mich in mich selbst verkriechen. Ich komme mir so dumm vor. So bescheuert. Eigentlich sollten die *mich* einsperren.

Officer Stone legt mir eine Hand auf die Schulter. »Sei nicht zu streng mit dir selbst. Wie schon gesagt, diese Typen sind schlau. Das war nicht das erste Mal. Und du hattest Glück. Ich habe gehört, dass du deine Standortdaten geteilt hast. Ich wünschte, mehr Leute wüssten, wie das geht.«

Rev. »Ist mit Rev alles okay?«

»Er wurde verhaftet …«

»Was?«, frage ich aufgebracht. »Warum?«

Sie hebt eine Hand. »Das ist ein ziemlich klarer Fall von Selbstverteidigung. Die Verkehrsbetriebe haben auf diesem Parkplatz Überwachungskameras. Wenn dein Freund nicht schon freigelassen wurde, dann passiert das bestimmt bald.«

44. KAPITEL

Rev

Bis man mich auf der Polizeiwache gehen lässt, ist es schon dunkel geworden. Der Schmerz in meinem Handgelenk ist inzwischen kein Feuer mehr, sondern ein flammendes Inferno. Die Haut unter dem Ärmel ist violett und geschwollen. Die letzte Stunde lang habe ich die Zähne zusammengebissen. Weil ich Angst hatte, wegen Körperverletzung angezeigt zu werden, habe ich den Mund gehalten und versucht, mich unsichtbar zu machen.

Ob ich Mom und Dad anrufen muss? Aber als ein Polizist mich zurück in den Eingangsbereich führt, erwarten mich die beiden schon. Matthew ist nicht dabei.

Dad wartet nicht, bis ich am Empfangstresen vorbei bin, sondern umarmt mich sofort.

Mom umarmt uns beide.

»Ich hab dir doch gesagt, du sollst warten«, sagt sie. Sie klingt sehr aufgewühlt. »Rev, ich hab dir doch gesagt, dass du warten sollst.«

Ich möchte ihre Umarmungen erwidern, aber diese ganzen Bewegungen schmerzen dermaßen, dass ich schon fürchte, mich stattdessen zu übergeben.

»Ich habe euch auch lieb«, sage ich angestrengt. »Aber Mom? Ich glaube, ich brauche dringend eine Röntgenaufnahme.«

Mein Handgelenk ist gebrochen. Zum zweiten Mal.

Ich weiß nicht genau, warum, doch irgendwie erscheint mir das passend. Als Symbol für den endgültigen Bruch mit meinem Vater.

Ich sitze mit Mom und Dad im Wartebereich der Orthopädie. Inzwischen habe ich ihnen alles erzählt, was er gesagt hat. Sie sind nicht sauer, dass ich zu ihm gefahren bin.

Sie sind sauer, weil ich ihnen nicht gesagt habe, wo ich hinwollte.

Ich habe schon eine ganze Litanei von »was alles hätte passieren können« gehört.

Aber ich höre mir das alles an. Ich höre ihnen zu und lasse mich von ihrer Zuneigung und Sorge erfüllen.

Schließlich bringen sie mich nach Hause.

Ich schlafe wie ein Toter.

45. KAPITEL

Rev

Matthew ist bei mir im Zimmer, als ich aufwache. Er sitzt auf dem Futon und liest in einem Buch. Die Sonne scheint herein und erhellt das Zimmer.

Erhellt? Blinzelnd schaue ich zum Wecker auf meinem Nachttisch. Es ist schon nach zehn.

»Hey«, sagt Matthew. »Wer ist denn da schon wach?«

Ich setze mich auf – und sofort erinnert mein Handgelenk mich an alles, was passiert ist. Der Gips fühlt sich an wie ein Ziegelstein und reicht von den Fingern bis zu meinem Ellbogen. Der ganze Arm tut weh.

Ich lasse mich wieder ins Kissen fallen. »Schwänzen wir heute die Schule?«, frage ich Matthew.

»Kristin hat gesagt, du musst nicht gehen.«

»Und du auch nicht?«

Er zuckt die Achseln und schaut den Schrank an. »Ich habe gesagt, ich will da sein, wenn du aufwachst.«

Das würde Mom wahrscheinlich gerne hören, aber ich glaube ihm keine Sekunde lang. »Du wolltest nur diese Typen nicht sehen, die dich schikanieren.« Ich überlege kurz. »Declan hätte auf dich aufgepasst. Das hab ich dir doch schon gesagt.«

»Heute nicht.« Er zuckt wieder die Achseln. »Seine Mom hat heute ganz früh ihr Baby bekommen. Er ist so um vier gegangen.«

»Vier Uhr morgens? Und vorher war er hier?«

Matthew nickt.

Ich reibe mir mit der gesunden Hand über die Augen und versuche dann noch mal, mich aufzusetzen. »Ich brauche noch ein paar Minuten. Weißt du, ob's Kaffee gibt?«

Er knickt eine Seite um und legt das Buch weg. »Ich kann welchen machen.«

Auf meinem Handy erwartet mich eine Nachricht. Genau genommen sind es drei.

Emma: Bitte sag mir, dass du okay bist.

Ich werde mich von meiner Mom zu dir nach Hause fahren lassen, um mich davon zu überzeugen, dass du okay bist, wenn du mir nicht antwortest.

Anscheinend hat meine Mom deine Mom getroffen. Sie haben Telefonnummern ausgetauscht. Peinlich. Aber wenigstens weiß ich jetzt, dass du okay bist. Schreib mir, wenn du wach bist.

Ich muss lächeln.

Rev: Ich bin wach.

Doch sie anscheinend nicht, denn sie schreibt nicht zurück.

Ich gehe ins Bad. Weil ich mich nicht erinnern kann, was der Arzt zum Thema Duschen gesagt hat, und ich keine Lust auf einen neuen Gips habe, lasse ich das erst mal. Mir die Zähne mit links zu putzen ist schon Herausforderung genug, deshalb verzichte ich auch aufs Rasieren.

Das Anziehen dauert doppelt so lange wie sonst. Das kurzärmelige T-Shirt liegt gewaschen und gefaltet ganz oben auf meinem Wäschestapel. Ich zögere nicht mal.

Und ich mache mir nicht die Mühe, ein Sweatshirt drüberzuziehen.

Matthew wartet in der Küche auf mich und isst gerade Lucky Charms direkt aus der Packung. Seine Augen werden eine Spur größer, als er meine nackten Arme sieht, aber er sagt nichts. Er schüttelt nur die Schachtel. »Willst du ein paar?«

Ich schüttle den Kopf. »Cerealien esse ich nur abends.«

Er lässt sich nicht anmerken, ob er das seltsam findet, sondern fragt nur: »Warum?«

Ich nehme mir einen Becher aus dem Schrank. Dabei erinnere ich mich, doch es ist keine wirklich schlimme Erinnerung. »Als ich fünf war, schenkte eine Frau aus der Kirche mir eine Packung

Froot Loops. Ich wusste, dass mein Vater sie mir nicht erlauben würde, deshalb versteckte ich sie unter meinem Bett. Ich aß erst im Dunkeln davon, wenn er eingeschlafen war.« Ich schweige kurz. »Zwar hatte ich schreckliche Angst, dass er mich erwischen würde, aber die Cerealien waren wie eine Droge. Ich konnte nicht aufhören. Die Schachtel habe ich monatelang aufgehoben. Ich weiß noch, dass ich zu Gott gebetet habe, er solle sie wieder voll machen. Das hat er nicht getan. Ich meine … natürlich nicht. Da dachte ich, das wäre meine Strafe. Für meine große Cerealien-Sünde.«

Matthew starrt mich an. Er hat aufgehört zu essen.

»Sorry.« Ich schneide eine Grimasse und gieße mir Kaffee ein. »Ich wollte das nicht so ausführlich erzählen.«

Er stellt die Schachtel hin. Holt eine Schüssel aus dem Schrank und kippt ein paar Cerealien hinein. Gibt Milch dazu und einen Löffel.

Dann stellt er das Ganze vor mich auf die Frühstückstheke. »Zum Teufel mit deinem Vater. Iss was.«

Vermutlich sehe ich ihn geradezu geschockt an. Irgendwie bin ich auch gerührt.

Dann setze ich mich hin und esse. Ich muss es mit der linken Hand machen, bin also etwas unbeholfen, doch ich esse. Es ist seltsam, aber befreiend.

Matthew isst weiter aus der Schachtel.

Wir schweigen beide, ohne dass es unangenehm ist.

Nach einer Weile bricht er das Schweigen. »Ich habe es Kristin erzählt.«

Die Frage, was er ihr erzählt hat, stellt sich nicht. Seine Stimme klingt total gleichmütig. Er pickt sich die Marshmallows aus den Cerealien auf seiner Hand. Ich zwinge mich, weiter zu essen.

»Ja?«

»Ja. Gestern. Nach der Schule. Da waren wir beide allein. Ich konnte nicht … ich musste dauernd daran denken, was du gesagt hast. Dass er vielleicht schon ein neues Kind hat.« Er nimmt ein Marshmallow und zerdrückt es zu Staub.

»Was hat sie gesagt?«

»Sie hat gefragt, ob ich vielleicht Anzeige erstatten will.« Er erschauert. »Ich will nicht … ich kann das nicht. Nach allem, was mit Neil war.« Er zerdrückt noch ein Marshmallow.

»Du zerstörst die Guten«, sage ich.

Er starrt auf den bunten Staub in seiner Handfläche. »Oh. Sorry.« Dann wischt er sich die Hand an seiner Jeans ab. »Sie hat gefragt, ob ich was dagegen hätte, wenn sie eine Beschwerde beim Jugendamt einreicht.« Er zögert. »Ich habe gesagt, das wäre okay. Denke ich.«

Er ist sich da nicht sicher. Das höre ich seiner Stimme an.

»Das wird okay sein«, sage ich. »Dafür wird Mom sorgen.«

Er versinkt wieder in Schweigen. Wir essen geräuschvoll unsere Lucky Charms. Ich muss an Declan denken, der im Krankenhaus gerade seinen neugeborenen kleinen Bruder kennenlernt. Wie sehr sich unsere Leben in den letzten vierundzwanzig Stunden doch verändert haben.

»Kann ich dich um einen Gefallen bitten?«, fragt Matthew.

»Alles, was du willst.«

Das bringt ihn kurz aus dem Konzept. »Wenn ich irgendwas tue, das das hier kaputt machen könnte, würdest du es mir dann sagen?«

Ich lege meinen Löffel hin. Die Cerealien sind inzwischen sowieso matschig geworden, und ich richte mit meiner linken Hand eine ziemliche Sauerei an. »Du wirst es nicht kaputt machen, Matthew. Mom und Dad ticken nicht so.«

»Aber … nur für alle Fälle.«

»Okay.« Ich trage meine Schüssel zum Spülbecken. »Sonst noch was?«

»Nein.« Er zögert. »Vielleicht doch.«

»Und zwar?«

»Meinst du, du könntest mich einfach Matt nennen?«

46. KAPITEL

Emma

Heute ist ein genauso herrlicher Tag wie gestern: warm und sonnig. Ich schlafe bis mittags.

Als ich aufwache, ist Texy in meinem Zimmer. Sie hat sich neben meinem Bett zusammengerollt.

Mom hat sie geholt. Sie hat sie nach Hause geholt. Nur für mich.

Ich setze mich auf den Boden und heule in Texys Fell. Mein Gesicht tut weh, und bestimmt habe ich ein paar spektakuläre blaue Flecken. Scham erfüllt mich. Ich kann ihr nicht entkommen.

Wie dumm ich war.

Mom hat mir einen Zettel hinterlassen.

Ich sehe mir ein paar Wohnungen an. Sag Bescheid, wenn ich dich abholen soll. Wir sollten die Entscheidung gemeinsam treffen. Vielleicht kannst du mir heute Abend das Spiel zeigen, das du entworfen hast. Ich würde gerne sehen, was du kreiert hast.
Alles Liebe
Mom

Das bringt mich gleich wieder zum Weinen.

Irgendwann muss ich aber doch duschen und mir die Zähne putzen. Die Prellungen im Gesicht sind nicht so schlimm wie befürchtet. Das meiste sieht man von der Seite. Wenn ich die Haare offen trage, wird niemand merken, dass überhaupt jemand die Hand gegen mich erhoben hat.

Bevor ich gleich wieder zu weinen beginne, wende ich mich schnell vom Spiegel ab.

Mom hat gestern Abend mein gesamtes Computer-Equipment der Polizei überlassen. Da wollte ich das auch noch. Weil mir alles irgendwie beschmutzt vorkam.

Aber jetzt würde ich gern online gehen.

Dann wird mir klar, dass ich schon wieder versuche, mich zu verstecken.

Ich pfeife. »Komm, Texy. Lass uns eine Runde drehen.«

Vielleicht ist er noch nicht aus der Schule zurück, aber dann lässt seine Mom mich eventuell drinnen auf ihn warten. Texy und ich steigen die Stufen der Veranda hinauf, und ich klopfe zaghaft.

Rev macht mir selbst die Tür auf.

In einem kurzärmeligen T-Shirt.

Und mit eingegipstem Arm.

»Emma.« Seine Stimme klingt voll und warm, und ich möchte am liebsten gleich noch einmal hören, wie er meinen Namen ausspricht. Er sieht so überrascht aus, wie ich mich fühle.

Vor Schreck mache ich einen Schritt rückwärts. Mom hat dieses Detail nicht erwähnt, nachdem sie mit Revs Mom gesprochen hat. »Du … du hast dir den Arm gebrochen?«

Er verzieht das Gesicht. »Das Handgelenk, um genau zu sein.« Er mustert mich. »Geht es dir gut? Darfst du schon draußen rumlaufen?«

»Die haben eine CT gemacht. Keine Gehirnerschütterung. Nur blaue Flecken. Ich habe vorhin eine Schmerztablette genommen.«

»Oh. Gut.« Er hebt den Gips ein Stück an. »Ist auch nur angebrochen. Also nicht so schlimm.«

»Dann sind wir beide nur leicht angeschlagen.«

Er lässt den Arm wieder sinken. »Ich glaube, das waren wir vorher schon.«

Ich schlucke. »Stimmt.«

Dann stehen wir so lange da, dass ich schon anfange, mir blöd vorzukommen. Texy macht einen Schritt nach vorne und stupst Revs Hand an. Er krault sie hinter den Ohren, und sie sieht mich schwanzwedelnd an. Rev sagt immer noch nichts.

Vielleicht sollte ich wieder gehen.

»Möchtest du reinkommen?«, meint er schließlich.

»Mit dem Hund?«

»Na klar.« Er macht die Haustür weit auf. Texy trottet sofort ins Haus, und ihre Krallen klackern auf den Fliesen.

Sein Pflegebruder taucht oben am Treppenabsatz auf. »Oh, niedlich. Ein Hund.«

Texy bellt zu ihm hinauf, und er kommt sofort runtergelaufen, um sie zu streicheln. In null Komma nichts sind sie beste Freunde.

»Komm mit«, sagt Rev und nimmt meine Hand.

Seine Finger fühlen sich warm und sicher an, als er mich die Treppe hinaufführt.

»Hey, Matt. Kannst du ihrem Hund ein bisschen Gesellschaft leisten?«

Texy versucht gerade, ihren massigen Körper auf Matts Schoß zu schieben. »Klar«, sagt er.

Mich wundert, dass wir in sein Zimmer gehen. Aber er lässt die Tür offen, bevor er mich in Richtung Futon zieht.

»Sollen wir uns Rücken an Rücken hinsetzen?«, frage ich. Plötzlich bin ich nervös und kribbelig, weil ich nicht weiß, wie das hier weitergehen wird.

»Nein. Von Angesicht zu Angesicht.« Er setzt sich im Schneidersitz hin, ganz ähnlich wie auf der Bank vor der Kirche damals. Den Gips legt er in seinen Schoß. Eine deutliche Erinnerung daran, wie viel gestern schiefgegangen ist.

Ich nehme vorsichtig Platz. Fast alle Muskeln tun mir weh. »Rev.« Ich zögere. »Ich wollte mich bei dir bedanken. Für ... für das, was du für mich getan ...«

»Du brauchst dich nicht bei mir zu bedanken.« Er klingt fast heiser. »Ich habe ein schlechtes Gewissen, weil ich dir nicht früher geschrieben habe. Wenn ich angerufen hätte ...« Er bricht mitten im Satz ab. »Das soll keine Entschuldigung sein, aber ich hatte eine Menge um die Ohren.«

»Ich hätte dich nicht so angiften sollen, als du mich nach Ethan gefragt hast.« Ich schlucke. »Das ist keine Entschuldigung, aber ich hatte auch eine Menge um die Ohren.«

Er sieht mich direkt an und hält meinen Blick fest. »Ich weiß, Emma.«

Jedes Mal wenn er meinen Namen sagt, erschauere ich. »Du bist der einzige Mensch in meinem Leben, der mich nicht dauernd enttäuscht. Ich war nicht – ich wusste nicht, wie ich damit umgehen sollte. Deshalb … es tut mir leid.«

»Es soll dir nicht leidtun.« Er streckt die Hand aus, um mir eine Haarsträhne aus dem Gesicht zu streichen. »Ich weiß, wie das ist, wenn man das Gefühl hat, niemandem vertrauen zu können.«

Ich schließe die Augen und schmiege mich in seine Hand.

Aber Rev zieht die Hand wieder zurück. »Emma, was du gestern wegen Ethan zu mir gesagt hast. Als du gefragt hast, ob ich eifersüchtig wäre …«

»Das habe ich nicht so gemeint. Wirklich nicht. Es tut mir leid. Da war nie irgendwas zwischen mir und Ethan. Das war … war alles nur eingebildet. Ich, ich habe nur nach jemandem gesucht, an den ich mich anlehnen konnte.«

»Ich weiß.«

»Und ich weiß, dass du nicht eifersüchtig warst. Ich weiß, dass du dir Sorgen gemacht hast.«

»Nein …« Er verzieht das Gesicht. »Nein, ich habe mir Sorgen gemacht. Große Sorgen. Vor allem als ich seine seltsamen Nachrichten gelesen hatte.« Er zögert einen Moment lang. »Aber vorher – ja, vielleicht war ich da eifersüchtig. Ein bisschen. Und erst gestern habe ich kapiert, dass ich zwar dauernd davon geredet habe, dass alles aus einem Grund passiert, aber gleichzeitig habe ich auf irgendein Zeichen gewartet. Dabei hätte ich besser aufgehört, mir Sorgen zu machen, ob ich das Richtige tue. Ich hätte dich lieber nach einem Date fragen sollen.«

Ich starre ihn an. »Rev …«

»Emma?«

»Ja?«

»Möchtest du mit mir auf den Spring Fling gehen?«

Erst verschlägt es mir den Atem, dann muss ich lachen. »Unser erstes Date soll ein Schulball sein?«

Seine Wangen färben sich rosa. »Tja, eigentlich wollte ich dich ja fragen, ob du mit mir neben der Kirche Chicken Nuggets essen willst, aber das hätte mir so nach letzter Woche geklungen.«

Ich muss grinsen. »Ja und ja.«

Er streicht mir noch mal über die Wange. Ich lege meine Hand auf seine. Dann fällt mir der Gips wieder ein.

Ich nehme seine Hand von meinem Gesicht und streiche mit den Fingerspitzen über sie. »Ich kann gar nicht glauben, dass du dir das Handgelenk gebrochen hast«, sage ich. »Hast du wirklich so fest zugeschlagen?«

»Ich wollte sogar noch fester zuschlagen.«

»Tut es weh?«

»Gestern hätte ich mir am liebsten die Hand abgehackt. Aber heute ist es schon besser.«

Ich blicke zu ihm hoch. »Kann ich darauf unterschreiben?«

Er lächelt. »Natürlich. Ich glaube, im Schreibtisch sind ein paar wasserfeste Filzstifte.«

Es gibt drei. Rot, Blau und Schwarz. Ich beuge mich über seinen Arm. »Ist dir egal, was ich schreibe?«

»Egal, schreiben, zeichnen, was auch immer.«

Ich zücke den blauen Stift. Er streichelt währenddessen mein Haar, und das fühlt sich so gut an, dass ich am liebsten einen Roman auf den Gips schreiben möchte.

Doch ich halte inne und sehe wieder zu ihm hoch. »Was bedeutet Rev eigentlich? Du wolltest es mir letztens erzählen, aber dann bist du doch nicht dazu gekommen.«

»Oh.« Er wird wieder rot und wendet den Blick ab.

»Ist es was aus der Bibel?«, frage ich. »*Revelation*, also Offenbarung, wie im *Book of Revelation*?«

»Nein.« Er lächelt. »Aber gut geraten.«

In seinem Zimmer ist es still, die Atmosphäre zwischen uns entspannt. Jede Spannung, die es mal gab, ist verflogen. Ich möchte nie wieder gehen. »Ist es die Abkürzung für *Reverend*? Dieser Bezeichnung für Geistliche?«

»Nein.«

»Ist es die Abkürzung für …«

Seine Mundwinkel wandern nach oben. »Möchtest du weiterraten, oder soll ich es dir sagen?«

»Sag es mir.«

»Es ist albern. Ich war damals sieben.«

»Sag schon.«

»Okay.« Er streckt mir den Arm hin. »Und du schreibst weiter.«

Das tue ich. Er erzählt.

»Das war etwas, was ich von Dad gehört habe. Beim Abendessen. Er ist Collegeprofessor, mit Hauptfach Politikwissenschaft. Deshalb redet er auch immer über *irgendwas*. Als ich noch neu hier war, redete ich fast gar nicht, aber ich hörte ihm zu. Damals wiederholte er ständig ein Zitat. ›Die Revolution ist kein Apfel, der vom Baum fällt, wenn er reif ist; man muss machen, dass er fällt.‹« Er schweigt für einen Moment. »Ich war erst kurz von meinem Vater weg. Die einzigen Verse, die ich kannte, stammten aus der Bibel. Aber dieses Zitat merkte ich mir und sagte es mir immer wieder vor.«

Ich höre auf zu schreiben und sehe ihn an. »Revolution.«

»Ja.« Er grinst. »Aber du kannst mich ruhig Rev nennen.«

»Das gefällt mir.« Ich zeichne weiter an großen Blockbuchstaben auf dem Gips. »Wer hat das gesagt?«

»Che Guevara. Er war ein großer Verfechter radikaler Veränderungen.«

Ich lehne mich zurück. »Schau mal. Was hältst du davon?«

Er sieht es sich an. Sein Lächeln verschwindet, aber er sieht nicht unzufrieden aus. »Du hast *FURCHTLOS* geschrieben.«

»Ist das in Ordnung?«

Er tippt mit den Fingerspitzen auf den Gips. »Ja.«

»Wirst du weiterhin kurze Ärmel tragen, damit die Leute es sehen können?« Das klingt ein bisschen, als würde ich ihn aufziehen, aber die Frage ist ernst gemeint.

Er zögert.

»Du musst ja nicht«, sage ich.

»Nein, nein. Ich will es aber.« Er fährt sich nervös mit der Hand durch die Haare. »So lange habe ich mich für die Narben geschämt. Ich habe sie als Beweis für die vielen Male gesehen, die ich meinen Vater enttäuscht habe. Ich wollte nicht, dass irgendjemand anders sieht, wie schrecklich ich wirklich bin.«

Ich nehme seine gesunde Hand in meine Hände. »Rev.«

»Als ich im Krankenhaus den Gips bekam, sagte eine Krankenschwester zu mir: ›Mein Junge, du siehst aus, als hättest du jemand ziemlich Furchtbaren überlebt.‹« Er schweigt kurz. »So was haben auch andere Leute schon zu mir gesagt. Aber gestern, nachdem ich meinen Vater gesehen habe …«

»Du hast deinen Vater gesehen?« Ich falle fast vom Futon.

»Ja – aber ich will nicht über ihn reden. Er verdient nicht noch mehr Aufmerksamkeit von mir. Aber als diese Schwester das gesagt hat, da habe ich erkannt, dass sie recht hat. Er hat mir die Narben zugefügt. Ich habe ihn überlebt.«

»Das hast du«, sage ich.

Er streckt seinen Arm aus. »Das Einzige, was ich hasse, ist dieser Vers. Die Leute sehen ihn, lesen ihn, und dann muss ich …«

»Hier. Das ändere ich.« Ich ziehe die Kappe vom schwarzen Stift. Dann berühre ich mit der Spitze seine Haut.

Er hält ganz still. Mein Blick sucht seinen. »Ist das in Ordnung?«

Seine Augen sind ganz dicht vor mir. Er nickt.

Ich schreibe. Unser beider Atem ist ziemlich laut zu hören.

»Was schreibst du?«, flüstert er.

»Ich mache aus seinen Worten einen Stacheldraht, und darüber schreibe ich: *Die Revolution ist kein Apfel, der vom Baum fällt, wenn er reif ist …* «

Er legt die Hand an mein Gesicht. Presst seine Lippen auf meine. Sein Kuss ist sanft und geduldig, genau wie er selbst. Lippen, die sich streifen. Und dann mehr.

Als er sich nur ein wenig von mir löst, lächle ich. »Ich war noch nicht fertig.«

»Sorry.« Er hält mir den Arm wieder hin.

»Ach, das kann ich später zu Ende machen.« Ich merke, wie ich rot werde, und stecke die Kappe auf den Filzstift. »Ich habe gemeint, ich war noch nicht fertig mit Küssen.«

Dann ziehe ich ihn an mich und berühre seine Lippen mit meinen.

DANKSAGUNG

Als ich Rev Fletcher in *Der Himmel in deinen Worten* einführte, wusste ich schon, dass Declans bester Freund eine ebenso dunkle und komplizierte Vergangenheit brauchen würde wie Declan selbst. Je mehr ich damals über Rev schrieb, desto größer wurde mein Wunsch, seine Geschichte erzählen zu können. Dabei konnte ich mir allerdings noch nicht vorstellen, wie schmerzhaft es sein würde, sich in ihn hineinzuversetzen. Dieses Buch erforderte ungeheuer viel Unterstützung von so vielen Menschen. Ich werde mein Bestes geben, um keinen von ihnen zu vergessen.

Mein Mann ist wie immer mein bester Freund, mein Vertrauter, mein Fels. Er drängt mich, weiterzuschreiben, wenn ich mich eigentlich nur einrollen und ohne Ende Netflix schauen – oder auch gleich aufgeben möchte. Er hat auch die Kemmerer-Boys unter Kontrolle, wenn Mommy sich ins hintere Zimmer zurückziehen muss, um ein paar Sätze zustande zu bringen. Danke, Honey, für alles.

Ihr würdet dieses Buch jetzt nicht in euren Händen halten, wenn meine Mutter mich in meiner Jugend nicht immer wieder ermutigt hätte. Sie erzählt bis heute gerne davon, dass sie das erste Buch aufgehoben hat, das ich in der dritten Klasse geschrieben habe. Es handelte von einem Hund. Danke, Mom, für alles.

Meine Agentin Mandy Hubbard ist furchtlos und einfach unglaublich. Es ist so ein Glück, sie auf dieser Reise als Profi an meiner Seite zu haben. Als wir endlich das Glück hatten, uns persönlich kennenzulernen, brach ich in Tränen aus und umarmte sie ungefähr zwanzig Minuten lang. (Ich bin nun mal ziemlich nah am Wasser gebaut.) Danke, Mandy, für alles.

Meine Lektorin Mary Kate Castellani ist die reinste Magierin. Im Ernst. Dieses Buch benötigte eine Menge Arbeit, bis es die richtige Form hatte. Und sie erkannte die wahre Geschichte in all den Entwürfen, die ich ihr schickte. Mary Kate, ich schätze mich glücklich, mit dir zu arbeiten, und habe mich als Autorin dank deiner Anleitung so viel weiter entwickeln können. Danke für deine Geduld, deine Brillanz und dein Verständnis.

Das gesamte Team bei Bloomsbury war phänomenal. Angefangen bei der Umschlaggestaltung über die Korrekturen bis hin zur PR. Ich muss noch Pizza und Rosen und Pralinenschachteln kaufen, weil ich mein Glück kaum fassen kann, euch alle an meiner Seite zu wissen. Danke für alles, was ihr für mich tut.

Meine Presseagentin Julie Borcherts von Kaye Publicity arbeitet unermüdlich hinter den Kulissen, immer geduldig und ermutigend. Danke, Julia, für alles, was du tust.

Meine beste Freundin, Bobbie Goettler, ist schon seit meinen Anfängen als Autorin mit von der Partie. Und ich weiß nicht, wie ich das Ganze ohne sie durchstehen würde. Sie liest jedes Wort, das ich schreibe, und hilft mir dabei, es besser zu machen. Bobbie, du bist mir als Frau, Ehefrau und Mutter ein Vorbild, und ich bin so froh, dich in meinem Leben zu haben. Danke für alles.

Dieses Buch wurde in ganz vielen Fassungen von ganz vielen Leuten gelesen. Ich versuche, mich an euch alle zu erinnern. Sollte ich irgendwen vergessen haben, dann pack mich bitte bei den Schultern, schüttle mich und verlange, dass ich dich auf ein paar Drinks einlade. Alison Kamper Beard, Bobbie Goettler, Amy French, Nicole Choiniere-Kroeker, Nicole Mooney, Jim Hildebrandt, Joy Hensley George, Lee Bross, Michelle McWhirter, Sarah Fine, Helene Dunbar, Shyla Stokes, Darcy Jacobson und Lea Nolan – ich danke euch.

Dieses Buch erforderte auch eine unglaublich umfassende Recherche. Besonders danke ich Dr. Maegan Chaney-Bouis für die Einblicke in das Leben als Kinderärztin und für einige unterhaltsame (und deprimierende) Geschichten über Sexismus an der Medical School. Besonderer Dank gebührt auch Sarah Vargo Kellner und dem Team von Conquest, die mir gezeigt haben, dass eine Frau beim Brasilianischen Jiu-Jitsu der Wahnsinn sein kann. Ich bedanke mich auch ganz besonders bei Dr. David Ley für Einblicke in die Spätfolgen von Kindesmissbrauch und Informationen darüber, wie Brasilianisches Jiu-Jitsu bei der Überwindung von Traumata helfen kann. Schließlich möchte ich noch Detective Sergeant L. Gary Yamin vom Baltimore Police Department danken, der mir einiges über Online-Belästigung und Stalking erzählen konnte. Danke für einige wirklich schreckliche Geschichten, die zeigen, wie leicht es passiert, dass Teenager online die Kontrolle verlieren.

Ganz besonders danke ich den Kemmerer-Boys Jonathan, Nick, Sam und Zach, weil ihr so viel Geduld aufbringt, wenn ich mich zum Schreiben verkriechen muss. Und dafür, was für unglaubliche Kids ihr seid, wenn ich das nicht tun muss und wir miteinander Zeit verbringen. Ich hab euch alle so lieb.

Und schließlich danke ich noch *dir*. Genau, dir. Du hältst dieses Buch in deinen Händen, und das bedeutet, du bist Teil meines Traums. Ich danke dir ganz herzlich dafür, dass du dieses Abenteuer mit mir bestehst.